Miranda Neville

Miranda Neville est née en Angleterre et a étudié l'histoire à Oxford. Après ses études, elle s'est installée à New York et est devenue journaliste avant de se lancer dans l'écriture de romances historiques.

Une Française à Londres

Aux Éditions J'ai lu

LES QUATRE AMIS

1 – Le charme indiscret d'une lady
N° 12746
2 – À quoi rêve une riche héritière ?
N° 12958
3 – Les égarements de lady Windermere
N° 13046

MIRANDA

NEVILLE

LES QUATRE AMIS – 4

Une Française à Londres

Traduit de l'anglais (États-Unis)
par Cécile Desthuilliers

J'AI LU

J'AI LU POUR elle

Si vous souhaitez être informée en avant-première
de nos parutions et tout savoir sur vos auteures préférées,
retrouvez-nous ici :

www.jailu.com

Abonnez-vous à notre newsletter
et rejoignez-nous sur Facebook !

Titre original
THE DUKE OF DARK DESIRES

Éditeur original
Avon Books, an imprint of HarperCollins Publishers

1

Londres, 1802

Autrefois, elle avait été insouciante, aimée des dieux et du monde, destinée par la nature et par sa naissance au bonheur et à la chance. Puis tout lui avait été repris. Tout ce qu'elle possédait, tous ceux qu'elle aimait. Tout, sauf sa vie.

Si elle ne savait pas comment elle avait survécu, elle savait pourquoi. Elle avait un destin à accomplir, un destin dont la clef se trouvait derrière les murs solides de cette demeure dans Hanover Square.

Depuis une dizaine d'années, elle avait occupé bien des logements miteux, pour ne pas dire des taudis, pourtant elle ne parvenait pas à être impressionnée par les résidences de la noblesse anglaise, si banales comparées aux hôtels particuliers de Paris. Avec sa façade de brique et ses architraves de pierre, Fortescue House était plutôt imposante pour une villa londonienne, elle ne faisait toutefois pas le poids face à l'hôtel Falleron.

Fortescue House.

À lui seul, ce nom la glaçait. Elle frissonna sous sa cape de laine grise, à cause de ce nom certes, mais aussi parce que Londres était sale, froide et peuplée d'innombrables Fortescue. Elle ignorait l'identité exacte de l'homme qu'elle ne connaissait que comme « M. Fortescue ». C'était pour découvrir son vrai nom qu'elle était là, devant le siège londonien du maître du clan Fortescue, le duc de Denford.

Chaque fois qu'elle venait ici, une grande activité semblait régner dans cette demeure. Un jeune homme à l'air affairé effectuait de fréquentes allées et venues. Il y avait également un homme de haute stature, toujours vêtu de noir, qui aurait pu être un régisseur ou un homme de loi s'il n'y avait eu dans sa façon de se tenir quelque chose de peu commun qu'elle n'aurait su définir. En revanche, elle n'avait jamais vu personne qui ressemblât à un pair du royaume.

Comment s'introduire dans cette demeure ducale ? Une inconnue aux origines douteuses avait peu de chances d'être reçue par un aristocrate de haut rang.

Elle en était là de ses pensées quand une femme très élégante descendit d'une voiture et gravit les marches du perron. S'agissait-il de la duchesse ? C'était peut-être l'occasion ou jamais.

Une fois qu'elle aurait accès à cette demeure et à ses secrets, dénicher le Fortescue responsable de la mort de sa famille serait un jeu d'enfant.

Le tuer aussi.

Une mauvaise nouvelle n'arrivait jamais seule, mais par trois. En revanche, les dieux de la bonne fortune ne distribuaient leurs cadeaux que chichement. Même s'il était le premier à admettre qu'il n'avait guère mérité d'être chanceux, Julian Fortescue, duc de Denford, aurait préféré disposer d'un peu plus de temps pour savourer sa victoire. Une semaine, était-ce trop demander ? Une semaine pour célébrer le fait que deux ans après avoir accédé au titre de duc, il était à présent en possession d'une véritable fortune.

Non que la visite de sa mère, qui arrivait d'Irlande, fût nécessairement une mauvaise chose, il se demandait cependant quelle faveur – ou plutôt, *quelles faveurs* – elle allait encore exiger de lui.

Celle-ci traversa d'un pas majestueux le salon aux dorures fanées du rez-de-chaussée de Fortescue House, laissant dans son sillage un parfum d'eau de Cologne.

— Mon très cher fils, tu n'as pas changé. Toujours aussi beau !

Il aurait pu lui retourner le compliment. Mme Osbourne, anciennement Mme Fortescue, née Julia Hope Gore, défiait les outrages du temps avec une admirable force d'âme. Sa chevelure noire était à peine piquetée de fils d'argent et son teint d'opale, même s'il avait perdu l'éclat de la jeunesse, formait un écrin idéal pour ses yeux bleus que l'âge n'avait pas ternis. À presque cinquante ans, elle possédait toujours la beauté et l'entrain qui avaient autrefois inspiré quantité de poèmes aux galants de Dublin. Avec le cynisme qui le caractérisait, Julian attribuait son éternelle jeunesse au fait qu'elle obtenait toujours ce qu'elle désirait et ne s'inquiétait jamais de rien.

— Vous non plus, mère, assura-t-il en déposant un baiser sur sa joue. Comment vont les filles ?

— Très bien. Hélas, pendant toutes ces années où tu n'as pas daigné me rendre visite, je suis devenue une vieille dame !

Elle inclina la tête avec coquetterie. Son chapeau flambant neuf, et orné de plumes d'autruche, avait dû coûter une petite fortune, songea Julian.

— Je suis désolé, mère, mes affaires m'ont empêché d'aller jusqu'en Irlande. Et ce n'est plus nécessaire désormais puisque vous êtes là. Pour le reste, ce que vous dites est tellement absurde que je ne répondrai même pas. Vous savez très bien que vous êtes ravissante. Quel bon vent vous amène à Londres ?

— Tu ne proposes pas à ta vieille mère un fauteuil et un petit cordial pour l'aider à se remettre de la traversée de la mer d'Irlande ?

— Pardonnez-moi, mère, mais votre toilette, d'une rare élégance, ne ressemble pas exactement à une tenue de voyage poussiéreuse.

— Il se trouve que je suis arrivée hier. Je viens tout droit du Pulteney Hotel.

— Ah ! C'est donc le rude périple depuis Piccadilly qui vous a épuisée.

Il la guida jusqu'au canapé, puis s'en alla lui servir un verre de vin de Madère, celui qu'elle préférait, tout en se félicitant de cette nouvelle preuve de la prospérité maternelle : le Pulteney était l'un des meilleurs établissements de la capitale. Nul doute qu'elle finirait par lui dire, quand elle le jugerait utile, pourquoi elle ne lui avait pas demandé de l'accueillir à Fortescue House. À la réflexion, songea Julian, cette vieille bâtisse était si inconfortable et son personnel si indigent que lui aussi ferait peut-être mieux de s'installer au Pulteney maintenant qu'il était riche.

Il leva son verre.

— À votre santé, mère.

— À la nôtre, répondit-elle. Et à la quête du bonheur !

À ces mots, une bouffée de nostalgie envahit Julian. Son père, qui avait été très impressionné par la Déclaration d'indépendance américaine, avait toujours exprimé la plus vive admiration pour une nation fondée sur une si noble ambition – un enthousiasme que ne partageait pas M. Osbourne, le deuxième mari de sa mère.

Cette dernière posa son verre, arrangea les plis de sa somptueuse robe émeraude, croisa les mains dans une pose sans doute destinée à en révéler la finesse, puis étudia la pièce.

— Te voilà propriétaire d'une bien belle demeure, Julian, le félicita-t-elle. Elle aurait toutefois grand besoin d'un coup de peinture et des talents d'une bonne couturière.

De la pointe de son escarpin, elle indiqua un trou dans le tapis d'Aubusson.

— Qui aurait pu prédire que tu serais le prochain lord Denford ? Et pourtant, te voilà chef de cette grande famille ! s'exclama-t-elle. Cela dit, j'ai toujours su que tu étais destiné à un avenir glorieux.

Julian se posta devant la cheminée en marbre italien.

— Je serais flatté si je n'étais pas l'exemple parfait de celui qui n'a rien fait pour mériter un tel titre.

Il avait fallu le décès de tous les héritiers mâles le précédant dans la lignée, ainsi que l'existence d'une nombreuse progéniture du sexe féminin, et de ce fait inapte à l'héritage, pour que Julian, qui n'était qu'un très lointain cousin de son prédécesseur, accède au titre ducal. D'innombrables mères, veuves ou orphelines des Fortescue passés de vie à trépas avaient vigoureusement protesté devant cette injustice, de même que leurs époux et fils non-Fortescue, en vain. On ne pouvait rien contre les lois de la primogéniture qui régissaient la transmission d'un duché. En revanche, ils avaient pu arguer que la déplorable réputation de Julian rejaillirait sur toute la famille, et ne s'en étaient d'ailleurs pas privés. Des avocats avaient même été engagés. Une armée d'avocats. Sans plus de résultats.

— As-tu les moyens de vivre ici ? s'enquit sa mère.

— Depuis hier, oui. Après d'interminables tractations sur un bon siècle de dispositions légales, mes chers cousins ont fini par comprendre qu'il y aurait assez pour tout le monde, à condition qu'ils congédient les sangsues. Nous sommes parvenus à un excellent accord. En plus de cette maison et de Denford Castle, je suis l'heureux propriétaire de vingt mille acres de terres, sans compter une somme rondelette placée sur différents comptes bancaires.

Julia arqua ses sourcils élégants et éclata de rire.

— C'est une chance que ton père ne soit plus de ce monde. Il aurait détesté être duc.

C'était vrai. Fitzlyon Fortescue était un homme plein de charme et d'esprit mais il n'y avait pas un iota d'avidité en lui, et pas le moindre sens des responsabilités – raison pour laquelle il avait laissé à sa mort une veuve et un orphelin sans le sou.

— Vous auriez aimé être duchesse ?

— Bah ! Je n'ai que faire du droit de m'asseoir sur un tabouret en présence du roi de France. Et de toute façon, ton pauvre père n'est plus de ce monde.

— Je peux me tromper car j'ignore tout des us et coutumes en vigueur chez les ducs, et *a fortiori* leurs épouses, je crois cependant que ce droit ne vaut que pour les duchesses françaises, mère. Vous n'auriez pas aimé qu'on vous appelle Votre Grâce ? Vous en avez assurément l'élégance.

— Ma foi, je te remercie. Je fais modestement de mon mieux.

— M. Osbourne n'a pas quitté cette vallée de larmes depuis un an, et vous ne portez déjà plus le deuil ?

— Pas plus que je ne l'ai porté pour ton pauvre père. Mon cher Fitzlyon ne l'aurait pas souhaité. Et il fallait bien que je me remarie.

— Tout de même. Trois mois après le décès de « votre cher Fitzlyon » ?

— Je n'avais pas le choix, rétorqua-t-elle avec un froncement de sourcils qui aurait remis à sa place n'importe qui, sauf Julian. Je n'allais pas nous laisser mourir de faim.

La situation n'était pas aussi dramatique. Les Fortescue auraient mis la main au porte-monnaie, à contrecœur certes, pour secourir la veuve et l'orphelin du mouton noir de la famille. Après tout, n'avaient-ils pas financé les études de Julian ?

Alors âgé de onze ans, ce dernier avait détesté que sa mère se remarie. Aujourd'hui, il comprenait que cette union avec Frederick Osbourne avait été une décision pleine de bon sens de la part d'une jeune veuve incapable de subvenir seule à ses besoins et à ceux de son fils. Et Julia n'était pas responsable du mépris que Julian et Osbourne avaient éprouvé d'emblée l'un pour l'autre. Le protestant irlandais confit en dévotion, homme de loi de profession, et son beau-fils rebelle étaient aussi compatibles que l'eau et l'huile.

— Père n'aurait pas voulu que vous portiez le deuil, Osbourne, en revanche, si. En ce moment même, il est probablement en train d'épuiser la patience des anges en pestant contre cette somptueuse robe verte.

Julian ne parvenait pas à contenir son hostilité envers son beau-père, même s'il était mort et sans doute au paradis – un lieu probablement sinistre et peuplé de bigots !

Nullement impressionnée, Julia hocha la tête d'un air serein, puis elle balaya son fils du regard.

— Et toi ? demanda-t-elle d'un ton suave. Pourquoi ne portes-tu toujours que du noir ?

— Pour faire peur aux vieilles dames et aux petits enfants.

Il lui décocha un sourire sardonique qui aurait effrayé les bonnes, s'il en avait eu à Fortescue House. Il se promit de vérifier ce point dès qu'il en aurait engagé une.

— Très drôle, ricana Julia.

— Aucun homme ne peut être vraiment menaçant aux yeux de sa mère, déplora-t-il.

— Ce n'est pas mon style vestimentaire préféré, toutefois, cela te sied à merveille, je te l'accorde. Après tout, tu es un très bel Irlandais noir[1], comme mon propre père. Mais es-tu heureux ? La dernière fois que nous nous sommes vus, quelque chose te contrariait.

Julian s'approcha de l'une des hautes fenêtres qui donnaient sur le square. De crainte que sa mère n'eût réellement remarqué quelque chose, il préférait éviter d'éveiller sa curiosité. À l'époque où il s'était rendu à Dublin, l'affaire française était encore fraîche dans sa mémoire. Si le temps avait atténué l'impact de l'épouvantable drame, jamais il n'oublierait.

— Je m'inquiète pour toi, Julian. Une mère sait quand quelque chose ne va pas. J'aimerais que tu puisses te confier à moi.

Agacé qu'elle tente de lui faire croire qu'elle pensait à lui quand il était loin d'elle, il répliqua :

— Si j'étais de mauvaise humeur lors de mon séjour chez vous, n'y cherchez d'autre cause que la présence de feu votre époux. Et puisqu'il me semble beaucoup plus sage que nous évitions ce sujet, vous et moi, j'ai une explication commode à ma tenue et à mon humeur, aussi noires l'une que l'autre. Considérez que je porte le deuil de *tous* vos époux.

— Ils ne sont pas tous morts.

Elle avait parlé si doucement qu'il l'avait à peine entendue.

— Ne me dites pas que vous vous êtes remariée !

Il ne savait même pas pourquoi il posait la question. Julia Gore sans mari, c'était comme un Rembrandt sans cadre. Elle n'existait qu'à travers le regard d'un homme.

---

1. En anglais *Black Irish* : Irlandais aux cheveux noirs, dont la légende affirme qu'ils sont de souche espagnole. *(N.d.T.)*

Ses yeux modestement baissés ne parvenaient pas à dissimuler son expression de triomphe. Julian était ravi pour elle, surtout si cela signifiait qu'elle n'avait pas l'intention de s'installer chez lui. Restait à espérer que ce mari était plus fréquentable que le précédent.

— Alors je lève mon verre à la nouvelle madame... mais peut-être vous ai-je sous-estimée ? Seriez-vous duchesse, finalement ? Auriez-vous enfin mis le grappin sur un aristocrate ?

— Je suis désormais Mme Elijah Lowell, et très heureuse de l'être. Le capitaine Lowell vaut mieux que tous les nobles que j'ai rencontrés.

— Avec un tel nom, ce doit être un non-conformiste[1].

— Il est américain.

— C'est du pareil au même, non ?

Elle afficha un sourire patient.

— Je te donne ma parole que le capitaine n'est pas un méthodiste.

— Il est marin ?

— À son compte.

— Une profession lucrative, si je me fie à ce chapeau et au Pulteney Hotel. Bien joué, mère. Puisse votre bonheur être sincère et durable. Quand aurai-je l'honneur de rencontrer cette perle rare ?

— Dans quelques minutes. Je voulais te parler d'abord, aussi ai-je renvoyé la voiture le chercher à l'hôtel.

Toujours devant la fenêtre, Julian fixa son attention sur la rue. Un luxueux attelage venait de ralentir devant Fortescue House. Un homme en descendit, de fort belle allure. Malgré sa superbe barbe, il avait manifestement une bonne dizaine d'années de moins que Julia. « Très bien joué, mère », songea Julian.

1. En Angleterre, personne refusant de suivre la doctrine de l'Église anglicane. *(N.d.T.)*

Puis une jeune fille sauta à terre. Suivie d'une deuxième, et d'une troisième.

Julia s'était bien gardée de lui annoncer qu'elle était venue à Londres avec la progéniture de l'affreux Osbourne.

— J'ignorais que vos filles vous accompagnaient, dit-il, en proie à un mauvais pressentiment.

— Je n'allais pas les abandonner en Irlande. Et je te rappelle que ce sont tes sœurs.

— Demi-sœurs, rectifia-t-il.

— Je connais ta générosité, Julian. Et puis, quels que soient tes sentiments envers M. Osbourne, ces chères petites n'y sont pour rien.

— Je ne vois aucune objection à les recevoir, sachez toutefois que je n'ai ni chiots, ni chatons, ni poupées, rien qui amuse les enfants. Je suppose qu'on pourra leur préparer du thé et du cake en cuisine puisqu'elles sont probablement trop jeunes pour boire du madère. Maria doit avoir douze ou treize ans, non ?

— Quinze, et elle promet d'être une beauté. Il faudra la surveiller de près, car j'aimerais que tu sois le tuteur des filles.

Julian avait toujours eu un flair remarquable pour le danger.

— Pourquoi pas votre nouveau mari ?

— Le capitaine et moi partons pour New York la semaine prochaine. Il n'est pas question de les emmener sur des mers infestées de Français, même sur un navire battant pavillon américain.

Comme d'habitude, Julia ne pensait qu'à elle.

— Je présume qu'il ne vous est pas venu à l'esprit de reporter votre mariage jusqu'à ce que les filles soient en âge de voyager ? Ou de rester avec elles en Irlande ?

— Voyons, Julian, la place d'une femme est auprès de son époux ! Voilà pourquoi je te confie mes chères petites. Je serai de retour dans un an, deux tout au plus.

Il la regarda, muet de stupéfaction. Pourquoi s'étonnait-il encore d'une telle légèreté ?

— Il n'en est pas question ! maugréa-t-il. La maison est à peine meublée et je n'ai pas de personnel. Et même si je pouvais accueillir trois enfants avec le minimum de confort nécessaire, je suis beaucoup trop occupé pour prendre soin d'elles.

— Nurse Bride s'en chargera.

— Bonté divine, Bridey est encore de ce monde ?

Nurse Bride avait été sa nourrice, et avant lui celle de Julia.

— Elle doit être au moins centenaire ! ajouta-t-il.

— Dans la fleur de l'âge, rétorqua Julia. Et les filles sont des anges, elles ne t'ennuieront absolument pas. Non seulement elles sont adorables mais elles se réjouissent de venir vivre avec leur grand frère. Laura n'était qu'un bébé la dernière fois que tu es venu.

De la même façon qu'elle l'avait expédié dans une école anglaise sans l'ombre d'un remords quand elle s'était remariée, elle chassait de nouveau sa couvée à présent que cette union-là était terminée. Il n'était en rien responsable des demoiselles Osbourne. Et, non, il n'avait pas l'intention d'assumer cette charge. Il était résolu à profiter de sa richesse toute neuve, et ses projets n'incluaient en aucun cas l'éducation de trois demi-sœurs qu'il connaissait à peine et dont il se souciait comme d'une guigne.

— Je vous le dis très clairement, mère...

Il n'en eut pas le temps.

Le capitaine Lowell et les demoiselles Osbourne firent leur entrée, et il perdit définitivement le contrôle de la situation.

— Venez saluer Sa Grâce, mes chéries, roucoula Julia. Depuis que vous l'avez vu, votre frère est devenu quelqu'un d'important.

Les trois fillettes s'alignèrent, visiblement nerveuses. Parfait. Il aurait vite transformé cette nervosité en terreur.

— Mesdemoiselles, les salua-t-il froidement.

Il s'approcha d'elles, les surplombant de toute sa hauteur.

L'aînée et la benjamine, deux versions juvéniles de leur mère, lui firent la révérence d'un air modérément alarmé. Celle du milieu – dont il se souvenait comme d'une gamine plus agaçante qu'un moustique – lui adressa un regard furieux. Portrait craché de l'affreux Osbourne, elle semblait avoir hérité de ce dernier un souverain mépris pour Julian. Parfait. Elle ferait une excellente alliée pour contrecarrer les plans de Julia.

— Quelle joie de voir tous mes enfants réunis sous le même toit ! s'exclama sa mère avec un accent maternel des plus convaincants.

Puis elle se tourna vers son nouvel époux, un sourire triomphal aux lèvres.

— Elijah, avez-vous fait apporter les bagages des filles ?

— Pardon ? s'écria Julian.

— Je te laisse indiquer au personnel quelles chambres seront attribuées à tes sœurs, Julian.

— Mère, vous ne pouvez pas nous laisser ici, gémit le moustique.

Bonté divine, quel était son prénom déjà, Fiona ? Non, Fenella.

— Le duc ne veut pas de nous et nous ne voulons pas de lui, ajouta-t-elle.

— Tais-toi, Fenella, gronda Julia avant de se tourner vers son fils. Tu as l'intention de dire à ces innocentes que maintenant que tu es duc, tu te détournes de ta chair et de ton sang ?

Elle poussa un soupir théâtral et déclama :

— Je suis affreusement choquée ! Tu n'es qu'un exemple navrant de plus de l'influence pernicieuse de la fortune et du rang sur un homme de valeur.

Il avait oublié quel talent exceptionnel sa mère possédait quand il s'agissait d'éveiller sa culpabilité.

— Quel orgueil ! ajouta-t-elle avec des inflexions dignes des meilleures comédiennes. Ton pauvre père doit se retourner dans sa tombe !

Julian dut se résigner ; le combat était perdu.

Julia était partie pour le Nouveau Monde depuis une semaine et Julian était à bout de ressources. Dès qu'il apprit que ses voisins étaient de retour à Londres, il alla frapper à leur porte. On l'introduisit dans le salon de lady Windermere. Lord Damian Windermere, un artiste de talent, était occupé à réaliser un portrait de celle-ci, assise sur un canapé, un chat gris sur les genoux.

— Cynthia, j'ai besoin de votre aide, déclara Julian sans préambule. C'est urgent.

Lady Windermere s'esclaffa.

— Vous avez effectivement l'air désespéré, dit-elle. Asseyez-vous et racontez-moi ce qui vous tracasse.

Interrompu dans son travail, son mari posa ses brosses en marmonnant. Julian n'en avait cure. Damian allait adorer écouter le récit de ses malheurs.

De fait, il éclata d'un rire exaspérant quand Julian expliqua comment il s'était retrouvé tuteur des demoiselles Osbourne. Cynthia semblait tout aussi amusée, mais elle le manifesta de façon nettement moins agaçante.

— Bien sûr, vous ne pouviez pas refuser, commenta-t-elle.

Rétrospectivement, Julian ne savait toujours pas comment sa mère avait eu le dernier mot. Lui qui avait élevé l'égoïsme au rang d'art ne serait jamais à la hauteur de ce Machiavel en jupons. Il ne se remettait pas de cette humiliation.

— Quoi qu'il en soit, conclut-il en décochant un regard noir à Windermere, il me faut une gouvernante de toute urgence. Les filles sont intenables. Elles n'ont d'autre gardienne qu'une vieille nourrice qui dort la moitié du temps, ce qui n'est pas étonnant puisqu'elle était déjà d'âge canonique quand j'étais gamin. L'autre jour, j'ai trouvé Fenella sur un banc dans Hanover Square en train de donner du pain et du fromage à un balayeur. Ma mère me tuera si elle s'enfuit avec un gamin qui n'a d'autres ressources que de... hum... déplacer de la poussière.

Cynthia posa le chat sur le sol, lissa ses jupes et demanda :

— Laquelle est Fenella ?

— La cadette. Elle doit avoir environ quatorze ans.

— Pauvre petite, elle a bon cœur. Ces balayeurs sont dehors par tous les temps et ne mangent jamais à leur faim.

— Je vous laisse les indigents, Cynthia. J'ai ma croix à porter. Figurez-vous que l'aînée s'inquiète pour le salut de mon âme.

— Déjà ? Qu'avez-vous donc fait ?

— Apparemment, il n'y a rien de personnel. Maria s'inquiète pour le salut de *toutes* les âmes.

— Et la benjamine ?

— Elle a neuf ans, ce qui est une nuisance en soi.

— Ce sont tout de même vos sœurs, Julian, le gronda gentiment Cynthia. Ce qu'il vous faut, c'est une épouse pour prendre soin de ces enfants.

— Puisque vous n'êtes pas disponible, non, merci.

Pendant presque un an, il avait tout essayé pour la séduire, finalement, elle s'était réconciliée avec son mari. Non contente de lui avoir brisé le cœur, voilà qu'elle tentait maintenant de le caser !

Il exagérait un peu, son cœur n'était pas brisé. Mais il l'aurait peut-être été s'il en avait possédé un, au sens poétique du terme. Il avait désespérément convoité la belle Cynthia et il lui portait toujours une grande affection. Ils s'entendaient bien, tous les deux. Aussi bien que d'anciens amants, quoique sans l'inévitable amertume qui traîne dans le sillage d'une histoire d'amour ratée.

Elle s'était consacrée à son bonheur conjugal et aux joies de la maternité tandis que, de son côté, Julian avait entamé une nouvelle liaison. Celle-ci était à présent terminée, toutefois, la perspective d'écumer les loges de théâtre et les salons du demi-monde à la recherche d'une nouvelle maîtresse ne suscitait en lui aucun enthousiasme. Autrefois, il prenait un malin plaisir à séduire les femmes d'hommes plus fortunés que lui. Maintenant qu'il pouvait avoir toutes celles qu'il voulait avec quelques bijoux, où était le plaisir ? Peut-être son irritation permanente n'avait-elle d'autre cause que ce célibat qui commençait à se prolonger. Sans parler de la présence de trois gamines infernales sous son toit.

— Ce n'est pas d'une épouse dont j'ai besoin, c'est d'une gouvernante. Et comme je suis totalement incompétent dans ce domaine, je suis venu vous supplier de m'en trouver une.

Cynthia pinça sa bouche plus appétissante qu'une cerise.

— Vous suppliez fort mal, mon cher. Vous pourriez vous agenouiller. Ou au moins, ne pas trop avoir l'air de me donner un ordre.

Windermere, qui s'était jusqu'à présent contenté de suivre leur échange en ricanant, se tenait près de la cheminée. Amis, puis ennemis par le passé, tous deux étaient de nouveau en bons termes. Windermere n'avait toutefois pas oublié qu'il avait tenté de séduire son épouse.

— Si tu avais une femme, marmonna-t-il, la mienne ne serait pas obligée de s'occuper de ta vie domestique. Recrute donc un secrétaire !

Julian étouffa un juron.

— Ne prononce pas ce mot devant moi. L'une des concessions que j'ai accordées à ma famille était d'engager Fortescue Blackett, un lointain cousin. Il a tout juste l'âge de se raser et sursaute dès qu'il voit une ombre.

— Un chef de clan se doit d'assurer des revenus aux siens, déclara Windermere d'un ton pontifiant. Maintenant que tu es un duc fortuné, tu dois te conduire comme tel.

— Je crois que je préférais être un cousin sans le sou et bon à rien. Si je n'avais pas hérité de ce maudit duché et de cette maison pleine de courants d'air, ma mère n'aurait pas eu l'idée de laisser sa couvée chez moi.

Une petite moue assombrit le joli visage de Cynthia.

— Vous avez de la chance d'avoir votre famille auprès de vous. Et elles ont besoin de vous. Imaginez ce que doivent éprouver ces petites, que leur mère abandonne alors que leur père vient de mourir.

— Croyez-moi, on se passe fort bien d'un père tel que Frederick Osbourne.

— Il était donc si épouvantable ?

Julian ne répondit pas. Il n'avait pas envie de discuter de sa mésentente avec feu son beau-père, et aucune raison de supposer que celui-ci avait maltraité ses filles comme il avait maltraité son beau-fils. Il espérait que non. Si indifférent fût-il aux liens familiaux, il ne supportait pas que l'on batte une femme, quel que soit son âge.

— La vie vous offre une merveilleuse occasion de faire la connaissance de vos sœurs, reprit Cynthia.

— Vous avez raison, répliqua-t-il. Je vais avoir des mois, peut-être des années, pour cultiver des relations fraternelles. Et en tant que frère et tuteur, mon premier devoir est de veiller à leur éducation. Vous saurez choisir la gouvernante idéale, je n'en doute pas un instant.

— Nous partons après-demain pour la France, intervint Damian, l'air satisfait. On m'a invité à rejoindre la délégation qui sera témoin de la signature du traité d'Amiens, après quoi nous irons à Paris.

— Vous n'allez pas me laisser affronter seul une cohorte de vieilles filles mal fagotées !

— Toutes les gouvernantes ne sont pas des vieilles filles mal fagotées. Moi-même, j'ai failli embrasser cette noble profession. Cela dit, je n'étais pas d'une grande élégance à cette époque, je l'admets.

— Je vous aurais engagée immédiatement ! Que diriez-vous de laisser Windermere assurer ses fonctions diplomatiques et de venir vous installer à Fortescue House ?

Cynthia éclata de rire.

— Vous ne me priveriez tout de même pas d'une occasion inespérée d'acheter des robes à la dernière mode de Paris ?

Julian dut capituler devant cet argument sans réplique.

— Je sais combien il est vain de s'interposer entre une femme et une couturière parisienne. Si vous pouviez au moins m'indiquer les qualités à privilégier chez une gouvernante, je réglerais vite le problème. La paix étant imminente, j'envisage moi-même un voyage à l'étranger.

— Nous vous verrons à Paris ?

— Non, j'irai en Belgique récupérer certains biens qui m'appartiennent.

Soudain intéressé, Windermere cessa de couver son épouse du regard pour tourner son attention vers Julian.

— La collection Falleron ?

— Je crois que le moment est venu d'aller la chercher.

La célèbre collection était cachée en Belgique depuis près de dix ans. Les époux Windermere avaient participé à une manigance destinée à contraindre Julian à céder les tableaux à un escroc. Julian soupçonnait un membre du ministère des Affaires étrangères, un certain sir Richard Radcliffe, mais il n'avait aucune preuve.

— Tu es toujours résolu à entourer cette affaire d'un voile de mystère ? s'enquit Damian.

Julian hésita. Il s'était montré si discret sur ses négociations avec le marquis de Falleron, et depuis si longtemps, que le secret lui était devenu naturel. Il ferma à demi les paupières et se rappela l'époque où il n'était qu'un arrogant gamin de vingt ans pour qui la vie était une merveilleuse aventure.

— Un certain M. John Smith, des Affaires étrangères, m'a fait jurer de ne rien dire.

Ce n'était toutefois pas ce serment qui avait retenu Julian de confier à quiconque, fût-ce à ses meilleurs amis, ses incursions dans la diplomatie.

— Tu y as fait allusion par le passé, j'ai cependant du mal à croire que tu aies travaillé incognito pour le gouvernement.

— C'était une erreur de ma part.

La toute première d'une suite d'événements qui s'était conclue par une tragédie.

— L'enfer est pavé de bonnes intentions, murmura Damian avec philosophie.

Les deux hommes avaient été amis pendant très longtemps avant de devenir ennemis. Malgré tout ce qui les séparait, Julian avait confiance en Damian. Sur un plan très pragmatique, en tant que diplomate, il pouvait lui être d'une aide précieuse. Et puis, après tout, il n'était pas obligé de tout lui dire.

— Tu te souviens que je suis retourné à Paris, seul, à l'automne 1793, commença-t-il.

— Oui. Tu ne nous as jamais dit pourquoi, et c'était un risque insensé en cette époque troublée.

— C'est à Londres que John Smith m'a approché.

— Jamais entendu parler d'un John Smith aux Affaires étrangères, avoua Damian.

— Il devait probablement s'appeler Bartholomew Snodgrass, ou un autre nom à coucher dehors.

— Que vous voulait-il ?

— Me proposer un marché.

Ou plutôt, un pacte avec le diable, habilement conçu pour tenter un tout jeune marchand de tableaux doté de plus d'ambition que de bon sens.

— Il avait besoin d'un Anglais bien né, connu comme antiquaire de surcroît, pour jouer les intermédiaires entre le marquis de Falleron et un membre haut placé du Comité de salut public. Le marquis était sur le point d'être dénoncé au Comité et voulait quitter la France. Smith et moi devions faire sortir sa collection de Paris. Le membre du Comité, qui préférait rester discret sur ses goûts aristocratiques en matière d'art et son penchant pour la corruption, accorderait un laissez-passer au marquis et à sa famille, et partagerait le butin avec le marchand d'art.

Damian fronça les sourcils.

— Tout cela me semble ridiculement compliqué.

— Je suis de ton avis. Maintenant que je suis vieux et cynique, je refuserais une bonne affaire aussi douteuse. Ou peut-être pas, va savoir. J'étais assez ambitieux. Faire main basse sur la moitié de la collection Falleron aurait été un très gros coup pour moi. À vingt ans, j'aurais possédé un fonds pour lequel tous les collectionneurs d'Angleterre auraient campé devant ma porte ! Disons que je pourrais toujours envisager une telle offre, mais que je poserais davantage de questions avant d'accepter.

— Pourquoi t'a-t-on choisi ? Ou est-ce un mystère de plus ?

— Le marquis était un vieil aristocrate engoncé dans ses principes. Il n'aurait eu aucune confiance dans un roturier. Il n'était pas totalement dénué de charme, mais quelle étroitesse d'esprit ! Cet innocent se fiait à moi pour la seule raison que j'étais parent d'un duc. Il croyait tous ses pairs honorables.

Il avait pris un ton railleur, ces souvenirs lui étaient douloureux. Il avait été touché par l'amour sincère du vieux marquis pour l'art. Celui-ci avait avoué qu'il était soulagé de transmettre sa collection à un homme tel que lui, qui en prendrait soin.

— J'imagine que tout ne s'est pas déroulé comme prévu ?

— Nous avons apporté les passeports au marquis et à sa famille. Les tableaux, qui avaient été emballés dans des couvertures, ont été chargés sur deux carrioles en pleine nuit. Tout s'est passé sans anicroche. Notre mystérieux commanditaire était à l'évidence aussi influent qu'il l'avait affirmé, car nous avons pu quitter Paris et traverser le nord de la France sans être inquiétés. Toutefois, en arrivant à l'endroit où nous devions retrouver cet homme et partager la collection, nous sommes tombés dans une embuscade.

— Les autorités françaises ?

— Possible, je n'ai aucune certitude. Smith a déclaré que nous avions été trahis et j'ai cru comprendre qu'il soupçonnait quelqu'un des Affaires étrangères. Il a trouvé la mort dans l'échange de coups de feu avant de m'en avoir dit plus.

— Et comment as-tu réussi à t'en sortir ?

— En plus des charretiers français, nous avions engagé un Flamand pour nous faire traverser la frontière avec ma part de la collection en évitant les douaniers. Jan était un vieux roublard et un excellent tireur.

Il a abattu deux de nos trois assaillants. Les charretiers avaient détalé, mais Jan nous a aidés, Smith et moi, à mettre nos attaquants en fuite. Quand Smith est tombé, Jan et moi avons pris chacun une charrette et emporté les tableaux. Je lui dois la vie. Je suis sûr que j'étais censé y rester, moi aussi.

Damian hocha la tête, pensif.

— Je comprends que tu soupçonnes quelqu'un des Affaires étrangères d'être impliqué. Sir Richard Radcliffe me paraît en effet tout désigné. Je présume que tu as trouvé une nouvelle cachette pour les tableaux après qu'il eut tenté de les voler l'an dernier ?

— Je n'ai pas pu les faire sortir de Belgique à cause de la guerre, il n'empêche que nous les avons déplacés. Jan ne les remettra qu'à moi-même. Si on me tue, on ne les retrouvera jamais.

— Pourquoi ne pas les avoir apportés directement en Angleterre après les avoir sortis de France ?

— Parce que je suis retourné à Paris.

Cynthia émit un hoquet de stupeur.

— C'était de la folie ! Pourquoi avez-vous pris un tel risque ?

— Parce que j'étais un jeune crétin qui se croyait immortel.

Et pour une autre raison qu'il ne pouvait avouer, même à ses meilleurs amis. Il avait voulu s'assurer que le marquis et les siens avaient quitté la France sains et saufs.

— Monsieur Fortescue, me donnez-vous votre parole de gentleman que ma famille sera en sécurité ?

— Je vous le promets sur mon honneur.

Cette promesse, faite neuf ans plus tôt au marquis avant de quitter l'hôtel Falleron avec les tableaux, hantait Julian.

Il pouvait dissimuler sa culpabilité, mais non les résultats de ses actes. La suite, Damian la connaissait.

— Si ma mémoire est bonne, le marquis et la marquise de Falleron, ainsi que leurs filles, ont été arrêtés, jugés et envoyés à l'échafaud.

— Ce n'était pas la faute de Julian, plaida Cynthia. Il a fait ce qu'on lui demandait. Il ignorait qu'on le trahirait.

Certes. Cependant, certaines attitudes et remarques de son contact français auraient dû éveiller ses soupçons. Persuadé que l'enjeu valait bien quelques risques, il avait foncé tête baissée sans se demander un instant s'il avait le droit de mettre en danger toute une famille. Il réprima un soupir. Il n'y avait plus rien à faire pour ces malheureux désormais.

— Bien sûr, je l'ignorais, dit-il simplement. Et à présent, j'ai toute la collection Falleron, sans être obligé de la partager avec un politicien français corrompu.

Vertueusement, Cynthia protesta :

— Vous appartient-elle vraiment ? Il n'y a aucun héritier ?

— J'ai acquis ces tableaux en toute bonne foi auprès du marquis en contrepartie d'un service. La collection est bel et bien à moi.

Alors pourquoi continuer de s'accabler ? Parfois, au cours de ces neuf années, il avait envisagé d'oublier purement et simplement cette collection, mais la laisser moisir dans un cellier obscur ne ferait revenir personne. Et il avait des projets pour ces toiles. De nobles projets.

— Il n'avait pas de fils ? insista Cynthia.

— Trois filles.

— Et elles sont toutes mortes… C'est horrible. Quel âge avaient-elles ?

— Je l'ignore, mentit-il, affichant un masque indéchiffrable. C'étaient des enfants.

Il connaissait leurs âges. Et même leurs prénoms.

— C'est tragique, barbare et affreusement triste, murmura Cynthia.

S'il n'avait pas assisté à l'exécution des parents, il s'était rendu place de la Révolution le lendemain, alors qu'un nouveau groupe de malheureux devaient être décapités. Il n'avait vu que les deux aînées dans le chariot qui les menait à la mort. Leurs noms avaient été cités et ils étaient restés gravés dans sa mémoire. Jeanne-Louise de Falleron. Marie-Thérèse de Falleron. La benjamine, Antoinette, était absente. Il était toutefois hautement improbable qu'elle eût survécu. Et si tant est qu'elle ait échappé à la guillotine, elle était probablement morte en prison.

Julian fixa son attention sur le délicat visage de Cynthia afin de chasser l'image de la lame s'abattant sur ces cous si fragiles.

2

Cela remontait à fort longtemps, presque neuf ans, mais autrefois, Jeanne de Falleron avait eu une gouvernante. Elle devrait donc être capable d'être gouvernante à son tour. Il lui suffisait de se souvenir de ce que Mlle Grey lui avait enseigné, et comment. Elle usurpait son nom et son identité depuis des années, lui voler son métier ne serait qu'une bagatelle. Le véritable défi, c'était de se faire engager chez le duc de Denford. Et pour cela, elle devait d'abord avoir un entretien avec lui.

Elle n'était pas retournée à Hanover Square depuis qu'elle avait vu l'offre d'emploi. Chaque instant avait été consacré à se préparer. Par chance, depuis trois mois qu'elle était à Londres, elle avait eu le temps d'améliorer son anglais.

Elle s'arrêta au pied de la volée de marches en pierre noircie par la suie qui menait à la porte, laquelle aurait eu besoin d'un bon coup de peinture. Puis, ravalant sa fierté, elle contourna la maison pour gagner l'entrée du personnel. Après tout, elle était une domestique. Elle s'appelait Jane Grey depuis si longtemps qu'elle ne pensait plus à elle-même comme à Jeanne, sauf dans le secret de son cœur. Et qu'importait la porte qu'elle empruntait, dès lors qu'elle entrait dans Fortescue House ?

La déplorable impression que lui avait laissée l'entrée principale ne fit que se confirmer quand un petit homme tout ratatiné, portant un tablier de cuir sale, lui ouvrit. Derrière lui, on entendait un étrange tumulte.

— Qu'est-ce que vous voulez ? grommela-t-il.

Il brandissait une brosse à l'aspect répugnant. Jane recula. L'anglais des petites gens lui était presque incompréhensible et les vociférations qui s'élevaient derrière lui n'arrangeaient rien.

— Je viens pour le poste de gouvernante.

— Suis pas au courant.

— Bien. Puis-je voir l'intendante ?

L'homme se gratta le crâne.

— Y a pas d'intendante.

C'était peut-être là une bonne nouvelle. Une intendante hésiterait à engager une gouvernante jeune et jolie. Fallait-il demander à parler au majordome ? Inutile. Il ne devait pas y avoir de personnage aussi imposant dans cette étrange domesticité. Elle allait suggérer qu'on appelle le responsable du personnel quand des vociférations lui parvinrent, teintées d'un accent reconnaissable entre mille.

— Jamais, au grand jamais ! Ces Anglais sont impossibles !

Ces paroles furent suivies d'un torrent de vitupérations contre les mœurs, les origines maternelles et les capacités sexuelles de tous les Anglais, suivies de la menace de *quitter cette satanée baraque sur-le-champ*. Quand l'homme parvint à la porte, Jane sut à qui elle avait affaire. C'était un cuisinier français, et elle connaissait ces gens-là.

Il interrompit sa tirade durant environ deux secondes – le temps qu'il faut à un Français pour loucher sur une femme de la façon la plus éloquente qui soit –, puis reprit ses lamentations, quoique à un volume plus modéré et en termes plus choisis.

Si elle avait bien compris, les cuisines de Fortescue House, où il venait d'être engagé, étaient d'une propreté plus que douteuse, aussi *impossibles* que les domestiques anglais incapables de répondre à ses requêtes pourtant légitimes. C'était encore pire que chez le comte Untel, dont il avait quitté le service dans un mouvement de colère. Jane compatit à sa situation *dramatique* et lui promit que, bientôt, le monde saurait reconnaître son génie culinaire.

Cela lui valut un nouveau déluge de paroles, ravies cette fois. Jamais, depuis qu'il était en Angleterre, il n'avait entendu quelqu'un s'exprimer dans sa langue maternelle avec autant d'élégance. Elle parlait l'authentique français de la noblesse, *avant que ces pouilleux de jacobins viennent fouler de leurs pieds crasseux la grandeur de la France*. Il avait l'impression d'être chez son ancien employeur, le duc de Fleurigny !

Jane n'avait guère de mal à imaginer la scène, ayant elle-même fréquenté l'hôtel Fleurigny en tant qu'intime de la famille. Trop intime pour sa sécurité, au demeurant.

Elle réfléchit rapidement.

— Il me paraît évident que votre talent ne peut s'épanouir dans une telle maison, déclara-t-elle. Vous devriez retourner chez le comte. Je suis sûre qu'il vous regrette amèrement.

— C'est certain ! Il dit partout que personne ne rôtit un canard aussi bien qu'Albert. Toutefois, si vous deviez séjourner ici, mademoiselle...

— En aucun cas je ne resterai dans un endroit pareil ! s'écria-t-elle.

— Si nous allions ensemble dire ses quatre vérités au duc de Denford ? Bon sang ! Même ces noms anglais sont affreux.

— Cela serait mal avisé. Partez donc, monsieur Albert. J'ai une petite affaire à régler ici. Je me chargerai d'exprimer votre indignation et d'informer de votre départ.

— Qu'est-ce qui se passe nom de nom ? marmonna l'homme à la brosse, soufflant malgré lui sur les braises de la colère d'Albert.

Oubliant qu'une dame était présente, le cuisinier lança une nouvelle bordée de jurons et s'en alla au pas de charge, avant de claquer violemment la porte derrière lui.

— Fait un de ces boucans, le Français. Bon vent ! Comprenais même pas ce qu'y racontait.

Jugeant inutile d'informer l'homme qu'il avait été comparé à un « verrat émasculé », Jane revint à l'objet de sa visite.

— Qui dirige le personnel ? s'enquit-elle.

— Je suppose que c'est maître Blackett.

— Puis-je le voir, je vous prie ?

À cet instant, le jeune homme à l'air affairé passa la tête dans l'entrebâillement de la porte de service.

— Albert est parti ? demanda-t-il. Il nous quitte ?

— Si vous parlez du cuisinier, répondit Jane, la réponse est oui. À votre place, je ne tablerais pas sur son retour. J'ai cru comprendre qu'il retournait chez un comte qui avait su apprécier son génie.

Après tout, songea-t-elle, personne ne saurait jamais quelle part elle avait prise dans la décision d'Albert. Elle regrettait déjà de ne pas avoir l'occasion de goûter à sa cuisine, elle n'aurait toutefois pas pu rester sous le même toit qu'un homme susceptible de la reconnaître. À Londres, le cercle des émigrés – aristocrates et leurs domestiques – était très restreint. Elle les évitait toujours avec soin.

Le jeune homme, dont la tenue, bien que sobre, était celle d'un gentleman, lui adressa un regard intrigué. Elle en avait l'habitude mais, en l'occurrence, ce n'était pas sa beauté qui lui valait cette expression.

— Vous parlez français ?

— Naturellement. Je suis gouvernante.

« Je suis gouvernante », se répéta-t-elle mentalement. À force, elle finirait par s'en convaincre.

— Dommage. J'aurais préféré que vous soyez cuisinière.

Elle sourit au jeune homme, qui semblait fort agité.

— En ai-je l'allure ?

Il rougit.

— Non, pas du tout ! Seulement, il faut bien manger, et Albert est le deuxième cuisinier que nous perdons en deux jours.

— D'après lui, les cuisines sont... hum... d'une propreté toute relative. Peut-être que si l'on faisait le ménage... ?

Le visage de M. Blackett s'éclaira.

— Excellente idée. Que puis-je faire pour vous ?

Jane sortit de sa poche la petite annonce du *Morning Post*.

— Je suis venue pour le poste de gouvernante. Savez-vous à qui je dois m'adresser ? Il est seulement écrit de se présenter à la résidence du duc de Denford.

— Je vous emmène voir milord.

— Ne serait-il pas préférable que je rencontre milady ? risqua Jane en lui emboîtant le pas le long d'un corridor glacial qui s'enfonçait dans les profondeurs de l'immense demeure.

— Il n'y a pas de duchesse de Denford.

Alors le duc devait être veuf et la dame élégante, une simple visiteuse.

— Et vous êtes, monsieur ?

— Je suis le secrétaire de Sa Grâce.

— Vous êtes ici depuis longtemps ?

— Une quinzaine de jours.

Le duc était-il un employeur si difficile, pour que son personnel le quitte à une telle vitesse ? Peu importait.

Podagre acariâtre ou brute arrogante, elle était prête à l'affronter. Elle avait connu pire.

Ils gravirent l'escalier de service et pénétrèrent dans un hall aux proportions imposantes. Si l'escalier monumental à double révolution était impressionnant, sa rampe aurait eu bien besoin d'être cirée, et des écailles de plâtre, probablement tombées du plafond, jonchaient les tapis élimés. Sur les murs lambrissés, des rectangles plus pâles indiquaient que des tableaux avaient été accrochés là autrefois. Cette maison donnait l'impression d'avoir été mise à sac. Un sourire triste flotta sur les lèvres de Jane. L'aristocratie anglaise avait peut-être échappé à la guillotine, mais pas à la faillite.

Elle n'en appréciait pas moins le luxe que constituaient un tel espace et la lumière qui entrait à flots par les hautes fenêtres. Si elle fermait à demi les paupières, elle pourrait presque croire que les années passées dans de misérables logements parisiens n'avaient été qu'un mauvais rêve.

Elle se ressaisit, consciente du danger. Elle ne pouvait prendre le risque de commencer un entretien de recrutement avec les yeux brillants de larmes. Rien ne devait entacher l'image de paisible autorité qui, selon elle, était la qualité première d'une gouvernante – une qualité qui faisait cruellement défaut dans cette maisonnée, si elle en jugeait à la démarche nerveuse et au dos voûté de M. Blackett.

En haut des marches, un vaste palier donnait sur trois portes, dont l'une, double, était en bois massif orné de gravures élégantes, signe d'un passé glorieux. Fortescue House ne possédait pas l'extravagance de l'hôtel Falleron, cependant, malgré sa décrépitude, on devinait que la famille avait été autrefois fortunée.

Sans prendre la peine de frapper, M. Blackett poussa l'un des battants, révélant une vaste bibliothèque. Jane avait tout juste eu le temps d'apercevoir les rangées d'ouvrages reliés en cuir quand son regard se posa sur l'unique occupant de la pièce. En un instant, elle oublia l'architecture et le mobilier. Elle aurait tout aussi bien pu se trouver dans un champ, une place de marché ou une cellule monacale.

Elle avait déjà vu cet homme entrer et sortir de Fortescue House, mais de trop loin pour ressentir l'impact de sa présence. Il était jeune, bien plus jeune qu'elle ne s'y attendait. Une trentaine d'années tout au plus. Debout près de la cheminée devant une toile qui représentait un paysage, il offrait un profil remarquable, caractérisé par un nez légèrement busqué. Ses longs cheveux noirs étaient attachés par un ruban de même couleur, un style passé de mode depuis la Révolution, les citoyens en vue préférant une coiffure courte moins aristocratique. Sa tenue n'avait toutefois rien d'Ancien Régime. Sa longue silhouette élancée était vêtue de noir, depuis ses bottes parfaitement cirées jusqu'à sa cravate ornée de dentelle. Seul le col blanc de sa chemise apportait une note de couleur.

— Votre Grâce ? dit M. Blackett après avoir émis une petite toux discrète.

Quand le maître des lieux pivota sur ses talons et posa sur elle ses yeux bleu acier, Jane eut l'impression d'être transpercée par l'intensité de son regard.

Voilà à quoi un duc devait ressembler… et à quoi bien peu parvenaient ! Cet homme était un modèle de raffinement, d'élégance et d'autorité. Elle en avait l'estomac noué, et de nouveau les larmes lui brûlèrent les paupières.

— Mademoiselle est ici pour le poste de gouvernante, annonça le secrétaire.

— Son nom, Blackett ?

La voix profonde résonna en elle comme les cordes d'une viole de gambe.

M. Blackett prit un air perplexe, ce qui semblait être son expression favorite.

— J'ai oublié de le lui demander.

Un semblant de sourire incurva les lèvres bien dessinées du duc.

— Eh bien, dit-il à l'adresse de Jane, puisque vous avez fait perdre à Blackett ses moyens intellectuels, ce qui n'est pas un mince exploit, nous nous passerons de lui. Je suis Denford.

L'espace d'un instant – un instant de pure folie –, elle envisagea de lui dire la vérité. Elle effectuerait une révérence digne d'une duchesse et se présenterait comme Mlle Jeanne-Louise Marie-Adorée de Falleron, fille aînée du marquis de Falleron et digne de n'importe quel aristocrate, même d'un duc. Surtout d'un duc.

Mais elle avait tourné la page de ce passé et ne devait en aucun cas y revenir si elle voulait accomplir sa vengeance. Rien d'autre ne comptait. Cet homme n'était pas seulement un duc, c'était un Fortescue – le nom à lui seul lui faisait horreur. C'était grâce à lui qu'elle trouverait l'homme qui avait assassiné sa famille et détruit sa vie.

Elle effectua une modeste révérence, comme le voulait sa position.

— Mlle Grey, milord. Jane Grey.

— Entrez donc, mademoiselle Jane Grey. Vous pouvez nous laisser, Blackett.

Tandis que le secrétaire détalait, le duc traversa la pièce d'une démarche de fauve tout à fait à l'image de sa silhouette. Il s'arrêta à deux ou trois pas de Jane et la dévisagea. Elle fut prise d'un léger vertige. C'était la première fois de sa vie qu'elle éprouvait d'emblée du désir pour un homme. Hélas, il aurait été hautement imprudent de l'encourager, sans même parler de le séduire !

Ignorant l'onde brûlante qui l'envahissait, elle se ressaisit et le regarda droit dans les yeux. Elle refusait de se laisser impressionner. Toutefois, puisqu'il était le duc et elle la domestique, elle attendit qu'il l'interroge. Elle percevait tant de puissance sous contrôle derrière son immobilité de félin aux aguets qu'elle avait du mal à ne pas s'agiter. Le silence s'étira, insoutenable.

— Jane Grey, dit-il enfin. Comme la reine.

Elle portait ce pseudonyme depuis si longtemps qu'elle le prenait presque pour son vrai nom. Elle se souvenait cependant vaguement d'avoir entendu sa gouvernante, la véritable Mlle Grey, faire allusion à sa célèbre homonyme. Elle connaissait la généalogie des rois de France sur le bout des doigts, en revanche, malgré ses recherches récentes, elle continuait de confondre les monarques anglais. Peut-être cette fameuse Jane était-elle l'une des innombrables épouses de l'épouvantable Henry VIII ?

Elle redressa le menton et carra les épaules.

— En ce qui me concerne, il n'y a qu'une seule Jane Grey.

— Auriez-vous oublié vos leçons d'histoire ? Peu importe. Elle n'est restée sur le trône que neuf jours avant qu'on lui coupe la tête, elle ne compte pas.

Jane tressaillit à la mention de cette mise à mort.

— Vos filles sont probablement trop jeunes pour apprendre l'histoire, milord, répondit-elle d'un ton posé.

Les enfants d'un homme aussi jeune ne pouvaient être que toutes petites. Elle n'aurait guère de mal à leur enseigner ce dont elles avaient besoin.

— Dieu merci, je n'ai pas de filles, et aucun enfant à ma connaissance. Pas d'épouse non plus, ce dont je me félicite. C'est pour mes demi-sœurs que j'ai besoin d'une gouvernante.

Voilà qui était contrariant.

— Quel âge ont-elles ?

— Je ne saurais le dire avec exactitude. Elles vous le préciseront si vous êtes engagée. Et, oui, mademoiselle Grey, je suis un très mauvais frère d'ignorer un tel détail, mais je les connais à peine. Notre mère vient tout juste de me les confier. Je crois cependant qu'elles sont en âge d'apprendre l'histoire, ainsi que d'autres disciplines utiles.

— Plus utiles que l'histoire, insista Jane, les langues, les bonnes manières…

Le duc interrompit l'énumération de ses points forts en tant que gouvernante, ce qui était une chance car cette maigre liste arrivait déjà à sa conclusion.

— Avant que nous discutions de vos qualifications, qui sont sans aucun doute au-dessus de tout soupçon, parlez-moi un peu de vous. Il y a quelque chose dans votre intonation qui n'est pas tout à fait anglais.

Jane, qui avait prévu cette question, avait une explication pour son anglais défaillant.

— Je viens de Sainte-Lucie, aux Antilles. L'île a été successivement sous domination anglaise et française, mais cela a changé si souvent que nous parlons les deux langues.

— Je vois. Et à qui appartient-elle actuellement ?

L'expérience avait appris à Jane à dire la vérité chaque fois que c'était possible, et à mentir avec assurance quand cela ne l'était pas.

— À la France, affirma-t-elle en croisant les doigts.

Elle n'avait aucune idée du statut actuel de cette île obscure où elle n'était jamais allée, et dont elle avait découvert l'existence dans les colonnes de la *Gazette nationale*. L'endroit lui avait paru parfait pour justifier de ses origines et elle avait fait le pari que lord Denford était tout aussi ignorant qu'elle en la matière.

— J'étais gouvernante chez un officiel anglais et j'ai suivi la famille quand il a été rappelé à Londres, toutefois, quand M. Johnson a été envoyé aux Amériques, j'ai préféré rester en Angleterre. Mme Johnson m'a écrit une lettre de recommandation.

Il prit la lettre, qui était le fruit de la plume et de l'imagination de Jane, lui accorda environ deux secondes d'attention, puis la posa sur une table.

— Venez, dit-il.

Il pivota sur ses talons, lui offrant une vue imprenable sur son dos. Son costume à la coupe parfaite révélait des épaules plus larges qu'elle ne l'avait d'abord cru, des hanches étroites et des jambes musclées. Rien ne permettait d'affirmer que la grâce et l'énergie avec lesquelles il se déplaçait soient une promesse de prouesses amoureuses, mais Jane l'aurait juré, le duc de Denford devait être un amant exceptionnel. Il lui fit signe de le suivre et, pour tout dire, en cet instant, elle l'aurait suivi en enfer sans discuter.

Ce n'était cependant pas pour cela qu'elle était venue. Elle serra les dents en se rappelant que cet homme était un Fortescue, même si ce n'était pas celui qu'elle recherchait, qui n'était pas titré.

— Montrez-moi votre île, ordonna-t-il.

Elle s'approcha de l'angle de la pièce où se trouvait un imposant globe terrestre fixé sur un socle sculpté et rehaussé de dorures. Si c'était là son unique épreuve, elle la passerait haut la main. La géographie était l'une de ses disciplines préférées, autrefois. Elle admira la qualité des gravures et des couleurs.

— C'est un superbe globe, dit-elle. Un Vaugondy, sauf erreur de ma part.

Le duc se trouvait à présent derrière elle, si près que sa voix grave fit courir un frisson sur sa peau lorsqu'il déclara :

— Les Fortescue ne veulent que le meilleur, et ils ont toujours eu les moyens de se l'offrir.

C'était étrange. Il s'exprimait comme s'il n'était pas le chef de la famille Fortescue et comme si l'état de délabrement avancé de sa demeure n'était pas en contradiction flagrante avec cette affirmation. Elle fit pivoter le globe. Il s'immobilisa en douceur quand elle l'arrêta. Celui de la salle d'études de l'hôtel Falleron, un Vaugondy aussi, quoique plus petit, tournait trop vite. À la moindre poussée, la sphère s'emballait comme une toupie et vous expédiait immédiatement du mauvais côté de la planète. Jane battit des paupières pour retenir une larme qui menaçait de rouler sur sa joue, se félicitant que son employeur potentiel fût derrière elle. Ce retour parmi le monde de la noblesse, même dans un pays étranger, la troublait plus qu'elle ne s'y était attendue.

— Là, dit-elle en indiquant une île minuscule non loin de l'Amérique du Sud.

Elle percevait la chaleur du torse de Denford dans son dos et la caresse de son souffle sur sa nuque.

— Celle-ci ? demanda la voix virile.

Un bras vêtu de noir lui frôla la taille, puis un doigt fuselé se posa sur Sainte-Lucie, lui effleurant la main comme par mégarde.

C'en était trop ! Elle s'écarta de la haute silhouette de Denford et fit quelques pas, mettant le globe entre eux. Elle avait un emploi à décrocher et une mission à accomplir.

Julian avait pris sa décision dès que Mlle Grey était entrée. Le poste était pour elle. En tant que maîtresse, si elle le voulait. Quel dommage de gâcher les charmes d'une créature aussi délicieuse ! Ses sœurs ne méritaient pas un tel sacrifice. Malheureusement, il devait quand même s'assurer qu'elle avait sa place dans une salle d'études. Qu'elle eût sa place dans sa chambre à coucher, il n'en doutait pas un instant.

— Asseyons-nous, proposa-t-il.

Ignorant le canapé qu'il avait espéré partager avec elle, elle s'installa prudemment sur un siège proche de la grande table qui occupait le centre de la bibliothèque. Ses manières étaient irréprochables. Malgré son dos bien droit et ses mains sagement croisées sur ses genoux, elle n'avait rien d'une vieille fille guindée.

Elle avait refusé ses avances avec tact et fermeté. L'admiration de Julian grandit aussitôt... ainsi que sa détermination à la séduire. Cette femme n'était pas une demoiselle collet monté cachée sous une cape de laine grise et un chapeau discret. À première vue, elle n'avait même rien d'extraordinaire. Elle était jolie sans être une beauté fracassante. Pour autant qu'il pût en juger, ses formes étaient d'agréables proportions. Toutefois, après une minute en sa compagne, Julian avait détecté en elle un indéfinissable *je ne sais quoi* qui la rendait irrésistible. Quelque chose dans son regard, dans sa façon de se tenir, lui mettait les reins en feu.

Malgré son nom et la couleur de ses vêtements, il n'y avait rien de gris chez cette gouvernante. Elle portait sa tenue, pourtant austère, avec une assurance et une élégance très parisiennes. Et il aurait mis sa main au feu qu'elle n'était pas vierge. S'efforçant d'ignorer sa curiosité s'agissant de son expérience amoureuse, il se concentra sur les qualités qu'il attendait d'une gouvernante.

— Je présume que vous avez des questions à me poser, dit-elle.

S'arrachant à la contemplation de ses lèvres, il s'assit près d'elle, son genou tout proche du sien.

— Quel âge avez-vous ?

— Vingt-sept ans.

— Vous semblez plus jeune.

Si elle avait le teint éclatant de la jeunesse, il n'y avait rien d'innocent dans son regard.

— Depuis combien de temps êtes-vous gouvernante ?

— Huit ans.

Il ignorait si elle disait vrai, et peu lui importait. Peut-être que ce Johnson, son précédent employeur, avait été son amant. Ç'aurait été bien commode.

— Quel âge avaient les enfants que vous avez éduqués ?

— C'étaient de jeunes ladies de tous les âges.

— Et votre expérience avec les gentlemen ?

— Je ne suis pas certaine de comprendre votre question.

— Les gouvernantes n'éduquent-elles pas aussi les garçons ?

— J'ai cru comprendre, répliqua-t-elle d'un ton ferme, qu'il n'y avait pas de garçons à Fortescue House.

Elle savait ce qu'il voulait et ne serait pas facile à conquérir. Excellent.

Il devait néanmoins feindre de prendre cet entretien au sérieux. Il réfléchit à la liste de qualifications que Cynthia lui avait dressée.

— Enseignez-vous la musique ?

— Comme toute gouvernante qui se respecte, répondit-elle avec une petite moue où se mêlaient l'amusement et la sévérité. Voulez-vous une démonstration ?

— Nous avons une salle de musique à côté du salon, mais pour l'instant je vous crois sur parole.

— Vous ne devriez peut-être pas. Pour être honnête, ma maîtrise de la harpe et du piano est assez rudimentaire. En revanche, je chante bien.

— Vous voulez vraiment ce poste ?

— Oui. Je refuse toutefois de promettre plus que ce que j'ai à donner. Je peux assurer l'éducation musicale de jeunes filles aux aspirations raisonnables. Quel est le niveau de vos sœurs ?

— Je n'en ai pas la moindre idée. Si elles ont progressé au-delà de vos capacités, nous engagerons un professeur de musique. Quels sont vos talents en dessin et peinture ?

— Médiocres.

— Peu importe. Je connais un jeune artiste maudit qui sera ravi de gagner quelques guinées. Vous avez évoqué les langues étrangères ?

— *Le français, bien sûr,* répondit-elle dans cette langue. *À Sainte-Lucie, nous le parlons aussi bien que l'anglais.*

Elle parlait ce français parfait, tant du point de vue de la diction que de la grammaire, qu'il n'avait entendu que parmi la noblesse d'avant la Révolution.

— L'italien ?

— Un peu.

— Ce n'est pas très important, au besoin j'engagerai quelqu'un.

Il engagerait quelqu'un pour lui nouer ses lacets si elle voulait bien rester. Maintenant qu'il y pensait, non. Il se chargerait lui-même de l'habiller et... de la déshabiller.

— Je possède de nombreuses autres connaissances tout aussi utiles, déclara-t-elle.

— Je n'en doute pas, murmura-t-il.

— Je peux enseigner la danse, les bonnes manières à table, et préparer vos sœurs pour leur présentation à la cour.

— On apprend ce genre de choses à Sainte-Lucie ? s'étonna Julian.

— L'épouse du gouverneur avait une très haute opinion d'elle-même. Elle recevait tous les notables de l'île avec un faste royal.

Il haussa un sourcil, intrigué.

— Vraiment ?

— Toutes les jeunes ladies devaient venir la saluer en robe de débutante et quitter la pièce à reculons, comme devant une souveraine.

— J'ai toujours trouvé cela grotesque.

Le jeune Julian Fortescue n'avait jamais été assez important pour être reçu à la cour et le désormais duc de Denford n'en voyait pas l'intérêt.

— Ce ne sera pas nécessaire, ajouta-t-il. Je doute que les filles fassent leur entrée dans le monde avant le retour de leur mère. Ce dont j'ai besoin, c'est que quelqu'un les occupe et les empêche de faire des bêtises. Ce dont notre mère se serait chargée si elle ne s'était pas enfuie pour les Amériques sur un coup de tête. Est-ce dans vos cordes ?

— Bien sûr.

— Parfait. Vous discuterez de vos gages avec Blackett et il vous trouvera un endroit où dormir.

Cynthia froncerait ses sourcils délicats lorsqu'elle apprendrait qu'il avait engagé une gouvernante pour ses qualités de maîtresse plutôt que de préceptrice. Tant pis. Après tout, elle aurait pu s'en occuper elle-même. Et de toute façon, personne n'attendait de lui qu'il se comporte convenablement… et surtout pas lui-même.

3

En se rendant à Fortescue House le lendemain pour prendre son poste de gouvernante, Jane se rappela ce jour où sa famille avait quitté définitivement l'hôtel Falleron et où elle était devenue Jane Grey.

Presque tout le personnel était parti depuis longtemps, enflammé par la fièvre révolutionnaire. La gouvernante avait donné sa démission le mois d'avant. Ses parents avaient eu beau prendre des précautions pour ne pas affoler leurs filles, Jeanne, alors âgée de quinze ans, avait compris que l'aristocratie n'était plus en sécurité en France et qu'ils auraient de la chance s'ils en réchappaient.

Tout ce qui était facile à déplacer avait été mis en sécurité à la campagne, le reste avait été couvert de grands draps. C'était leur mère qui les avait réveillées et non la bonne. Elle leur avait ordonné d'enfiler des vêtements les plus simples possible et de se dépêcher. En traversant la vaste demeure silencieuse, Jeanne avait compris que c'était un adieu. Alors elle s'était glissée dans la galerie pour contempler une dernière fois la collection d'œuvres d'art.

— Où sont les tableaux ? avait-elle demandé peu après à sa mère.

— Ils sont en sécurité, avait répondu celle-ci. Nous partons en voyage et je veux que vous m'écoutiez très attentivement toutes les trois.

Elle avait sorti des documents d'une sacoche de cuir.

— Jeanne, voici les papiers de Mlle Grey. Si on te demande ton identité, réponds que tu t'appelles Jane Grey et que tu es gouvernante. Par chance, ton anglais est excellent. On te croira sans difficulté.

— Pourquoi, maman ?

— Chut ! Fais ce que l'on te dit.

La marquise s'était tournée vers Marie-Thérèse.

— Tu seras Jeanne-Louise. Et Antoinette sera Marie-Thérèse. Considérez cela comme un jeu, mes petites.

— Et qui sera moi ? avait demandé Antoinette.

Si pertinente qu'elle fût, la question n'eut jamais de réponse. Les raisons de cette ruse, qui avait sauvé la vie de Jeanne, étaient mortes avec le marquis et la marquise de Falleron. La jeune femme trouvait une certaine satisfaction à user de son identité de Jane Grey pour s'introduire dans la forteresse des Fortescue afin de retrouver *le* M. Fortescue.

Elle se rapprochait du but ! Après toutes ces années, elle commençait enfin à humer le parfum de la victoire.

Qu'elle se retrouve responsable de trois fillettes était une cruelle ironie du destin. Elles, au moins, n'étaient pas des Fortescue.

Comme la veille, elle suivit M. Blackett dans l'escalier monumental. Cette fois, ils étaient accompagnés d'un valet de pied qui portait sa modeste malle. Le petit cortège entra dans une chambre du premier étage.

— Où mes élèves dorment elles ?

— Les demoiselles sont au deuxième, avec nurse Bride.

— Je pensais être logée plus près d'elles.

— L'étage de la nursery est assez spartiate. Sa Grâce a pensé que ce serait plus confortable ici.

Sa Grâce ne se trompait pas. Si l'ameublement était démodé, la vaste pièce offrait tout le luxe possible : deux hautes fenêtres donnant sur le jardin de derrière et agrémentées de lourds rideaux de brocard de soie, un tapis moelleux qui, si elle ne se trompait pas, venait de France, un charmant petit bureau et une méridienne au pied du grand lit à baldaquin.

Jane fronça les sourcils. Elle avait remarqué la lueur gourmande dans les yeux du duc et elle savait très bien pourquoi il lui avait octroyé l'une des meilleures chambres de la maison. Sur le moment, elle s'était félicitée d'éveiller son intérêt puisque cela lui avait valu d'être engagée au terme d'un entretien d'embauche ridiculement facile.

— Le cabinet de toilette est ici, indiqua M. Blackett.

Jane jeta un coup d'œil par une porte entrouverte et fut rassurée par la présence d'une femme de chambre armée d'un plumeau.

— Ah, et voici Meg ! N'hésitez pas à lui demander ce dont vous aurez besoin. Je vous laisse vous installer. Sa Grâce vous retrouvera à la nursery dans une demi-heure. Meg vous y conduira.

— J'ai fait chauffer de l'eau, mademoiselle. Voulez-vous que je vous aide à défaire votre malle ?

— Je m'en chargerai moi-même, je vous remercie.

Elle n'avait pas envie que la femme de chambre colporte des ragots sur le contenu de ses maigres bagages.

— Si vous aviez la bonté d'emporter mon manteau et mon chapeau pendant que je me rafraîchis ?

Le trajet n'avait pas été long mais Jane souhaitait faire un brin de toilette. Le terme de cabinet de toilette était trop prosaïque pour décrire le charmant boudoir avec une baignoire en cuivre installée dans un angle, à côté d'une porte lambrissée.

— Qu'y a-t-il derrière cette porte ? s'enquit Jane.

— Les appartements du duc.

Ses soupçons se confirmaient.

— Serais-je dans ceux de la duchesse ?

— Je l'ignore, mademoiselle. Je ne suis pas ici depuis assez longtemps. Comme la plupart d'entre nous, à part le bras droit de Sa Grâce.

La porte était verrouillée et il n'y avait pas de clef, ce qui n'était pas pour rassurer Jane.

Résultat d'une longue pratique, elle savait admirablement dompter ses boucles brunes afin de les coiffer dans le style grec. Henri Dupont, qui avait été son amant pendant cinq ans, avait apprécié qu'elle suive la mode, sans doute parce qu'une maîtresse élégante flattait son orgueil. Il l'avait crue anglaise, ce qui était un peu embarrassant pour lui, cependant, comme elle parlait un français impeccable, il avait rapidement oublié ce petit défaut.

En arrivant à Londres, Jane avait été amusée de constater que les Anglaises avaient adopté le style parisien. Les femmes du monde, naturellement, pas leurs domestiques. Elle se demandait si une gouvernante anglaise pouvait se permettre de ressembler à l'élégante maîtresse d'un membre du gouvernement français.

Pendant ses mois de reconnaissance sur le terrain, guettant une occasion de s'infiltrer au cœur du clan Fortescue, elle avait appris que, sans exception ou presque, le tempérament des gouvernantes anglaises était à l'image de leur tenue vestimentaire : terne et vieux jeu.

Voilà pourquoi elle porterait désormais les vêtements modestes offerts par Mathieu Picard, son premier amant, bien moins fortuné que le second. Elle regrettait d'en être réduite à cela, non seulement parce que ces vêtements n'avaient aucun style, mais parce qu'ils lui rappelaient Mathieu. Elle évitait autant que possible de penser à lui.

Elle étudia son reflet dans le miroir et fit la grimace. Avec un peu de chance, cette robe de lainage vert olive suffirait à refroidir les ardeurs de lord Denford.

Au demeurant, il ne lui paraissait pas du genre à imposer ses désirs aux femmes, qu'elles fussent ou non ses employées. Il n'en avait pas besoin. Il était si attirant qu'il séduisait sans même le vouloir. La meilleure protection contre le désir fort malvenu qu'elle éprouvait pour lui serait qu'il décide qu'elle n'en valait pas la peine. Ôtant le ruban vert émeraude noué haut sur le cou d'une façon fort peu modeste, elle se composa une expression humble et sévère.

— Je suis prête, déclara-t-elle.

Elle suivit Meg jusqu'à l'étage supérieur, où étaient logés les enfants. Si ses nerfs étaient tendus à se rompre quand elle pénétra dans la vaste salle d'études, ses inquiétudes s'apaisèrent rapidement. Les seules occupantes de la pièce étaient une vieille dame qui somnolait devant l'âtre et deux fillettes – les sœurs de lord Denford, de toute évidence. Elles avaient la même crinière noire, les mêmes sourcils bien dessinés et des yeux bleus, en un mot, elles promettaient de devenir de véritables beautés.

La plus âgée, qui était en train d'écrire à la table placée au centre de la pièce, se leva.

— Vous devez être mademoiselle Grey, dit-elle.

Sa voix était douce et elle avait une pointe d'accent qui n'était pas anglais. Quand elle esquissa une révérence, Jane nota qu'elle commençait à avoir des formes. Dans un an et avec une jolie robe, elle aurait les hommes à ses pieds.

— Et vous devez être mademoiselle Osbourne.

— Je suis Maria. Voici ma plus jeune sœur. Laura, viens saluer Mlle Grey.

La fillette posa son crayon et obtempéra.

— Bonjour, mademoiselle Grey.

Son accent était encore plus prononcé. Irlandais, supposa Jane. Le duc n'avait-il pas dit que les jeunes filles arrivaient de Dublin ?

— Bonjour Laura. Quel âge avez-vous ?

— J'ai neuf ans. Et vous, mademoiselle ?

— Laura ! s'écria sa sœur, outrée.

— Je vous en prie, Maria. J'ai… vingt-sept ans.

Elle avait failli répondre vingt-quatre.

— Voyez-vous, on considère en général qu'il n'est pas poli de demander leur âge aux adultes.

— Pourquoi ?

— C'est une bonne question. Je présume que c'est parce que certaines personnes, surtout les dames, aiment à se faire passer pour plus jeunes qu'elles ne le sont.

— C'est stupide. Maria voudrait avoir plus que quinze ans. Elle veut relever ses cheveux et porter un corset.

L'intéressée rougit, ce qui ne fit que souligner sa beauté.

— Vous ne voulez pas que les gens vous croient plus jeune que vous ne l'êtes, n'est-ce pas, mademoiselle Grey ?

— Non.

Si elle savait !

— Autre chose, Laura : vous ne devez pas parler de corsets, ni de sous-vêtements de manière générale.

— Même avec mes sœurs ? Nous nous aidons à nous habiller.

— Avec vos sœurs, c'est permis.

— Et avec Bridey ?

Elle désigna la vieille dame assoupie et reprit dans un murmure sonore :

— Elle s'appelle nurse Bride mais tout le monde la surnomme Bridey.

Celle-ci continua de dormir à poings fermés.

— Et avec nurse Bride, concéda Jane.

— Et avec vous ?

Jane réfléchit.

— Puisque je suis votre gouvernante, je suppose que vous pouvez me consulter pour savoir comment il convient de vous habiller, vous ne devez toutefois pas aborder ces questions en société. J'avais cru comprendre que vous étiez trois. Où est votre sœur ?

La petite noua les mains dans le dos d'un air innocent qui ne trompa pas Jane un instant. L'aînée se contenta de pincer les lèvres. Bien. La loyauté entre sœurs était une bonne chose, et elle aurait affaire à la troisième bien assez tôt. Manifestement, celle-là risquait de lui donner du fil à retordre.

— Je présume qu'elle est occupée et qu'elle viendra faire ma connaissance quand elle sera prête. En attendant, nous allons parler de vos leçons. Sur quoi travaillez-vous ?

— Je rédige une histoire du christianisme à la cour du roi Arthur, répondit Maria.

Elle lui tendit un feuillet couvert d'une écriture élégante et régulière. Il ne fallut pas longtemps à Jane pour réaliser que la jeune fille possédait une excellente maîtrise de la langue anglaise et une bien meilleure connaissance qu'elle-même du cycle arthurien. Ce serait un défi que de garder une longueur d'avance sur elle. Jane avait le même âge quand son instruction avait pris fin et qu'elle avait dû choisir entre se donner au capitaine Mathieu Picard ou monter sur l'échafaud.

— C'est très bien, Maria. Je n'avais jamais pensé à associer la religion au roi Arthur. Sa légende m'évoque surtout des preux chevaliers et de nobles dames.

La jeune fille parut ravie.

— Papa disait toujours qu'il faut chercher Dieu dans les histoires anciennes. Il ne nous a jamais autorisées à lire quoi que ce soit sur les païens.

— Vous parlez de la mythologie grecque et romaine ? Elle est pourtant passionnante ! Où serait le mal ?

— Maria *adore* aller à l'église, intervint Laura.

— C'est tout à son honneur. Et si vous rédigiez votre travail en français, Maria ? Le défi serait plus intéressant.

— Je ne parle pas assez bien le français, mademoiselle Grey.

Dieu merci !

— Moi, si. Je vous aiderai. Et vous, Laura, qu'étudiez-vous ?

— Je fais des opérations. J'aime les additions, les soustractions et les multiplications, en revanche, les divisions sont très difficiles. Comment peut-on diviser quatre cent seize par trente-deux ? C'est impossible !

Elle eut une petite moue, qui rappela à Jane qu'en dépit de sa ressemblance frappante avec son frère elle n'était qu'une enfant.

— Vous avez de la chance, je suis très bonne en arithmétique.

Tenir les comptes du ménage, d'abord pour Mathieu, ensuite pour Henri, avait été un excellent entraînement.

— Asseyons-nous et voyons cela. Quant à vous, Maria, si vous commenciez à traduire votre copie en français ?

« Je peux le faire », se répéta Jane tandis qu'elle expliquait à Laura les arcanes de la division à plusieurs chiffres avec pour fond sonore le grattement de la plume de Maria sur le papier et les ronflements de la nurse.

— Treize ! s'écria Laura d'un ton triomphant. C'est l'âge de Fenella. J'ai réussi, mademoiselle Grey !

— Vous croyez-vous capable d'effectuer la suivante toute seule ?

— Je vais essayer.

L'enthousiasme de la fillette lui rappelait tellement Antoinette que Jane eut envie de pleurer et de la serrer dans ses bras. Elle se força à se souvenir que Laura n'était pas Antoinette. Ses sœurs étaient mortes et elle n'était plus qu'une simple gouvernante.

Une demi-heure passa ainsi paisiblement. Puis une voix retentit sur le palier. D'instinct, Jane porta la main à son cou, avant de se rappeler qu'elle n'avait pas de ruban à rajuster. Elle n'avait aucune raison de jouer les coquettes devant le duc, même si son timbre grave faisait courir de délicieux frissons sur sa peau. Non, vraiment pas la moindre raison.

Quand il franchit le seuil, elle se leva pour faire la révérence, les yeux modestement baissés pour échapper, ne fût-ce qu'un peu, à son attraction magnétique.

— Je vous amène votre troisième élève, mademoiselle Grey, annonça-t-il sans préambule.

Une pointe d'exaspération perçait derrière son ton détaché – le même ton que lors de leur entretien de la veille.

— Je l'ai trouvée par le plus grand des hasards aux écuries, occupée à bavarder avec les palefreniers et les cochers, et à déranger les chevaux.

La fillette, qui le suivait en traînant les pieds, protesta :

— Je n'étais pas du tout en train de...

— Peu importe, l'interrompit le duc. Salue ta nouvelle gouvernante, Fenella. Dorénavant, c'est Mlle Grey qui se chargera de t'empêcher de te sauver. Je me lave les mains de ton sort.

Fenella tressaillit, puis se redressa de toute sa hauteur et darda sur lui un regard farouche digne d'une amazone. Il était difficile de croire qu'elle était issue du même nid que ses frère et sœurs. Ce n'était pas une beauté brune mais une petite souris grise. Même ses yeux bleus, apparemment la marque de la famille, semblaient ternes et délavés, peut-être à cause de ses cheveux châtains raides comme des baguettes, qui auraient eu besoin d'un bon coup de brosse. Quant à son expression féroce, elle n'ajoutait rien à ses maigres charmes.

— Je m'en moque, maugréa-t-elle. Il n'y a rien à faire ici. J'aurais voulu ne jamais venir vivre chez vous !

— C'est parce que nous ne sommes pas là depuis longtemps, expliqua Maria avec diplomatie. Notre frère nous a promis de nous emmener au théâtre.

— Parce que vous croyez l'avoir mérité ? ricana lord Denford.

— Ce n'est pas juste ! s'indigna Laura. Maria et moi n'avons rien fait de mal.

— Peut-être, mais c'était à vous de surveiller votre sœur. Désormais, ce sera à Mlle Grey. À présent je vous laisse, j'ai un rendez-vous.

Sur ce, il pivota sur ses talons et s'éloigna à grands pas, laissant planer derrière lui un silence tendu. « Quel ogre ! » songea Jane en voyant les jeunes visages saisis de stupeur.

Avant qu'elle ait eu le temps de se ressaisir, l'ogre réapparut sur le seuil.

— À propos, mademoiselle Grey, dit-il comme si de rien n'était, les soirs où je ne sors pas, vous me retrouverez dans la bibliothèque après le dîner pour m'informer des progrès de vos élèves. Disons 21 heures ?

— Très bien, Votre Grâce.

Il tourna les talons et elle eut le plus grand mal à retenir un hoquet indigné. Les progrès de ses élèves ? Elle allait lui dire ce qu'elle pensait de sa façon de traiter ses sœurs ! Les pauvres petites ne souffraient-elles pas assez ? Leur père était mort, leur mère s'était remariée et volatilisée, et leur frère, qu'elles connaissaient à peine, ne voulait pas d'elles. Leur seule alliée était une vieille femme que les éclats de voix n'avaient même pas réussi à réveiller et qui n'exerçait de toute évidence pas le moindre contrôle sur sa nichée. Ces enfants avaient désespérément besoin d'une gouvernante, de quelqu'un qui leur offrirait l'attention aimante et la solide éducation que ses propres sœurs et elle avaient reçues de leur mère et de la véritable Mlle Grey.

Oubliant de jouer les émissaires de paix, Maria s'en prit à sa cadette.

— Il faut toujours que tu gâches tout ! Tu mettais tout le temps papa en colère, et maintenant, Julian ne voudra plus nous emmener nulle part et ce sera ta faute. Pourquoi es-tu aussi méchante ?

— Je te déteste ! s'écria Fenella. Tu es mesquine et insupportable ! Tu te crois parfaite parce que tu es jolie et que tu es l'aînée, mais Julian se moque autant de toi que de moi ou de Laura, même si tout le monde la trouve tellement mignonne et adorable !

Maria posa un bras protecteur autour des épaules de Laura, qui avait fondu en larmes.

— Tu es jalouse, voilà tout, Fenella Osbourne, rétorqua-t-elle. Et ne me fais pas la grimace, parce que si le vent tourne, tu resteras toujours comme cela et tu ne trouveras jamais de mari !

— Je ne veux pas de mari. Quand je serai grande, je m'enfuirai et tu me regretteras.

— Oh, certainement ! ricana Maria. Je mourrai de tristesse à l'idée de ne plus jamais te voir.

— Et moi, je rirai quand tu seras morte !

Jane, qui avait une certaine expérience en matière de querelles entre sœurs, intervint avant que l'on en vienne aux mains.

— Cessez immédiatement, mesdemoiselles. Si Sa Grâce ne vous emmène pas en ville, je m'en chargerai, à condition que vous vous comportiez comme de véritables jeunes filles bien élevées. Comme il fait beau aujourd'hui, j'ai pensé que nous pourrions aller au parc pour admirer les gens élégants dans leurs voitures.

La dispute s'interrompit comme par magie, et l'aînée et la benjamine la remercièrent avec ferveur.

— Maria et Laura, vous pouvez aller mettre votre chapeau pendant que j'ai une petite discussion avec votre sœur.

Elles obéirent, laissant Jane en tête à tête avec Fenella. Celle-ci se tenait devant elle, hoquetant et reniflant, la tignasse en désordre, le bas de sa robe tout crotté et ses lacets dénoués. Son humeur était passée de la rage à une maussaderie hautaine qui ne seyait guère à son teint blafard. Cette enfant était en guerre contre la terre entière. Gagner sa confiance promettait d'être un défi.

En vérité, Jane n'avait aucune raison de se donner tant de mal. Elle n'était pas réellement gouvernante et ne resterait ici que le temps qu'il lui faudrait pour trouver le Fortescue qu'elle recherchait. Pourtant, il y avait chez les sœurs Osbourne quelque chose qui lui serrait le cœur, y compris chez l'infernale cadette. Jane se souvenait de ce que c'était que d'avoir treize ans et d'être mal dans sa peau. Cet âge n'avait cependant pas été le plus difficile pour elle. Par contraste, ce qu'elle avait subi par la suite faisait passer les demoiselles Osbourne, même la cadette, pour de sacrées chanceuses. Il n'empêche, Fenella était malheureuse et avait certainement des raisons de l'être.

Jane ne commit pas l'erreur de s'attaquer directement à ses griefs et à ses mauvaises manières.

— Nurse Bride a-t-elle toujours le sommeil aussi lourd ? s'enquit-elle sur le ton de la conversation. Je suis sidérée que les cris de Laura ne l'aient pas réveillée.

— Je suppose qu'elle a encore bu du whisky. Elle en a apporté une ou deux bouteilles d'Irlande.

— Eh bien, pour votre information, je n'en bois pas. Vous aurez plus de mal à vous échapper désormais.

— Ah oui ? ricana Fenella en carrant les épaules, une lueur de défi dans le regard.

Jane ne put qu'admirer sa combativité.

— C'est mon premier jour de travail ici, peut-être aurez-vous la bonté de ne pas me mettre déjà à l'épreuve ? Je vous emmène au parc, mais vous ne pouvez pas y aller dans une tenue aussi débraillée, ou vous allez bel et bien déranger les chevaux.

La jeune fille ne rit pas, pourtant Jane aurait juré qu'elle se retenait.

— Si vous me montrez votre chambre, je vous aiderai à démêler vos cheveux.

Chacune avait sa chambre, correctement meublée et chauffée, quoique dénuée de la moindre touche personnelle. À vrai dire, l'étage réservé aux enfants n'était ni chaleureux ni accueillant. Seul un maigre rayonnage de livres en désordre indiquait que la salle était réservée à l'étude, et il n'y avait rien pour s'amuser : ni jouets ni jeux, pas même une image aux murs.

Jane était furieuse contre le duc et se félicitait d'avoir l'occasion de s'entretenir avec lui le soir même. Avec un peu de chance, elle pourrait profiter de son intention manifeste de la séduire pour s'efforcer de découvrir quel homme de sa famille était à Paris en 1793.

Elle pressentait cependant qu'aucun d'eux n'obtiendrait ce qu'il désirait. D'autant qu'elle souhaitait également expliquer à son employeur comment améliorer la salle d'études et être un meilleur frère, et qu'elle n'était pas certaine qu'il apprécierait ses conseils.

4

Un an et demi plus tôt, à l'issue d'une guerre de succession sans merci, Julian avait hérité du très relatif privilège d'occuper l'hôtel particulier londonien du clan Fortescue. Relatif parce qu'en dépit de ses nobles proportions et de sa prestigieuse adresse, la demeure de Hanover Square était pleine de courants d'air, désespérément mal meublée et dénuée de toute chaleur humaine.

Maintenant qu'il pouvait s'offrir un personnel digne de ce nom, l'endroit ressemblait moins à un campement militaire. Il faudrait peut-être envisager de moderniser la décoration et le mobilier… s'il décidait de rester ici plutôt que de chercher un logement plus pratique. Il n'était nullement attaché aux traditions familiales. Ce n'était qu'une maison. Et il n'avait que faire de dix chambres à coucher et de plusieurs salles de réception.

Cela dit, ses sœurs occupaient maintenant tout le deuxième étage et leur gouvernante était logée dans les appartements privés de la duchesse. C'était du reste pour cette même gouvernante qu'il s'était éclipsé ce soir après avoir dîné avec Isaac Bridges et deux collectionneurs d'art, et avait renoncé à se rendre dans un salon littéraire, ou une tout autre destination de moins bonne tenue.

La bibliothèque était sa pièce préférée, peut-être la seule qu'il aimait et qui n'exigeait aucune amélioration. C'était également la seule à avoir échappé au vandalisme à l'époque où le cinquième duc, invalide, s'était retiré à Denford Castle, laissant une horde de cousins avides investir les lieux et faire main basse sur toutes sortes de *souvenirs* de valeur.

Visiblement, les Fortescue n'avaient pas un goût prononcé pour la littérature. Ici, les tapisseries fanées et les tapis élimés formaient un écrin parfait pour les innombrables reliures de cuir. Les tableaux accrochés au-dessus des rayonnages étaient de belle facture et le globe terrestre de la meilleure qualité (à ce propos, Mlle Grey avait vu juste en reconnaissant un Vaugondy, ce qui ne manquait pas de l'intriguer). Quant au bureau et à la longue table de travail, c'étaient de robustes meubles anglais à la noblesse sans prétention.

Au cœur de ce cadre sobre et studieux, dans une alcôve garnie de rayonnages située devant la cheminée, se trouvait une curiosité qui correspondait parfaitement au goût que Julian avait pour l'absurde, à savoir un luxueux divan tendu de brocard mordoré. Contrairement aux proches parents du précédent duc, ou plutôt à ses proches parentes, Julian ignorait tout de l'histoire et des traditions des Fortescue. Fils d'un mouton noir, il n'avait jamais été reçu dans la famille ni n'avait visité cette maison avant d'en hériter.

Il aurait bien aimé savoir pourquoi et comment ce canapé, si incongru dans cet environnement austère, était arrivé ici. Le vieux duc aimait-il s'allonger pour lire ? Utilisait-il ce divan pour satisfaire des appétits moins littéraires ? Ou bien – Julian trouvait cette pensée particulièrement émoustillante – une duchesse de Denford s'était-elle adonnée à des plaisirs secrets en feignant de plus studieuses activités ? Il se plaisait à imaginer qu'elle convoquait un valet de pied, ou le secrétaire de son époux, et le recevait en relevant ses jupes à paniers sur d'adorables jambes gainées de soie...

Pour sa part, il était toujours resté d'une chasteté irréprochable sur ce divan. Hélas ! C'était ici que s'était déroulée sa tentative de séduction ratée avec Cynthia Windermere et il n'avait pas tenté d'y attirer une autre femme.

Jusqu'à présent.

Il se servit un verre et choisit un volume d'estampes pour s'occuper en attendant son rendez-vous. Il était impatient. Pourvu que la gouvernante ne cède pas trop vite ! Plus long serait le siège, plus douce serait la victoire...

— Votre Grâce ?

Mlle Grey se tenait sur le seuil de la bibliothèque, auréolée de cette indéfinissable grâce qui démentait la simplicité de ses tenues. Faute de jupes à paniers, il se ferait un plaisir de révéler les trésors cachés sous cette robe austère à jupes larges. L'une des qualités de Mlle Grey, c'étaient ses jupes. Apparemment, la mode des robes près du corps à taille haute, venue du Paris révolutionnaire, n'avait pas atteint sa petite île exotique, et il s'en réjouissait.

— Mademoiselle Grey, entrez donc.

Elle fit quelques pas dans sa direction, le regard rivé sur lui, l'air contrariée.

— Je vous en prie, prenez place, ajouta-t-il en désignant le canapé.

Elle s'assit sur le bord, le dos bien droit, les mains croisées sur les genoux. En imagination, il se la représenta voluptueusement étendue, ses amples jupes retroussées, offerte à ses explorations.

Tablant sur le pouvoir déstabilisant du silence, il ne dit mot. Il ne s'attendait pas à un entretien facile. Il avait beaucoup à se faire pardonner après sa tirade dans la salle d'études. Il avait été dur avec Fenella, bien trop dur, même si la gamine l'avait exaspéré. Sa ressemblance physique avec le vieil Osbourne le disposait mal envers elle, alors qu'elle n'en était nullement responsable. Derrière son tempérament rebelle, elle recherchait secrètement l'approbation, devinait-il. Il avait été comme elle autrefois et il détestait cela. À l'école, en société, il avait cultivé des manières arrogantes pour se protéger de l'indifférence et du mépris, jusqu'à ce que l'illusion devienne réalité. À présent qu'il était duc, il pouvait se montrer aussi arrogant qu'il le souhaitait, à juste titre ou non.

Bras croisés, il fixa du regard la gouvernante dans l'espoir de l'intimider avec sa haute stature et son titre prestigieux. Sans le moindre résultat. Elle le dévisagea avec un calme olympien, puis arqua un sourcil amusé, avant d'esquisser un imperceptible sourire. Quelque chose lui disait qu'elle était aussi douée que lui à ce petit jeu.

Changeant de tactique, il s'approcha du plateau où étaient disposés les alcools, s'empara d'un flacon.

— Prendrez-vous un verre de cognac avec moi ?

Naturellement, elle allait refuser. Même dans son île perdue, les gouvernantes ne trinquaient pas avec leur employeur.

— Avec plaisir, merci.

Elle prit le verre qu'il lui tendait, encore incrédule, et avala une gorgée de l'excellent alcool qui, par miracle, avait échappé au pillage des cousins Fortescue.

— Je présume que vous souhaitez parler de mes élèves, Votre Grâce ?

— Plus tard, répondit-il en s'asseyant de telle façon que leurs genoux se touchaient presque. Dites-moi d'abord si vous avez besoin de quoi que ce soit. Si l'étage des enfants est aussi mal meublé que le reste de la maison, il doit manquer un certain nombre de choses. Des livres, par exemple. Vous pouvez utiliser la bibliothèque et commander tout ce qu'il vous faut.

— Je vous remercie, répondit-elle, manifestement surprise et reconnaissante. Je rédigerai une liste.

— Voyez cela avec Blackett, il s'en occupera. J'ai également prévu des cours de dessin. Bream viendra demain matin après le petit déjeuner. Ont-elles des dispositions dans ce domaine ?

— Je l'ignore. Aujourd'hui, nous avons surtout fait connaissance.

Julian l'écouta parler de compositions, d'arithmétique et de français. Vu la légèreté avec laquelle il avait engagé la jeune femme, il pouvait se féliciter d'avoir donné à ses sœurs une préceptrice aux compétences inespérées. Si Mlle Grey réussissait à leur transmettre ne fût-ce qu'un dixième de son charme et de sa distinction, elles deviendraient de véritables *ladies*. Même Fenella.

— Il y a toutefois un domaine d'études pour lequel j'aurai besoin de votre aide…

Il y avait également un domaine dans lequel il serait ravi d'apporter son concours, mais ce n'était probablement pas à celui-là qu'elle faisait allusion.

— Elles ne savent rien des Fortescue.

— Et c'est très bien ainsi, répliqua-t-il. Elles ne leur sont aucunement apparentées.

— Vous êtes leur frère, elles font donc partie de la famille. Il serait convenable qu'elles connaissent vos parents. Quand elles feront leur entrée dans le monde, vos relations seront les leurs.

— Je n'en vois pas l'utilité. Je n'ai rien à dire aux Fortescue, hormis Blackett. Et s'il m'adresse la parole, c'est uniquement parce que je lui donne du travail.

— Vous ne parlez pas à vos proches ?

Il l'avait choquée, c'était évident. Ses yeux ambrés étaient écarquillés et ses lèvres formaient un O de stupeur. Apparemment, Mlle Grey et lui n'avaient pas la même expérience de la vie de famille.

— Vous avez une position dans le monde et un devoir envers les vôtres. Vous leur devez assistance et, en retour, ils vous doivent soutien et respect. Voilà ce que c'est que d'être duc.

— Ah oui ? Première nouvelle ! Peut-être l'ignorez-vous, mademoiselle Grey, mais je n'aurais jamais dû hériter du duché. Je ne suis parvenu à ce rang qu'au terme d'une cascade d'événements malheureux. Au cours des vingt dernières années, les Fortescue mâles sont morts prématurément ou n'ont engendré que des filles. Quand c'est moi, le fils d'un lointain cousin à la réputation douteuse, qui me suis retrouvé le premier dans la ligne de succession, ils ont tous été furieux. Ils ont fait leur possible pour vider le titre de sa substance en s'emparant de l'essentiel de la fortune qui lui était attachée.

Il prit une gorgée de cognac. L'alcool apaisa un peu son amertume.

— Vous en conviendrez, un duché sans terres n'a aucune valeur. Ils ont réussi à mettre le grappin sur la plus grande partie des propriétés et, pour ma part, je considère qu'ils ont reçu assez d'*assistance* comme cela.

Son récit dut alarmer la jeune femme car elle fronça les sourcils, l'air préoccupée.

— Rassurez-vous, mademoiselle Grey, même la moitié de la fortune des Denford, cela reste considérable. Je suis tout à fait en mesure de vous régler vos gages. Et si vous voulez vraiment en savoir plus sur le passé glorieux des Fortescue, adressez-vous à Blackett. En tant que petit-neveu du cinquième duc, il était bien plus proche de lui que moi. Il a juste eu la malchance d'être issu de la branche féminine.

— Je n'y manquerai pas, répondit-elle, recouvrant sa sérénité. À présent, j'aimerais vous parler un peu de vos sœurs. Elles me disent qu'elles passent très peu de temps en votre compagnie.

— Pourquoi voudraient-elles me fréquenter ?

— Elles ont perdu leur père et leur mère est partie. Vous êtes la seule famille qu'il leur reste.

— Encore la famille ? Votre obsession pour ce sujet commence à m'inquiéter, mademoiselle Grey. Je ne partage absolument pas votre point de vue.

— Peut-être parce que vous ignorez ce que c'est que de perdre tous les siens.

S'il se fiait à ses inflexions nostalgiques et à son expression triste – elle d'ordinaire si pleine d'entrain –, elle avait laissé parler son cœur. Derrière ses airs assurés se dissimulait une histoire douloureuse. Il aurait pu exploiter cette piste en lui manifestant un peu d'intérêt et de compassion, il refusait toutefois de s'abaisser à de telles manœuvres, aussi catégoriquement qu'il refusait de parler de son propre passé. Les femmes adoraient cela, il le savait ; elles aimaient penser qu'elles avaient gagné la confiance d'un homme, qu'il s'ouvrait à elles et leur révélait son cœur. Il ne pouvait s'y résoudre. Une histoire d'amour devait être heureuse (du moins, jusqu'à ce qu'elle s'interrompe tristement) et son passé était assez terrible pour tuer dans l'œuf tout espoir dans ce domaine. Si celui de la jeune femme était aussi déprimant, il préférait ne rien en savoir. Il la charmerait par son humour, la ferait boire, la prendrait au piège de la sensualité ou la séduirait par la ruse. Et s'il n'y parvenait par aucun de ces moyens, il saurait reconnaître sa défaite.

Par chance, elle se ressaisit rapidement.

— Vous avez une mère et des sœurs, reprit-elle. Mon devoir est de prendre soin de ces jeunes filles et de les préparer à la vie qui les attend en tant que sœurs d'un duc. J'aimerais que vous soyez moins dur avec elles, en particulier Fenella.

— Elle a été avertie à plusieurs reprises qu'elle ne devait pas sortir sans y être autorisée, et seule par-dessus le marché. Londres n'est pas la campagne irlandaise.

— Je le lui ai également expliqué, mais elle s'ennuie et souffre de la solitude. Elle se sent différente de ses sœurs parce qu'elle ne leur ressemble pas physiquement, et de vous pour les mêmes raisons. Ce doit être douloureux d'avoir une apparence aussi... banale quand on est entouré de beautés.

— Vous dites probablement vrai, hélas, personne n'y peut rien. Tout se passerait mieux pour elle si elle se montrait un peu plus conciliante et s'acceptait telle qu'elle est.

Il aurait dû avoir honte de tenir de tels propos ! Lui-même ne s'était jamais montré conciliant. La vérité, c'était qu'il comprenait fort bien Fenella.

— La vie est injuste, il faudra qu'elle s'y fasse, insista-t-il pourtant. Que l'on soit dépourvu de beauté, de talent ou d'une position dans le monde, on ne répare pas la malchance d'un coup de baguette magique. Nous devons endurcir nos cœurs contre les flèches d'un destin capricieux et tirer le meilleur parti de ce que la Providence nous accorde. Personne ne le fera pour nous.

Bonté divine, comment pouvait-il être aussi fat ? se demanda-t-il confusément.

— Tout le monde n'a pas la chance de recevoir de l'aide, Votre Grâce, cependant, quand une main se tend, ce serait absurde de la repousser.

— Ma chère mademoiselle Grey, je crois comprendre que vous aimeriez venir au secours de cette demoiselle récalcitrante. Eh bien, je vous souhaite bonne chance. Pour ma part, je ne me lancerais pas dans une telle entreprise.

Elle fit tourner le liquide ambré dans son verre avant de le porter à ses lèvres.

— Excellent cognac, murmura-t-elle.

Avait-elle déjà renoncé à discuter ? Voilà qui serait exceptionnel.

— Comptez-vous tenir votre promesse de les emmener au théâtre ? Au moins Maria et Laura. Les punir parce que Fenella vous a désobéi serait injuste.

Non, elle n'avait pas renoncé. Bien sûr. Toutefois, cela lui offrait un prétexte en or pour orienter la conversation dans la direction qui l'intéressait. Faire connaissance avec Mlle Grey. Faire intimement connaissance.

— Très bien, mais si vous nous accompagnez.

— Je ne peux pas laisser Fenella. Qui sait de quoi elle serait capable si elle se retrouvait avec une nourrice alcoolique pour tout chaperon ?

Bon sang, elle avait réponse à tout !

— Ah, vous avez découvert le petit secret de Bridey, marmonna-t-il.

— Vous saviez ! Et vous lui avez tout de même confié vos sœurs !

— Non, rectifia-t-il, je vous ai engagée. Si j'accepte de les emmener toutes les trois, ainsi que vous, voir une pièce à Drury Lane, que ferez-vous pour moi en retour ?

Elle lui adressa un regard perplexe, puis étrécit les yeux d'un air méfiant.

— Si le plaisir d'une bonne pièce de théâtre et de la compagnie de vos sœurs ne vous suffit pas, il vous restera la satisfaction du devoir accompli.

— Nous avons déjà établi que je n'avais que faire du devoir. En revanche, le plaisir m'intéresse beaucoup. Je le ferai en échange d'un baiser.

— Je suis votre employée, Votre Grâce, lui rappela-t-elle d'un ton sévère. Ce ne serait pas convenable.

— Convenable ? répéta-t-il. Voilà un terme que j'ai banni de mon vocabulaire – de même que « devoir ».

— Ai-je le choix ? Perdrai-je mon poste si je refuse ?

— Ne me dites pas que vous préféreriez donner votre démission plutôt que m'embrasser !

— Vous ne répondez pas à ma question.

Elle soutint son regard sans ciller. À l'évidence, elle n'était pas prête à reculer. Ce fut lui qui déclara forfait le premier.

— Le choix vous appartient. Je ne voudrais pas d'une femme qui n'est pas consentante, même pour un simple baiser. Si vous refusez de m'embrasser, nous n'irons pas au théâtre, mais vous resterez la gouvernante de mes sœurs.

— Et si j'accepte, en resterez-vous là ? Cesserez-vous de poser de telles conditions ?

— Cela dépendra du plaisir que nous procurera ce baiser, répondit-il avec des inflexions sensuelles. S'il est agréable, et je ne doute pas qu'il le soit, ce ne sera qu'un début. J'en voudrai davantage, et vous également.

— Je vous trouve bien sûr de vous.

— Ma foi, l'avenir dira si j'ai raison.

— Ou non.

— Ou non, concéda-t-il galamment.

Elle était méfiante et curieuse. Et si elle pinçait les lèvres d'un air réprobateur, la couleur de ses joues, l'éclat de son regard et son souffle un peu saccadé racontaient une tout autre histoire. Son instinct de séducteur ne lui avait pas menti au sujet de Mlle Jane Grey.

Il se pencha en avant, laissa son genou frôler le sien. Ses doigts le démangeaient de sentir la douceur de sa peau, de suivre les contours de ses lèvres pulpeuses, d'explorer les trésors cachés sous sa robe.

À présent si proche qu'il percevait la chaleur de son corps et son léger parfum musqué, elle semblait l'appeler silencieusement, le supplier de la prendre. Il n'en fit rien. Ce n'était que l'effet de son propre désir, l'irrésistible attrait d'une jolie femme sur un divan de soie dorée. En outre, il ne voulait rien gâcher en se précipitant. Il plongea son regard dans le sien, conscient du pouvoir de séduction de celui-ci.

Cynthia avait toujours rougi de la façon la plus adorable quand il avait exercé son charme sur elle. Mlle Grey était taillée dans un bois plus solide. Elle lui rendit son regard d'un air sérieux, avant d'incliner la tête de côté comme si elle examinait un spécimen botanique intéressant. Puis ses lèvres s'incurvèrent en un sourire.

— Bien tenté, Votre Grâce.

Il y avait une pointe d'ironie dans sa voix aux inflexions exotiques.

— Ce beau regard bleu fait-il tomber les dames comme des mouches ?

— Parfois. Vous faites preuve d'un équilibre des plus contrariants.

— Ma foi, je n'en sais rien. Les apparences sont peut-être trompeuses. Voyons cela.

Elle se leva et feignit de s'assurer qu'elle ne vacillait pas, puis elle s'éloigna, hors d'atteinte de Julian, et lui tourna le dos.

— J'étais prêt à vous retenir, dit-il en bondissant sur ses pieds. Apparemment, j'ai beaucoup baissé puisque vous semblez immunisée contre mon charme.

— Il me semble en effet que vous ne me faites pas chavirer.

Il s'approcha d'elle par-derrière et, cédant à la tentation, posa légèrement les mains sur sa taille. Il l'effleura à peine, juste assez pour percevoir ses courbes fines. Elle tressaillit.

— Eh bien, mademoiselle Grey, est-ce entendu ? Un baiser et nous allons tous au théâtre.

Il se pencha pour respirer son parfum, une délicate senteur florale relevée d'une pointe de fleur d'oranger. Encouragé, il approcha ses lèvres de sa nuque. La jeune femme frissonna. L'espace d'un instant, il crut avoir gagné.

Puis elle s'écarta et pivota sur ses talons.

— J'y réfléchirai.

— Vous allez adorer, promit-il.

— Ce que nous adorons n'est pas toujours juste.

— Voilà une bien triste philosophie ! Pour ma part, je considère que si j'aime quelque chose, c'est juste.

— Vraiment, Votre Grâce ? riposta-t-elle en dardant sur lui son regard brun si pénétrant qu'il en était mal à l'aise. Votre vie est donc si simple ? Votre conscience aussi limpide ?

— Absolument. Je ne fais que ce qu'il me plaît et je me moque éperdument du reste.

La seconde partie de cette affirmation était un mensonge colossal.

— Je ne vous crois pas. Passé quinze ans, tout le monde a quelque chose sur la conscience.

Elle n'avait pas dit cela au hasard.

— Quinze ans ? Qu'avez-vous eu sur la conscience à quinze ans ?

Pour sa part, c'était l'âge où il avait été exclu d'Oxford et s'était lancé dans une longue virée en Europe avec Damian et quelques amis. Ç'avait été les plus belles années de sa vie.

Avec un temps de retard, il se reprocha cette question. Ne venait-il pas de se convaincre qu'il se moquait éperdument du triste passé de Mlle Grey ? Étonnamment, il avait développé un certain intérêt pour elle, au-delà de son vif désir de la séduire. Simple curiosité, bien sûr.

— Rien, répondit-elle d'un ton sec.

Il lui prit la main et la retint avec fermeté.

— Vous n'avez pas répondu à ma précédente question.

— Je vous ai dit que j'y réfléchirais.

— Vous me donnerez votre réponse demain soir. Même lieu, même heure.

Incapable de se souvenir depuis combien de temps une femme n'avait pas autant excité sa curiosité, il se lança un petit pari. S'il la mettait dans son lit – ou plutôt, sur son divan – avant son départ pour la Belgique, il s'offrirait une récompense. Le pastel de Fragonard pour lequel Bridges, ce vieux grigou, réclamait une somme astronomique.

Il le voulait absolument.

Parce que, s'avisa-t-il soudain, la fille au doux visage ressemblait comme une sœur à Mlle Jane Grey.

Jane dut faire appel à toute sa volonté pour quitter la bibliothèque sans se départir de son calme et de sa dignité. Elle tremblait d'envie de dire oui, oui, oui ! De s'abandonner au baiser du duc, puis à un deuxième, puis à un troisième... Voilà quelques mois qu'elle avait quitté son amant, Henri Dupont, pour qui elle avait éprouvé du désir mais pas d'amour, et qu'elle avait choisi parce qu'il était très différent de Mathieu. Il lui manquait parfois, la nuit. Les sensations qu'il avait éveillées en elle n'étaient rien comparées à l'incendie que lord Denford pouvait allumer d'un seul regard, d'un frôlement. Quand elle avait senti la caresse de son souffle sur sa nuque, la douceur de ses lèvres, elle avait serré les poings à s'en griffer les paumes pour résister à une folle envie de s'offrir à lui sur ce divan tendu de brocard doré.

Ce meuble décadent n'avait pas sa place dans une bibliothèque. Elle aurait préféré que leurs rendez-vous aient lieu dans une pièce froide et fonctionnelle. Le cellier, par exemple. Hum, il faisait sombre dans les celliers. Être seule dans l'obscurité avec le duc de Denford n'était pas une bonne idée.

Elle regagna sa chambre, où elle fut accueillie par un bon feu et la lueur chaleureuse de la lampe posée sur la coiffeuse. Elle projetait des ombres dansantes sur la pièce somptueuse et illuminait le lit drapé de velours. Jane avait besoin de réfléchir, or ce décor n'était guère propice à l'exercice de la froide raison. Refermant la porte, elle se rendit dans la salle d'études.

Elle avait été surprise d'apprendre que lord Denford n'avait pas prévu d'hériter de son titre. Elle avait supposé qu'il avait accédé à ce rang dans les conditions ordinaires, selon la succession directe, et après avoir porté un titre de moindre importance. Or il avait été un simple M. Fortescue. Pas une fois elle n'avait envisagé que le duc de Denford en personne puisse être celui qui avait envoyé sa famille à l'échafaud.

Assise sur une inconfortable chaise de bureau, elle posa les coudes sur la table, appuya le menton sur ses paumes et ferma les yeux pour convoquer un lointain souvenir.

Jamais elle n'avait été présentée au fameux M. Fortescue. Pendant les mois douloureux qui avaient suivi l'exécution du roi Louis XVI, alors que la France était en plein chaos, Jeanne avait pris conscience du péril grandissant. Elle avait surpris des murmures. Et pendant tout ce temps, sa mère et Mlle Grey avaient continué de la préparer à sa présentation à la cour – comme s'il y avait encore une cour ! – et à ses fiançailles, qui devaient officialiser un arrangement conclu dès sa naissance.

Ses leçons avaient été brutalement interrompues quand Marie-Antoinette avait été jugée et avait rejoint son royal époux dans la mort. Mlle Grey était partie à l'époque où leur père avait commencé à recevoir la visite discrète d'étrangers, un en particulier. Le marquis, qui était un père affectueux et fier de ses enfants, se faisait toujours une joie de les présenter à ses visiteurs. Pourtant, jamais il ne les avait appelées quand M. Fortescue était présent. Tout ce que Jeanne avait compris, c'était qu'il était engagé dans de mystérieuses négociations avec l'Anglais.

Un jour, elle avait trouvé ses sœurs en larmes parce que l'un des domestiques, avant de quitter leur service, avait craché sur elles en les insultant.

— J'ai peur, avait gémi Antoinette. Il a dit que bientôt les privilèges seraient abolis et tous les *ci-devant* éliminés.

— Papa nous protégera, avait promis Jeanne en priant pour ce soit vrai. Peut-être va-t-il même nous emmener à l'étranger ? Je vais lui demander.

Elle avait prétexté qu'elle devait aller promener le bichon de la famille et avait emprunté l'escalier de derrière. Là, elle avait croisé un homme, et s'était étonnée qu'il quitte la maison par une porte de service au lieu de passer par la grande entrée.

— Excusez-moi, mademoiselle, avait-il marmonné en français avant de s'éloigner en pressant le pas.

Si elle n'avait pas vu son visage, elle avait reconnu son accent anglais.

— Tout ira bien, avait déclaré son père quelques minutes plus tard quand elle l'avait trouvé dans son bureau. Tu peux dire à tes sœurs de ne pas s'inquiéter. Garde cela pour toi, Jeanne, mais un Anglais de bonne naissance, M. Fortescue, va nous aider.

Jane compara mentalement le duc de Denford à l'homme qu'elle avait croisé ce jour-là.

M. Fortescue était grand. Le duc de Denford aussi. Il possédait la même silhouette athlétique. Peut-être était-ce lui, même si elle imaginait le duc de Denford plus mince dans sa jeunesse.

L'inconnu portait un chapeau, si bien qu'elle n'aurait su dire s'il possédait cette chevelure d'un noir d'ébène. Il ne lui avait pas paru très distingué. Sa veste de velours vert élimée aux coudes et sa cravate blanche nouée sans élégance étaient celles d'un bourgeois, non d'un homme bien né. Il n'était pas vêtu de noir, cela dit, lord Denford ne l'était peut-être pas autrefois. Au demeurant, elle avait du mal à croire que, même jeune, il ne l'ait pas impressionnée, si elle en jugeait par l'effet qu'il exerçait sur elle aujourd'hui.

Toutefois, ce qui l'incitait à penser que son M. Fortescue et lord Denford ne pouvaient pas être un seul et même homme, c'était l'âge. Neuf ans plus tôt, le duc ne devait pas avoir plus d'une vingtaine d'années. L'inconnu n'était plus un jeune homme, elle en était certaine. Et son père avait parlé de lui avec respect, comme d'un homme mûr et solide.

« M. Fortescue ne nous abandonnera pas, avait assuré son père la veille de leur départ. Il m'a promis que nous aurions des passeports. C'est un Anglais de bonne naissance et un homme de parole. Il sera bientôt là. »

Un homme de parole ? À en croire son père, il avait reçu une forte somme pour acheter des fonctionnaires. Jeanne en était presque certaine, les somptueux bijoux de sa mère avaient été sacrifiés. Le très noble M. Fortescue avait bel et bien fait livrer les passeports… avant de dénoncer les Falleron aux autorités révolutionnaires. Pauvre papa ! Il avait payé cette erreur de sa vie, sans parler de celles de son épouse et de ses deux cadettes.

Jane pressa les mains sur ses yeux. Elle pouvait contenir ses larmes, mais pas son chagrin au souvenir de ce funeste matin. On avait cogné à la porte avec cette violence typique de la soldatesque. Marie-Thérèse et Antoinette accrochées à ses jupes, Jeanne s'était composé un masque serein, comme si elle était réellement la gouvernante anglaise dont elle avait les papiers sur elle.

Elle ravala un sanglot, refusant de penser à la terrible séparation, à ces derniers instants avant lesquels les êtres qui lui étaient les plus chers au monde lui avaient été arrachés. S'attarder sur le passé n'était que souffrance inutile. Elle devait penser à l'avenir à présent.

Si elle ignorait pourquoi on lui avait donné l'identité de Jane Grey – son passeport pour la survie ! –, elle avait du moins une certitude : ce destin lui avait été réservé pour qu'elle venge sa famille et anéantisse M. Fortescue.

Elle espérait qu'il n'était pas mort. Quelle frustration, s'il avait paisiblement quitté cette vallée de larmes et faisait partie de la cohorte des M. Fortescue dont le décès avait permis à Julian Fortescue d'accéder au titre de duc de Denford ! Car il devait mourir... mais de sa main à elle !

Un bruit la tira de ses sombres méditations. Elle rouvrit les paupières et tendit l'oreille, puis, intriguée, remonta le couloir sur la pointe des pieds jusqu'à la chambre de Laura. Naturellement, rien ne devait réveiller cette maudite nourrice alcoolique, sauf peut-être un tir d'artillerie ou un tremblement de terre.

— Qu'y a-t-il, ma bichette ? demanda-t-elle en français, utilisant le terme affectueux que sa mère employait si souvent.

Elle s'assit sur le bord du lit et caressa le visage baigné de larmes de la petite.

— Vous avez fait un cauchemar ?

L'enfant se redressa et noua les bras autour de la taille de Jane.

— J'ai peur, gémit-elle. Je veux rentrer à la maison.

— Vous ne risquez rien. Je suis là.

— Ne me laissez pas toute seule, supplia Laura en la serrant plus fort.

— Je ne vous laisserai pas, je vous le promets.

Tout en murmurant des paroles apaisantes, elle essuya les yeux de la fillette, puis la recoucha et la borda. Elle s'étendit ensuite près d'elle.

— Je vais rester avec vous jusqu'à ce que vous vous rendormiez, murmura-t-elle.

— Je veux maman !

« Moi aussi, songea Jane. Au moins, la vôtre reviendra. »

5

Oliver Bream avait quitté son logement de Conduit Street, gratuit quoique sans chauffage, et frappa à la porte de Fortescue House, en proie à des sentiments mitigés. Il était affamé et se réjouissait du copieux petit déjeuner qui l'attendait. Il devrait ensuite donner un cours de dessin à trois jeunes filles. Il détestait enseigner, surtout aux amateurs, et *a fortiori* aux jeunes filles – la plupart du temps, elles étaient dénuées de talent et manquaient d'application –, mais comment dire non à Julian, qui l'invitait régulièrement à sa table et le rétribuait grassement pour ses services ?

Avec ce qu'il allait empocher, il pourrait s'offrir de la peinture et des toiles pour sa prochaine série de tableaux. Des thèmes bibliques, un sujet noble et exaltant qui plairait sûrement. Les collectionneurs d'art n'étaient peut-être pas touchés par ses œuvres historiques fort sérieuses, en revanche, tous allaient à l'église. Il se félicitait de ce projet qui lui permettrait de renflouer ses caisses sans se renier artistiquement parlant et il était impatient de s'en ouvrir à ses amis, qui lui répétaient que seuls les portraits d'enfants et de chiens étaient lucratifs. Le bruit des espèces sonnantes et trébuchantes tintait déjà à ses oreilles, et il songea qu'il pourrait demander la main de Peg, la nouvelle serveuse du Lion rouge dont il était éperdument épris.

Bien que récemment engagés, les domestiques de Hanover Square connaissaient déjà ses habitudes. Après s'être débarrassé de sa sacoche et de ses carnets, il gagna la petite salle à manger du rez-de-chaussée.

Dans sa hâte à remplir son assiette, il ne remarqua pas immédiatement qu'il avait de la compagnie. Une petite toux polie lui fit lever les yeux. Il découvrit alors la femme la plus ravissante qu'il eût jamais rencontrée. Oubliant Peg, il sut aussitôt qu'il aimerait cette délicieuse créature jusqu'à la fin de ses jours.

— Bonjour, le salua-t-elle d'une voix plus douce que celle d'un ange, je présume que vous êtes M. Bream ?

Elle jeta un coup d'œil intrigué à son assiette qui débordait de mets. Il avait l'habitude. Les gens étaient toujours étonnés qu'un homme aussi mince pût manger autant, cela dit, ils ignoraient à quel point la pratique de son art exigeait de l'énergie.

— Appelez-moi Oliver, je vous en prie. Et moi, je vous appellerai Beauté.

Il était pressé de la peindre ! Elle serait son modèle pour Esther. Non, Judith. Ou pourquoi pas Dalila ? Elle possédait la beauté des grandes tentatrices.

Elle lui sourit, révélant une rangée de dents parfaites.

— Vous dites cela à toutes les femmes ?

— Certainement pas ! se défendit-il avec véhémence. Rien qu'à vous. Avant vous, il n'y a eu aucune autre femme au monde.

— Il doit y avoir quelque chose dans cette maison pour que les messieurs s'y montrent aussi entreprenants. En dehors de ces murs, il faut au moins deux rendez-vous avant qu'un homme déclare sa passion.

Elle était aussi abordable que jolie ! Son petit déjeuner oublié, Oliver commença à réfléchir. Comment allait-il faire poser Dalila quand elle coupe les cheveux de Samson ?

— Peut-être devrions-nous éviter de brûler les étapes ? suggéra-t-elle. Parlons plutôt de notre leçon de dessin. Je suis Mlle Grey, gouvernante des demoiselles Osbourne.

— Alors vous assisterez à notre cours. Parfait ! Vous serez notre modèle.

Elle darda sur lui un regard soupçonneux.

— Vous ne suggérez quand même pas que je retire mes vêtements ?

— En aucun cas ! protesta Oliver, choqué. Jamais je ne ferais une telle proposition. Du reste, je peins rarement des nus.

Puis, s'avisant qu'elle ne serait peut-être pas très enthousiaste à la perspective d'incarner une séductrice, il comprit qu'il devrait ruser pour parvenir à ses fins.

— Je suis sûr que nous pourrons trouver une pose confortable. Il suffira de vous ajouter un drapé. Votre robe est un peu… modeste.

— Nous verrons cela.

Elle consulta l'horloge.

— Vous êtes bien matinal, reprit-elle. Mes élèves sont en train de prendre leur petit déjeuner à l'étage. J'espérais trouver lord Denford, mais M. Blackett me dit qu'il est sorti faire une promenade à cheval. Vous connaissez Sa Grâce depuis longtemps ?

— Julian ? Cela fait plusieurs années.

Cet Oliver Bream était d'une drôlerie irrésistible. Si Jane refusait de prendre au sérieux ses déclarations de passion éternelle, elle ne doutait pas de son talent artistique. Elle soupçonnait lord Denford de ne pas se contenter de piètres exécutants, quelle que fût la tâche pour laquelle il engageait quelqu'un.

Puis elle songea à son propre entretien d'embauche, qu'elle avait réussi avec une déconcertante facilité malgré une quasi totale absence de qualifications pour le poste. À la réflexion, ce M. Bream n'était peut-être qu'un épouvantable barbouilleur.

— Lord Denford achète-t-il vos œuvres ? s'enquit-elle.

— Hélas, non !

— Savez-vous où sont passés les tableaux qui se trouvaient ici ?

Elle désigna la série de rectangles clairs sur les murs, là où des cadres avaient été accrochés autrefois.

— Il y a des marques identiques dans toute la maison, ajouta-t-elle.

— L'un des précédents ducs était un mécène de Hogarth[1]. Si ses œuvres occupaient ces murs, c'est une perte tragique. Julian a des goûts exécrables en peinture.

— Encore des médisances sur mon compte, Oliver ?

Jane oublia le jeune artiste blond à l'instant où la haute silhouette de lord Denford s'encadra sur le seuil. Le duc arborait la mine éclatante de celui qui vient de galoper au parc et sa crinière noire était si désordonnée que Jane eut envie d'y glisser une main. Il adressa un sourire chaleureux à Bream, révélant un aspect fort séduisant de sa personnalité. Cela dit, Jane n'avait nul besoin d'une raison supplémentaire de lui trouver du charme.

— Julian ! s'exclama Bream. Je viens de faire la connaissance de Mlle Grey. Une déesse ! Une Aphrodite, une Diane chasseresse !

Il ne semblait nullement gêné de tenir des propos aussi dithyrambiques. Au demeurant, le duc se

1. William Hogarth, peintre anglais à qui l'on doit la série *A Rake's Progress*, une étude des vices de la société anglaise des années 1730. *(N.d.T.)*

contenta de lever les yeux au plafond d'un air amusé. Jane l'aurait volontiers imité si elle n'avait craint de vexer M. Bream. Il ne pensait pas à mal, elle l'aurait juré. Et elle n'était pas femme à s'offusquer que l'on parle d'elle en termes flatteurs. Elle savait que les hommes, à commencer par lord Denford, la trouvaient séduisante. Elle savait aussi qu'elle n'était pas d'une grande beauté.

— Quel est votre prénom, mademoiselle Grey ? Votre nom vous va fort mal. Grey ! Il n'y a rien de gris en vous ! Je suis sûr que votre prénom reflète mieux votre incomparable beauté.

— Je crains que ce ne soit rien de plus que Jane.

— Peu importe. Vous n'avez nul besoin d'ornement. À partir d'aujourd'hui, Jane sera le plus beau des prénoms et n'appartiendra qu'à vous.

— Je crains que quelques milliers d'autres Jane n'y voient une objection, monsieur Bream.

Elle coula un regard à lord Denford, qui semblait partager sa perplexité amusée. Leur échange prit bientôt un tour plus brûlant. S'arrachant à sa fascination, elle détourna les yeux et but son thé, qui avait refroidi.

— Ne me dis pas que tu es de nouveau amoureux, Oliver ? s'enquit lord Denford.

— Je ne l'ai jamais été ! Jane m'a fait oublier toutes les autres.

— C'est probable. Jusqu'à la prochaine. Sans vouloir dénigrer vos charmes, mademoiselle Grey, Oliver rencontre la nouvelle femme de sa vie environ une fois par semaine. Si sa dévotion pour vous dure plus d'un mois, vous pourrez vous vanter d'avoir inspiré une passion exceptionnelle. Héloïse et Abélard, Roméo et Juliette, Béatrice et Dante, Jane et Oliver…, vous rejoindrez la liste des couples d'anthologie.

Jane ne put s'empêcher d'éclater de rire. Dieu merci, M. Bream n'en prit visiblement pas ombrage.

— Je suis très flattée de nourrir votre inspiration, monsieur Bream, dit-elle après avoir adressé un regard sévère à lord Denford. Je n'aurais pas dû rire, mais Sa Grâce a parfois un humour féroce. Je vous en prie, ne pensez pas que je me suis moquée de vos sentiments.

— Rassurez-vous, Jane, Julian et moi sommes de vieilles connaissances. Je ne prête même plus attention à ce qu'il raconte.

— C'est exact, confirma l'intéressé.

— Votre Grâce, si vous aviez une minute à m'accorder, j'aurais une requête à vous présenter, dit la jeune femme.

— J'espère que j'aurai plaisir à y répondre positivement. Si c'est le cas, vous pouvez me demander n'importe quoi.

— Cette question ne devrait ni vous plaire ni vous déplaire particulièrement.

— Me voilà encore déçu. Oliver, pour une fois, fais attention à ce que je dis et laisse-nous. Va préparer ton cours dans le salon bleu, je dois m'entretenir avec Mlle Grey.

— Ma demande n'a rien de privé, précisa Jane.

— Cela semble évident, hélas ! Bon sang, Oliver, tu es encore là ?

— Vous nous rejoignez ensuite, n'est-ce pas, mademoiselle Grey ?

— C'est promis, monsieur Bream. Je n'en ai pas pour longtemps. Mes élèves ne vont pas tarder à descendre avec leur matériel de dessin.

Elle le suivit du regard tandis qu'il se dirigeait vers la porte, plus tendue qu'elle ne voulait le montrer à la perspective d'être seule avec lord Denford. Celui-ci s'assit à la table et se servit une tasse de café en prenant tout son temps. Elle tenta de se rassurer, se disant qu'à 9 heures du matin dans une salle à manger, devant la table du petit déjeuner, elle était relativement protégée contre les élans de désir qui la consumaient. Elle détourna pourtant pudiquement les yeux quand le duc porta sa tasse à ses lèvres.

— Oliver ne fait pas toujours preuve du même discernement dans le domaine sentimental, fit-il remarquer. La liste des femmes de sa vie, depuis cinq ou six ans que je le connais, est positivement ahurissante. Elles ont toutes un point commun : elles sont inaccessibles. Toutes les femmes lui résistent.

— Qu'est-ce qui vous fait croire que je l'éconduirais ? M. Bream est tout à fait charmant. Pour ce que vous en savez, il incarne peut-être mon idéal masculin.

— Non.

— Oh ? Et quel genre d'hommes pensez-vous que je préfère ?

Risquant un regard dans sa direction, elle vit qu'il l'observait, un sourire carnassier aux lèvres.

— Ce point est toujours à l'étude mais je progresse. Vous flirtez avec moi.

— Certainement pas !

C'était un mensonge éhonté. Elle aurait rougi de se livrer à un tel badinage, surtout avec un membre de la famille Fortescue. Redressant le dos, elle tenta de se conformer à son personnage de gouvernante.

— Hier soir, commença-t-elle, je me suis couchée tard...

— Continuez. Ce que vous faites la nuit m'intéresse au plus haut point !

— ... et j'ai trouvé Laura en train de pleurer dans son lit.

— Oh !

— Elle allait bien, rassurez-vous, c'est juste que sa mère lui manque. Ce qui m'inquiète, c'est que si elle avait réellement été souffrante, personne ne s'en serait aperçu. Nurse Bride était, comme d'habitude, assommée par l'alcool.

— Vous me demandez de mettre Bridey à la porte ? Il n'en est pas question. Pour votre gouverne, mademoiselle Grey, sachez qu'elle souffre de terribles rhumatismes. Si c'était une dame, elle s'anesthésierait au laudanum. Il se trouve qu'elle préfère un peu de whisky pour atténuer les douleurs de l'âge pendant la nuit.

— Pas seulement la nuit, mais là n'est pas la question. Et il ne me viendrait pas à l'idée de vous demander de congédier un membre de votre personnel. J'allais proposer de dormir dans la nursery afin de pouvoir surveiller mes élèves.

Elle préféra ne pas avouer que, alors qu'elle somnolait à côté de Laura, elle avait été réveillée par Fenella qui tentait une sortie furtive. Elle voulait éviter que l'adolescente soit punie.

— Elles ont besoin d'une attention que nurse Bride ne peut leur offrir.

— Vous pouvez leur offrir toute l'attention nécessaire quand elles ne dorment pas.

Tant d'indifférence la hérissait.

— Ce sont vos sœurs, lui rappela-t-elle en s'efforçant de conserver son calme. Elles apprécieraient que vous aussi leur consacriez un peu d'attention.

— N'ai-je pas promis de les emmener au théâtre ? Sous certaines conditions, bien entendu.

— Votre Grâce, je vous demande l'autorisation de m'installer à l'étage des enfants, dit-elle aussi poliment qu'elle en était capable. Ce serait plus convenable que la chambre que vous m'avez attribuée.

— Vos appartements ne vous conviennent pas ?

— Bien sûr que si ! À qui ne conviendraient-ils pas ?

— Alors restez-y. J'engagerai une bonne pour surveiller les filles pendant la nuit. Mieux, c'est vous qui la choisirez, puisque vous devrez travailler avec elle.

— La chambre que vous m'avez octroyée est celle d'une duchesse, pas d'une gouvernante.

— En l'absence de toute duchesse, il me plaît que vous y logiez.

— Je vais être honnête, Votre Grâce. Je ne me sens pas tranquille dans une chambre si proche de la vôtre. La porte qui les sépare est verrouillée mais je n'en ai pas la clef. Je présume que c'est vous qui la détenez ?

— Je croyais avoir été clair hier soir, répliqua lord Denford d'un ton sans réplique. Apparemment, je ne l'ai pas été assez. Vous n'avez rien à craindre de moi. Je ne suis pas attiré par une femme qui ne serait pas consentante. Vous pouvez dormir en paix, je n'ai pas l'intention de franchir cette porte.

— Bien, murmura Jane.

Elle ne savait que dire ou que faire de plus… sinon se persuader qu'elle n'avait pas plus que lui l'intention qu'il franchisse cette porte.

— Dans ce cas, je vais rejoindre mes élèves. La leçon va bientôt commencer et je préfère ne pas les laisser seules avec M. Bream.

— Grands dieux, non ! s'exclama le duc en remplissant de nouveau sa tasse de café. Cet homme est un danger pour la gent féminine dans son ensemble.

Alors que Jane quittait la salle à manger, il la rappela.

— Une dernière chose, mademoiselle Grey. Si *vous* décidiez de franchir cette porte, vous seriez la bienvenue.

Ce jour-là, Julian avait prévu de préparer son expédition en Belgique, où il devait récupérer une quarantaine de toiles de maître. Le déplacement d'œuvres si fragiles et imposantes présentait un certain nombre de défis logistiques qu'il n'avait pas pu résoudre durant les années de guerre. En vérité, il n'était pas encore sûr de ce qu'il comptait en faire. À l'époque où il avait eu la possibilité d'acquérir une partie d'une prestigieuse collection incluant des Raphaël, des Titien et des Véronèse, le jeune homme de vingt ans qu'il était alors n'avait pas résisté à la tentation. Il désirait toujours cette collection. Quel amateur d'art n'en aurait pas voulu ?

Pourtant, il ne ressentait aucune impatience. Une autre œuvre, faite de chair et de sang, captivait toute son attention. En cet instant, rien d'autre ne le consumait davantage que la perspective de posséder Jane Grey... et il n'hésiterait pas à recourir à la ruse pour y parvenir. Le moment était venu d'offrir à la jeune femme quelques encouragements.

Après un copieux petit déjeuner, il s'entretint avec Blackett du recrutement de deux bonnes d'enfants, puis gagna le salon bleu, où se déroulait la leçon de dessin avec Mlle Grey pour modèle, à la fois pour les élèves et pour le professeur.

S'il avait nourri la moindre inquiétude qu'une romance se noue entre Oliver et la jeune femme, ses craintes furent vite apaisées.

— Il n'en est pas question ! s'écria Mlle Grey comme il entrait.

Elle était à demi étendue sur une méridienne et, pour une mystérieuse raison, brandissait un couteau. L'arme n'avait rien de menaçant ; c'était un couteau à fruits au manche de nacre qu'Oliver devait avoir chapardé à la table du petit déjeuner. Quant à l'expression furieuse de la gouvernante, Julian n'aurait su dire si elle était dictée par le modèle qu'elle était censée incarner ou par un différend avec l'artiste.

— Je vous en prie, Jane, plaida ce dernier. Encore dix minutes et j'aurai terminé l'esquisse.

— Vous êtes ici pour enseigner le dessin à mes élèves, pas pour préparer votre prochain chef-d'œuvre.

Le ton sarcastique disait mieux que des mots ce que Julian avait besoin de savoir. Combien de fois avait-il écouté d'une oreille distraite Oliver décrire de futures réalisations grandioses qui franchiraient rarement le stade de croquis ?

— Je vais la leur donner, cette leçon, mais je sais que vous ne voudriez pas que je perde cet instant si précieux. Votre expression en ce moment est *parfaite*. Gardez-la, je vous prie.

Si Julian se fiait à son air, elle posait pour un personnage de meurtrière. Une meurtrière diablement aguichante. Malgré sa robe quasi monacale d'un sage bleu ardoise, sa posture – adossée aux coussins, jambes légèrement écartées, buste soulevé – faisait naître en lui une brûlure désormais familière.

Il observa la scène un moment depuis le seuil du salon, se demandant ce qui le fascinait autant chez cette femme. Sa réaction lui évoquait ce qu'il ressentait en présence d'une œuvre d'art authentique, l'évidence immédiate que l'on éprouve devant la plus haute qualité. Toutefois, s'il avait souvent connu ce frisson devant une toile, c'était bien la première fois qu'une femme le provoquait.

Ce fut Oliver qui s'avisa le premier de sa présence.

— Julian ! Vous êtes l'homme de la situation ! Allongez-vous près de Mlle Grey, je vous prie. Vous ferez un Samson idéal.

S'allonger près de Mlle Grey ? C'était précisément son intention, quoique pas en public. La jeune femme était aussi séduisante que la tentatrice de la Bible. Il ne restait qu'à espérer qu'elle ne fût pas aussi traîtresse.

— Je crains que vous ne fassiez pas grand mal à mes cheveux avec cela, mademoiselle Grey, ironisa-t-il.

— Je suppose que l'on n'avait pas de ciseaux à l'époque.

— La plupart des grands maîtres, tels que Rubens ou Van Dyck, ont représenté cette même scène avec des costumes de leur époque, et parfois les outils également.

Je me souviens d'une Dalila peinte par Guercino, qui brandissait une paire de ciseaux.

Il traversa la pièce et se posta près du canapé. La jeune femme leva les yeux vers lui puis, comme si elle prenait soudain conscience de sa pose provocante, resserra abruptement les jambes. Julian feignit de n'avoir rien remarqué de ses charmes si généreusement exposés. Au demeurant, son beau visage et son regard pétillant d'intelligence étaient en eux-mêmes aussi attirants que ses courbes.

— Vous ne pensez pas, demanda-t-il doucement, que Dalila devrait être moins couverte ? Après tout, ils sont dans un lit quand elle le trahit.

— Le Caravage l'a peinte habillée. Je présume que la nuit était fraîche.

Elle se redressa et posa fermement les pieds sur le parquet sans tenir compte des protestations d'Oliver.

— Et ce n'est pas une conversation convenable pour les oreilles de vos sœurs.

Un gloussement accueillit cette remarque. Pas un instant Julian n'avait songé aux filles. Elles étaient assises en rang, de l'aînée à la benjamine, chacune équipée d'un carnet et d'un crayon, et regardaient la scène, toute innocence. Laquelle avait ri ? Sûrement l'exaspérante Fenella. À moins que la belle et pieuse Maria ne fût capable d'humour ? Ce ne pouvait pas être Laura. Absorbée par son dessin, elle faisait courir son crayon sur le papier avec enthousiasme.

— Je ne suis pas un homme *convenable,* marmonna-t-il. Voilà pourquoi j'ai engagé une gouvernante. Pour les protéger contre mon influence pernicieuse.

— Aucun risque, elles vous voient si peu, rétorqua Mlle Grey.

Elle avait parlé à voix basse pour que les fillettes ne l'entendent pas. Julian haussa le ton pour le seul plaisir de la provoquer.

— J'ai donc une excellente raison de les laisser tranquilles. N'est-ce pas une preuve d'un exceptionnel sens des responsabilités ?

— Vous êtes impossible, Votre Grâce.

— Et vous, mademoiselle Grey, murmura-t-il, vous êtes bien impertinente pour une simple employée.

Il la vit, non sans amusement, ravaler une réplique acerbe, et regretta de ne pas entendre celle-ci. Il appréciait qu'elle soit telle qu'elle était et elle l'avait bien compris.

— J'ai proposé une sortie au théâtre pour les demoiselles Osbourne, annonça-t-il.

Des cris de joie accueillirent cette déclaration.

— Sous certaines conditions, ajouta-t-il pour tempérer l'enthousiasme de ses sœurs. Mlle Grey les connaît et la décision lui revient.

La jeune femme afficha un sourire poli, mais darda sur lui un regard furieux tandis qu'un chœur de « S'il vous plaît, mademoiselle Grey ! » montait des rangs de ses élèves. C'est alors qu'Oliver, avec son manque habituel de délicatesse, priva Julian du plaisir de découvrir comment Mlle Grey allait se débrouiller avec ce pavé qu'il venait de lancer dans sa mare.

— Dix minutes, Jane ! supplia le peintre. Accordez-moi juste dix petites minutes !

Avec la vivacité d'esprit qui la caractérisait, Jane avait compris qu'en dépit de ses déclarations d'amour éternel, Oliver n'aimait pas qu'on le contredise quand il travaillait. Sans autre signe d'impatience qu'un léger mouvement de tête, elle reprit sa pose aguichante, brandit son couteau à fruits et se composa une expression de rage meurtrière digne de Mme Siddons [1] incarnant lady

1. Comédienne britannique (1755-1831), célèbre pour ses rôles tragiques, notamment celui de lady Macbeth dans *Macbeth* de Shakespeare. *(N.d.T.)*

Macbeth. Cette fois, Julian ne doutait plus qu'il était l'objet de son ressentiment. Avec un peu de chance, le ressentiment se transformerait en convoitise...

— Allons, Julian, j'ai besoin d'un Samson ! Posez la tête dans le giron de Mlle Grey et laissez-la vous couper les cheveux.

— L'offre est tentante, je dois toutefois la décliner. Depuis le temps que nous nous connaissons, je n'ai jamais posé pour toi et je n'ai pas l'intention de briser cette règle, même pour Samson. Il te faut un modèle mieux bâti. Sans compter que si je refuse de confier mes cheveux à un barbier, je ne prendrai pas le moindre risque avec une gouvernante armée d'un couteau à fruits.

— Pourquoi sont-ils si longs, Votre Grâce ? demanda timidement Maria. On les porte encore ainsi en Irlande, où on se moque bien de la mode, mais pas à Londres.

— Simple coquetterie, répondit lord Denford. Et tu es ma sœur. Tu peux m'appeler Julian. Ou Denford, si tu tiens à l'étiquette.

Puis, parce qu'il savait que cela plairait à Mlle Grey et uniquement pour cela, il décida de manifester un peu d'intérêt à ses sœurs.

— Montre-moi donc ton dessin ! Je te préviens, je suis un critique sévère. M. Bream sera plus bienveillant. Quand il trouvera le temps de jeter un coup d'œil à ton travail.

Maria obtempéra, à la fois fière et modeste. Elle avait juste esquissé la silhouette de Mlle Grey et s'était concentrée sur son visage.

— Tu as un coup de crayon agréable et il y a une certaine ressemblance. Toutefois, ce portrait manque de vie. Je ne te conseille pas une carrière artistique.

— Cela ne me viendrait pas à l'idée, assura Maria. Mais j'aurai bientôt l'âge de me marier et les hommes admirent les femmes qui savent peindre ou dessiner.

— Certains d'entre eux, probablement.

Pour sa part, Julian fuyait les femmes qui se piquaient de jouer les artistes. La banalité de leur production était une insulte à sa sensibilité.

— Et toi, Fenella ? Tu tables sur les mêmes talents pour mettre le grappin sur un mari ?

L'adolescente fit la grimace.

— Tenez, marmonna-t-elle en lui tendant son carnet.

Julian ravala un éclat de rire. Fidèle à elle-même, la cadette n'avait pas fourni le moindre effort pour dessiner le modèle proposé. Elle avait représenté une haute silhouette masculine vêtue de noir, avec de longs cheveux. Elle lui avait ajouté une barbe, des cornes et une queue. Elle compensait sa maladresse par une sensibilité à fleur de peau qui faisait cruellement défaut au pâle dessin de sa sœur aînée. Julian fixa son attention sur la graine de caricaturiste qui soutint son regard avec un mélange de crainte et de désinvolture.

Il esquissa un sourire.

— C'est très intéressant, Fenella. Je suis impatient d'avoir l'avis d'Oliver. Je suis sûr qu'il saura t'aider à progresser.

Jamais il n'aurait cru un rejeton de Frederick Osbourne capable d'une telle originalité dans ses provocations. Oubliant sa détermination à ne jamais faire allusion au pompeux hypocrite qui l'avait banni de sa propre famille, il demanda :

— Dis-moi, que pensait ton père de tes dessins ?

Fenella pinça les lèvres, ce qui ne l'embellissait pas, et garda le silence.

— Je crois qu'il aurait apprécié ce portrait, reprit Julian. Lui et toi semblez avoir la même opinion de moi.

— Je ne pensais jamais la même chose que Père. Et je ne penserai jamais la même chose que vous.

— Trop tard. Nous avons déjà un point en commun.

— Lequel ? demanda-t-elle d'un air méfiant.

— Moi non plus, je n'ai jamais été d'accord avec ton père.

Fenella fronça les sourcils d'un air perplexe.

— C'est pour cela que vous n'êtes jamais venu nous voir ?

— J'étais très occupé.

Il préférait ne pas révéler les cruautés infligées par ce beau-père qui, jaloux des attentions que sa femme avait pour son fils, avait mis ce dernier dehors. Julian avait refermé la porte sur cette partie de sa vie et maintenant qu'Osbourne était mort, il pouvait jeter la clef.

Pensif, il alla se poster devant l'une des fenêtres et chassa le petit groupe, y compris la délicieuse Mlle Grey, de son esprit. En ce début de printemps, le jardin de Hanover Square, avec sa banale parade d'arbres et d'arbustes que leurs toutes jeunes feuilles nimbaient de vert, n'offrait aucun intérêt à ses yeux. Julian s'envola mentalement vers les cieux limpides et les collines bleues des œuvres de la Renaissance italienne. Pas étonnant que l'Angleterre ait produit tant d'artistes médiocres. Ils avaient peut-être du talent mais pas d'inspiration.

Il fut arraché à ses rêveries par une petite main qui le tirait par la manche.

— Julian ? Grand frère ? demanda Laura. Vous ne regardez pas mon dessin ?

— Vaut-il mieux que ceux de tes sœurs ?

Laura le gratifia d'un sourire timide qui lui fit réviser son jugement sur Maria, en qui il avait vu la beauté de la famille. Laura avait également hérité de la beauté de leur mère, avec de surcroît un charme espiègle qu'elle garderait en grandissant, du moins l'espérait-il. L'exemple de Mlle Grey, qui elle aussi possédait cette séduction mutine, l'y aiderait peut-être.

— Je ne sais pas. Je n'ai pas dessiné la même chose. Je voulais faire quelque chose de différent.

— Je vois.

Ce petit ange aux cheveux noirs avait-il lui aussi représenté son grand frère en Méphistophélès ? C'était peu probable. Désormais, il ne pourrait plus confondre ses sœurs. Si elles représentaient toujours une nuisance, elles devenaient un peu plus intéressantes.

— Je ne voulais pas dessiner Mlle Grey, poursuivit-elle. Alors j'ai fait un chat.

Ma foi, cela pouvait être un chat. Cela en avait les moustaches. La queue. Et *ceci* devait être… des oreilles.

— Il est terrible, commenta Julian, pince-sans-rire.

Elle pouffa et demanda d'une voix enjôleuse :

— Je sais. Je pourrais en avoir un vrai ? Papa ne voulait ni chat ni chien.

— Certainement pas ! s'exclama-t-il, dissimulant sa stupeur devant cette habile manipulation.

Pas de doute, celle-là était bien sa sœur.

— Sauf si Mlle Grey estime que c'est une bonne idée, ajouta-t-il. Discutez-en avec elle. Prenez tout le temps nécessaire pour en parler en détail.

6

Toute la journée, Jane fut harcelée par ses élèves, qui voulaient aller au théâtre et adopter un chat *et* un chien – sujets dont elle devrait ensuite s'entretenir avec lord Denford. Ce diable d'homme avait manipulé ses sœurs pour qu'elles plaident sa cause sans même le savoir.

Dès qu'elle le retrouverait après le dîner, elle lui ferait savoir ce qu'elle pensait de ses méthodes. Après quoi, peut-être négocierait-elle. Un baiser, ce n'était pas bien méchant. Et les filles n'étaient pas obligées de savoir par quels moyens elle avait obtenu leur sortie au théâtre. D'autant que cela n'irait pas plus loin. Elle n'osait imaginer ce qu'il pourrait exiger pour un chat ou un chien, mais sa décision était prise : il n'y aurait pas d'animal de compagnie. Pour l'instant.

Une trentaine de minutes avant leur rendez-vous de 21 heures, elle descendit se préparer dans ses appartements au luxe incongru. Elle possédait quelques superbes tenues, bien cachées au fond de sa penderie, parmi lesquelles une robe du soir qui avait été à la dernière mode à Paris l'année précédente. Henri la lui avait offerte pour fêter sa promotion… assortie d'une demande en mariage.

Il avait commencé à la courtiser à l'époque où Mathieu était en Italie, dans l'armée. Quand elle avait appris la mort de ce dernier, elle avait accepté la protection qu'il lui offrait, soulagée d'être libérée de cette relation qu'elle n'avait pas choisie. À mesure que la carrière d'Henri progressait, elle avait mis de l'argent de côté dans l'espoir de se rendre en Angleterre pour assouvir sa vengeance.

La proposition inattendue d'Henri avait hâté sa décision de rompre. Elle avait d'abord hésité – il aurait été si facile de devenir Mme Henri Dupont –, mais elle n'imaginait pas vivre dans le confort et oublier la mort tragique des siens. Les cauchemars continuaient de la hanter. Jamais elle ne trouverait la paix si elle restait en France.

Henri avait prétendu avoir le cœur brisé, or elle savait qu'il avait éprouvé un inavouable soulagement. S'il était très attaché à elle, c'était un homme ambitieux. Une épouse anglaise, même si elle maîtrisait le français à la perfection, était une tache sur le blason étincelant de sa réputation de patriote.

Elle l'avait quitté une semaine plus tard, n'emportant que ses robes et quelques menus présents, et n'en avait pas ressenti de culpabilité. Elle avait utilisé Henri pour parvenir à ses fins, de la même façon qu'il l'avait utilisée. Et si elle avait accepté d'être sa maîtresse, devenir son épouse aurait été un reniement du passé, une trahison de Jeanne de Falleron.

Elle fit courir ses doigts sur l'étoffe délicate en imaginant la réaction de lord Denford si elle se présentait à lui dans cette robe de soie rose dont la coupe soulignait ses courbes. Naturellement, une simple gouvernante n'était pas censée posséder une telle merveille. Même si elle prétendait l'avoir rapportée de Sainte-Lucie, lord Denford serait bien capable de reconnaître sa véritable provenance. Malgré les années de guerre, les Anglaises n'avaient cessé de copier la mode de Paris.

À regret, elle referma la penderie, se lava les mains et le visage, puis se recoiffa. Unique concession à la coquetterie, elle passa un fichu de mousseline pour éclairer la grisaille de sa tenue et attacha à son cou une petite croix en or qu'elle avait héritée de la mère de Mathieu. Au vu de ce qu'il lui avait imposé, elle estimait avoir mérité le droit de porter ce modeste bijou.

Elle aurait pu s'épargner ces préparatifs. À l'instant où elle allait sortir, un valet se présenta à sa porte et lui remit un paquet, qui contenait une clef et un bref message.

Je dîne dehors, nous ne nous verrons pas ce soir. Voici la clef de la porte de communication entre nos appartements. Vous en userez à votre guise.

Denford

Jane n'était pas dupe. Il jouait avec elle et espérait piquer sa fierté en feignant l'indifférence. Et, à son plus grand agacement, le stratagème fonctionnait… presque. Par chance, elle voyait clair dans son jeu.

Elle ouvrit le tiroir du bas de la commode. Dissimulé dans une étole de soie – un autre accessoire bien trop élégant pour une gouvernante – se trouvait le poignard que Mathieu lui avait confié avant de partir pour l'Italie. Il lui avait montré comment s'en servir pour se défendre. Elle le souleva, sa lame affilée étincelant à la lueur des bougies. Si elle n'en avait jamais eu l'usage pour se protéger, elle saurait s'en servir pour tuer.

Elle se félicitait que lord Denford ait annulé leur entretien de ce soir. L'attraction qu'il exerçait sur elle interférait dangereusement avec le but qu'elle s'était fixé. Le duc ne devait être pour elle qu'une source d'information qui la mènerait au M. Fortescue encore non identifié.

Voilà pourquoi elle ne devait jamais, au grand jamais, utiliser cette clef.

Jane avait découvert que M. Blackett ne résidait pas à Fortescue House. Après le petit déjeuner, elle chargea Maria de superviser la leçon de conjugaison française de ses sœurs et alla frapper à la porte de son bureau, situé au rez-de-chaussée. Après une demi-heure d'entretien au sujet du nouveau mobilier et du recrutement de deux bonnes, ils étaient les meilleurs amis du monde.

— Quels sont vos liens de famille avec lord Denford ? s'enquit-elle alors sur le ton de la conversation.

Le jeune homme, qui était de nature anxieuse, se détendit quelque peu. Posant les coudes sur le bureau, il se massa le front. Il n'offrait guère de ressemblance physique avec le duc.

— Je ne sais plus exactement à quel degré nous sommes cousins… Je suis le petit-fils de l'une des filles du quatrième duc de Denford. Il est issu du troisième duc.

— Combien y a-t-il eu de ducs de Denford avant lui ?

— Il est le septième. Le sixième a été tué lors d'une partie de chasse quelques mois après avoir hérité du titre.

— Et il n'y avait pas d'héritiers qui devançaient l'actuel duc ?

— Si, hélas, ils sont tous morts, répondit M. Blackett, que ce sujet semblait passionner. La malchance qui s'est abattue sur la famille est assez inhabituelle. Le quatrième duc avait trois fils dont chacun avait lui-même des héritiers mâles. Aucun d'entre eux n'a survécu. Le troisième duc a eu dix enfants ; je ne me souviens pas exactement combien étaient des garçons. Au moins deux des lignées se sont éteintes. L'arrière-grand-père de Sa Grâce était l'un des plus jeunes. Il y avait d'autres héritiers potentiels issus du troisième duc, mais Julian Fortescue, c'est le nom que portait Sa Grâce à l'époque, était le premier dans la lignée.

Jane en avait le vertige. Tant de Fortescue étaient morts ! Quant à ceux qui restaient, ils n'étaient que de lointains parents des précédents ducs.

— Cela doit vous sembler terriblement ennuyeux, dit M. Blackett. Et peut-être un peu compliqué.

— Pas du tout ! protesta-t-elle. C'est passionnant ! J'avoue cependant que je suis un peu perdue. Auriez-vous un…

Elle hésita. Quel était le terme anglais pour désigner un arbre généalogique ?

— Une vue d'ensemble, reprit-elle, pour m'aider à mieux comprendre ?

M. Blackett feuilleta le coin d'une liasse de documents posée sur son bureau, comme s'il s'attendait à y trouver l'information requise.

— Un arbre généalogique ? Il y en a peut-être un ici, quoique j'en doute. Les papiers de famille sont conservés dans la salle des archives de Denford Castle.

— Si vous en trouviez un, j'aimerais beaucoup le voir. Connaissiez-vous personnellement les malheureux qui ont disparu ? Vous étiez un proche cousin de certains d'entre eux, je présume.

— Malgré la mauvaise santé du duc, nous étions toujours les bienvenus à Denford Castle, où nous faisions de longs séjours, surtout en été.

— Comment étaient-ils ? J'imagine que toute famille a ses excentriques. Vous devez avoir de merveilleux souvenirs !

— C'est ma grand-mère, lady Sophia Fortescue, qui a inventé les perruques poudrées pour dames.

Jane trouvait cela fort improbable, mais chaque famille avait ses légendes, qui étaient souvent des exagérations, quand elles n'étaient pas forgées de toutes pièces. Sa propre grand-mère affirmait bien être une petite-fille cachée de Louis XIV ! Personnellement, Jane trouvait plus intéressante une aïeule censée avoir lancé une nouvelle mode capillaire. Toutefois, l'ingénieuse lady Sophia n'était pas directement concernée par son enquête.

Par chance, M. Blackett semblait ravi de parler de sa famille, surtout des Fortescue mâles, nettement moins nombreux et moins amusants. Jane lui posait une question de temps à autre dans l'espoir de l'orienter vers une piste plus fructueuse.

— Je suppose que beaucoup d'Anglais voyagent à l'étranger, risqua-t-elle.

— Autrefois, oui, avant que les Français plongent l'Europe dans la guerre.

Saisissant cette ouverture, Jane s'exclama :

— Ah, cette épouvantable Révolution ! J'espère qu'aucun de vos proches ne se trouvait à Paris à cette époque. Cela a dû être terrible. Ces pauvres aristocrates lynchés par des foules en colère !

— Un certain John Fortescue a passé beaucoup de temps en Europe...

M. Blackett toussota et poursuivit :

— Un séducteur, si vous voyez ce que je veux dire.

— Oh ! Était-il âgé ?

— C'était un cousin de ma mère. S'il avait vécu, il aurait une cinquantaine d'années aujourd'hui.

— Il avait un physique de Don Juan ?

Elle retint son souffle. Ce John Fortescue était peut-être l'homme qu'elle avait croisé à Paris.

— Il était plutôt grand, assez ordinaire sinon. Il a été poignardé par un mari jaloux à Copenhague en 1794.

— C'est affreux. Et à part lui ?

— Il y a Charles, un autre descendant du troisième duc. C'est l'héritier actuel, sauf si lord Denford se marie et a un fils. Je ne l'ai jamais rencontré. À en croire ma mère cependant, il a passé beaucoup de temps à l'étranger.

Il toussota de nouveau.

— C'était un mouton noir, voyez-vous. Nous pensions la même chose de Julian, mais plus maintenant. Sa Grâce est l'incarnation de la respectabilité.

M. Blackett s'illusionnait gravement sur ce point. Ou peut-être ne faisait-il que se montrer loyal envers le nouveau chef de famille. Sachant que lord Denford n'était pas né héritier du titre, elle comprenait mieux sa philosophie personnelle pour le moins orthodoxe. Un homme issu des plus hauts rangs de l'aristocratie, comme le marquis de Falleron, n'aurait jamais toléré la moindre impertinence de la part d'une employée. Même s'il espérait la mettre dans son lit.

Surtout s'il espérait la mettre dans son lit.

Le duc de Denford n'était pas de ces nobles qui usaient du tristement fameux droit de cuissage sur les domestiques. Il ne voulait d'une femme que si elle était consentante. Jane songea à la clef, en sécurité dans le tiroir de son secrétaire.

L'actuel duc de Denford ne l'intéressait pas, du moins de ce point de vue. Il était trop jeune pour être le M. Fortescue qu'elle recherchait. En revanche, ce John et ce Charles étaient des candidats prometteurs. Il fallait qu'elle en apprenne davantage sur eux.

À 21 heures, Jane se présenta sur le seuil de la bibliothèque. Le duc était là. Dans l'espoir d'apaiser sa fébrilité, elle fit appel à la logique et à ce qu'elle savait des hommes pour se souvenir des mouvements qu'effectuait lord Denford sur l'échiquier de leur relation.

La veille au soir, il avait annulé leur entretien dans le seul but de la contrarier. Un second report de leur rendez-vous quotidien serait passé pour de l'indifférence, et lord Denford n'était pas indifférent à Jane. Il était résolu à la séduire et ne renoncerait que quand il l'aurait eue. La stratégie de Jane était donc de résister aussi longtemps qu'elle devrait séjourner à Fortescue House. Ce ne serait sans doute pas facile mais elle avait tellement progressé grâce à M. Blackett qu'il n'y en aurait peut-être plus pour longtemps.

Cette pensée l'attristait. Elle s'était attachée à ses élèves, en partie parce qu'elles lui rappelaient la famille qu'elle avait perdue. D'un autre côté, il lui serait plus facile de mener à bien sa vengeance si elle était libérée des assiduités de son employeur.

Si seulement le spectacle de sa haute silhouette ne la troublait pas autant ! Elle déglutit péniblement et se ressaisit.

— Votre Grâce, le salua-t-elle avec une révérence modeste.

— Entrez, Jane.

— Je ne vous ai pas autorisé à m'appeler par mon prénom, milord, lui rappela-t-elle en redressant le menton.

— En tant qu'employeur et supérieur, je peux vous appeler comme il me plaît.

— Non, Votre Grâce. Je vous demande de me montrer le même respect que celui que je vous dois.

Ses yeux étincelèrent, aussi bleus que le ciel d'été qu'elle contemplait autrefois depuis les fenêtres du château de son père en Normandie.

— Vous ne craignez pas que je vous congédie ?

— Non.

Il parut apprécier sa réponse.

— Pourquoi ? s'enquit-il.

— Parce que vous espérez me séduire.

— Eh bien, je constate avec satisfaction que nous nous comprenons. Je considère votre réponse comme un progrès encourageant.

— Je suis au regret de vous informer que je n'ai pas l'intention de vous laisser parvenir à vos fins.

— Alors pourquoi flirtez-vous de nouveau avec moi ?

Elle faillit lui répondre qu'une Française flirtait avec tous les hommes séduisants. On lui enseignait cet art en même temps que la musique ou les bonnes manières. Elle aurait également pu lui répliquer qu'elle avait vingt-quatre ans, qu'elle était dans la force de l'âge et qu'elle avait l'habitude de vivre – et de dormir – avec un homme. Ce qui était impensable, bien sûr.

— Je me montre polie et bienveillante, Votre Grâce, rien de plus. À propos, je ne vous ai pas encore remercié de m'avoir remis la clef de mes appartements. J'apprécie votre geste.

— Ce sont *mes* appartements, rectifia-t-il. Et j'attends avec impatience que vous utilisiez cette clef.

— Ce jour n'est pas près d'arriver.

Il se détourna en secouant la tête théâtralement.

— Dans ce cas, pourquoi vous garderais-je à mon service ?

— Parce que vous avez besoin de moi pour surveiller vos sœurs. Et parce que je vous amuse.

— Et parce que je vis d'espoir.

De nouveau, il fixa sur elle un regard si intense qu'elle fut saisie d'un léger vertige.

— Allons-nous au théâtre ? reprit-il.

Ses intonations désinvoltes démentaient la signification réelle de sa question.

— Je n'ai encore rien décidé.

— Ne me faites pas trop attendre. Les loges pour admirer Mme Siddons sont prises d'assaut.

— Je fais confiance à votre ingéniosité, Votre Grâce.

— Pour l'amour du ciel, Jane, cessez de me donner du Votre Grâce ! Appelez-moi Julian.

— Il n'en est pas question. Ce serait terriblement inconvenant.

— Combien de fois devrai-je vous répéter que je suis un homme terriblement inconvenant ?

Il la rejoignit d'une démarche souple.

— Et je prie pour que vous soyez une femme terriblement inconvenante. En vérité, je n'en doute pas. Sous vos robes sans élégance, il y a une séductrice qui n'attend que de se révéler.

Elle redressa le menton aussi haut qu'elle le pouvait.

— Cela, rétorqua-t-elle, vous ne le saurez jamais.

— Je n'en suis pas aussi sûr que vous.

Hélas, elle craignait fort qu'il n'ait raison !

— Toutefois, poursuivit-il, ce n'est pas ce soir que nous nous livrerons aux activités qui auraient ma préférence. Asseyez-vous, laissez-moi vous servir un cognac et racontez-moi votre journée.

Étrange. C'était avec ces mêmes paroles qu'elle accueillait Henri quand il rentrait d'une rude journée consacrée à intriguer pour gravir les échelons dans la hiérarchie. Après le dîner, préparé par la cuisinière qu'Henri était fier d'avoir les moyens de payer, elle le séduisait et ils allaient au lit. Lord Denford aurait probablement apprécié un tel programme, mais ce n'était pas à l'ordre du jour, ou de la nuit, plutôt. Quel dommage qu'elle éprouve plus de désir pour lui que pour son amant français qui était fou d'elle ! Preuve supplémentaire qu'elle était sur la mauvaise pente, elle fut touchée par la sollicitude avec laquelle il lui offrit le meilleur fauteuil près du feu et lui apporta un verre. Avec le divan doré de l'autre côté de la bibliothèque, on aurait presque pu les prendre pour un vieux couple.

— Alors, commença-t-il en s'installant dans l'autre fauteuil et en réchauffant son cognac entre ses mains, qu'il avait fort belles, mes sœurs ont-elles progressé dans l'acquisition des talents inutiles que l'on attend d'une dame bien née ?

— Ils ne sont pas aussi inutiles que cela, rétorqua-t-elle en détournant les yeux de la bouche parfaite d'où sortait cette admirable voix de basse. Aujourd'hui, nous avons travaillé notre français.

— Maintenant que la paix est signée avec la France, les Anglais vont déferler à travers la Manche pour aller s'acheter des vêtements à Paris et infliger leur déplorable accent aux Français.

Jane s'interdit de répliquer qu'aucun étranger ne parlerait jamais assez bien le français pour satisfaire un Parisien de souche.

— Votre français est excellent, dit-elle.

— Pas autant que le vôtre. Apparemment, on a à Sainte-Lucie un accent aussi pur que celui de Tours.

— Ce n'est pas parce que j'ai grandi sur une île que je n'ai pas reçu une bonne éducation. Vous avez de la chance d'avoir trouvé une gouvernante aussi compétente.

Changeant de sujet avant qu'il se montre curieux sur son passé, elle enchaîna :

— J'ai discuté avec M. Blackett de l'ameublement de l'étage des enfants. Il a été très obligeant.

— Blackett est *toujours* très obligeant.

— Il m'a raconté quelques anecdotes sur la famille Fortescue. C'était très amusant.

— Ah oui ? Première nouvelle. J'ignorais qu'il avait d'autres compétences que celles de secrétaire qualifié mais désespérément terne. Il ne m'a jamais beaucoup amusé.

— Il suffit de lui parler de sa grand-mère et des perruques poudrées. Nous avons également évoqué la France et les Fortescue qui aiment les voyages.

Elle tourna un regard nostalgique vers le Vaugondy.

— J'aimerais tant visiter les capitales d'Europe ! Je présume que vous les connaissez déjà toutes ?

Il hocha la tête.

— Presque, répondit-il. J'ai fait un peu de tourisme dans ma jeunesse.

— Parce que vous êtes vieux, à présent ?

— Par l'expérience, oui.

— Êtes-vous allé à Paris ?

— À plusieurs reprises. J'ai même assisté à la prise de la Bastille. J'avais seize ans et j'étais persuadé que c'était l'événement le plus extraordinaire de l'histoire humaine. Je goûtais l'ivresse de la liberté.

— Ma foi, cela avait peut-être bien commencé...

Elle n'avait pas très envie d'évoquer ces terribles événements de crainte de manifester des émotions exagérées de la part d'une Anglaise censée avoir vécu à l'autre bout du monde au moment des faits. Toutefois, ayant établi que lord Denford se trouvait à Paris en 1789, elle voulait en savoir plus sur la période où ses parents avaient été trahis.

— C'est bien triste que tant d'innocents aient perdu la vie par la suite. Vous étiez là-bas pendant la Terreur ?

— Pourquoi ? demanda-t-il d'une voix bizarre.

Se doutait-il de quelque chose ?

— D'après M. Blackett, l'un de vos cousins était là-bas, répondit Jane d'un ton désinvolte. Je crois qu'il s'appelait John, ou Charles. Ce serait amusant que vous l'ayez croisé à Paris.

Lord Denford fit la grimace.

— Je ne vois pas ce que vous trouvez de si passionnant chez mes tristes cousins. Voyons... John est mort, sinon il serait l'actuel duc de Denford. Je l'ai rencontré à plusieurs reprises. Maintenant que j'y pense, je l'ai croisé à Berlin.

Il se leva et s'approcha d'une petite vitrine plate.

— Voyez vous-même, reprit-il. Le quatrième duc avait fait réaliser des miniatures de tous ses petits-enfants, dont John faisait partie. Il n'a pas engagé un très bon peintre, sinon elles auraient été pillées avec le reste. Elles sont d'une rare laideur.

Une bouffée d'excitation monta en elle, et retomba presque aussitôt. Le jeune homme dans le cadre doré était peut-être celui qu'elle avait croisé. Ou non. Son visage ne lui disait rien, ce qui n'était pas étonnant. Elle n'avait pas eu le temps de voir ses traits.

— Et où est Charles ? s'enquit-elle en examinant les portraits.

— Je le connais mieux que John, et il n'est pas là. Tout comme moi, il est issu d'une branche plus éloignée de la famille. S'il a une dizaine d'années de plus que moi, son grand-père était plus jeune que le mien. Sinon, c'est lui qui serait ici à ma place. Quelle chose étrange que les hasards de la naissance...

— Où l'avez-vous rencontré ? Saint-Pétersbourg ? Vienne ? Constantinople ?

— Je ne suis jamais allé à Constantinople, donc ce n'était pas là. Aux dernières nouvelles il vivait à Naples, toutefois, avec l'arrivée des Français, il s'est peut-être réfugié en Turquie. Je l'ai vu à Paris en 1793. Il faisait du négoce avec des aristocrates effrayés qui avaient besoin d'argent.

Le cœur de Jane s'emballa. La gorge serrée, elle demanda :

— Il a vécu à Paris ?

C'était en novembre de cette même année que les Falleron avaient été trahis. Puis l'estomac de la jeune femme se noua quand elle comprit que lord Denford s'était peut-être trouvé là au même moment. Avait-elle eu tort de l'exclure des coupables potentiels ? Si ses connaissances en matière artistique étaient déjà aussi impressionnantes à cette époque, peut-être avait-il su gagner la confiance et le respect de son père malgré sa jeunesse ? Le marquis de Falleron n'aimait rien tant que parler d'art.

Lord Denford demeurait muet et son expression était indéchiffrable.

— J'ai quitté la France en mai, dit-il finalement. Avant que la situation dégénère.

— Et vous n'y êtes jamais retourné ?

Il fallait qu'elle sache.

— Seul un fou serait retourné à Paris cette année-là, dit-il dans un soupir.

— Votre cousin Charles a-t-il toute sa raison ?

— Je ne lui ai jamais demandé combien de temps il était resté à Paris. Je l'ai revu il y a deux ans, quand il est rentré à Londres et y est resté suffisamment longtemps pour voir la famille.

L'excitation à l'idée d'avoir probablement identifié le coupable était altérée par la crainte de ne pas pouvoir le retrouver.

— Vous savez où se trouve votre héritier, je suppose ? Au cas où il vous arriverait quelque chose.

— S'il m'arrivait *quelque chose*, répliqua-t-il, je ne serais plus en situation de m'inquiéter de ma succession. Je laisserais les Fortescue s'en soucier.

Il laissa échapper un petit rire teinté d'amertume.

— S'il y a quelqu'un au monde qu'ils désapprouvent encore plus que moi, c'est Charles. J'adorerais le voir hériter de leur précieux duché. Hélas, c'est par définition un vœu que je n'exaucerai jamais !

Jane, dont le père avait toujours pris ces questions très au sérieux, était abasourdie par une telle légèreté.

— Vous devriez vous sentir concerné par l'avenir de votre héritage, ne put-elle s'empêcher de déclarer.

— Ma chère Jane, vous me connaissez suffisamment à présent pour savoir que je n'ai aucun sens des responsabilités. Je suis un indécrottable égoïste.

7

Maintenant qu'elle disposait d'un prénom et de quelques détails personnels, Jane reprit ses recherches avec un optimisme renouvelé. Trois mois plus tôt, à son arrivée à Londres, elle avait trouvé un logement dans la City, un quartier qu'elle avait d'abord cru aussi prestigieux que l'île de la Cité à Paris, où était situé l'hôtel Falleron. Quand elle avait compris qu'elle aurait besoin d'aide pour retrouver un homme dans une ville qui comptait plus d'un million d'âmes, elle avait consulté M. Russell, un avocat dont les bureaux se trouvaient non loin de chez elle.

Elle avait prétendu rechercher un M. Fortescue, un vieil ami de sa famille. L'avocat avait avalé son histoire, sans s'étonner qu'elle ignore le prénom de l'ami en question. Il s'était montré pressé de traquer tous les Fortescue d'Angleterre… et sans doute de lui facturer une somme astronomique.

Non sans regret, Jane avait finalement renoncé. Elle ne pouvait se permettre d'investir dans cette enquête ses économies, qu'elle gardait pour s'enfuir aux Amériques une fois sa vengeance accomplie. Sans compter que M. Russell, plein de bon sens, avait proposé d'écrire aux Fortescue qu'il retrouverait pour leur demander s'ils connaissaient un pasteur appelé Grey et sa famille.

Elle se voyait mal expliquer qu'elle n'avait pas l'intention de renouer une vieille amitié, mais d'assassiner un homme.

Le lendemain matin, elle quitta discrètement Fortescue House après le petit déjeuner et retourna chez l'avocat. M. Russell lui promit de procéder en toute discrétion à quelques recherches et de la prévenir dès qu'il aurait retrouvé Charles Fortescue.

— S'il vous plaît, ne lui écrivez pas, dit-elle avant de partir. Je veux lui faire la surprise.

Soulagée, elle rentra à Fortescue House le cœur plus léger. Durant une ou deux semaines, elle pourrait oublier sa mission et se consacrer pleinement à ses élèves. Elle n'était pas tranquille à l'idée d'avoir confié les filles à leur vieille nurse alcoolique. Fenella se montrait désormais moins méfiante à son endroit, Jane la croyait cependant fort capable d'avoir profité de son absence de ce matin.

Alors que le fiacre tournait dans St. George's Street, les craintes de Jane se confirmèrent, quoique de façon inattendue. Sous le monumental portique corinthien de l'église Saint-George, elle reconnut non pas la cadette mais l'aînée des sœurs Osbourne, en grande conversation avec un jeune homme.

Ayant demandé au cocher de s'arrêter, elle appela :

— Mademoiselle Osbourne ?

Maria sursauta et fit volte-face, l'air coupable. Le jeune homme, un peu trop âgé pour fréquenter une demoiselle de quinze ans, ne plut pas à Jane. S'il avait belle allure, dans le genre un peu voyant, Jane remarqua ses souliers mal cirés aux semelles usées et ses bas filés.

— Montez vite en voiture avant qu'il se mette à pleuvoir, ordonna-t-elle à son élève.

Celle-ci jeta un coup d'œil au ciel sans nuages mais n'osa pas discuter. Murmurant un furtif au revoir à son galant, elle rejoignit Jane.

Cinq minutes plus tard, elles gravissaient les marches du perron de Fortescue House.

— Allez m'attendre dans ma chambre, ordonna Jane d'un ton autoritaire qui la surprit elle-même. Je vais m'assurer que tout se passe bien dans la salle d'études, après quoi nous aurons une discussion.

Quand elle avait répondu à la petite annonce de lord Denford, elle n'avait d'autre projet que de se faire passer pour une gouvernante afin d'obtenir le poste. Ce qu'elle n'avait pas prévu, c'était qu'elle s'attacherait à ses élèves et aurait envie de faire son travail sérieusement. Qui était-elle pour se mêler de la délicate question des premières amours d'une jeune fille de bonne famille ?

Maria l'attendait dans sa chambre luxueuse, l'image même de la rébellion juvénile sur le point de fondre en larmes. Jane l'aurait volontiers prise dans ses bras pour la consoler. Elle choisit de se montrer ferme, quoique sans sévérité excessive.

— Comprenez ma surprise en vous voyant dehors sans chaperon, Maria ! Nurse Bride vous a-t-elle autorisée à sortir ?

Cette question n'étant que de pure rhétorique, Jane n'eut aucune réponse. Du reste, elle n'en attendait pas. Maria se contenta de courber les épaules en se mordant la lèvre.

— Qui est ce jeune homme ?

La jeune fille lui coula un regard méfiant.

— M. Godfrey Norville.

— Un ami de la famille ?

— Les amis de ma famille sont en Irlande. Nous avons rencontré M. Norville en allant au parc avec Bridey.

Jane afficha une expression choquée.

— Vous l'avez *rencontré* ? Qui vous a présentés ?

— Personne. Nous étions en train de nourrir les canards sur le lac et lui aussi. Nous avons commencé à discuter, et j'ai tout de suite *su* que c'était *lui*.

Elle poussa un soupir rêveur.

— Il est si beau !

Jane hocha la tête.

— La bonté envers les animaux est une qualité très plaisante chez un homme. Quand j'avais votre âge, j'avais un faible pour un gentleman capable de monter les chevaux les plus rebelles. Le jour où je l'ai vu dompter un immense étalon noir, mon cœur a battu plus fort. Je suppose que vous avez connu la même émotion en voyant M. Norville lancer du pain aux canards.

Maria ne posa pas de questions sur cette romance forgée de toutes pièces et poursuivit :

— Et c'est très facile de parler avec lui. Je m'ennuie à Londres. Au moins, en Irlande, nous avions des voisins.

— A-t-il demandé à votre frère l'autorisation de vous fréquenter ?

— Julian s'en moque.

— Sa Grâce ne se moque pas de votre sécurité. Contrairement à vos sœurs, vous êtes une jeune fille raisonnable. Vous savez, je présume, qu'il est très mal de se sauver pour aller retrouver un homme sans prévenir ceux qui sont responsables de vous.

Avec une naïveté qui aurait signé sa perte dans le Paris de la Terreur, Maria s'exclama :

— Il fallait que je le voie ! Je suis désolée, mademoiselle Grey, mais quand il m'a fait déposer un message par une bonne pour me supplier de le retrouver à l'église, je ne pouvais pas le faire attendre, n'est-ce pas ?

— Parce que vous êtes incapable de rédiger un billet pour refuser ?

— Parce que je voulais le voir. Je crois que je suis amoureuse.

— Après l'avoir vu deux fois ?

— Quatre.

La jeune fille n'était pas assez rouée pour réaliser que Jane était en train de lui soutirer des informations.

— Et vous êtes trop vieille pour comprendre, ajouta Maria.

C'était possible. Jane avait beau n'avoir que neuf ans de plus par l'âge, elle avait l'impression d'en avoir quatre-vingt-dix de plus par l'expérience. À quinze ans, elle était une demoiselle protégée qui n'aurait jamais envisagé de quitter la maison pour retrouver un homme aux origines douteuses. Jusqu'à ce jour où tout avait basculé, et où elle était devenue la maîtresse d'un soldat qui sentait l'ail et avait le double de son âge. Jamais elle n'avait eu de premier amour, jamais elle n'avait connu les baisers volés. Les sentiments de Maria, aussi ridicules qu'innocents, éveillaient en elle une sourde nostalgie et une vague jalousie.

Ce n'était toutefois pas parce qu'il n'y avait eu personne pour la sauver de Mathieu Picard qu'elle laisserait Maria tomber entre les griffes d'un homme sans scrupules. Si personne ne s'opposait à cette aventure absurde, elle s'en chargerait.

— Vous êtes trop jeune pour fréquenter un homme, *a fortiori* pour vous marier.

— J'ai presque seize ans ! Pourquoi devrais-je attendre, sous prétexte que maman est partie pour les Amériques ? Ce n'est pas juste !

— Quelles sont les perspectives de M. Norville ?

— Il possède une grande propriété au pays de Galles et il est à Londres pour affaires. Je crois que cela concerne l'arrivée d'un navire. Il doit être très riche.

Jane leva les yeux au ciel. Elle ne connaissait peut-être pas la société anglaise dans toutes ses nuances, mais elle savait reconnaître un beau parleur à dix pas.

— Ma chère Maria, je doute qu'un riche propriétaire coure après les jeunes filles dans les parcs.

Regrettant son manque d'expérience comme Londonienne et comme gouvernante, elle continua prudemment :

— Si M. Norville est un jeune homme comme il faut...

— Il l'est !

— ... et si ses intentions sont respectables, il sera autorisé à vous courtiser quand vous aurez l'âge de faire vos débuts dans le monde. En attendant, avec la permission de votre frère, il pourra vous rendre visite. J'insiste, avec la permission de votre frère. En tant que sœur de duc, vous devez désormais choisir vos fréquentations avec circonspection.

Lord Denford saurait évaluer Norville. Selon toute probabilité, il mettrait vite à la porte un homme qui harcelait sa sœur.

— Je vous l'ai dit, Julian se moque éperdument de nous, déclara Maria d'un air buté, si différent de son expression habituelle. Nous ne sommes ici que parce que le nouveau mari de maman ne voulait pas de nous. Elle a obligé Julian à nous accueillir chez lui.

— Je suis sûre que c'est faux.

— Non, ce n'est pas faux. Nous le connaissons à peine.

— Il est beaucoup plus âgé que vous, j'imagine ? hasarda Jane tout en effectuant un rapide calcul mental. Toutefois, quand vous êtes née, il n'était pas adulte et devait donc être encore à la maison ?

— Il est allé en pension en Angleterre. Quand nous sommes venues vivre ici, je ne l'avais vu que trois fois.

— Il ne rendait jamais visite à sa famille ?

— Père et lui ne s'entendaient pas. Je n'en suis pas sûre, mais je crois que lorsqu'il a épousé maman, il a chassé Julian. Il était très colérique et j'ai cru comprendre que Julian le provoquait souvent.

— C'est possible, il n'empêche que votre frère devait beaucoup manquer à votre mère.

Maria haussa les épaules.

— Maintenant qu'elle a un nouveau mari, c'est nous qu'elle a chassées. Je crois qu'elle préfère ses maris à ses enfants.

— Raison de plus pour vous rapprocher de votre frère. Si vous ne lui parlez pas de ce jeune homme, c'est moi qui le ferai.

— Je vous en prie, mademoiselle Grey, ne lui dites rien !

Jane hésita. Il était certes de son devoir d'informer son employeur de cette histoire, mais était-ce avisé ? Pour rien au monde elle ne voulait compliquer les relations des demoiselles Osbourne avec leur frère, qui faisait déjà preuve d'une indifférence cruelle. Ce qu'il leur fallait, c'étaient des distractions et des activités plus intéressantes que de rester à Fortescue House ou d'aller à Hyde Park.

— S'il vous plaît, insista Maria. S'il est mis au courant, il ne voudra plus nous emmener au théâtre.

— De toute façon, je ne sais pas s'il vous y emmènera. Je n'ai pas encore réussi à l'en persuader.

— Vous allez y arriver, mademoiselle Grey. Je suis sûre que vous allez y arriver.

Hum. Apparemment, « mademoiselle Grey » allait embrasser le duc de Denford dans un proche avenir. Elle allait adorer cela et sans doute le regretter, mais elle avait du mal à résister à la supplique muette qu'elle lisait dans les grands yeux bleus de Maria, si semblables à ceux de son frère. Dieu qu'elle aimerait voir Denford la supplier, lui qui était tellement sûr de lui. Il tomberait à genoux devant elle, l'implorerait de lui accorder ses faveurs et...

— Je ferai de mon mieux, promit-elle. En échange, vous devez me promettre quelque chose.

— Quoi ?

— Si M. Norville vous écrit de nouveau…

— Il le fera.

— … vous lui répondrez que vous n'êtes pas autorisée à le voir seule, mais qu'il peut se présenter à Fortescue House et demander Mlle Grey. Je déciderai s'il est une fréquentation acceptable.

— Il l'est, vous verrez ! Merci, merci !

— Et j'ai autre chose à vous demander.

— Tout ce que vous voudrez !

— Vous travaillerez avec moi votre maintien, vos manières et vous ferez des essayages pour préparer votre entrée dans le monde. Vous en aurez bientôt l'âge et vous avez encore beaucoup à apprendre.

Les yeux bleus étincelèrent d'excitation.

— De nouvelles robes ?

Le duc de Denford devrait assumer quelques dépenses imprévues. Ce baiser risquait de lui coûter plus cher que prévu.

Quand il avait accédé au titre de duc de Denford, Julian avait trouvé sa nouvelle vie d'aristocrate parfaitement assommante. À présent qu'il était un aristocrate *fortuné*, son emploi du temps débordait de réunions de travail avec toutes sortes de chargés d'affaires et de régisseurs afin de gérer ses différentes propriétés. C'était indispensable, il le savait, mais il n'avait pas été élevé dans ce dessein. Quant à la Chambre des lords… eh bien, mieux valait observer un silence discret sur les réalités de la vie politique.

L'excitation de sa vie de collectionneur d'art – un cocktail d'art porté à son sommet et de fourberies les plus basses – lui manquait terriblement. Comme il ne croyait pas un instant à la réelle noblesse de l'aristocratie, il aurait volontiers poursuivi son activité, malheureusement ses anciens clients ne l'entendaient pas de cette oreille. Et il était assez contrarié par l'un de ses rivaux, qui à présent le surpassait. Le prince de Galles plairait peut-être à ses futurs sujets, lui, pour sa part, ne le trouvait pas du tout sympathique.

Profondément irrité après un entretien avec l'héritier de la Couronne, il quitta les salles surchauffées de Carlton House. Une promenade lui ferait le plus grand bien, il ignorait toutefois quelle direction prendre. Il pouvait rentrer à Hanover Square et rendre une visite surprise à l'étage des enfants.

Il avait adoré jouer avec les nerfs de Mlle Grey alors qu'elle s'efforçait de deviner s'il s'intéressait réellement à ses sœurs ou s'il faisait semblant à seule fin de séduire leur gouvernante. Toutefois, à présent qu'il y songeait, il était gagné par le doute. Quelle hypothèse était la bonne ? Peut-être un peu des deux.

Réticent à admettre qu'une étincelle d'affection fraternelle avait jailli en lui, il mit finalement le cap sur Leicester Square et le luxueux hôtel particulier du meilleur acheteur d'art de Londres, Isaac Bridges. Son vieil ami et éternel rival était le seul à traiter le duc de Denford comme il avait traité Julian Fortescue.

Après avoir passé une demi-heure dans la superbe galerie dotée d'un toit à claire-voie, il se sentait plus calme et inspiré. La vue des œuvres exceptionnelles que Bridges mettait en vente avait également réveillé son humeur combative. Il se consola à l'idée que, bientôt, il pourrait proposer la collection Falleron. Ce serait son baroud d'honneur en tant que vendeur d'art et une victoire écrasante sur Bridges.

— Je n'aime pas ce sourire, Julian, grommela ce dernier. Venez prendre un verre et racontez-moi tout. Je veux savoir ce que vous mijotez.

Coinçant sa cane sous son bras, Julian suivit Bridges dans son bureau, qui ressemblait à la bibliothèque d'un homme riche et cultivé. Les origines du marchand d'art étaient obscures, toutefois, depuis une trentaine d'années, il savait tirer profit du goût des riches Anglais pour l'art étranger. À ses débuts, Julian lui avait vendu des toiles et en avait acheté quelques-unes, à crédit. Chaque fois, Bridges s'était montré impitoyable en affaires. Aujourd'hui, c'étaient des informations que Julian espérait obtenir de lui.

Tandis que son ami leur servait un verre de xérès, Julian se demanda combien il devrait en révéler pour découvrir ce qui l'intéressait.

— Je rentre de Carlton House, annonça-t-il.

Bridges ne répondit à ces débuts prometteurs que par un haussement de sourcils.

— Pour inaugurer cette superbe canne de marche ? s'enquit-il.

Naturellement, il savait qu'elle n'était pas neuve.

— J'avais rendez-vous avec Son Altesse.

— Je présume que le prince de Galles n'a pas besoin de se faire prier très longtemps pour accorder une audience à un pair du royaume.

— En effet. Il a essayé de m'emprunter de l'argent, sans doute pour régler vos factures exorbitantes.

Si le prince n'avait jamais accordé la moindre attention au modeste M. Fortescue, sans même parler d'acheter l'un de ses superbes tableaux, Dieu seul savait combien de toiles il avait acquis auprès d'Isaac Bridges.

— J'aimerais le croire. Il n'est pas facile de refuser un crédit à un membre de la famille royale.

— Vous me surprenez, Bridges. J'étais persuadé que vous saviez dire non à n'importe qui.

— J'imagine que vous avez essayé de lui parler de votre collection ? Vous ne pensez pas que l'héritier du trône d'Angleterre mordra à un appât que même le roi de Prusse a refusé ?

Tout se déroulait comme prévu. À présent, Bridges était persuadé d'avoir arraché une information à Julian, alors même que celui-ci avait eu l'intention de la lui révéler. Il hocha la tête.

— Je vous l'ai dit, Julian, si belles que soient vos toiles, il leur manque un authentique chef-d'œuvre, un joyau de la couronne, pour que l'achat soit irrésistible. Dommage que vous n'ayez pas mis la main sur le Titien des Farnèse de la duchesse de Castleton.

— C'est aussi mon avis. La Vénus est à présent accrochée à Castleton House, plus désirable que jamais.

Il sirota son vin en regrettant cette occasion ratée. Peu importait. La collection Falleron contenait un Titien presque aussi beau.

— Je crois pouvoir affirmer que Prinny[1] n'achète plus beaucoup maintenant qu'il est endetté et que le roi s'est remis de sa maladie.

— Si vous voulez toujours céder votre collection, je suis prêt à vous en débarrasser.

— Contre une somme qui ne couvrira même pas mes frais d'avocats pour les Fortescue ? Je n'en doute pas ! s'exclama Julian en riant. Merci, je me chargerai moi-même de la vendre.

— Nous pouvons trouver un arrangement. Vos toiles seraient le complément idéal d'une collection que j'ai entreprise dans un but que nous avons tous deux à cœur. N'avons-nous pas souvent évoqué la cruelle absence d'une collection d'art nationale ? Si nous unissions nos forces, notre vœu le plus cher pourrait se réaliser.

Tel un chien de chasse flairant un renard, Julian se redressa, tous ses sens en alerte.

— Intéressant, dit-il d'un ton faussement désinvolte.

— Sa Majesté s'est montrée très enthousiaste pour ce projet.

1. Surnom du prince Charles, futur roi George IV. *(N.d.T.)*

— Comme par le passé, sans entreprendre la moindre action concrète, lui rappela Julian. Jamais il n'accordera d'entretien à un homme de ma réputation, et je doute que même vous, mon cher Isaac, ayez obtenu une audience auprès du roi.

— Apparemment, cette fois, il est sérieux. Cazalet a été chargé de sélectionner les œuvres et de rédiger un rapport avec des recommandations.

Maintenant que Julian disposait de l'information et du nom qu'il désirait, il s'interrogeait sur les raisons qu'avait Bridges de les lui révéler, en particulier le second. Lord Cazalet était un collectionneur au goût et à la réputation irréprochables. Il était également connu pour faire preuve de la même rigueur morale que son souverain.

— Parmi vos toiles, lesquelles pourraient compléter les miennes pour former un ensemble auquel les conseillers du roi ne sauraient résister ?

Tout en parlant, Bridges avait ouvert un tiroir de son bureau pour en sortir un vélin. Julian lut la liste, dont plus d'un alinéa lui arracha un haussement de sourcils admiratif. Bridges avait acquis une exceptionnelle collection de grands maîtres hollandais auprès d'une duchesse dont les difficultés financières étaient un secret très bien gardé.

— Je ne vois qu'un petit problème, déclara Julian après avoir parcouru la liste à deux reprises avec attention. Le même que celui que vous avez souligné s'agissant de ma propre collection. Où est le chef-d'œuvre ?

— C'est navrant, n'est-ce pas ? Si j'avais anticipé cette occasion unique, jamais je ne me serais séparé du Tondo de Michel-Ange ou du retable de Van Eyck.

— Ce genre de remords fait partie du métier, commenta Julian, philosophe.

— Ce qu'il nous faut, c'est une pièce exceptionnelle ! s'exclama Bridges en appuyant sur le « nous ». Je ne sais pas... une Madone de Raphaël !

— Excellente idée, ricana Julian. Si vous savez comment vous procurer une telle merveille... Pour ma part, je n'en ai aucune dans mes réserves.

Il se leva, ayant obtenu ce qu'il était venu chercher, et même plus, à savoir que Bridges était au courant pour la collection Falleron. Ou alors, c'était une pure coïncidence qu'il ait évoqué une Madone de Raphaël. Sauf que Julian ne croyait pas aux coïncidences.

— Au fait, j'ai changé d'avis pour le Fragonard, dit-il. Je le veux.

Au diable sa détermination à attendre d'avoir séduit Mlle Grey ! Il voulait le portrait qui lui ressemblait tant, et il le voulait maintenant.

— Tant mieux. Sir Richard Radcliffe a également des vues sur lui, je préfère toutefois qu'il vous revienne.

Il alla ouvrir un tiroir d'une grande commode et en sortit un pastel aux nuances délicates.

Julian étudia l'œuvre avec attention. Le personnage, une jeune fille sur le point de devenir femme, n'était pas exactement Jane Grey. Son visage et son nez ressemblaient aux siens, mais sa bouche était plus menue. La ressemblance tenait plutôt à l'esprit, au charme indéfinissable issu d'une lumière intérieure. Julian plissa les yeux, y superposant les traits de la gouvernante. Il manquait à la jeune fille de Fragonard la mélancolie qui voilait parfois le regard de Mlle Grey.

— Je le prends.

Radcliffe pouvait se présenter d'un instant à l'autre et faire à Bridges une offre plus intéressante. Il n'avait aucun scrupule, et Bridges à peine plus.

Julian ne s'attendait pas que les faits lui donnent raison aussi vite. Alors qu'il descendait le perron, le pastel bien emballé sous son bras, il reconnut sir Richard Radcliffe qui sortait de voiture.

— Denford, le salua ce dernier.

Baronnet à la mise impeccable, il le saluait toujours avec la même affabilité de vipère. Julian lui répondit d'un hochement de tête poli.

— Ravi de vous rencontrer, dit Radcliffe.

— Pourquoi ?

— Dois-je avoir une raison ?

— Vous avez toujours une raison.

L'inimitié entre les deux hommes remontait à plusieurs années, bien avant l'épisode avec Cynthia.

— Très bien, je n'irai donc pas par quatre chemins. Votre charmante petite nature morte de Bosschaert... Quel est votre prix ? C'est pour offrir, voyez-vous. Pas pour moi-même.

S'il espérait obtenir un meilleur prix avec un tel argument, il se fourvoyait.

— Elle n'est pas à vendre. En tout cas, pas à vous. Je présume que vous savez pourquoi.

Nullement désarçonné, le vieux grigou en habits de soie lui décocha un sourire onctueux.

— Je sais que Windermere et vous vous êtes mis en tête que j'avais mis lady Windermere en danger, répliqua-t-il. C'est parfaitement absurde. J'ai le plus grand respect pour cette dame.

Un respect qui, en admettant qu'il fût sincère, n'était pas payé de retour. Cynthia Windermere n'avait jamais caché son mépris pour Richard Radcliffe et son épouse, lady Belinda.

Julian était choqué qu'il ait l'audace d'évoquer ce sujet. Où diable voulait-il en venir ?

— Je suis intéressé par la collection Falleron, poursuivit-il.

Il avait sa réponse.

— Quelle collection ? demanda-t-il.

— Allons, ne jouez pas les naïfs. Je sais que vous la détenez. Ce que j'ignore, c'est où vous la cachez. En Angleterre ? Encore en Belgique ? À moins que vous ne l'ayez mise en sécurité dans un autre pays ?

Julian n'avait pas besoin d'autre preuve de la complicité de Radcliffe. Sinon, il n'aurait pas pu savoir que la collection avait été déplacée.

— Et vous osez prétendre que vous n'êtes pour rien dans la tentative de m'obliger à en révéler la cachette l'an dernier ?

— Mon cher ami, je demande une information ! Si vous étiez en possession de cette collection, j'aimerais le savoir, rien de plus.

— Ce n'est pas moi qui vous le dirai.

— Tant pis. Les nouvelles vont vite et j'ai toujours plusieurs casseroles sur le feu.

Il se tourna vers le valet en livrée qui attendait près de sa voiture.

— Revenez me chercher dans une heure, ordonna-t-il.

Puis il ajouta à l'adresse de Julian :

— Bonne journée, Denford. Je regrette que nous ne trouvions pas de terrain d'entente. J'espère que mon entrevue avec Bridges sera plus fructueuse.

« Trop tard », songea Julian. C'était une petite satisfaction que de priver Radcliffe du Fragonard, et un grand soulagement de savoir qu'il ne poserait pas ses petits yeux cruels sur le sosie de Mlle Grey. Ce sinistre individu semblait se sortir de toutes les situations. Grâce à sa fortune et à ses relations, il s'était forgé une position sociale et politique inattaquable. On ne pourrait le battre qu'à son propre jeu, et Julian avait soudain grande envie d'en apprendre les règles.

Grâce à sa nouvelle aisance financière, il pouvait consentir un prêt modeste au prince de Galles. Il enverrait une traite bancaire, assortie d'un menu présent.

Le Bosschaert était exactement le genre de tableau qui plairait à Prinny. Si cela faisait de l'héritier de la Couronne son débiteur, le sacrifice en vaudrait la peine, d'autant que la santé du souverain était fragile. Toutefois, tant que le roi George occupait encore le trône, c'est avec lord Cazalet que Julian devait décrocher un entretien. Le moment était venu de se réconcilier avec les Fortescue dotés de relations bien placées, et avec la bonne société en général. Il était duc, bon sang. Il était temps de se comporter comme tel.

Mlle Grey l'avait d'ailleurs sermonné à ce sujet. « Voilà ce que c'est que d'être duc », avait-elle dit. Il se demandait comment elle pouvait le savoir.

Puisqu'il avait pris sa récompense avec un peu d'avance, il la convoquerait ce soir dans la bibliothèque pour un verre, une conversation… et un baiser, songea-t-il, savourant déjà sa victoire.

Il rentra à pied en sifflotant, le cœur léger. Alors qu'il atteignait le croisement de St. George's Street et de Hanover Square, il remarqua un homme accoudé à une rambarde. Ce n'était pas la première fois qu'il le voyait. Dans les vingt-cinq ans, plutôt beau garçon, bien que pas très raffiné. Ses souliers n'étaient pas de la première jeunesse et ses bas avaient connu des jours meilleurs. En soi, cela n'avait rien de curieux, après tout, ce n'était peut-être qu'un résident de Hanover Square, toutefois, cette fraîche journée d'avril n'incitait pas à flâner dehors. De plus, il regardait dans la direction de Fortescue House.

S'agissait-il de l'une des « casseroles sur le feu » de Radcliffe ?

— Puisque vous n'habitiez plus en Irlande avec votre mère et vos sœurs, où viviez-vous ? s'enquit Mlle Grey. Que faisiez-vous ?

Ils étaient installés dans de confortables fauteuils devant l'âtre, tel un vieux couple, ou de bons amis. L'atmosphère dans la bibliothèque n'était cependant pas particulièrement détendue. La perspective du fameux baiser avait plané au-dessus d'eux toute la soirée. Chaque parole, chaque geste n'avait fait qu'attiser l'impatience de Jane.

Si elle n'aurait pu affirmer que lord Denford était en proie à la même fièvre, elle en était presque certaine. Elle n'avait pas rêvé l'incendie qui couvait dans son beau regard bleu ni les inflexions caressantes de sa voix. Sans compter qu'elle était plus touchée que nécessaire par ses propos. La conversation du duc lui plaisait beaucoup trop.

— Je suis allé en pension en Angleterre. Mon beau-père et moi avions ainsi la mer d'Irlande entre nous, et cela nous convenait très bien. Après un bref passage par Oxford, j'ai poursuivi mon chemin seul.

— Vous ne pensiez pas hériter d'un duché. Que faisiez-vous ?

— J'achetais et je vendais des tableaux. J'étais plutôt bon dans mon domaine.

— Quel beau métier ! J'ai toujours adoré la peinture.

— Vous n'avez pas dû en voir beaucoup à Sainte-Lucie.

Ne pouvant avouer qu'elle avait grandi au milieu de l'une des plus belles collections françaises, Jane dut mentir.

— Nous avions des reproductions.

— Celles de l'excellent Bartolozzi, je présume. On les trouve partout. Quel est votre artiste préféré ? Vous avez parlé du Caravage, un jour.

— Raphaël.

Tout le monde aimait Raphaël. Et personne n'aurait songé à établir un lien entre la célèbre œuvre que possédait son père autrefois et elle.

— Vous avez un goût parfait, mademoiselle Grey, mais je n'en suis guère surpris. Même si les reproductions de Bartolozzi ne sont qu'un pâle reflet des chefs-d'œuvre de la Renaissance italienne.

— Comment vous est venue l'idée de vendre des toiles de maître ?

— À Oxford, j'ai fréquenté Christ Church College, qui abrite quelques-uns des plus beaux tableaux et dessins d'Angleterre. Cela a changé mon existence. J'ai été émerveillé devant la vie, l'émotion que l'on pouvait exprimer avec quelques coups de brosse.

— Vous en parlez avec un tel respect, s'étonna Jane.

C'était même plus que cela. Une authentique ferveur. Jamais elle n'aurait imaginé que lord Denford puisse s'exprimer sans ironie.

— À mes yeux, les grands maîtres étaient de véritables démiurges, capables de créer des êtres de chair et de sang, des arbres et des rochers, des châteaux et de nobles ruines à partir d'éléments aussi modestes qu'une toile et des pigments.

— Et vous-même, vous peignez ?

— Je n'ai aucun talent, et quand bien même j'aurais quelques facilités, à quoi bon ? Jamais je n'arriverai à la cheville du Michel-Ange le moins réussi. Personne n'en est capable de nos jours.

— Pourtant, vous aidez M. Bream.

— Ne le lui dites surtout pas, mais je le soupçonne d'être doué, même si son travail ne me plaît pas du tout. J'ai une sainte horreur de l'art moderne ! Ce ne sont que des œuvres purement alimentaires destinées à flatter le mauvais goût du plus grand nombre par un sentimentalisme niais, ou des scènes historiques ampoulées censées illustrer de déprimantes valeurs matérialistes. Oliver a toujours de belles théories pour étayer ses choix esthétiques – le déclin de la nation, la corruption des puissants –, enfin, peu importe. Si je lui viens en aide, c'est parce que j'ai de l'affection pour *lui*, non pour son travail.

Jamais Jane n'avait ressenti une telle frustration de devoir cacher son identité, et renier non seulement son passé lointain mais aussi ses dernières années à Paris. Si elle avait pu s'exprimer librement, elle aurait demandé à lord Denford ce qu'il pensait du travail de M. David, un grand peintre français et un ardent révolutionnaire dont elle avait visité l'atelier avec Henri. Elle dut se contenter d'une question d'ordre général.

— Vous estimez que la politique n'a pas sa place dans l'art ?

— J'estime que la politique n'a sa place nulle part, marmonna-t-il.

— Pourtant, elle était déjà présente au jardin d'Éden. Voyez par exemple l'influence déplorable du serpent... Peut-être que les acteurs de la société sont corrompus depuis l'aube de l'humanité.

— La plupart le sont, sinon tous. J'imagine que certaines formes de gouvernement sont un mal nécessaire, pour ma part, je m'en mêle aussi peu que possible.

— Vous êtes cynique.

— Naturellement. Et vous aussi, Jane. Comment avez-vous pu développer une vision aussi blasée de la vie dans votre petite île paradisiaque ?

— J'ai vu plusieurs régimes se former et s'effondrer, et tous avaient leurs qualités et leurs défauts.

Elle parlait de la France et non de Sainte-Lucie. Au cours des années qui avaient suivi la Terreur, elle avait appris à poser un regard fataliste sur la Révolution et le chaos qui en avait résulté. Elle ne mettait même pas le naufrage des Falleron sur le compte de cette formidable vague que rien n'aurait pu arrêter. On ne reprochait pas à l'océan d'être immense et tumultueux, ou de noyer les imprudents. On s'en prenait à l'homme qui vous poussait par-dessus bord.

— Savez-vous quelle est l'une des rares choses que j'ai admirées en France après la chute de la monarchie ? s'enquit lord Denford. Le musée du Louvre. Ouvrir les collections au public a été l'un des grands accomplissements de la Révolution, selon moi. Je ne l'ai visité qu'une fois, mais ç'a été une révélation. L'Angleterre ne pourra pas se considérer comme une nation civilisée tant qu'elle ne possédera pas une institution équivalente.

Jane dut se retenir d'acquiescer avec enthousiasme. Son père aussi avait approuvé cette décision du gouvernement ; il avait même entraîné toute la famille dans les galeries du Louvre peu après son inauguration, même si celle-ci avait été prévue le jour anniversaire de la chute de la monarchie. Du moins lui semblait-il. Elle réfléchit. Elle se souvenait vaguement que c'était l'été, or lord Denford affirmait avoir quitté Paris en mai, c'était donc peut-être plus tôt. Quoi qu'il en soit, c'était quelques mois avant que la Terreur s'abatte sur sa famille.

À l'époque de cette visite, ses parents avaient encore l'espoir de trouver leur place dans le nouveau régime. Le marquis avait même évoqué la possibilité de faire une donation d'une partie de la collection familiale à la nation afin que tout un chacun pût l'admirer. Ne sachant si les tentatives de son père pour mettre ses toiles en sécurité avaient réussi, elle ignorait où celles-ci se trouvaient. Peut-être avaient-elles été confisquées et étaient-elles actuellement exposées au musée du Louvre. Étant marchand d'art, lord Denford en avait peut-être entendu parler. Elle n'osait toutefois mentionner le nom de son père. Une modeste gouvernante anglaise issue d'une île perdue dans les Caraïbes n'avait aucune raison d'avoir entendu parler du marquis de Falleron.

— J'adorerais visiter cet endroit, dit-elle simplement.

— À raison. Si un tel musée existait à Londres, la personne la plus ordinaire pourrait admirer des œuvres actuellement réservées à une poignée de privilégiés.

— Et vous prétendez être égoïste ?

— Oh, je le suis ! Que j'aie des projets personnels ne m'empêche pas de souhaiter le bien de la nation. Tant que cela coïncide avec mes propres intérêts...

— Et en quoi un musée public coïnciderait-il avec vos propres intérêts ?

— Au fil des ans, j'ai rassemblé une collection que j'ai tenté de vendre à un unique acheteur. À un moment, j'ai été en pourparlers avec le roi de Prusse, hélas, les négociations n'ont pas abouti. Cet ensemble de toiles a toutes les qualités pour former le cœur d'une collection nationale. Malheureusement, si je les vends au roi, je rentrerai dans le monde de la politique.

Jane sourit, ravie de cet aperçu du passé de lord Denford.

— Maintenant que vous êtes riche et titré, pourquoi ne pas les garder ? Voilà ce que ferait le connaisseur égoïste que vous prétendez être.

— Je me suis posé la question. Autrefois, il m'était toujours douloureux de me séparer d'une toile particulièrement belle, désormais je peux me permettre de les conserver, et le frisson de la chasse au trésor commence à me manquer. Il n'y a pas grand plaisir à posséder si tout ce que vous avez à faire, c'est d'investir un peu d'argent.

L'intensité de son regard laissait deviner un sous-entendu plus personnel.

— Et donc, vous n'achetez plus rien ?

— Il arrive qu'une œuvre exerce un certain attrait sur moi, avoua-t-il.

Il posa son verre, se leva et s'approcha de la grande table de la bibliothèque. Quand il revint, il tenait entre ses mains une feuille qu'il avait sortie d'un carton à dessin.

— Je me suis offert ceci aujourd'hui. Je l'ai payé bien trop cher mais peu importe. Je le voulais.

Il s'agissait d'un pastel sans encadrement, serti d'une simple marie-louise de forme ovale, et qui représentait une très jeune femme.

— Un Fragonard ! murmura-t-elle, émerveillée.

— Vous avez un œil acéré, la complimenta-t-il. Oui, c'est l'un des rares pastels du grand maître. Savez-vous pourquoi je le désirais tant ?

Jane ne répondit pas tout de suite, fascinée par le dessin. Il ressemblait beaucoup à celui qu'elle avait vu autrefois dans la collection de son père. C'était manifestement le même modèle, quoique dans une pose différente. Ici, la jeune fille levait les yeux de derrière un miroir à main, l'air mutine. Celle de son père était sagement assise, un livre sur les genoux. Le marquis lui avait dit un jour que ce portrait lui faisait penser à elle. À ce souvenir, ses yeux s'embuèrent. Jamais il ne se serait séparé de ce pastel. L'avait-il emporté avec lui dans la mort ?

— N'est-elle pas charmante ? reprit Denford. J'ai acheté ce pastel parce que le modèle me faisait penser à vous.

Jane pressa la main sur son cœur. Jamais elle n'avait remarqué la ressemblance or, manifestement, son père avait vu juste.

— Pas du tout, protesta-t-elle, comme elle l'avait fait avec le marquis. Je ne suis pas aussi jolie.

— Bien sûr que si.

Lord Denford se tenait derrière elle et regardait le portrait par-dessus son épaule.

— Vous avez même quelque chose de plus. Un supplément d'âme. Je crois vous avoir dit que les grands peintres savaient insuffler de la vie dans leurs œuvres.

Son souffle tiède lui caressait la nuque.

— Toutefois, poursuivit-il, même Raphaël n'a pas peint de femme aussi jolie que vous. J'aimerais savoir dessiner, ou même écrire, pour exprimer tout ce que vous m'inspirez.

— Vous l'exprimez fort bien, Votre Grâce, répondit-elle d'une voix tremblante. Vous êtes un séducteur accompli.

— Êtes-vous séduite ?

Quand ses lèvres lui effleurèrent l'oreille, elle dut lutter contre une folle envie de s'abandonner contre lui.

— Non, répondit-elle en se penchant en avant pour le mettre à distance. Je vous ai bien précisé que je n'en avais pas l'intention.

— Et moi, je crois que vous vous trompez.

Elle était venue à cet entretien dans l'intention de lui accorder le baiser exigé et elle entendait tenir cet engagement. Cela se ferait néanmoins selon ses termes et non ceux de lord Denford, et au moment qu'elle jugerait adéquat. Certainement pas alors que son cœur battait la chamade et qu'elle se laissait attendrir par le charme de sa conversation. Pas alors que le souffle du printemps passait sur elle et lui donnait envie d'être une jeune fille amoureuse et non une femme déterminée à venger sa famille. Pas en cet instant, où elle se sentait si faible qu'elle ne serait qu'un jouet entre les mains du duc.

— Il faut que je vous parle de mes élèves, Votre Grâce.

Il émit un soupir résigné et retourna s'asseoir en face d'elle, croisant les jambes avec élégance.

— Je vous écoute, mademoiselle Grey. Parlez-moi des assommantes demoiselles Osbourne. J'espère que ce dont vous souhaitez m'entretenir se conclura par une sortie au théâtre, mon petit doigt me dit toutefois que cela va me coûter plus cher qu'une loge à Drury Lane.

Elle s'esclaffa et s'efforça de se détendre.

— Comment avez-vous deviné ? Maria a besoin de nouvelles robes.

— Seulement Maria ?

— Toutes les trois, mais surtout Maria. Elle n'a plus l'âge de porter des tenues de fillette. Il faut la rhabiller de pied en cap.

— Sans parler de ce qu'il y a en dessous, je présume, grommela-t-il.

— J'ai pris soin de leur expliquer qu'une jeune fille ne discutait pas de sous-vêtements avec un homme, fût-il son frère.

— Très bien, achetez-lui tout ce que vous estimerez nécessaire. Et pour votre gouverne, mademoiselle Grey, sachez que je suis plutôt bien informé s'agissant de ce que portent les dames sous leur robe.

Il la parcourut d'un regard brûlant.

— Et je suis prêt à parier que vos corsets et jupons sont bien plus jolis que cette robe sinistre.

— Ma foi, vous devrez vous contenter d'imaginer.

Une lueur s'alluma dans le regard de lord Denford, qui secoua la tête pour toute réponse.

— Rhabillez-les toutes les trois. Et pendant que vous y êtes, offrez-vous quelques robes neuves. Je peux assumer la dépense.

— Ce ne serait pas convenable.

— Votre souci des convenances devient lassant. Vous savez très bien que ni vous ni moi n'en sommes esclaves.

Que répondre à cela ? En ce qui la concernait, le respect de l'étiquette n'était plus qu'un lointain souvenir. Du reste, lord Denford semblait avoir deviné qu'elle n'était plus vierge depuis longtemps.

— Quand je vous emmènerai au théâtre, j'attends que vous soyez *toutes* vêtues comme il sied à des dames escortées par un pair du royaume. N'oubliez pas que je suis un personnage très en vue.

— Vous donnez donc votre accord pour cette sortie ?

Elle était surprise, et presque déçue qu'il capitule sans avoir obtenu le baiser exigé.

— J'ai réservé la loge. Je savais que vous céderiez.

— Ce n'est pas moi qui ai cédé, c'est vous.

Il lui décocha un sourire positivement diabolique.

— Pas de baiser, pas de théâtre. Pas de théâtre, pas de nouvelles robes. Par conséquent, pas de baiser, pas de nouvelles robes pour les filles.

— Vous êtes machiavélique.

— Et vous adorez cela.

Elle se leva, le menton haut dans une attitude de martyr.

— Puisqu'il le faut, déclara-t-elle d'un air digne.

— Je vous rappelle que c'est vous qui êtes censée m'embrasser.

— Faites en sorte que j'en aie envie.

Un sourire gourmand apparut sur les lèvres du duc.

— N'ayez crainte, ma belle, j'en ai l'intention.

Il se leva à son tour, la surplombant de toute sa hauteur, assez proche pour la troubler alors qu'il ne la touchait même pas. La gorge de Jane se noua et sa poitrine se souleva dans un soupir sensuel. Elle leva les yeux… avant de les baisser vivement de peur de révéler le désir qui la consumait.

Quand il tendit la main, elle ferma les paupières et retint un soupir d'impatience. Ses doigts lui frôlèrent les cheveux, plus légers qu'une brise.

— Pourquoi vous coiffez-vous comme une déesse de Botticelli ? demanda-t-il de cette voix grave qui la faisait vibrer. Est-ce pour me rendre fou ?

— Et vous, pourquoi portez-vous encore les cheveux longs ?

— Parce qu'il me plaît d'ignorer la mode.

— Eh bien, moi, il me plaît de la suivre.

— S'il n'y a que cela pour vous plaire, je peux les couper.

« Non ! » faillit-elle s'écrier. Elle brûlait d'envie de dénouer le lien qui les retenait et d'enfouir les doigts dans les longues mèches brunes.

— Ne faites rien à cause de moi, dit-elle simplement.

Il encadra son visage de ses mains, ses pouces lui caressant les pommettes.

— Je ne sais pas jusqu'où j'irais pour vous... Vous me faites presque peur.

Sûrement pas autant qu'*il* lui faisait peur !

— Voilà qui est digne d'un séducteur patenté, Votre Grâce, répondit-elle d'un ton railleur.

— Julian, rectifia-t-il. S'il vous plaît.

Du bout du doigt, il souligna l'arc de ses lèvres.

— Il n'en est pas question.

— Pourquoi faut-il que vous soyez aussi à cheval sur les principes ? maugréa-t-il.

Il déposa un baiser léger sur chacune de ses paupières.

— Regardez-moi, murmura-t-il, et dites-moi ce que vous voulez de moi.

La gorge serrée, elle garda les yeux bien fermés et ravala un sanglot. Pourquoi diable n'en finissait-il pas avec ce maudit baiser ? Elle était pressée de courir se réfugier dans sa chambre avant de céder à une folle envie de s'offrir à lui sur ce divan aux coussins dorés.

— Embrassez-moi, souffla-t-elle.

« Prenez-moi », s'interdit-elle d'ajouter.

Enfin, sa bouche se posa sur la sienne, en un baiser si ténu, tellement insignifiant qu'il ne fit que jeter de l'huile sur le brasier de son désir.

— Bon sang, embrassez-moi ! gémit-elle.

— Bon sang, *Julian*, corrigea-t-il.

— Bon sang, Votre Grâce, marmonna-t-elle. Et prenez-moi dans vos bras, s'il vous plaît.

Il lui accorda cette petite victoire, sans doute pour la remercier de sa reddition. Avec un soupir de soulagement, elle se laissa aller contre son torse musclé tandis qu'il enroulait un bras solide autour de sa taille et lui soulevait le menton de sa main libre.

Hélas, il ne l'embrassa pas ! Le silence s'étira, seulement troublé par le battement tumultueux de leurs cœurs. Elle finit par ouvrir les yeux et plongea son regard dans le sien. Seigneur, elle aurait pu s'y noyer ! Avant de retrouver ses esprits, elle prit son visage entre ses mains et l'attira à elle.

Quand sa bouche se posa enfin sur ses lèvres entrouvertes, elle comprit que jamais elle n'avait été *réellement* embrassée.

En un instant, la douceur de ses lèvres et leur saveur exquise éclipsèrent tout autre baiser, passé ou à venir. Sa raison l'abandonnait, son corps s'éveillait à la vie. C'était merveilleusement parfait... et totalement effrayant. Dans un embrasement de passion, il explora sa bouche et elle s'offrit sans réserve à son assaut sensuel.

Reprenant son souffle, il murmura son prénom : Jane, Jane, Jane. Des petits frissons coururent sur sa nuque. Impatiente, elle se pressa contre lui et reprit sa bouche.

Ce ne fut que lorsqu'il lui retroussa ses jupes qu'un début de bon sens parvint enfin à se frayer un chemin dans le cerveau de Jane. Quand elle repoussa sa main, trop hardie à son goût, il mit fin à leur baiser et la supplia d'une voix rauque :

— Je vous en prie, Jane, laissez-moi faire. Laissez-moi vous étendre sur le divan et vous faire hurler de plaisir.

Il avait déjà posé les mains sur ses fesses, annonçant ses intentions d'une façon on ne peut plus explicite. Luttant contre une irrésistible envie de lui céder, et au prix d'un effort de volonté dont elle ne se serait pas crue capable, elle recula et lui tourna le dos. Ce serait moins difficile de refuser si elle n'était pas soumise à ses caresses diaboliques.

— Vous avez eu votre baiser, Votre Grâce, articula-t-elle.

— Cela ne me suffit pas, rétorqua-t-il, le souffle court.

— Je ne vous laisserai pas ruiner ma réputation !

— Quelque chose me dit qu'elle l'est déjà. Loin de moi la pensée de vouloir vous offenser ! Au contraire, je me réjouis que nous puissions nous donner mutuellement du plaisir sans remords. Ai-je tort de présumer que vous avez déjà… perdu votre innocence ?

— Mon passé ne vous regarde pas, Votre Grâce.

Son passé ne le regardait pas, mais il était la raison même de sa présence dans cette maison et elle ne devait pas perdre cela de vue. Et elle n'était pas naïve ! Aux yeux de cet homme, elle n'était qu'une employée dont « l'innocence perdue » lui permettrait, bien commodément, de la trousser la conscience tranquille avant de la mettre à la porte en toute impunité. Et si ce rappel à la dure réalité ne lui suffisait pas, qu'elle se souvienne du poignard dans sa chambre destiné à son cousin et héritier.

Lissant ses jupes, elle se composa une expression sereine et lui fit face.

— Pourrez-vous prévenir M. Blackett qu'il recevra des factures pour les robes de vos sœurs ? Et merci de m'avertir dès que vous connaîtrez la date de notre sortie au théâtre.

8

Au terme d'une semaine à courir les boutiques, avec en point d'orgue la promesse d'une soirée au théâtre, l'excitation était à son comble à Fortescue House. On avait trouvé, et grassement payé, une couturière pour réaliser des robes en toute hâte. Maria ne parlait plus que soie, organza, guipure et ourlets festonnés.

Persuadée que l'aînée des Osbourne avait pour l'instant remisé l'infréquentable M. Norville à l'arrière-plan de ses préoccupations, Jane avait entrepris, non sans une pointe de nostalgie, de sélectionner une garde-robe convenant à une jeune fille de quinze ans. Elle avait toujours adoré les vêtements et découvrait que les modistes londoniennes n'étaient pas à dédaigner. Pour la Parisienne qu'elle était, sûre de n'avoir que du mépris pour la mode de second rang d'une capitale de second rang, c'était une agréable surprise.

— Celui-ci vous irait très bien, mademoiselle Grey, déclara Maria en la voyant passer une main légère sur un coupon de soie argentée rehaussée de fils d'or chez Bow's Silk Warehouse, un magasin de tissus. Je suis sûre que Julian ne s'en apercevrait même pas si nous ajoutions une robe pour vous sur la facture.

Julian s'en apercevrait sans le moindre doute. Accepter des vêtements de sa part reviendrait à accepter ses autres propositions.

— Ce ne serait pas honnête, répondit Jane. Et j'ai une robe du soir qui convient parfaitement à ma position.

Une vieille chose usée, la toute première qu'Henri lui avait offerte, affreusement démodée.

— Je suis sûre que vous serez très jolie.

Maria virevolta en serrant contre son cœur le coupon de soie blanche qu'elles venaient de choisir pour elle.

— Oh, mademoiselle Grey, je suis si heureuse que je pourrais en mourir !

Laura aussi était heureuse, parce que sa gouvernante était trop occupée pour lui faire faire des divisions à deux chiffres. M. Bream était heureux parce que chaque fois qu'il venait pour sa leçon de dessin, ses élèves étaient sorties faire des courses et qu'il était tout de même payé. La nouvelle bonne d'enfants était heureuse parce qu'elle avait trouvé une sinécure dans une maison confortable. Nurse Bride, pendant ce temps, dormait du sommeil du juste.

Quant à lord Denford, Jane n'aurait su dire s'il était heureux ou non. Elle ne l'avait pas revu depuis leur fameux baiser. Un message remis par M. Blackett l'avait informée qu'il avait quitté Londres pour quelques jours.

Jane n'avait cependant pas manqué de remarquer qu'une personne était extrêmement malheureuse : Fenella. Sur ses conseils, elle avait choisi une robe d'un doux rose pêche pour la soirée au théâtre. Contrairement à ses sœurs qui, avec leur chevelure d'ébène et leur peau de nacre, pouvaient porter toutes les couleurs, Fenella avait besoin de teintes qui n'affadiraient pas son teint blafard.

L'après-midi de la veille du grand jour, les trois filles prirent un bain et se lavèrent les cheveux dans une grande baignoire installée devant la cheminée de la nursery. Jane et Maria étaient en train de débattre des mérites de différentes coiffures quand Jane entendit un sanglot en provenance de la chambre de Fenella. Elle trouva la jeune fille étendue sur son lit, vêtue d'un simple peignoir et en larmes.

— Fenella, que se passe-t-il ?

La réponse, assourdie par l'oreiller, fut incompréhensible. Jane s'assit sur le lit et prit la fillette dans ses bras.

— Ma petite chérie ! s'écria-t-elle en français. Qu'est-ce qui vous fait pleurer, alors que vous avez une robe neuve et que demain, votre frère vous emmène au théâtre ? Vous êtes souffrante ?

— Je ne veux pas y aller.

— Je croyais que vous attendiez cette sortie avec impatience. Vous serez assise dans l'une des meilleures loges, vous étrennerez une jolie robe et vous admirerez la plus célèbre actrice d'Angleterre.

— Je suis affreuse, gémit Fenella. En me voyant à côté des autres, tout le monde me trouvera quelconque. Maria et Laura sont aussi jolies que maman, et même Julian lui ressemble. Les gens se moqueront de moi, la sœur au physique ingrat ! Ce n'est pas juste !

Comprenant qu'il serait vain d'arguer que peu de spectateurs s'intéresseraient à une demoiselle de treize ans, fût-elle la sœur d'un duc, Jane répondit :

— Votre nouvelle robe vous va à merveille. Et vous ne serez pas la seule à vous sentir moins jolie que les autres. Moi-même, je suis très ordinaire.

Fenella émit un hoquet incrédule.

— Vous, mademoiselle Grey ? Mais vous êtes très belle ! Presque aussi belle que maman.

— Allons, mettez vos chaussons et venez avec moi. J'aimerais vous montrer quelque chose.

Une fois dans son boudoir, Jane ôta sa robe pour ne garder que sa chemise, et dénoua ses cheveux.

— Bien, dit-elle en s'asseyant sur le petit banc capitonné devant sa coiffeuse. Prenez place à côté de moi et regardons dans ce miroir.

Même dans le doux reflet, dont Jane savait qu'il était plutôt flatteur, Fenella n'était guère avenante avec ses fins cheveux raides plaqués sur son crâne et son expression maussade.

— Me trouvez-vous toujours aussi belle ? demanda Jane.

— Non. Vous avez l'air… ordinaire.

— Parce que je le suis, tout simplement, expliqua Jane. À présent, regardez.

Elle prit un peigne et le passa dans ses cheveux jusqu'à ce qu'ils forment un nuage vaporeux autour de son visage. Puis elle adressa un sourire radieux au miroir.

— Et maintenant ? s'enquit-elle.

— Maintenant, vous êtes très jolie.

— Et je le serai encore plus une fois habillée.

Elle s'empara d'un foulard de mousseline bordé de satin bleu et s'en drapa les épaules.

— En tant que gouvernante, je n'ai pas de belles tenues, mais je peux tout de même être jolie. Vous qui êtes sœur de duc, et qui avez la possibilité d'acheter tout ce dont vous avez besoin, vous pouvez avoir encore plus d'allure que moi.

— Non. Je me suis regardée dans le grand miroir avec ma robe neuve. Je suis exactement comme d'habitude.

— D'abord, occupons-nous de vous coiffer. Vos cheveux sont comme les miens, ils ne bouclent pas naturellement. Nous devons les y encourager un peu.

Quand elle était une maigre jeune fille de treize ans, sa mère, fort aimante, l'avait aidée à améliorer son physique afin d'avoir confiance en elle. Et elle n'avait pas eu la malchance d'avoir deux authentiques beautés pour sœurs.

Ce fut une expérience douce-amère de brosser les cheveux de Fenella pour leur donner du volume, puis de les orner de rubans. Jane ne pouvait s'empêcher de songer à la dernière fois qu'elle avait coiffé Marie-Thérèse. C'était un souvenir joyeux et terrible à la fois. Quelques jours plus tard, Marie-Thérèse était morte et Jeanne était une catin.

— Je vais vous aider à révéler votre beauté, promit-elle.

La lueur dans le regard de Fenella lui fendit le cœur. La jeune fille observait son reflet dans le miroir avec espoir - un espoir bouleversant. Retenant ses larmes, Jane se mit au travail.

— Et voilà ! annonça-t-elle finalement. Qu'en pensez-vous ? N'êtes-vous pas charmante ?

— C'est mieux, admit Fenella, prudente. Mais je ne suis pas jolie.

— Parce que vous ne souriez pas, *ma chérie*. Une femme heureuse est toujours jolie.

Jane afficha un sourire radieux qui offrait un contraste saisissant avec la moue boudeuse de sa compagne.

— Et une personne souriante est toujours séduisante, poursuivit-elle. Le bonheur est contagieux.

Fenella incurva les lèvres.

— Pourquoi voulez-vous que je sourie puisque je n'en ai pas envie ? Je ne vais pas faire semblant d'être heureuse juste pour faire plaisir aux gens ! Ils ne le méritent pas.

Parce que quelquefois, votre vie en dépend. Jane songea au jour où Mathieu Picard lui avait fait comprendre que « Jane Grey » avait le choix : lui faire plaisir ou être dénoncée au Comité de salut public. Jane avait alors été tout sourire pour Mathieu.

— Vous ne le faites pas pour eux, expliqua Jane. Vous le faites pour vous. Si votre entourage ne vous amuse pas, songez à quelque chose qui vous fait sourire.

— Je ne comprends pas.

— Pensez à quelque chose qui vous rend heureuse. Là, tout de suite.

Fenella ferma les yeux. Quand elle les rouvrit, un sourire espiègle flottait sur ses lèvres, éclairant son visage. Soudain, sa maussaderie avait disparu, remplacée par une irrésistible joie de vivre.

— C'est parfait ! la félicita Jane. À quoi pensez-vous ?

Le sourire fit place à une adorable petite moue. Jane comprit alors qu'elle s'était trompée en estimant que jamais ce visage ne briserait de cœur.

— Ah, mais je souris pour moi-même, pas pour vous ! répliqua Fenella.

— Vous êtes bien impertinente de me renvoyer mes propres paroles, fit mine de se fâcher Jane en lui tapotant la tête.

— N'abîmez pas ma coiffure ! gémit la fillette.

— À condition que vous me disiez ce qui vous faisait sourire.

Fenella se rembrunit. Décidément, cette petite était d'un naturel méfiant.

— Je suis obligée ? maugréa-t-elle.

— J'aimerais savoir ce que vous pensez parce que je vous aime bien et que j'ai toujours envie de savoir ce que pensent mes amis, surtout si cela les fait sourire. Mais vous ne me le direz que si vous le souhaitez.

Le visage de Fenella s'éclaircit.

— Alors je ne suis pas obligée de dire ce qui me fait sourire si quelqu'un me le demande ?

— Non. D'ailleurs, un sourire mystérieux peut intriguer et donner envie de savoir ce que vous pensez. Entraînons-nous donc à nourrir de merveilleuses pensées secrètes.

Côte à côte, elles posèrent les coudes sur la coiffeuse, calèrent le menton dans leurs paumes et laissèrent leur regard dériver vers le miroir. Paupières à demi baissées, Jane s'absorba dans ses pensées, si bien qu'elle en oublia presque la présence de Fenella.

Un sourire rêveur aux lèvres, le souffle court, elle se rappela que le lendemain soir, elle reverrait lord Denford après une semaine d'absence. Son départ n'avait nullement atténué le souvenir de leur baiser… ni son envie de recommencer. Si elle parvenait à le chasser de son esprit tant qu'elle était occupée avec les filles, le soir, quand elle se couchait, il revenait hanter ses pensées. Peut-être allait-il exiger un compte rendu sur les progrès de ses élèves dès son retour ? Du moins le prétendrait-il. Naturellement, il allait de l'intérêt des trois jeunes filles qu'elle lui parle d'elles, qu'il le veuille ou non. Il devait entendre vanter leurs mérites pour développer une affection fraternelle. La famille était une valeur fondamentale. En l'absence de leur mère si négligente, lord Denford et ses sœurs ne pouvaient compter que les uns sur les autres. Quant à elle, elle se contentait de faire son devoir en consacrant du temps à son employeur. Et rien ne justifiait qu'elle accepte de l'embrasser, rien du tout, sauf si…

— Oooh, mademoiselle Grey, j'ignore à quoi vous pensez mais ce doit être merveilleux !

À regret, Jane s'arracha à sa rêverie.

— En effet, *ma chérie*. Et vous ? Je vous trouve l'air bien mystérieuse. Impossible de deviner à quoi vous songez.

— Je sais ! s'esclaffa-t-elle. Maria et Laura trouvent ça exaspérant. Allons, mademoiselle Grey, à quoi pensiez-vous ?

Jane lui décocha un sourire énigmatique.

— Cela, c'est mon secret.

Pour rien au monde elle ne lui aurait révélé à quelles inavouables activités elle s'était livrée, en imagination, avec son frère.

Julian ne s'était pas donné la peine de se renseigner sur les horaires des navires, qui avaient repris leurs traversées régulières de la Manche. Il avait préféré faire voyager la collection Falleron par des chemins plus discrets. Il connaissait un capitaine des environs de Folkestone, qui avait déjà transporté sa personne et ses biens, en temps de paix comme en temps de guerre. Toutefois, le ciel particulièrement peu clément pour un printemps l'avait obligé à attendre plusieurs jours dans une auberge de la ville le retour au port du capitaine et de son sloop.

Les deux hommes avaient convenu d'un rendez-vous qui tenait compte de la lune et des horaires des marées, puis négocié le prix d'une course en mer à haut risque, puisqu'elle impliquait une attente d'une durée imprévisible au large des côtes des Pays-Bas et une possible intervention des autorités françaises, qui se souciaient peu que la paix eût été signée.

Il n'arriva donc à Fortescue House que dans l'après-midi, le bas du dos endolori par sa longue chevauchée et l'esprit encore embrumé par une longue nuit arrosée au cognac de contrebande pour célébrer la réussite de son expédition.

— Faites-moi préparer un bain bien chaud, ordonna-t-il au majordome. Je dînerai ici ce soir.

— Bien sûr, milord. Avant le théâtre.

Julian ferma les yeux. Bon sang, c'était aujourd'hui ?

— Il est rentré ! Il est rentré !

Pourquoi diable les filles avaient-elles des voix aussi perçantes ? La petite Laura dévala l'escalier et se rua vers lui pour lui entourer la taille de ses bras.

— Je savais que vous reviendriez à temps ! Même si Fenella disait que vous nous aviez oubliées !

Fenella était décidément moins sotte qu'elle n'en avait l'air, songea-t-il, maussade.

Baissant les yeux sur l'enfant plaquée contre lui, il remarqua que ses cheveux avaient été coiffés en longues anglaises et ornés de rubans de satin rouge. Il lui tapota le dos d'un geste maladroit. Elle était tiède et aussi menue qu'un moineau, un doux parfum d'enfance montait de sa petite personne et elle semblait inexplicablement *heureuse* de le revoir. Julian n'avait pas l'habitude d'être accueilli avec un tel enthousiasme quand il rentrait d'un voyage d'affaires.

La petite le regarda et lui décocha un sourire qui ressemblait tellement à celui de leur mère que c'en était émouvant.

— Vous êtes très en beauté, mademoiselle Laura, la félicita-t-il. Sortez-vous, ce soir ?

— Vous le savez bien.

— Je ne crois pas... Dites-moi donc ?

Elle fronça les sourcils.

— Le théâtre, voyons !

— Vous allez au théâtre ?

— Votre Grâce, cessez de taquiner cette enfant, le gronda Mlle Grey qui descendait le grand escalier.

Comment réussit-elle le tour de force de ressembler à une duchesse dans une robe aussi modeste ? De même que Laura, elle semblait contente de le voir. Il espérait que ce n'était pas juste parce que la sortie à Drury Lane n'était pas annulée, et qu'elle se réjouissait de son retour pour des raisons plus personnelles. Le simple fait de poser les yeux sur elle lui rendit sa bonne humeur et dissipa sa fatigue.

— Votre frère n'a pas oublié, Laura, même s'il a failli être en retard. Il faut vous dépêcher, Votre Grâce, si vous voulez avoir le temps de vous habiller, de dîner et d'être à Drury Lane à 19 heures.

— Vous parle-t-elle toujours sur ce ton ? demanda-t-il à Laura.

La petite gloussa.

— Bien sûr. C'est notre gouvernante.

— Ma foi, on dirait que c'est aussi la mienne. Difficile d'être plus autoritaire !

— Vous êtes trop vieux pour avoir une gouvernante, protesta Laura.

— Dommage. Mademoiselle Grey, Laura estime que je n'ai plus besoin d'une gouvernante, par conséquent, vous n'avez pas besoin de m'accueillir avec cette mine sévère. Prenez plutôt exemple sur Laura !

La jeune femme avait atteint le bas de l'escalier. Elle demeura là, les mains sur les hanches, feignant d'être fâchée tandis que l'ombre d'un sourire flottait sur ses lèvres. Elle ne semblait pas le moins du monde troublée par le baiser torride qu'ils avaient échangé la veille de son départ. Elle darda sur lui un regard sévère.

— Et comment vous a-t-elle accueilli ? s'enquit Jane.

— Je l'ai serré dans mes bras, déclara Laura d'un air indécis. Ça ne se fait peut-être pas avec un gentleman ?

— Cela se fait avec un grand frère, la rassura la jeune femme.

— Tant mieux. Papa ne nous prenait jamais dans ses bras. Alors c'est différent avec les grands frères ?

— Cela devrait être différent avec les pères aussi, marmonna Julian.

Comme il le savait fort bien, Osbourne avait fait sien l'adage selon lequel « qui aime bien châtie bien ». L'idée qu'il ait pu frapper cette fragile créature réveilla une colère ancienne contre le vieux bigot. S'avisant que Laura était effrayée par ses intonations rageuses, il s'empressa de l'apaiser.

— Je suis toujours ravi qu'une dame me serre dans ses bras, reprit-il avec un clin d'œil à la petite, suivi d'un regard en coin à Mlle Grey, dont il espérait qu'il n'était pas trop audacieux.

— À quelle heure devons-nous être prêtes, Votre Grâce ? se contenta de demander la jeune femme.

Il renonça aussitôt à l'idée d'annuler la soirée. Il ne voulait pas prendre le risque de contrarier Mlle Grey et, à sa grande surprise, il n'avait pas envie de décevoir Laura.

— Nous partirons à 18 heures. Venez donc dîner avec moi à 17 heures, toutes les quatre.

Laura émit un petit hoquet de stupeur.

— Je vais dîner avec vous ? Comme une grande personne ?

— Ma foi, l'occasion mérite la salle à manger.

Il se tourna vers le majordome.

— Vous y veillerez, ajouta-t-il à son adresse. Et maintenant, je vais me préparer ou je ne serai jamais digne de me montrer en si élégante compagnie.

Depuis que Julian avait pris ses quartiers à Fortescue House, personne n'avait dîné dans la vaste salle à manger. Après avoir confié à son personnel la mission de rendre la pièce présentable en moins de deux heures, il se plongea dans un bain brûlant et laissa l'eau chaude dissiper ses douleurs et chasser les dernières brumes d'alcool. De là où il se trouvait, il avait une vue imprenable sur la porte qui séparait ses appartements de ceux de la duchesse.

De ceux de Mlle Grey.

Pourquoi cette femme le troublait-elle autant ? Certes, il avait envie de la mettre dans son lit, cela n'avait cependant rien d'exceptionnel. La fascination qu'elle exerçait sur lui ne pouvait se réduire à ses attraits physiques, à son charme ou à sa vive intelligence. Il percevait en elle un irrésistible mystère. Non seulement il ne savait pas grand-chose de son passé, mais son intuition lui soufflait qu'elle ne lui avait pas dit toute la vérité. S'il était curieux de connaître son histoire personnelle, il était surtout curieux d'elle. Contrairement à la plupart des gens, elle ne semblait pas intimidée en sa présence, alors qu'il était son employeur. Il était prêt à parier qu'elle n'avait jamais été dupe des airs autoritaires qu'il cultivait depuis tant d'années qu'ils lui étaient devenus naturels. Elle lisait en lui comme dans un livre ouvert.

Il ne saurait probablement jamais ce qu'elle cachait derrière ses sourires polis et ses froncements de sourcils... sauf si elle en décidait autrement. C'était à l'évidence une femme capable d'un très haut degré de contrôle sur elle-même et sur l'image qu'elle offrait au monde. Franchir les barrières qu'elle avait érigées autour d'elle, découvrir la véritable Jane Grey, c'était là un défi des plus enthousiasmants !

Alors qu'il s'habillait pour le dîner, il envisagea un instant d'oublier ses invariables tenues noires pour quelque chose d'inattendu. Un gilet rouge, peut-être. Mais Mlle Grey se contenterait de lui décocher ce petit sourire indulgent dont elle avait le secret, façon de lui dire qu'elle n'était pas dupe de ses manœuvres.

À l'heure dite, il était dans le hall. Maria descendit la première, suivie par Fenella. Leurs robes aux tonalités pastel étaient parfaitement appropriées à leur âge et à leur rang, de même que leurs coiffures. Comme toujours, Mlle Grey se révélait une gouvernante parfaite. La belle Maria affichait l'assurance naturelle d'une jeune fille habituée à plaire. Quant à Fenella, elle était étrangement jolie ce soir, peut-être parce qu'elle avait laissé au vestiaire son éternelle expression morose. Laura fermait la marche, une main sur la rampe, la tête bien droite, le regard brillant d'excitation.

Julian s'inclina devant elles.

— Mesdemoiselles, votre beauté me laisse sans voix.

Laura gloussa. Maria accueillit le compliment d'un gracieux hochement de tête. Quant à Fenella, elle se contenta de redresser la tête, exactement de la même façon que Mlle Grey, en esquissant un sourire digne de la Joconde.

— Où est Mlle Grey ? s'étonna-t-il. Il faut dîner maintenant si nous ne voulons pas être en retard.

— Pourquoi faut-il descendre ici puisque nous devons remonter à la salle à manger ? répliqua Laura.

— Pour que j'aie le plaisir de vous voir descendre les marches dans vos robes du soir, répondit Julian.

C'était lui qui avait demandé à leur gouvernante de procéder ainsi. S'il ignorait ce qui se passait dans la tête d'une certaine Mlle Grey, il connaissait les femmes. Et puisque ses sœurs étaient des femmes, même toutes jeunes, il les connaissait un peu aussi. En revanche, il se demandait ce que fabriquait Mlle Grey. Il se souvint, vaguement inquiet, qu'elle avait refusé qu'il lui offre une robe neuve pour l'occasion. Allait-elle se faire excuser au motif qu'elle ne possédait pas de tenue de soirée ? Leur accord impliquait qu'elle les accompagne au théâtre. Un instant, il envisagea d'aller la chercher. Elle viendrait, en chemise de nuit s'il le fallait !

Avec soulagement – et peut-être un pincement de déception ? –, il réalisa qu'il n'aurait pas besoin d'en venir à une telle extrémité. Percevant une présence sur le palier, il leva les yeux… et regarda, fasciné, Jane Grey descendre les marches.

— Votre Grâce, le salua-t-elle.

Contrairement à ses élèves, elle ne tentait pas de l'impressionner. Ce n'était plus une enfant mais une femme sûre d'elle, à la grâce éblouissante et au port de reine. Au prix d'un effort sur lui-même, Julian parvint à se libérer de l'aura de sensualité qui se dégageait de toute sa personne pour s'attarder sur les détails de sa tenue. Ses cheveux étaient une masse de boucles retenues par un bandeau de satin ivoire assorti à ses escarpins. C'était son unique ornement, cela dit, elle n'avait nul besoin de bijoux, ni même d'une robe neuve, pour se rendre désirable. Ainsi donc, Mlle Grey possédait une robe du soir. Pour la première fois, Julian eut le privilège de contempler la peau satinée de son cou, de sa gorge, de la naissance de ses seins que révélait son corsage près du corps. La robe n'était pas neuve, du moins n'était-elle plus à la dernière mode – rien qu'un peu d'étoffe bleue vaporeuse, peut-être de la mousseline ou de la batiste, assurément pas de la soie. Une large ceinture d'un bleu plus profond soulignait la taille, et non le buste comme l'exigeait la mode. Un semis de fleurs de la même nuance était brodé au bas du vêtement. Toutefois, la principale qualité de cette robe, qui fit courir un peu plus vite le sang dans les veines de Julian, c'était ses jupes amples. La vision d'un divan mordoré jaillit devant ses yeux tandis que ses doigts le démangeaient soudain d'empoigner le vêtement et de le faire remonter sur des jambes fuselées...

Jane fit appel à toute sa volonté pour feindre l'indifférence et se retenir de se jeter au cou de lord Denford afin de reprendre leur baiser là où il en était resté. Elle n'avait probablement pas choisi l'option la plus raisonnable en appliquant une touche de noir sur ses cils et de rose sur ses joues – surtout pour une gouvernante qui n'avait pas l'intention de se retrouver dans le lit de son employeur –, mais cela faisait des mois qu'elle n'était pas sortie juste pour le plaisir. Plus que le plaisir. Elle n'en doutait pas un instant, une soirée au théâtre avec le duc de Denford et ses sœurs serait infiniment plus agréable qu'un dîner dans l'un des meilleurs restaurants de Paris en compagnie d'Henri et de ses amis.

Le dîner constitua un défi supplémentaire à son apparente sérénité. La salle à manger était superbe, avec ses moulures et ses dorures à la française. Une fois à table, Jane songea aux repas que l'on servait autrefois dans la très belle salle à manger de ses parents. À Paris, le marquis et son épouse ne dînaient avec leurs filles que lors des grandes occasions, à la campagne, en revanche, toute la famille se réunissait autour de la même table. Jane ne put s'empêcher de songer à ses sœurs, assises avec leurs parents, exactement comme les demoiselles Osbourne en cet instant avec leur frère. Et leur gouvernante.

Cela dit, lord Denford ne ressemblait pas du tout à son propre père, un homme bon et aimant, qui n'avait pris que trop tard la mesure du séisme qui avait ébranlé son monde. Le duc de Denford était plus perspicace que lui. Jamais il ne se serait laissé berner par l'escroc qui, ironie du sort, était son héritier. Certes, le marquis était plus âgé que l'homme qui présidait à cette table, et contrairement à lui, il ne portait pas du noir mais les riches brocards et les perruques poudrées en vogue à la cour. Elle-même, en revanche, ressemblait beaucoup à sa mère, à cette différence près que jamais on n'aurait vu la marquise dans une robe aux coutures usées et à la jupe reprisée. Hélas, pour survivre, Jane avait dû faire bien des choses qui auraient affolé sa mère, des choses infiniment plus choquantes que porter une robe défraîchie.

Jane avait donné aux filles des instructions en matière de conversation dans un dîner élégant, Maria semblait cependant trop intimidée par la splendeur de la pièce pour parler. Fenella, Dieu merci, était manifestement très occupée à peaufiner son sourire énigmatique. Il revint donc à Laura, qui avait décidé que son grand frère était l'homme le plus parfait au monde, d'ouvrir la discussion. Elle le fit en évoquant le journal du jour, qui annonçait que le programme de ce soir avait été modifié.

— Je ne regrette pas de ne pas voir *Henry VIII*, déclara-t-elle. Nous en avons lu des passages avec Mlle Grey et j'ai trouvé que c'était difficile.

— Dans ce cas, je vais cesser de me plaindre que Mme Siddons soit souffrante, déclara le duc.

— *Les Rivaux* semble une pièce fort amusante, intervint Jane. Henry VIII n'était probablement pas un homme très agréable à fréquenter. Nous nous amuserons davantage avec une comédie.

— Je suis sûre que Maria va adorer, dit Laura. Pendant la leçon de dessin, M. Bream nous a expliqué qu'il y avait des *amants* dans la pièce.

— Cesse de dire des sottises, s'empressa de répliquer l'intéressée en coulant un regard gêné à son frère.

Apparemment, Laura était au courant de son escapade. Si elle continuait ainsi, lord Denford allait finir par se douter de quelque chose.

— Cela ne m'intéresse pas du tout, poursuivit l'aînée des Osbourne. Pour ma part, j'aurais préféré une tragédie. Nous pouvons déplorer le comportement de Henry VIII envers la reine Catherine, mais nous ne pouvons pas regretter leur divorce puisqu'il a entraîné la séparation entre Rome et l'Église d'Angleterre.

Jane avait été surprise d'apprendre que les demoiselles Osbourne n'étaient pas catholiques. Apparemment, il y avait aussi des protestants en Irlande. Dans le Paris révolutionnaire, la religion était prohibée. Et même si cela n'avait pas été le cas, Jane n'aurait plus voulu entendre parler d'un Dieu qui avait permis tant d'horreurs. Quand elle avait accompagné ses élèves à l'office à Saint-George, elle avait été rassurée de constater que l'Église d'Angleterre manquait singulièrement de ferveur.

La piété de Maria fit lever les yeux au ciel à Laura.

— Qui veux-tu que ça intéresse ? M. Bream a dit aussi qu'il y aurait des combats à l'épée. J'espère que personne ne sera blessé.

— Je te rappelle que ce n'est qu'une pièce de théâtre, ricana Maria.

— On ne sait jamais !

Avant que Jane intervienne, le duc se lança dans la mêlée.

— Tu es bien silencieuse, Fenella. Je serais curieux de savoir ce qui te fait sourire ainsi. Est-ce le changement de programme ou les querelles de tes sœurs ?

Pour toute réponse, la jeune fille se contenta de hocher la tête et d'accentuer imperceptiblement son sourire énigmatique. Si Jane se félicitait de ses efforts, elle n'avait pas prévu qu'elle pousserait le zèle jusqu'à refuser de répondre à une question. Lord Denford ne sembla pas s'en offusquer.

— Une jeune femme auréolée de mystère..., commenta-t-il d'un ton amusé. À présent, nous allons tous nous demander quelles perles de sagesse tu refuses de partager.

— Elle a fait ça toute la journée, précisa Laura. Moi, je trouve que ça lui donne l'air idiote.

— Laura, ce n'est pas poli de parler ainsi de sa sœur, lui rappela Jane.

Maria darda alors un regard irrité sur Fenella.

— Et ce n'est pas poli de rire de sa sœur, renchérit-elle. Elle fait cela aussi depuis ce matin et j'en ai assez. Vous ne pouvez pas lui demander d'arrêter, mademoiselle Grey ?

— Vous pouvez le faire vous-même. *Poliment*.

Maria prit une profonde inspiration.

— Fenella, je te serais reconnaissante de ne plus me regarder ainsi. Je sais que tu ne le fais que pour me provoquer.

— Cela ne me viendrait pas à l'idée, répliqua Fenella avant de plonger sa cuillère dans son velouté d'un air hautain, quoique sans renoncer à son petit sourire.

Jane se retint de rire. Elle jeta un coup d'œil discret à lord Denford, qui semblait avoir aussi envie de rire. Détournant les yeux, elle but une gorgée de vin, puis afficha son expression de gouvernante pour rappeler ses élèves à l'ordre.

— Cela suffit, mesdemoiselles. Ce bourgogne est excellent, Votre Grâce. De quel cru s'agit-il ?

— Aucune idée. J'aime beaucoup le vin, pour autant, je serais bien incapable de disserter sur le sujet. Et j'avoue que je suis terriblement intrigué par le sourire de Fenella. Rien n'est plus attirant que le mystère.

— Quel genre de mystère pensez-vous que je cache ? s'enquit l'intéressée.

— Je l'ignore, mais je pourrais le découvrir aisément si je m'y employais.

— Oh, je sais garder un secret !

— Je n'ai jamais rencontré une femme capable de garder longtemps un secret, et c'est bien dommage, rétorqua-t-il. Ce qui reste inexpliqué est toujours plus attirant que ce qui est évident.

Jane sentit le poids de son regard s'attarder sur elle, comme s'il tentait de percer ses propres secrets.

— Vous ne trouvez pas que Mlle Grey est très en beauté ce soir, Julian ? demanda Fenella.

Lorsqu'elle oubliait son personnage maussade, la jeune fille révélait une remarquable perspicacité. Bien trop remarquable au goût de Jane.

— Mlle Grey sait très bien ce que je pense.

Il devenait urgent de changer de conversation avant que les filles s'imaginent qu'elle flirtait avec leur frère. Elles avaient peut-être mené une existence retirée en Irlande, mais elles n'étaient pas naïves. Et elles n'avaient nul besoin de connaître l'opinion de lord Denford à son sujet.

— Considérons que nous sommes toutes les quatre en beauté ce soir, ce qui est notre façon de remercier Sa Grâce de nous emmener au théâtre.

— *Sa Grâce* est très honorée, ricana-t-il.

— Et vous, mademoiselle Grey, vous trouvez que Julian est très en beauté ce soir ? s'enquit Fenella avec une redoutable intuition.

— Moi, oui, pépia Laura. Même s'il est toujours en noir, comme un pasteur.

— C'est bien la première fois qu'on me compare à un pasteur, avoua lord Denford.

— Alors un corbeau, rectifia Fenella. Pourquoi ne mettez-vous que du noir ?

— Pour porter le deuil de ma jeunesse perdue.

— Quand l'avez-vous perdue ? voulut savoir Laura.

— À vingt ans.

— Que vous est-il arrivé ?

— J'ai fini par avoir vingt et un ans. C'est ainsi que nous perdons tous notre jeunesse.

— C'est à cette époque que vous avez commencé à utiliser votre canne noire ?

La canne de lord Denford était un sujet très en vogue à l'étage des enfants.

— Exactement. Dès que j'ai atteint la majorité, je n'ai plus été capable de marcher sans aide. C'est très triste.

Les filles éclatèrent de rire, y compris la sage Maria.

— Eh bien, moi, déclara Laura, je ne porterai pas de noir quand j'aurai vingt et un ans. Je commanderai une robe rouge dès que je serai assez âgée et que je ne serai plus obligée de porter des tenues pastel parce que Mlle Grey dit que ce sont des couleurs qui conviennent à une *demoiselle*.

Elle avait prononcé ce dernier mot en français.

— Pourquoi parlez-vous si souvent en français, mademoiselle Grey ? Pourquoi m'appelez-vous « *ma chérie* » ?

— Parce que j'ai grandi sur une île à moitié française et que je suis censée vous apprendre le français.

— Je n'aime pas le français, bougonna la fillette.

Ce n'était pas la première fois qu'elle disait cela.

— Quand je serai grande, intervint Fenella, je parlerai français, je ne porterai que du noir, et je vivrai sur une île avec des autruches et des crocodiles. Je serai comme Julian et Mlle Grey.

— Pour ma part, rectifia lord Denford, je n'ai jamais vécu sur une telle île. Et je n'ai pas toujours porté du noir.

Le regard interrogateur qu'il lui décocha alarma Jane. Elle songea à la flore et à la faune qu'elle avait évoquées en les associant à Sainte-Lucie. Ces créatures exotiques vivaient-elles vraiment là-bas, ou ailleurs dans les Caraïbes ? Dans le cas contraire, lord Denford risquait-il de le savoir ?

9

Assises à l'avant de la loge, les trois demoiselles Osbourne balayaient la somptueuse salle de théâtre d'un regard fasciné en attendant le lever de rideau. Leurs murmures admiratifs parvenaient à Jane, qui avait pris place derrière elles dans la pénombre. Contrairement à ses élèves, Jane était souvent allée au théâtre. Elle était bien plus sensible à la formidable présence de lord Denford dans le fauteuil voisin du sien.

— Eh bien, mademoiselle Grey, que pensez-vous du théâtre royal de Drury Lane ?

Sa voix grave donnait à sa question une portée inutilement dramatique. Une fois encore, elle ressentit cette désormais familière oppression dans la poitrine.

— C'est immense.

— La plus grande salle de théâtre d'Europe, paraît-il. Cela dit, peut-être y en a-t-il de plus vastes aux Amériques. Sur l'île de Sainte-Lucie, par exemple ?

Jane ne détecta rien d'autre qu'une moquerie sans malice dans sa remarque. Elle ne put s'empêcher de sourire. Durant le dîner, lord Denford s'était montré charmant avec ses sœurs. Non seulement il était désirable, mais il commençait à lui être sympathique.

— Le théâtre est beaucoup plus modeste là-bas, répondit-elle.

— Que pensez-vous de la décoration ?

— Je la trouve plutôt réussie, répondit-elle, se demandant si lord Denford avait fréquenté les théâtres parisiens.

— Vous n'êtes pas très impressionnable. Et le public, qu'en pensez-vous ? La bonne société londonienne est-elle assez élégante pour vous ?

— Vu la robe que je porte, je crains d'être mal placée pour jouer les arbitres de l'élégance.

— Vous êtes plus distinguée que bien des beautés ici présentes. Quel est votre secret, mademoiselle Grey ? Comment se fait-il qu'à côté de vous les autres femmes paraissent si ternes ?

Le compliment la toucha à un point tel que cela l'inquiéta. Les filles étaient si absorbées par la contemplation de la salle que Jane avait l'impression d'être seule avec lord Denford.

— Ne dites pas de sottises, Votre Grâce.

— Et comment faites-vous pour que dans votre bouche, ces deux mots évoquent à la fois une caresse et une provocation ?

Jane, qui ne rougissait pas facilement, sentit ses joues s'enflammer. Elle n'en avait pas eu conscience sur le moment mais c'était exactement dans cet esprit qu'elle avait prononcé ce « Votre Grâce ».

— Vous ne m'avez jamais vue à côté d'autres femmes, lui rappela-t-elle. Croyez-moi, *monsieur*, je ne saurais rivaliser avec les beautés de la capitale.

Il secoua la tête. Jane fut prise d'une folle envie de plonger les doigts dans son épaisse chevelure brune. Quand il posa la main sur son épaule, elle faillit bondir de son fauteuil pour prendre la fuite.

— Voyez vous-même, répondit-il en désignant le public. Regardez le deuxième niveau, où les gens du beau monde ont leurs loges. Dites-moi si vous trouvez une seule femme aussi élégante que vous.

— C'est trop loin, répliqua-t-elle.

— Vous jugerez d'autant mieux de l'apparence de ces dames que de malheureux détails tels qu'un bouton sur le visage ou un corsage taché vous seront épargnés.

— Plus tard. La représentation va commencer.

Jane aurait davantage apprécié la comédie de Sheridan sans la présence perturbante du duc, mais elle était résolue à savourer cette soirée. Les paupières mi-closes, elle s'imagina que toutes les horreurs du passé n'avaient pas eu lieu et que sa vie avait suivi la trajectoire prévue depuis sa naissance. Elle aurait tout à fait pu être assise dans une loge de théâtre aux côtés d'un duc, sauf que la salle se serait trouvée à Paris et l'homme aurait été celui à qui elle avait été promise dès sa plus tendre enfance. Elle s'était souvent demandé ce qu'il était devenu. Jamais elle n'avait entendu dire qu'Étienne de Fleurigny avait été décapité. Il avait très probablement rejoint les hordes d'émigrés partis pour l'Allemagne, l'Autriche ou peut-être l'Angleterre. Parfois, elle s'inventait une histoire et transformait en héros de romance le jeune homme sans éclat, richissime et d'excellente naissance. Ils se seraient sans doute bien entendus, mais lui aurait-il fait battre le cœur comme lord Denford ?

L'homme assis à ses côtés ce soir n'était pas son époux et ne le serait jamais. Les ducs n'épousaient pas les gouvernantes. Cette soirée n'était qu'un bref épisode, une délicieuse rupture dans la triste succession d'événements qui l'avaient amenée en Angleterre. Elle n'avait pas le droit d'oublier. Elle songea à ses parents, à Marie-Thérèse et à Antoinette. Elle songea à la guillotine, cette redoutable machine à tuer qui trônait sur la place de la Révolution, ainsi que l'on avait rebaptisé la place Louis-XV. Puis elle ferma les yeux pour chasser les affreuses visions qui la hantaient dans son sommeil, ou même quand elle était pleinement réveillée.

— Tout va bien ?

Elle rouvrit les paupières. Lord Denford l'observait d'un air alarmé.

— Un vertige, rien de plus, le rassura-t-elle. Ce sera vite passé.

— Vous êtes toute pâle. Vous travaillez trop dur.

— Il est vrai que la vie de gouvernante est pire que le bagne, rétorqua-t-elle d'un air faussement accablé. Dormir dans la chambre d'une duchesse, dîner avec un duc, assister au théâtre dans une loge luxueuse, ma vie est un enfer.

— Le premier acte se termine bientôt. Je vais aller vous chercher un verre de vin.

De fait, il se leva dès que le rideau retomba.

— Mlle Grey ne se sent pas très bien, expliqua-t-il aux filles. Nous allons la laisser se reposer et je vais vous montrer le grand hall.

Il quitta la loge avec ses sœurs, offrant l'image incongrue, quoique juste, d'un grand oiseau de proie noir accompagné d'une portée de canetons.

Refusant de se laisser de nouveau submerger par ses émotions, Jane suivit la suggestion de lord Denford et observa les tenues des femmes dans les loges d'en face. Rien de ce qu'elle vit ne mettait en péril la réputation d'élégance solidement établie de ses compatriotes. La Parisienne en elle trouvait un certain réconfort à railler les Londoniennes qui accomplissaient l'exploit de commettre en même temps ces deux fautes de goût impardonnables qu'étaient l'absence totale de style et l'excès de parures.

Cette dame, par exemple… Avec sa robe vermillon ornée de guipure dorée, son collier de rubis et pas moins de trois plumes d'autruche piquées dans sa coiffure, elle aurait eu bien besoin d'une leçon de sobriété. C'était une jolie femme dans tout l'éclat de la maturité, toutefois, sa tenue clinquante criait qu'elle était disponible pour plus que de simples visites amicales autour d'une tasse de thé. Peut-être s'agissait-il d'une courtisane, auquel cas l'effet était intentionnel.

Intriguée, Jane se leva et s'approcha de la rambarde afin de mieux voir la femme et les deux hommes qui l'accompagnaient. Le premier, d'un certain âge, à la mise discrète et cependant élégante, devait être son mari – ou son protecteur, selon le degré de respectabilité de la dame. Quant à l'autre... Le cœur battant, Jane battit en retraite, se rassit et recula son fauteuil dans l'ombre. Elle n'osait regarder dans la direction de l'homme de crainte qu'il ne la reconnaisse.

En un instant, tout venait de basculer. Elle s'était crue seule au monde, et voilà qu'elle découvrait son cousin au deuxième degré, Louis, à quelques pas.

Elle n'avait jamais su ce qu'il était advenu de lui or, manifestement, il était parvenu à s'échapper. Était-il à Londres depuis tout ce temps ? Risquant un regard discret, Jane vit qu'il était en grande conversation avec la femme en rouge. Âgé d'une quarantaine d'années, il demeurait le bel homme qui avait flirté avec la moitié des dames de la cour, y compris la reine elle-même, à en croire la rumeur. On ne l'avait pas dit expressément à Jane mais elle avait des yeux pour voir et des oreilles pour entendre – ce qui lui avait permis de percevoir les inquiétudes de son père, de comprendre qui était M. Fortescue ou de savoir que sa mère, qui jamais n'aurait médit d'un parent, n'avait pas confiance en Louis de Falleron et n'éprouvait aucune sympathie pour lui. Si son père avait parfois émis quelques réserves à propos de ce cousin, il aimait tout le monde et, Louis étant de la famille, il devait être accueilli et respecté au même titre que les autres.

Ce n'était pas seulement à cause de ses doutes sur la moralité de Louis que Jane s'était cachée en le voyant. Si elle l'avait pu, elle aurait préféré aller le trouver, lui confier ses soupçons et s'en remettre à lui. Louis était l'héritier naturel du titre de marquis de Falleron, c'était donc à lui de venger les siens. Quant à elle, elle avait le droit de demander sa protection de chef de famille.

Et cependant, elle hésitait. Peut-être ne verrait-il pas les choses du même œil qu'elle. Peut-être refuserait-il de croire que Charles Fortescue était coupable et devait payer pour son crime. Et puis, elle devrait lui avouer qu'elle avait survécu au prix de sa vertu.

Un valet entra dans la loge, apportant un verre de vin avec les compliments de Sa Grâce. Vu la fragilité émotionnelle qui était la sienne en cet instant, ce simple geste la bouleversa. Pendant neuf ans, elle avait vécu sous la protection de Mathieu, puis d'Henri, mais au fond, elle avait toujours été seule. L'innocente jeune fille de quinze ans avait dû déployer des trésors de courage et d'ingéniosité auxquels son éducation privilégiée ne l'avait en rien préparée.

Fortescue House n'était toutefois pas sa maison.

Les demoiselles Osbourne n'étaient pas ses sœurs.

Et le duc de Denford n'était pas son promis.

Cela n'était qu'un répit provisoire, une parenthèse heureuse, un bref aperçu d'une existence qu'elle ne retrouverait jamais. Une existence qui connaîtrait peut-être une fin prématurée quand elle aurait accompli sa mission.

C'est Fenella qui rentra la première, suivie des autres. Elle était si joyeuse et si jolie que Jane n'avait vraiment aucune raison de pleurer.

— Comment vous sentez-vous, mademoiselle Grey ? s'enquit-elle.

Jane afficha son plus beau sourire.

— Beaucoup mieux, merci Fenella.

Les trois filles firent cercle autour d'elle tandis que lord Denford s'attardait sur le seuil, le dos droit, appuyé sur sa canne dont il n'avait manifestement nul besoin. Dans ses yeux bleus, ce n'était pas de l'ironie ou du désir qu'elle lisait, mais une inquiétude qui semblait sincère.

— Voulez-vous rentrer à la maison ? demanda-t-il.

— Certainement pas. Ce n'était qu'un simple mal de tête et le vin m'a fait le plus grand bien. Pour rien au monde je ne voudrais manquer la suite de la représentation. J'ai suivi votre conseil et examiné les robes des dames.

— Je veux savoir lesquelles vous ont plu.

Les filles décidèrent de se joindre au jeu. Elles examinèrent les loges d'en face, échangèrent des commentaires sur leurs occupants et rirent beaucoup. Lorsqu'elles atteignirent celle de la femme en rouge, Louis avait quitté la loge, et Jane se détendit un peu.

— Voici le costume le plus extraordinaire de la soirée, décréta Jane. Bien plus que tout ce que nous avons vu sur scène, vous ne trouvez pas ?

— Elle porte des gants rouges ! s'écria Maria. N'est-ce pas un peu choquant ?

Laura, incorrigible coquette, les trouva tout à fait à son goût.

— Vous ne porteriez pas ce genre d'accessoires, n'est-ce pas, mademoiselle Grey ? s'enquit Fenella.

— Une très belle femme peut se permettre des extravagances, expliqua Jane. Faute d'être subtile, sa tenue a le mérite d'être spectaculaire.

— Si ces vêtements étaient une arme, ricana lord Denford, ce serait une massue.

— Vous la connaissez ? demanda-t-elle, intriguée par la note d'amertume dans son ton.

— Oui, mais nous ne sommes pas intimes et je m'en félicite.

Jane en ressentit un inexplicable soulagement.

— Lady Belinda Radcliffe reçoit souvent dans son superbe hôtel particulier de Grosvenor Square, poursuivit-il.

— Lady ? murmura Jane, incrédule.

— La preniez-vous pour une *prostituée* ? demanda-t-il, employant le terme français.

Dieu merci, les filles, qui ne perdaient pas une miette de leur échange, ne connaissaient pas ce mot.

— Elle a beau être d'excellente naissance, reprit le duc, vous ne seriez pas très loin de la vérité. Je sais de source sûre que son époux joue parfois les *souteneurs*.

— C'est l'homme assis près d'elle ?

— Oui. Richard Radcliffe, l'une des pires crapules d'Angleterre. S'il y avait une justice, il serait pendu haut et court.

— Voilà des propos bien sévères, s'étonna Jane. Qu'a-t-il donc fait ?

— Rien que je puisse prouver, malheureusement ! C'est l'un des piliers des Affaires étrangères, mais un jour, je le jure, il tombera.

10

Julian avait espéré lézarder la façade imperturbable de Mlle Grey. Il s'était réjoui de libérer les passions qu'il devinait sous ses airs sévères. Quelle conclusion plus glorieuse à son célibat aurait-il pu imaginer que la reddition de la jolie gouvernante ?

À Drury Lane, elle avait brièvement laissé tomber le masque, même s'il n'avait rien fait pour. Toutefois, la détresse qu'il avait perçue en elle l'avait touché. Il n'aurait pas juré qu'elle était réellement souffrante, mais il voyait bien que quelque chose la contrariait. Il avait été pris d'un vif désir de la consoler et de la protéger, et même d'une envie folle de voler à son secours comme un preux chevalier des temps anciens.

Un tel élan était si nouveau pour lui qu'à leur retour à Hanover Square, il ne l'avait pas invitée à le rejoindre dans la bibliothèque pour écouter son rapport sur les progrès de ses élèves, lui proposer un verre de cognac… et la séduire sur le canapé aux coussins dorés.

Trois jours plus tard, alors qu'il rentrait d'une visite trop longtemps reportée à Denford Castle où il avait dû régler différentes questions, Blackett apparut dans le hall.

— C'est un plaisir de vous revoir, Votre Grâce. J'ai plusieurs courriers urgents à vous faire signer.

— Apportez-les dans la bibliothèque, répondit-il en ôtant son chapeau. Non, allons dans votre bureau.

— Tout va bien à Denford Castle ? s'enquit Blackett tandis qu'ils gagnaient son bureau.

— Tout va comme d'habitude, répondit Julian, pensif.

Ce n'était pas l'exacte vérité. Pour la première fois, il avait vu l'antique château moins comme un boulet financier que comme une résidence potentielle. La grande galerie avait révélé des possibilités inespérées. Une idée avait germé dans son esprit, mais il devait d'abord faire un petit voyage en Belgique.

— Nous y avons passé des étés merveilleux, murmura Blackett, nostalgique, en alignant les lettres à signer. Tous les cousins étaient là.

Si le vieux duc avait toujours ouvert sa demeure aux Fortescue, Julian, en cousin très éloigné, n'avait jamais été le bienvenu dans le cercle des privilégiés. Il lui avait parfois semblé que son père s'était lui-même banni de la famille. Ou peut-être que personne n'avait jamais eu l'idée de lui rappeler qu'il avait sa place parmi les siens.

Eh bien, vous allez y retourner, dit-il. Nous nous rendrons là-bas dans quelques mois.

Il ne pouvait raisonnablement en vouloir au pauvre Blackett, victime de capricieuses lois successorales dont lui-même avait été l'heureux bénéficiaire. En outre, c'était un secrétaire compétent, et Julian devait reconnaître que sa connaissance de l'histoire et des traditions familiales lui était fort utile.

Le jeune homme parut si heureux que c'en était émouvant. Julian se ressaisit. Devenait-il sentimental avec l'âge ? À d'autres ! Blackett lui permettait de maintenir des relations acceptables avec les Fortescue, voilà tout.

Il apposa son élégante signature sur les différentes lettres.

— Les rapports attendront, décréta-t-il.

Il était trop agité pour se concentrer. Pourquoi ne pas monter annoncer à ses sœurs qu'ils passeraient l'été dans le Sussex ? À Denford Castle, il y avait des chats, des chiens et des chevaux. Les filles seraient ravies.

Ce n'était cependant pas la raison de sa visite à l'étage. Si ses élèves étaient heureuses, Mlle Grey le serait aussi. La déception qu'il ressentit en pénétrant dans la salle de classe aurait dû être un signal à ne pas prendre à la légère.

Les filles étaient plongées dans leurs devoirs, et leur gouvernante était absente.

— Où est Mlle Grey ? s'enquit-il.

— Elle est sortie, répondit Laura. Elle avait un rendez-vous.

Un rendez-vous ? Quel besoin une gouvernante avait-elle d'aller à un rendez-vous ? Si elle était malade, il suffisait de faire venir le médecin. Julian envisagea toutes sortes d'hypothèses. Elle cherchait un autre poste. Elle était catholique et avait souhaité se confesser. Elle était partie acheter de la lingerie – dans le but de le séduire, naturellement. Hélas, aucune de ces idées, de la plus alarmante à la plus délectable, ne lui semblait plausible !

— Où est-elle allée ?

— Elle ne nous l'a pas dit.

— Et où est Fenella ?

— Je ne sais pas, répondit Laura, toute innocence.

Maria se contenta d'un haussement d'épaules.

— Fenella ! appela-t-il.

Nurse Bride, qui somnolait dans son coin, tourna la tête mais ne se réveilla pas. Quant à la nouvelle bonne d'enfants, elle était également invisible.

— Où est…

Bon sang, comment s'appelait-elle ?

— Où est votre bonne ? reprit-il.

— Susan ? intervint Maria. Elle était là il y a une minute.

Julian sortit dans le couloir, luttant pour conserver son calme. Fenella devait simplement jouer un nouveau tour.

— Fenella ! Susan ! appela-t-il.

La bonne, une jeune femme à la mine sérieuse, sortit de derrière la porte d'une armoire, une pile de linge sur les bras. Elle parut d'abord surprise de se retrouver en face du maître des lieux, puis se ressaisit rapidement et esquissa une courbette.

— Où est Mlle Fenella ? demanda Julian.

— Elle m'a dit qu'elle sortait avec Mlle Grey, Votre Grâce.

— Mlle Grey vous a-t-elle confirmé qu'elle emmenait Mlle Fenella ?

— Je n'ai pas pensé à le lui demander, milord.

Il retourna dans la salle d'études, d'où son échange avait été parfaitement audible. Penchée sur son cahier, Laura écrivait avec une application presque théâtrale. Quant à Maria, elle semblait littéralement captivée par sa lecture.

— Votre sœur est-elle partie avec Mlle Grey ? s'impatienta-t-il. Je veux la vérité !

Silence.

— Bien. J'admire votre loyauté entre sœurs, du moins quand vous n'êtes pas occupées à vous chamailler, mais je suis très sérieux. Je dois absolument savoir où est Fenella. Dois-je vous rappeler que les rues de Londres ne sont pas sûres pour une jeune fille seule ?

Maria céda la première.

— Elle est allée voir les chevaux.

Seigneur, il allait étrangler Fenella ! Cela dit, il était secrètement soulagé. Elle ne risquait rien aux écuries, où des membres de son personnel étaient toujours présents.

— *Mes* chevaux ? demanda-t-il tout de même.

— Ceux des écuries royales, précisa Maria à contrecœur.

Enfer et damnation !

— À Charing Cross ? s'exclama-t-il. Quand est-elle partie ? Était-elle seule ?

À présent, Laura semblait positivement effrayée, à juste titre.

— Il y a une heure, peu après le départ de Mlle Grey. Elle a donné un peu de son argent de poche à Jemmy pour qu'il l'emmène.

Le garçon d'écurie allait avoir de ses nouvelles ! se promit Julian. Il quitta la salle d'études d'un pas rageur.

Pour éviter d'être ralenti par la circulation, il partit à pied. L'œil aux aguets, il remonta les rues en priant pour que Fenella rentre saine et sauve à la maison. Les écuries royales étaient ouvertes au public et surveillées par des gardiens qui protégeraient sûrement une jeune fille à l'air respectable. Il y avait toutefois des rues mal fréquentées sur le trajet, et la place devant les écuries, l'une des plus grandes de la capitale, grouillait de toute une faune peu recommandable.

Alors qu'il traversait Piccadilly, ses inquiétudes prirent un tour plus angoissant. Celui qui, un an plus tôt, avait tenté de faire main basse sur la collection Falleron – très probablement sir Richard Radcliffe – avait joué sur l'affection de Julian pour Cynthia Windermere pour parvenir à ses fins. En se montrant au théâtre avec ses sœurs, Julian avait offert à ses ennemis un nouveau moyen de pression. Radcliffe ne pouvait pas ne pas les avoir remarquées à Drury Lane. Et il y avait ce jeune homme qu'il avait vu rôder autour de Fortescue House – peut-être un espion de Radcliffe, guettant la première occasion d'enlever l'une des filles. En proie à une rage froide, Julian accéléra le pas.

Et au nom du ciel, où était Mlle Grey, qui était pourtant censée surveiller ses sœurs ?

Il atteignit Charing Cross et se fraya un chemin à travers la foule. Près du passage voûté menant à la cour des écuries, la foule était plus clairsemée. Il s'approcha d'un garde en livrée royale.

— Auriez-vous vu une jeune fille accompagnée d'un garçon d'écurie ? Elle a treize ans, j'ignore comment elle est habillée.

— Les jeunes filles sans chaperon ne sont pas autorisées à entrer.

C'était une réponse curieuse. Julian n'avait pas demandé si Fenella avait demandé à entrer. Il faillit jouer de son autorité ducale pour en savoir plus, puis se ravisa. Mieux valait éviter toute publicité autour de l'escapade de Fenella.

Glissant la main dans sa poche à la recherche d'une pièce, il déclara simplement :

— Je suis le frère de cette demoiselle.

— Félicitations, monsieur, votre famille est généreuse.

Comprenant alors que Fenella, décidément pleine de ressources, avait également graissé la patte du gardien, Julian tendit une demi-couronne à celui-ci.

— Au cas où vous les auriez vus, sont-ils toujours à l'intérieur ?

— Je n'en suis pas certain. Il se pourrait qu'ils soient partis il y a quelques minutes. Dans cette direction.

Il indiqua Whitehall, qui n'était pas du tout le chemin pour rentrer à Fortescue House. Bon sang, quelle bêtise Fenella avait-elle encore en tête ?

Il regagna la place encombrée au pas de course, et repéra un attroupement.

— Nom de nom, c'est le diable en personne ! s'écria un marchand des quatre-saisons qui lui tournait le dos.

Les badauds devaient partager cet avis car la foule s'écarta alors craintivement... révélant un véritable géant. L'homme avait attrapé Fenella et la tenait par le bras, d'une main de la taille d'un battoir. La jeune fille se débattait comme une furie, lui flanquant de vigoureux coups de pied dans les chevilles pendant que Jemmy, qu'elle n'avait pas choisi pour sa solide stature, rouait le dos du colosse de ses petits poings.

Drapé dans un long manteau, le visage dissimulé sous un chapeau à large bord, l'homme n'était pas plus inquiété par les enfants que par les badauds, qui hésitaient visiblement à s'attaquer à une telle brute.

Julian ne se berçait pas d'illusions, ses talents de pugiliste ne pèseraient pas lourd contre un tel Goliath. Agrippant plus fermement sa canne, il s'en servit pour frapper l'autre aux genoux. Il aurait visé plus haut, vers un point plus sensible, s'il n'avait craint de blesser Fenella.

— Jemmy, appelle la garde ! ordonna-t-il au gamin soudain paralysé de terreur par l'arrivée de son maître.

Puis il se tourna vers l'agresseur.

— Vous, lâchez-la !

Apparaissait-il suffisamment menaçant ? L'inconnu préférerait-il éviter une bagarre ? Dieu merci, Julian n'eut pas besoin d'utiliser son arme, ce qui était préférable sur cette place bondée. Le géant poussa brusquement Fenella vers lui et, profitant de ce que Julian s'efforçait de recouvrer son équilibre, il contourna la charrette d'un vendeur de tourtes et disparut dans l'une des ruelles qui bordaient la place.

Sachant qu'il n'avait que peu de chances de le rattraper, Julian dit à Jemmy de ne pas perdre de temps à attendre l'arrivée des autorités, puis entraîna Fenella dans son sillage, déversant sur elle sa colère et son inquiétude. Le chapeau de travers, la moitié des boutons de son manteau arrachés, sa sœur le regardait comme s'il était le méchant.

— Combien de fois t'ai-je dit de ne pas t'aventurer seule en ville ? grommela-t-il.

— Je n'étais pas seule. J'étais avec Jemmy.

— Qui fait un piètre garde du corps, comme tu as pu le constater. Cet homme aurait pu t'enlever et te faire subir les derniers outrages !

S'il se fiait à l'expression de la jeune fille, elle ignorait à quoi il faisait allusion – ce qui était rassurant. Elle n'en était pas moins choquée par sa mésaventure.

— Il n'était pas très gentil, admit-elle, mais il n'en voulait sans doute qu'à ma bourse, et il ne me reste plus qu'un shilling.

— T'a-t-il expressément demandé de l'argent ?

— Vous ne lui en avez pas laissé le temps.

S'il était arrivé une minute plus tard, soit il aurait été certain que l'incident n'était rien de plus qu'une banale tentative d'extorsion sur la voie publique, soit il aurait perdu Fenella. Il était fou de rage à l'idée que, une fois de plus, Radcliffe et ses sbires s'en étaient peut-être pris à l'une de ses proches. Depuis leur arrivée à Fortescue House, ses sœurs lui compliquaient la vie, et voilà qu'à présent, il devait également veiller à leur sécurité. En quelques jours, elles étaient devenues plus qu'une responsabilité malvenue : une source d'inquiétude.

Il n'aurait cependant su dire si c'était une bonne ou une mauvaise nouvelle.

— Pourquoi n'étais-tu pas sur le chemin de la maison ? demanda Julian en la fusillant du regard.

— Parce que j'avais promis à Jemmy de lui acheter une tourte, répliqua-t-elle.

Ce regard buté était des plus exaspérants, pourtant Julian n'avait qu'une envie : serrer sa sœur contre son cœur et s'assurer qu'elle n'avait pas été blessée.

— Mlle Grey a dit que je pouvais utiliser mon argent de poche comme je voulais.

— Mlle Grey aurait dû te surveiller mieux que cela. Quant à toi, tu n'aurais pas dû profiter de son absence pour te sauver.

— Je voulais voir les écuries royales.

— Au nom du ciel, pourquoi ne pas lui avoir demandé ? Ou à moi ? C'est une sortie tout à fait raisonnable qui aurait pu être organisée sans difficulté !

— Elle m'avait promis de m'y emmener aujourd'hui, et puis elle a changé d'avis parce qu'elle avait une course à faire.

Si charmante fût-elle, Mlle Grey était censée veiller sur ses élèves et non folâtrer en ville. Elle avait intérêt à avoir une explication convaincante pour justifier de son absence ! Prenant Fenella par l'épaule, Julian la fit pivoter d'une main ferme vers Mayfair.

— Nous rentrons. Et je discuterai avec Mlle Grey de la sanction qui convient.

— Alors c'est une bonne chose que j'aie eu le temps de voir les chevaux.

Julian se retint de sourire. Quelle impertinente ! Fenella lui ressemblait beaucoup, et ce n'était pas la première fois qu'il se faisait cette réflexion.

— J'avoue, dit-elle en prenant Julian par le coude, je suis heureuse que vous m'ayez retrouvée. J'avais un peu peur de cet homme. Juste un peu.

Il lui tapota la main d'un geste affectueux qui démentait son froncement de sourcils sévère, puis se mit en route, obligeant Fenella à marcher à son rythme.

Une heure plus tard, la jeune fille était consignée à l'étage avec du pain et du lait pour tout dîner. Quant à Julian, il se rendit dans la bibliothèque, se posta devant l'une des fenêtres, et attendit le retour de Mlle Grey.

Il avait été négligent. Il savait depuis longtemps que Fortescue House était sous surveillance. Quand ses sœurs étaient venues habiter ici, il aurait dû veiller à leur sécurité. À qui, dans cette maison, faisait-il vraiment confiance ? Presque tout le personnel était récent, même si Blackett avait probablement étudié avec soin les références de chaque domestique. Le seul employé qui n'avait pas subi son inspection, c'était la gouvernante.

Julian savait déjà que Mlle Grey n'était pas celle qu'elle prétendait être, ou plutôt, qu'elle n'était pas *ce* qu'elle prétendait être. Il avait vérifié – ce dont il se doutait déjà – qu'on ne trouvait d'autruches qu'en Afrique, et commençait à la soupçonner de ne pas avoir vécu à Sainte-Lucie, voire de ne jamais y avoir mis les pieds.

Il se souvenait aussi d'avoir vu une femme rôder autour de Fortescue House le jour de l'arrivée de ses sœurs. Peut-être était-ce elle. En tout cas, il ne l'avait jamais revue depuis que Jane avait répondu à sa petite annonce.

Et il y avait ce jeune homme qui hantait le square en ce moment même, et semblait examiner les étages supérieurs.

Agacé, Julian s'apprêtait à aller demander des explications à ce gaillard quand il vit une femme vêtue d'un manteau gris s'approcher de lui et lui parler. Il s'agissait de Mlle Grey !

Julian n'aurait pas été plus saisi si on l'avait plongé dans l'eau glacée. Ainsi elle s'était joué de lui durant tout ce temps ! Naïf qu'il était, il avait fermé les yeux sur toutes les incohérences de ses récits. Certes, chacune était mineure, mais additionnées, elles formaient une sacrée somme.

En bas, les deux comparses semblaient se quereller. Puis elle lui fit signe de s'en aller et il obéit. Sans doute parce que sa présence n'était plus nécessaire, maintenant que l'espionne était de retour.

Mlle Grey traversa la rue et disparut à sa vue. Cinq minutes plus tard, elle s'encadra sur le seuil de la bibliothèque.

— Vous m'avez fait demander, Votre Grâce ?

Voilà trois jours qu'ils ne s'étaient pas vus et elle semblait heureuse de le retrouver. Malgré lui, Julian en ressentit du plaisir. Elle avait les joues rosies par l'air frais, son regard était limpide et son sourire plus désarmant que jamais.

— Veuillez vous asseoir, mademoiselle Grey.

Plus de *Jane*. Elle était juste *Mlle Grey*.

Il lui désigna le fauteuil devant son bureau, mais resta debout, histoire d'apparaître plus intimidant.

— Puis-je vous demander où vous étiez aujourd'hui ? s'enquit-il froidement.

— J'avais une affaire urgente à régler, Votre Grâce.

— Urgente au point de laisser vos élèves sans surveillance et de partir sans demander l'autorisation ?

Elle ouvrit des yeux ronds, visiblement surprise par son ton sévère. Après tout, il ne lui avait pas caché qu'il souhaitait la séduire et ne s'était jamais vraiment inquiété de la façon dont elle occupait ses journées.

— Vous étiez absent et M. Blackett également. J'ai donné aux filles du travail à effectuer pendant mon absence.

— Où étiez-vous ?

Pour la première fois, elle esquiva son regard.

— C'est une affaire privée.

— Une affaire privée qui justifiait de laisser Fenella sortir en ville et se mettre en danger ?

— Fenella ? répéta-t-elle, l'air sincèrement inquiète. Elle va bien ?

— Oui, et ce n'est pas grâce à vous. Je l'ai retrouvée alors qu'elle venait de se faire attaquer devant les écuries royales. Peut-être même était-ce une tentative d'enlèvement !

— La pauvre enfant ! Je vais la voir, décida Jane en pivotant sur ses talons.

— Restez ici ! tonna Julian. Elle est punie pour sa désobéissance. Parlons plutôt de la part que vous avez prise dans cette affaire.

— Je suis profondément désolée, Votre Grâce. Si j'avais imaginé qu'elle prendrait un tel risque, jamais je ne serais sortie. Je vous en prie, dites-moi ce qui s'est passé. Seigneur ! Enlevée ? Qui ferait une chose pareille ? Et pourquoi ?

Si elle n'était pas aussi affolée qu'elle le paraissait, alors c'était une actrice remarquable. Julian, qui estimait suffisamment les talents de Mlle Grey pour la croire capable de tout, répliqua :

— Qu'avez-vous à dire à propos de l'agression dont ma sœur a été victime ?

— Que puis-je en dire, je l'apprends à l'instant ?

— Je ne peux tolérer le comportement de Fenella, dit-il en observant la gouvernante avec attention. Elle a eu tort de partir seule pour les écuries, mais vous n'avez pas tenu votre promesse de l'y emmener. À votre avis, comment la rebelle qu'elle est allait-elle réagir ? L'avez-vous provoquée volontairement ?

Elle parut d'abord perplexe, puis exaspérée, et enfin vaguement amusée. Une fois de plus, et bien malgré lui, Julian fut désarmé par son charme.

— La petite diablesse ! J'en rirais si nous n'avions pas frôlé la catastrophe. Je présume qu'elle a omis de vous dire que j'avais annulé la sortie parce qu'elle avait giflé Maria ? Les filles se querellent souvent, cette fois, cependant, elle était allée trop loin.

Elle secoua la tête d'un air navré.

— Je me suis prise d'affection pour mes élèves, Votre Grâce, et j'ai une tendresse particulière pour Fenella, je dois cependant reconnaître qu'elle est parfois intenable.

Julian avait beau la scruter et l'écouter avec attention, il ne décelait pas la moindre trace de duperie en elle.

— Je préférerais que vous ne me toisiez pas ainsi de toute votre hauteur, ajouta-t-elle. Une fois de plus, je vous présente mes excuses les plus sincères pour mon absence. Cela ne se reproduira pas. Ce qui m'échappe, toutefois, c'est que vous me soupçonniez d'être pour quoi que ce soit dans la mésaventure de Fenella.

— N'y pensez plus, dit-il, décidant de ne pas lui révéler ses soupçons.

Puis, avec des inflexions qu'il espérait désinvoltes, il demanda :

— À propos, qui est cet homme à qui vous parliez à l'instant dans le square ?

— Je préférerais ne pas parler de lui.

— Et moi, je préférerais que vous répondiez à ma question.

— J'ai promis à Maria de ne rien dire.

— *Maria ?* répéta-t-il, abasourdi.

— Très bien. Après tout, vous avez le droit de savoir. M. Norville, c'est son nom, a fait la connaissance de Maria avant mon arrivée ici. Quand j'ai découvert qu'ils se fréquentaient, j'ai dit à ce jeune homme que s'il souhaitait la voir, il devait d'abord vous demander la permission.

Elle esquissa un sourire blasé.

— Je suppose qu'il n'en a jamais eu le courage ?

— En effet.

— Je n'en suis pas surprise, il manque singulièrement de panache. Du reste, Maria semble déjà remise de cette passade. J'imagine qu'elle ne lui a trouvé du charme que parce qu'elle s'ennuyait. La modiste et Drury Lane lui feront vite oublier ce M. Norville. Quoi qu'il en soit, j'espère l'avoir découragé de rôder autour de Fortescue House et incité à chercher une autre proie.

— Une autre proie ? Dois-je en déduire que ses motifs ne sont pas des plus purs ?

— Maria est une très belle jeune fille, assurément, mais je crois qu'il la trouvait d'autant plus jolie qu'elle est la sœur d'un duc. Quand je lui ai dit de la façon la plus claire qu'il devait vous demander un entretien ou s'en aller, il a choisi la seconde option. Il semblait effrayé à la seule idée de vous rencontrer.

— Ma réputation de manger des petits enfants et des ravisseurs de jeunes filles pour le dîner, je présume, ricana Julian.

Jane éclata d'un rire si chaleureux que quelque chose s'attendrit en lui. Il s'approcha, s'arrêta assez près pour que ses jambes frôlent ses jupes. Quand elle leva la tête, il crut lire de l'affection dans son regard. Puis elle s'empara de sa main et la serra.

— Je sais que vous ne mangez pas les enfants. En fait, je crois que vous les aimez beaucoup, même si vous ne l'admettrez jamais. Quant aux ravisseurs de jeunes filles, je demanderai à Fenella qu'elle me raconte votre intervention héroïque.

— En l'occurrence, je n'ai pas accompli d'exploits dignes de ce nom. Et ne vous faites pas d'illusions, Jane...

Voilà qu'elle était de nouveau *Jane*.

— ... je ne suis pas un héros et je ne l'ai jamais été. Un héros se serait assuré que le marquis de Falleron et sa famille étaient en sécurité avant de s'enfuir avec sa fabuleuse collection d'art. Un héros n'aurait pas donné sa parole d'honneur quand il soupçonnait l'entreprise d'être des plus périlleuses et de risquer de tourner au fiasco.

— Vous êtes un héros pour vos sœurs, insista-t-elle, les yeux brillants.

« Et pour moi », aurait-il aimé qu'elle ajoute. Seigneur, si elle savait !

Si le simple fait de tenir la main de Jane Grey était l'une des expériences les plus torrides de sa vie, c'était aussi plus que cela. Julian ressentait comme une étrange légèreté dans la poitrine qui ressemblait fort à de la joie. Il s'accroupit devant la jeune femme, de sorte que leurs visages étaient à présent au même niveau, et la dévisagea. Ses yeux ambrés prenaient des reflets de miel, son teint de porcelaine s'illuminait d'une touche de rose et ses lèvres étaient plus appétissantes que le fruit défendu. Comment avait-il pu penser qu'elle n'était pas une beauté ? Faisant tourner sa petite main fraîche entre les siennes, il déposa un baiser au creux de sa paume. Le temps semblait s'être suspendu.

— Je ferais mieux d'y aller ! déclara-t-elle soudain.

Elle se leva brusquement, au risque de déséquilibrer Julian, et ajouta :

— Je vais m'assurer que Fenella va bien et que ses sœurs ne sont pas effrayées. Il faut qu'elles sachent que jamais vous ne laisserez quiconque s'en prendre à elles.

Le contact de sa main lui manquait déjà, mais la fébrilité de la jeune femme était plutôt bon signe.

— Fenella n'a droit qu'à du pain et du lait pour le dîner, la prévint-il.

Elle se tourna et lui décocha un irrésistible sourire. Puis :

— Vous êtes trop bon avec elle, Votre Grâce. Moi, je l'aurais mise au pain sec et à l'eau.

Sur ce, elle quitta la pièce d'un pas majestueux.

Julian n'avait pas l'habitude d'être indécis. Il savait toujours quoi penser quant à l'authenticité d'un Léonard de Vinci, à la beauté d'une courtisane ou aux qualités d'un ami, d'un ennemi ou d'une simple relation. En revanche, le mystère Jane Grey s'épaississait de jour en jour.

Était-ce une aventurière impliquée dans un sombre complot contre lui ? Une innocente qui ne lui voulait aucun mal ? Son cœur penchait pour la seconde hypothèse. Certes, elle avait menti. Elle avait des secrets… Toutefois, dans la mesure où lui-même en avait aussi, il ne pouvait retenir ce dernier point contre elle.

S'il avait été seul, il aurait pris le risque de l'acquitter de tout soupçon. Seulement, il avait des responsabilités désormais. Il s'apprêtait à partir pour un voyage de plusieurs semaines qui ne serait pas exempt de danger. Pouvait-il laisser ses sœurs sous la garde d'une femme dont il se méfiait ? D'un autre côté, si elle était vraiment fiable, il ne connaissait personne d'autre à qui il aurait davantage confié les filles. Il avait la certitude qu'elle n'avait pas menti en affirmant éprouver de l'affection pour ses élèves. Alors pourquoi ne parvenait-il pas à s'appuyer sur son instinct, comme il l'avait toujours fait jusqu'à présent ?

Il songea à cette unique occasion où il n'avait pas écouté les signaux d'alarme, à l'époque où il avait entraîné toute la famille de Falleron dans la mort. Cela emporta sa décision. Il allait faire confiance à Jane Grey, mais il ne laisserait pas sa famille sans protection au cas où son instinct l'aurait trahi. À la liste des questions à régler avant son départ, il ajouta le recrutement de deux gardes du corps qui s'installeraient à Fortescue House et auraient pour mission de ne pas quitter ses sœurs des yeux. Et tant qu'il y était, il allait mandater une petite enquête sur Mlle Jane Grey.

11

La veille de son départ, lord Denford monta dire au revoir aux filles et convoqua Jane dans la bibliothèque après le dîner. La jeune femme n'en fut ni surprise ni contrariée ; elle s'attendait à une nouvelle tentative de séduction de la part du duc avant qu'il quitte Londres pour plusieurs semaines. Ce qui l'inquiétait le plus, c'était son envie de se laisser séduire. Elle désirait cet homme et savait qu'elle ne le reverrait peut-être plus jamais.

Ils s'installèrent devant le feu, à leurs places habituelles, un verre à la main. Dieu que tout cela allait lui manquer !

Dieu qu'*il* allait lui manquer…

Il semblait très sérieux, ce soir. Si elle appréciait son humour insouciant, elle le trouvait encore plus séduisant lorsqu'il était d'humeur songeuse. Ses beaux yeux bleus se fixèrent sur elle comme pour la sonder. En cet instant, elle détesta que sa vie ne fût plus qu'un immense mensonge.

Il posa son verre.

— Comme vous le savez, je serai absent plusieurs semaines, je ne sais pas combien exactement. Blackett a reçu des instructions en cas d'urgence, mais je vous confie mes sœurs jusqu'à mon retour.

— Je suis leur gouvernante, lui rappela-t-elle, vaguement mal à l'aise.

— Je tiens à ce que vous sachiez à quel point j'admire votre dévouement et vos compétences. Vous êtes plus qu'une enseignante pour elles.

— Je les aime beaucoup.

— Je n'irai pas jusqu'à affirmer que vous êtes une mère à leurs yeux, vous êtes bien trop jeune, mais une grande sœur, peut-être.

Était-ce ainsi qu'il la voyait ? se demanda-t-elle, déçue, tandis qu'il se levait et se mettait à arpenter la pièce.

— Vous savoir ici m'ôtera un poids des épaules, poursuivit-il avant de s'arrêter devant son fauteuil. S'il m'arrivait quoi que ce soit, je veux être certain qu'elles seront entre de bonnes mains jusqu'au retour de leur mère. J'ai pris des dispositions légales et financières pour leur avenir, elles ont cependant besoin qu'une femme veille sur elles. Elles ont besoin de vous.

— Je suis sûre que vous rentrerez sain et sauf, Votre Grâce.

— Vu la malchance qui frappe les mâles du clan Fortescue avec une affligeante régularité, il n'est peut-être pas raisonnable de tabler sur ce point.

C'était assez ironique qu'il évoque la propension des hommes Fortescue à mourir prématurément, songea Jane. Le jour où Fenella avait été molestée aux écuries royales, Jane s'était rendue à la City, où M. Russell lui avait appris que Charles Fortescue était rentré en Angleterre depuis peu. Son détective avait quelques pistes prometteuses et espérait le localiser rapidement… si elle pouvait assumer les frais que cela entraînerait. Jane avait donc versé au notaire la somme demandée, réduisant ses économies comme peau de chagrin. D'un jour à l'autre, elle pouvait donner sa démission à lord Denford et se mettre en route pour une destination encore inconnue afin d'assassiner son héritier...

— Allons, vous avez une chance insolente, dit-elle. Je suis sûre que vous êtes l'exception qui confirme la règle.

— Je suis très sérieux. Je ne crois pas un instant à je ne sais quelle malédiction qui frapperait les Fortescue, pour autant, mon voyage ne sera pas sans danger. Je vais traverser la Manche et me rendre en Belgique pour régler une vieille affaire. La France a peut-être signé la paix avec la Grande-Bretagne, mais ses ressortissants en Belgique se soulèvent depuis des années. Sans parler de certaines personnes résolues à m'empêcher de récupérer mon bien. J'ai des ennemis, Jane.

Enfin, elle comprit.

— Fenella ! C'est vous que l'on visait ? Je ne comprenais pas pourquoi vous pensiez à une tentative d'enlèvement plutôt qu'à un simple vol.

— Vous êtes très intelligente, Jane. Si je n'ai aucune certitude sur ce qui s'est passé, je ne peux néanmoins pas écarter cette hypothèse.

Son regard se durcit. Cet homme ne ferait pas de cadeaux à quiconque s'opposerait à lui, réalisa Jane en frissonnant.

— Mes ennemis n'auraient aucun intérêt à s'en prendre à mes sœurs en mon absence, expliqua-t-il. Je pars chercher des articles qu'ils convoitent. C'est plutôt moi qu'ils viseront.

Elle n'aurait su dire pourquoi il lui tenait ce discours, cependant, elle avait l'impression qu'il tentait de faire passer un message.

— Et qui sont ces ennemis ?

— Je n'en suis pas certain, mais j'ai ma petite idée. Ce que je sais, en revanche, c'est qu'ils n'hésiteront pas un instant à utiliser contre moi des personnes qui me sont chères. Toutefois, comme ils ont probablement compris qu'ils ne m'atteindraient pas par ce moyen, je ne serais pas surpris qu'ils choisissent de m'attaquer directement en profitant de ce voyage à l'étranger.

— Je vous en prie, soyez prudent.

Il haussa les épaules et lui adressa un sourire en coin.

— Rassurez-vous. Avec un peu de chance, je n'ai pas fini de terroriser mon entourage.

Il se pencha vers elle, lui souleva le menton.

— Si je ne reviens pas, je vous manquerai ?

— Bien sûr.

De peur de lui révéler combien il lui manquerait, elle baissa les yeux.

— Il faut que vous rentriez, déclara-t-elle. Pour vos sœurs. Quand vous les avez quittées ce soir, elles n'ont parlé que de leur tristesse de vous voir partir et de leur impatience de passer l'été avec vous à Denford Castle. Reconnaissez que vous avez de l'affection pour elles, Votre Grâce, quoi que vous ayez affirmé quand je suis arrivée.

— Si j'ai appris à les tolérer, marmonna-t-il, c'est uniquement parce que vous les avez rendues plus fréquentables.

Il parut réfléchir à ses paroles, puis rectifia :

— Non, ce n'est pas tout à fait exact. Grâce à vous, Maria a perdu un peu de son exaspérante piété et Fenella est beaucoup moins rebelle, je me rends cependant compte que, tout comme moi, si elles ont bénéficié des qualités de notre mère, elles ont aussi souffert de sa négligence.

— Il n'y a rien de plus important que la famille.

— Ce n'est pas la première fois que vous dites cela. Il faut croire que vous avez commencé à déteindre sur moi ! Ou peut-être est-ce la perspective de partir qui me rend ridiculement sentimental… Je serais désolé de ne plus jamais voir Fenella rendre ses sœurs folles de rage avec son sourire exaspérant. Quelque chose me dit que c'est vous qui le lui avez enseigné, je me trompe ?

Jane afficha une expression énigmatique.

— Je ne vois pas du tout de quoi vous parlez, dit-elle, pince-sans-rire.

— Bon sang, Jane Grey, vous allez me manquer !

Vous aussi.

— Me donnerez-vous un baiser d'adieu ?

Elle risquait de ne jamais le revoir, songea-t-elle. Un instant, elle fut tentée de rester jusqu'à son retour, même si elle apprenait où était Charles Fortescue. Une fois sa vengeance accomplie, elle s'enfuirait et commencerait une nouvelle vie sous une autre identité, loin de la France et de l'Angleterre. Elle savait toutefois qu'elle pouvait se faire prendre et être pendue pour meurtre, aussi était-il préférable pour lord Denford et ses sœurs qu'elle ne vive pas sous leur toit quand elle assassinerait le cousin et héritier du duc.

— À quoi pensez-vous ? demanda-t-il, lui arrachant un tressaillement.

Elle prit la main qu'il lui tendait et se leva.

— Je pense qu'un baiser d'adieu serait approprié, répondit-elle.

Et elle se pressa contre lui.

Cette fois, il n'y eut ni fausses réticences de sa part ni provocations de celle de Denford. Rien d'autre qu'un désir partagé. D'un geste impatient, elle l'enlaça. Quand leurs lèvres se joignirent, elle ferma les yeux et s'imagina qu'ils avaient une éternité de baisers devant eux. En cet instant, elle aurait aimé n'être qu'une simple gouvernante !

Elle s'était construit une nouvelle vie en tant que Jane Grey et parfois – ce soir plus que jamais – elle était tentée d'oublier qu'un jour elle s'était appelée Jeanne de Falleron. Et puis la culpabilité revenait la ronger et ses chers disparus la hanter. Si elle ne vengeait pas sa famille, qui le ferait ?

Elle s'accorda quelques minutes de bonheur, se laissant aller contre Denford, qui avait refermé les bras autour d'elle comme pour la supplier de se donner enfin à lui. Peut-être le moment était-il venu… Qu'attendait-elle, au fond ? Ils seraient bientôt séparés pour toujours ! À cette pensée, un sanglot lui échappa.

Denford s'écarta aussitôt d'elle et la regarda d'un air inquiet.

— Ne pleurez pas, Jane, murmura-t-il en cueillant une larme sur sa joue. L'expérience a prouvé que j'étais assez coriace. Je vous reviendrai.

Elle recula et se détourna.

— Je ferais mieux de partir.

— Restez encore un peu. S'il vous plaît.

Parce qu'elle était faible, elle le laissa la conduire vers le divan et lui servir un autre verre. Elle s'assit sur le bord, le dos bien droit, comme le lui avait appris sa mère, tandis qu'il s'installait sur les coussins dorés dans une pose nonchalante.

— Inutile de prendre cette pose guindée, dit-il. Cela ne vous va pas.

Si elle semblait « guindée », ce n'était qu'en apparence. Son visage devait refléter son effort pour contrôler ses émotions et maîtriser ses impulsions, car en réalité elle n'avait qu'une envie : lui avouer la vérité avant de se jeter dans ses bras en le suppliant de lui faire l'amour. La perspective de ne plus jamais le revoir était insupportable.

— Parlez-moi de vous, demanda-t-il avec douceur. Racontez-moi tout. Comment devient-on Jane Grey ?

Avait-il deviné son mensonge ? Non, ce n'était pas possible. Ce n'était sans doute qu'une formule. Son sourire était affectueux et détendu, sans la moindre trace de défiance. Au fil des semaines, elle avait appris à connaître Denford, peut-être parce qu'il se révélait davantage avec elle qu'avec la plupart des gens. Ce soir, elle regrettait de ne pouvoir lui parler d'elle-même.

— Je vais vous raconter une histoire, proposa-t-elle.

— La vôtre ?

— Non. Celle d'une jeune femme. Et d'une guerre.

C'était un ami d'Henri qui avait fait ce récit lors d'un dîner et cela l'avait profondément émue. Si elle ne pouvait révéler son passé, elle pouvait en laisser deviner certains aspects.

— Cette femme, appelons-la la comtesse, vivait dans son château quand l'ennemi arriva. Elle voulut se réfugier dans une ferme voisine, mais plusieurs hommes la poursuivirent. Elle savait ce qui allait se passer, parce qu'elle avait vu ce qu'ils avaient fait subir aux autres femmes de la maison. Hélas, elle se prit les pieds dans sa robe et fut aussitôt entourée de soldats ! Elle s'était résignée à son sort quand l'armée de son pays survint. Un officier dégaina son épée et fondit tel un aigle sur le petit groupe, tua l'un de ses assaillants et mit les autres en déroute. Puis il la prit dans ses bras et, de terreur et de soulagement, elle s'évanouit.

Jane s'interrompit pour boire une gorgée de vin. Elle avait du mal à poursuivre son récit, car même si ce n'était pas son histoire personnelle, il lui rappelait des souvenirs qu'elle aurait préféré oublier. La première fois que Mathieu l'avait mise dans son lit, elle n'était pas endormie, *elle*.

— Quand la comtesse reprit conscience, elle était étendue sur la paille, dans la grange. Les soldats étaient partis et tout était calme. Quelque temps plus tard, l'officier se présenta au château et demanda la main de la comtesse. C'était un bon parti et elle éprouvait une profonde gratitude à son égard, elle suggéra toutefois de prendre le temps de faire connaissance d'abord. Il insista, pressé de l'épouser avant d'être de nouveau appelé par ses devoirs militaires, néanmoins elle refusa. Quelque temps plus tard, elle découvrit qu'elle attendait un enfant.

Denford, qui l'avait écoutée tranquillement, arqua un sourcil surpris.

— Je ne m'attendais pas à cela.

— Elle non plus. Ayant toujours vécu chastement, elle comprit que c'était arrivé alors qu'elle gisait, inconsciente, dans la grange. Le père pouvait être un soldat de passage, ou même l'un de ses domestiques.

— Elle ne soupçonna pas l'officier ?

— Pas un instant. Il l'avait secourue et elle savait que c'était un homme honorable. Étant elle-même une femme honorable, elle ne pouvait accepter sa proposition et lui demander de reconnaître un enfant illégitime, en revanche, elle devait se marier rapidement pour ne pas être rejetée par sa famille et mise au ban de la société. Elle fit publier une annonce dans le journal, demandant au père de son enfant de se manifester. Imaginez sa surprise quand l'officier se présenta.

— J'imagine, confirma Denford.

— Vous ne le pensiez pas honorable ?

— Je n'ai pas beaucoup d'illusions sur ce dont les hommes sont capables, même les prétendus gentlemen. La comtesse l'épousa-t-elle ?

— Au début réticente, elle finit par accepter son offre afin de protéger son enfant à naître. Ils eurent un fils et, finalement, leur union fut heureuse.

Denford fronça les sourcils.

— J'ai du mal à comprendre qu'elle lui ait pardonné. Il ne s'est pas contenté de la séduire. Il a abusé d'elle alors qu'elle était vulnérable et sous sa protection.

— Les femmes doivent souvent pardonner si elles veulent survivre. Quel choix avait-elle ?

Puis, d'une voix brisée, elle murmura :

— Et il lui avait sauvé la vie. C'était elle qui avait une dette envers lui.

Jane fixait son verre du regard comme si elle pouvait y lire le secret de l'univers. C'était une bonne histoire, admit Julian, le genre de récit qu'il aurait apprécié si ç'avait été une simple fiction, sauf que ce n'était pas le cas, il l'aurait juré. Jane lui avait livré quelque chose d'elle-même, de son passé, mais quoi exactement ?

Il lui prit son verre, le mit de côté et posa la main sur la sienne.

— Regardez-moi, Jane.

Elle garda les yeux obstinément baissés.

— Est-ce ce qui vous est arrivé ?

Elle secoua la tête, pourtant Julian n'en fut pas dupe. La prenant par le menton pour l'obliger à le regarder, il murmura, bouleversé par le désespoir qu'il lisait dans ses yeux :

— Avez-vous été violée comme cette femme ? Avez-vous un enfant ?

— Pas comme elle, répondit-elle d'une voix à peine audible. Et je n'ai pas eu d'enfants.

— Voulez-vous me dire ce qui s'est passé ? Je serais honoré de votre confiance.

Il était tristement conscient de l'ironie de ses paroles. Comme s'il pouvait parler d'honneur, lui qui en avait si peu ! Et manifestement, Jane avait été victime d'un homme qui n'était pas mieux loti que lui sur ce point.

Les yeux de la jeune femme étaient humides de larmes à présent.

— Je ne peux pas tout vous dire. Il ne m'a pas forcée, mais il m'a sauvé la vie et m'a fait comprendre de la façon la plus claire qu'il cesserait de me protéger si je ne cédais pas à ses avances. Par conséquent, j'étais consentante.

— Quel âge aviez-vous ?

— Quinze ans.

Une bouffée de rage envahit Julian. Contrairement à ce qu'elle pensait, c'était un viol pur et simple. Il avait une folle envie de retrouver le monstre et de lui faire payer son crime.

— Où est-il ? demanda-t-il d'une voix enrouée de colère.

— Il est mort.

— Dans les pires souffrances, j'espère.

— Il était militaire. Il est tombé au combat. Je présume que sa fin n'a pas été agréable.

— Il n'a donc jamais eu à répondre de ses actes devant la justice ?

Jane ne répondit pas.

— J'ai été sa maîtresse pendant trois ans. Je suis désolée, je crains de ne pas être assez convenable pour vivre sous le même toit que vos sœurs, Votre Grâce.

Elle lui décocha un sourire vaillant.

— Je vous trouve éminemment convenable, rétorqua-t-il. Je ne saurais vous blâmer pour ce qui vous est arrivé alors que vous étiez encore une enfant. Ce qui m'étonne, c'est que vous ayez supporté de vivre avec cet homme et de coucher avec lui.

Elle haussa les épaules.

— Dans l'ensemble, il s'est montré plutôt gentil avec moi. J'étais nourrie et habillée. Vivante. De même que la comtesse, je me suis accommodée de ma situation. Vous pensez qu'il est impossible de pardonner une mauvaise action ?

— Certains péchés sont si terribles qu'ils ne pourront *jamais* être pardonnés.

Il en savait quelque chose.

— Laissez-moi vous consoler, Jane. Vous n'avez rien à craindre de moi.

Il s'adossa de nouveau contre les coussins – où il avait imaginé tant de scènes torrides en compagnie de la belle Jane –, l'attira à lui, et lui caressa les cheveux avec tendresse.

— Je ne laisserai personne vous faire de mal, s'entendit-il promettre.

Ce qui était parfaitement absurde.

Loin de le repousser, elle se blottit contre lui et plaqua la main sur son cœur, qui battait à tout rompre. Il avait espéré la prendre dans ses bras ce soir, même si ce n'était pas de cette façon, mais comment aurait-il pu séduire une femme dont un autre avait si odieusement abusé ? Alors il savoura le bonheur simple de la tenir contre lui, de s'enivrer de son doux parfum.

— Je reviendrai, promit-il.

Il était plus résolu que jamais à rentrer vivant de son expédition. Désormais, en plus de ses trois jeunes sœurs, il devait protéger leur gouvernante, même s'il ne pouvait plus la venger de son violeur.

Quinze ans. L'âge de Maria. L'âge de l'aînée des Falleron, qui avait péri sous la guillotine à cause de lui. Il s'empressa de chasser cet horrible souvenir.

— Est-ce après le décès de cette brute que vous êtes devenue gouvernante ? ne put-il s'empêcher de demander.

— Je n'aime pas penser à cela et je n'ai pas très envie d'en parler.

Il comprenait.

— De quoi voudriez-vous que nous discutions ?

— Je crois que je préférerais que vous me fassiez l'amour.

— Regardez-moi, Jane.

Elle obéit. Son regard était aussi insondable que d'ordinaire, et certainement pas brûlant de passion.

— Pourquoi ? demanda-t-il simplement.

— Parce que je vous désire. Vous ne le voyez pas ?

— Je l'espérais. Je craignais également que vous ne soyez trop sage pour vous rendre sans un interminable siège.

— Nous n'avons plus le temps pour cela. Vous partez demain. Et maintenant, vous savez que je ne suis pas ce que je devrais être.

— Ne dites pas cela. Ne dites jamais cela !

Le dégoût de soi qu'il décelait dans la voix de la jeune femme lui fendait le cœur.

— Vous êtes exactement ce que vous devriez être, reprit-il. Intelligente, généreuse, spirituelle… et très belle. Même si vous aviez offert votre innocence sans y être contrainte, cela ne me choquerait pas. Ce serait très hypocrite de ma part, et de celle de la plupart des hommes, de vous reprocher un prétendu manque de vertu.

— Peu de femmes seraient d'accord avec vous, surtout les femmes comme il faut.

— Oublions les femmes comme il faut, voulez-vous ?

Il déposa un baiser léger sur sa bouche, s'efforçant d'ignorer l'invitation de ses lèvres entrouvertes.

— Si honoré que je sois de votre demande, je… Non, le terme est bien trop faible. Je ne suis pas honoré, je suis fou de joie.

— Alors qu'attendons-nous ?

— Vous faites partie de mon personnel, Jane. Vous dépendez de moi. Je ne suis pas à l'aise à l'idée que vous ressentiez la moindre obligation envers moi. Surtout après ce que vous avez vécu.

— Je ne ressens aucune obligation. N'oubliez pas que vous m'avez remis la clef.

— Et j'ai honte que vous ayez dû la demander.

— Votre Grâce, avec vous je ne me suis jamais sentie menacée… sauf peut-être par mes propres désirs.

— Julian, rectifia-t-il en lui caressant les cheveux. Appelez-moi Julian.

— Julian.

Son prénom sur ces lèvres pleines, ce sourire adorable...

— Embrassez-moi, Julian. Faites-moi oublier le passé.

Elle avait retourné la situation. À présent, c'était *elle* qui le séduisait !

— Venez ici, murmura-t-il en la faisant basculer sur lui.

Jane était une créature d'une grâce si éthérée qu'il fut délicieusement surpris par la présence tiède et charnelle de son corps sur le sien. Non, ce n'était pas une fée, un être d'air et de lumière, mais une femme dont il était impatient d'explorer les courbes voluptueuses. Sous sa robe à la coupe modeste, elle cachait des hanches rondes et des fesses fermes. Seigneur, il mourait d'envie de la dévêtir !

D'abord, il allait l'embrasser. Longtemps. Elle était si douce, si sensuelle, si réceptive que leurs deux premiers baisers l'avaient laissé sur sa faim. Ce soir, ils prendraient tout leur temps, même s'il avait déjà atteint un degré d'excitation presque insoutenable.

— Ne brûlons pas les étapes, murmura-t-il.

Elle n'avait peut-être pas connu d'homme depuis longtemps, et si celui qui avait abusé d'elle avait été le seul, il devrait sans doute faire preuve de patience pour l'amener au plaisir. Ce ne serait pas un effort, songea-t-il, mais un plaisir.

Ils demeurèrent immobiles un long moment, sans même s'embrasser. Julian se contenta de lui caresser le dos tandis que son propre désir s'apaisait doucement. Ce fut elle qui fit le pas suivant en glissant la main sous sa veste pour déboutonner son gilet. Quand elle tira sa chemise de son pantalon, il ferma les paupières en frissonnant.

— Vous allez me tuer, Jane.

Sans un mot, elle continua l'exquise torture, jusqu'à ce qu'il n'en puisse plus. Il la fit rouler sur le dos et lui plaqua les mains au-dessus de la tête.

— À mon tour.

Il avait une folle envie de la trousser tout habillée sur le divan, cependant, pour leur première fois, il ne voulait rien brusquer. Sur le devant, sa robe était une forteresse imprenable, alors il reprit sa bouche, avant de la faire rouler à plat ventre.

— Je veux juste déboutonner votre robe, la rassura-t-il comme elle protestait tout en riant. Cela vous apprendra à choisir des vêtements qui se ferment par l'arrière !

Toutefois, alors qu'il s'activait sur le dos de sa robe, elle le repoussa et reprit le dessus, avant de lui ôter sa lavallière. Très vite, les yeux brillants d'excitation, le souffle court, ils se retrouvèrent à genoux sur le divan, face à face, presque nus. Elle ne portait plus que ses bas, et lui son pantalon déboutonné, que ses hanches retenaient à peine.

— Que vous êtes belle ! souffla-t-il en la dévorant du regard.

Il referma la main sur un sein menu et ferme.

— Et si douce...

— Vous aussi, dit-elle en lui caressant le torse.

— Doux, moi ? s'étonna-t-il.

— Pas ici.

L'air espiègle, elle baissa les yeux sur son érection, puis esquissa un sourire qui fit naître de troublantes images dans l'esprit de Julian. Même si son passé ne semblait pas avoir détruit sa sensualité, Julian ne voulait rien précipiter. Aucune rencontre entre son sexe et la bouche de Jane ne se ferait sans que la jeune femme en prenne l'initiative. Il détestait, il *haïssait* l'idée que son soudard l'ait forcée à certains gestes qui auraient pu la dégoûter.

Il regarda son torse sur lequel elle venait de poser la paume.

— Vous me plaisez, murmura-t-elle. Et j'aime vos cheveux.

Jane enfouit les doigts dans les mèches sombres qui avaient échappé au lien qui les retenait en catogan et il se félicita d'avoir résisté à la tentation de les couper.

La coiffure de Jane tenait toujours, quoique à peine, et ce charmant désordre la rendait plus appétissant que jamais. Julian lui caressa très doucement les seins, puis son abdomen plat, et enfin sa toison fauve, avant de s'aventurer dans sa chaleur intime. Sa tension s'apaisa un peu. Elle le désirait.

— Étendons-nous, proposa-t-il.

Il ôta son pantalon et, allongés face à face, ils poursuivirent leur tendre exploration mutuelle. Il se hissa ensuite au-dessus d'elle. Tout en déposant une série de baisers légers sur ses lèvres, il glissa de nouveau la main entre les pétales de son sexe, jusqu'à ce qu'il trouve la petite perle secrète.

— Venez en moi, dit-elle, le souffle haletant. Je vous veux.

D'un geste impérieux, elle enroula les doigts autour de son sexe. Manifestement, elle savait ce qu'elle faisait… et ce qu'elle désirait.

— Je me rends ! s'exclama-t-il, avant de la laisser le guider en elle.

Depuis trente années qu'il était sur cette terre, il n'avait rien connu de plus extraordinaire que cette femme si sensuelle, si tendre, si belle. Au prix d'un effort colossal, il s'interdit de donner un violent coup de reins. Il lui donnerait du plaisir avant d'en prendre lui-même, dût-il y laisser sa santé mentale. En cet instant, il aurait voulu que cette étreinte dure à jamais.

S'il devait rester jusqu'à la fin de ses jours dans les bras de Jane, il n'y voyait aucune objection.

— Pourquoi vous arrêtez-vous ? gémit-elle. Continuez !

— Donnez-moi un instant, la supplia-t-il, les dents serrées. Je veux que vous ayez du plaisir la première.

En voyant son expression stupéfaite, Julian ajouta mentalement les mots « brute égoïste » à la liste des épithètes déjà attachées à l'homme qui avait si odieusement profité d'elle.

— Ne vous occupez pas de moi, protesta-t-elle.

— C'est au contraire mon intention.

Il se retira, puis entra de nouveau en elle avant d'aspirer la pointe d'un sein entre ses lèvres. Elle se cambra, puis ses hanches se mirent à onduler en rythme. Bientôt, elle gémit doucement.

— Vous avez le droit de crier, l'encouragea Julian. Personne ne vous entendra.

Elle jouit en silence. Seul un long halètement lui échappa, à peine audible. Julian le cueillit de ses lèvres tout en la serrant contre lui tandis que les derniers frissons la secouaient.

— Merci... Oh, merci ! murmura-t-elle.

Elle noua les bras autour de son cou avant de l'embrasser avec passion.

— C'était... *incroyable*, reprit-elle en français. *Merveilleux*.

— *Vous aussi, vous êtes incroyable*, répondit-il dans la même langue. *Vous êtes la femme la plus merveilleuse que j'aie jamais connue.*

Elle sursauta et lui jeta un regard surpris.

— Qu'y a-t-il ? demanda Julian.

— À votre tour, maintenant, se contenta-t-elle de répondre.

— Seulement quand vous aurez eu de nouveau du plaisir.

Cette fois, elle enroula les jambes autour de sa taille. Elle avait les paupières closes et les lèvres entrouvertes. Il aurait aimé lire ses pensées dans son regard, toutefois, il devinait à son souffle rapide et aux crispations de ses muscles intimes qu'elle était de nouveau au bord de l'orgasme. Il envisagea d'accélérer le rythme pour sombrer dans le plaisir en même temps qu'elle, mais il n'osa pas prendre le risque. Il avait le plus grand mal à garder le peu de contrôle qu'il lui restait et craignait de ne pas s'arrêter à temps. Alors il la laissa basculer seule dans la jouissance, s'autorisa quelques ultimes coups de reins, puis se retira. Le souffle court, il attrapa sa chemise et y déversa sa semence.

S'avisant que tout son corps était exposé à ses regards, Jane posa un coussin sur son entrejambe.

— Pourquoi avez-vous… arrêté ? demanda-t-elle.

— Par précaution.

Elle fronça les sourcils.

— Je vous en remercie, mais vous auriez sûrement pu rester en moi encore un peu.

Ses joues s'empourprèrent, ce qui était aussi paradoxal que charmant après les activités auxquelles ils venaient de se livrer.

— N'aurait-il pas été normal que vous soyez dans mes bras pendant… la réjouissance ?

Julian arqua un sourcil, intrigué par ce terme, mais s'abstint de tout commentaire.

— Je ne prendrai pas le risque de vous faire un enfant, d'autant que je ne suis pas certain de revenir.

Il n'avait pas oublié le récit de la comtesse. Pas question d'abandonner Jane enceinte, seule au monde !

Serrant toujours le coussin contre elle, elle lui caressa la joue.

— Vous êtes un homme bon, Julian.

Il l'embrassa de nouveau.

— Peut-être, quoique pas au point de ne pas espérer que vous m'ouvrirez de nouveau les bras à mon retour. Et cette fois, je vous promets que nous utiliserons une méthode plus sûre pour ne pas concevoir.

Oubliant le coussin, elle se jeta à son cou dans un sanglot. Touché, et vaguement alarmé, il l'étreignit et murmura :

— Je reviendrai, Jane. Je vous le promets.

Elle émit un petit hoquet.

— Je ne vous reverrai jamais !

Apparemment, ce qui venait de se passer la bouleversait et l'égarait. Il était flatté par son inquiétude, qui était compréhensible. Lui aussi était triste de la quitter, toutefois, loin d'être désespéré, il était empli d'une détermination nouvelle.

— Je ne laisserai personne, ni mes ennemis ni des bandits de passage, se dresser entre nous. Quand je me fixe un but, je l'atteins toujours. Nous nous retrouverons ici même avant qu'un mois se soit écoulé.

Elle renifla avec un charmant abandon.

— Je suis ridicule, marmonna-t-elle. Donnez-moi un dernier baiser d'adieu.

Il lui en donna plusieurs. Chaque fois qu'elle tentait de lui dire au revoir, il l'enlaçait de nouveau et pressait ses lèvres sur les siennes. Quand enfin il la libéra, elle se plaqua contre lui, manifestement réticente à la perspective de cette séparation. Ce fut lui qui mit un terme à leurs effusions de peur qu'une femme de chambre ne les découvre à l'aube, nus sur le divan, en venant rallumer le feu dans l'âtre.

— Je dois vous laisser partir, dit-il à contrecœur, mais ce n'est qu'un au revoir.

Il ramassa sa chemise, l'aida à l'enfiler et lui donna un dernier baiser.

— À dans un mois. Même lieu, même heure.

Après l'avoir regardée quitter la pièce, à demi vêtue, en priant pour qu'elle ne croise pas de domestique, il s'assit en tailleur sur le divan, pensif. Jane. *Sa* Jane !

Il avait la certitude qu'elle n'était pas de mèche avec ses ennemis. Il savait désormais quand elle disait la vérité, parce qu'il devinait quand elle mentait – en l'occurrence, chaque fois qu'elle lui parlait de son passé. En revanche, elle n'avait pas inventé la brute qui avait abusé d'elle, même si elle n'avait pas tout dit. Julian était prêt à parier que l'homme était français. Quand elle avait parlé de son plaisir, elle avait employé le mot « réjouissance », un choix étrange en anglais, mais une traduction presque exacte du mot français pour décrire la chose. Jouissance.

S'il ne la soupçonnait plus de traîtrise, il ne s'en félicitait pas moins d'avoir engagé un détective pour enquêter sur elle. Il brûlait de connaître son passé et était déjà impatient de la retrouver.

À la fois certain de rentrer et plus inquiet que jamais à l'idée de ne pas revenir vivant, il s'assit à son bureau pour rédiger deux lettres. La première était destinée à Blackett, pour lui demander de verser à Mlle Grey une prime substantielle le jour où elle quitterait son poste de gouvernante. La seconde était adressée à Jane elle-même.

12

Assise devant le secrétaire en bois de rose de la chambre de la duchesse, Jane fit courir son doigt sur la surface en marqueterie en s'interdisant d'ouvrir le tiroir où était rangée la clef. Il aurait été si facile de laisser tomber ses vêtements sur le sol et d'aller, nue, dans les appartements de Denford, dans son lit, dans ses bras…

Il lui suffisait de faire usage de cette clef pour qu'il soit à elle une dernière fois.

Elle avait apprécié l'intimité avec Henri, qui se flattait de ses prouesses viriles, mais elle avait à présent la preuve qu'il avait été un amant égoïste. En dépit de ses affirmations, il avait toujours fait passer son propre plaisir avant le sien. Elle avait été priée d'aimer ce qu'il aimait et de louer ses exploits sans ménager les flatteries. Et plus elle le félicitait, plus il était convaincu de sa supériorité.

Denford, en revanche…

Denford était généreux.

Elle avait peur de ce qu'elle risquait de faire si elle allait le retrouver cette nuit. Elle était bien capable de lui avouer toute la vérité tandis qu'il la serrerait contre lui, comme il l'avait fait quand elle lui avait parlé de Mathieu. Entre ses bras, elle se sentait en sécurité.

Protégée. Libérée de la vengeance qu'elle redoutait un peu plus chaque jour qui passait et la rapprochait de l'instant fatidique.

Elle secoua la tête, accablée de se découvrir aussi irrationnelle. Denford était un *Fortescue,* au nom du ciel ! Il n'avait aucune raison de la délivrer de son devoir d'assassiner un homme qui était son propre cousin. Et quand bien même il ne croyait pas au pardon et elle non plus.

Personne n'avait eu d'indulgence pour elle. Elle n'en aurait pas pour M. Fortescue.

Quittant son fauteuil pour s'éloigner de la clef – ou plus exactement, de la tentation qu'elle représentait –, elle alla ouvrir le tiroir du bas de sa commode. Fermant les paupières, elle imagina la lame s'enfonçant dans les chairs, la sensation des muscles et des os tranchés, sentit l'odeur métallique du sang, entendit un cri d'agonie suivi du dernier soupir du meurtrier.

Peut-être se trompait-elle. Peut-être que ce ne serait pas aussi terrifiant qu'elle le soupçonnait. Peut-être était-ce facile et rapide de porter un coup mortel. Oh, qu'elle aurait aimé que tout cela soit terminé et que Charles Fortescue soit déjà mort !

Quant à Denford, elle n'avait aucun avenir avec lui. Jamais elle ne retrouvait sa vie d'avant, jamais elle ne serait de nouveau Jeanne de Falleron. Pour survivre, elle avait sacrifié son innocence et fait alliance avec l'ennemi. Elle n'était qu'une gouvernante au passé douteux. Et les ducs n'épousaient pas les gouvernantes.

Jane se réveilla tôt d'un sommeil agité. Consciente de commettre une erreur, elle s'habilla et descendit dans l'espoir de voir Denford une dernière fois avant son départ. Elle arriva trop tard. Sur la table du petit déjeuner, elle trouva une lettre à son nom et un dessin protégé par une grande feuille de carton pliée en deux.

Ma délicieuse Jane,

Ce portrait vous revient. Si je ne rentre pas, je n'aurai pas besoin d'un bout de papier pour me rappeler de vous. Si je rentre, je vous aurai en chair et en os. Vous avoir connue m'a rendu meilleur. N'ayez aucune crainte pour l'avenir ; Blackett a reçu des consignes. Ce soir je bénis ma bonne étoile, qui brille sur mon chemin depuis que vous avez répondu à ma petite annonce.

Denford

Il lui offrait le Fragonard sans avoir la moindre idée de ce qu'il représentait pour elle ! Les lignes du portrait se brouillèrent tandis que ses yeux s'embuaient de larmes.

Naturellement, elle ne pourrait pas le garder. À son départ, elle le lui rendrait puisqu'elle ne serait plus là « en chair et en os ». Un sourire nostalgique fleurit sur ses lèvres. Il la trouvait délicieuse et s'estimait heureux de l'avoir connue. Elle pressa le feuillet contre son cœur. Le mot n'y figurait pas, et cependant, cela ressemblait à une lettre d'amour.

Elle n'avait pas d'avenir en tant que maîtresse de Denford, ni à aucun autre titre, mais elle pouvait faire un geste pour lui. Durant le temps qu'il lui restait à passer à Fortescue House, elle serait la meilleure gouvernante qui soit.

Quand elle retrouva ses élèves à la grande table de la salle d'études, elle les observa en train d'écrire. Si les demoiselles Osbourne étaient plus élégantes depuis que leur garde-robe avait été renouvelée, leur tenue laissait encore à désirer. La marquise de Falleron aurait sursauté en voyant Fenella un coude sur la table ou Laura se balançant sur sa chaise.

— Pourquoi faut-il recopier des vers ? grommela Fenella. C'est ennuyeux. Et je sais écrire.

— Une dame doit avoir une calligraphie élégante. La vôtre, Fenella, évoque plutôt des pattes de mouche.

— Pourquoi n'avez-vous pas la même écriture que nous ? s'enquit la jeune fille, faisant habilement dévier la conversation.

— Parce que j'ai appris à la mode française.

Laura demanda, d'un air trop innocent pour être honnête :

— Racontez-nous la vie à Sainte-Lucie, mademoiselle Grey !

— Vous ne détournerez pas aussi facilement mon attention. Prenez plutôt exemple sur Maria.

Celle-ci ajouta une élégante arabesque à une ligne à la calligraphie régulière, un petit sourire hautain aux lèvres. Jane n'était cependant pas d'humeur à tolérer les provocations.

— Une dame n'affiche pas d'airs supérieurs, Maria, lui rappela-t-elle. La véritable politesse consiste à montrer aux autres que vous appréciez leurs qualités afin qu'ils se sentent à l'aise en votre compagnie.

— Pourquoi parlez-vous tout le temps de ce que font les dames, mademoiselle Grey ? s'étonna Laura.

— Parce que je n'ai que trop négligé vos manières. Dès que nous aurons terminé les exercices d'écriture et le cours d'arithmétique, nous commencerons des leçons d'étiquette et de tenue. Vous devez être dignes d'être présentées à la cour à présent que vous êtes sœurs d'un duc.

— En quoi consistent ces leçons, exactement ? s'enquit Maria, intriguée.

— Vous devrez apprendre à faire preuve d'élégance en toutes circonstances, à la fois dans votre façon de vous tenir et dans votre comportement. Nous débuterons cet après-midi par l'art de savoir marcher, s'asseoir et rester debout.

— C'est grotesque, maugréa Fenella. Je sais déjà faire tout ça. Et je déteste ces maudits vers. J'aimerais qu'Isaac Watts soit mort !

— C'est probablement le cas puisque ce livre date de 1715, rétorqua Jane sans s'émouvoir.

Elle devait admettre que l'exemplaire des *Chants pieux et moraux pour les enfants* qu'elle avait trouvé dans la maigre bibliothèque de la salle d'études était assez déprimant.

— Écoutez ça, marmonna Fenella :

Ignorez-vous les tourments
Qu'inflige Notre Seigneur
À qui brise la loi du père
Ou raille ce que dit la mère ?

— Je trouve que c'est juste, déclara Maria.

— Et en l'absence de vos parents, précisa Jane, cela vaut aussi pour votre gouvernante.

— Alors voilà ce qui m'arrivera si je désobéis ? insista Fenella.

Oh, qu'il sera honteux !
Maudit sera son nom !
Les corbeaux prendront ses yeux,
Les aigles les mangeront.

La jeune fille avait déclamé ces vers d'un ton si mélodramatique que Laura poussa un cri tandis que Jane s'esclaffait.

— Je vous accorde que M. Watts exagère les conséquences d'une mauvaise action. Voilà ce que je vous propose. Vous allez combiner la calligraphie et les bonnes manières en rédigeant des lettres.

Même Maria parut préférer cette option. Le livre de M. Watts fut refermé dans un claquement vengeur, on prit de nouvelles feuilles de papier et on affûta les plumes.

— Pouvons-nous écrire à Julian ? proposa Laura.

— C'est une excellente idée, approuva Jane.

— Que dois-je lui dire ?

— Les règles qui président à la correspondance sont les mêmes que celles qui régissent la conversation, à savoir : si vous racontez une histoire, ne vous étendez pas trop longuement. Évitez les sujets polémiques et les opinions tranchées qui pourraient heurter votre correspondant. Tournez vos phrases avec élégance et esprit, et recherchez toujours le *mot juste*, afin que votre prose soit aussi plaisante qu'instructive. Privilégiez ce qui intéresse votre correspondant et non ce qui vous importe personnellement. Et par-dessus tout, ne parlez pas trop de vous-même. Les gens, en particulier les messieurs, préfèrent que l'on s'intéresse à eux.

— Ce n'est pas juste, déclara Fenella. Pourquoi les hommes ont-ils le droit de parler d'eux et pas nous ?

— Parce que c'est ainsi, répondit évasivement Jane, qui n'avait pas le courage de se lancer dans un débat sur les injustices de la société.

La veille, songea-t-elle, Denford avait eu envie de parler d'elle. Et il l'avait écoutée avec une attention si bienveillante qu'elle en était encore bouleversée.

— Je suis sûre que votre frère sera très heureux de découvrir ce que vous faites de vos journées. Dans la limite du raisonnable, bien sûr.

Les deux aînées se mirent aussitôt à écrire, mais la plus jeune regarda par la fenêtre en jouant distraitement avec sa plume.

— Vous êtes à court d'inspiration, Laura ? s'enquit Jane.

— Je cherche le *mot juste*. Vous ne trouvez pas que mon français s'améliore ?

— Si. Peut-être auriez-vous plus d'idées si vous rédigiez votre lettre en français ?

S'arrachant à sa rêverie, Laura plongea sa plume dans l'encrier.

Maria termina la première.

— Pourriez-vous me relire pour corriger l'orthographe et la grammaire ? demanda-t-elle.

Jane, qui savait que la jeune fille commettait rarement des erreurs dans ces deux domaines, en déduisit qu'elle était fière de ses talents épistolaires.

Mon cher frère,

J'espère que cette lettre vous trouvera dans les meilleures circonstances et que votre voyage se déroule selon vos souhaits. Ici, le ciel est particulièrement clément pour un mois d'avril, même s'il a plu hier et qu'il pleuvra probablement de nouveau demain. C'est un temps de saison et je guette avec impatience le jour où les averses d'avril apporteront les floraisons de mai. Le révérend Walters a prononcé dimanche un remarquable sermon sur les vertus de la patience. Il ne s'est rien passé de notable depuis votre départ, aussi vais-je achever ici cette lettre. J'ai hâte que vous rentriez pour nous raconter votre passionnant voyage. Votre sœur affectionnée et respectueuse,

Maria Osbourne

— Très bien, la félicita Jane. Très raffiné.

Et très ennuyeux. Nul doute que Denford préférerait le récit en pattes de mouches de Fenella.

Cher Julian,

Puisque vous n'êtes parti que ce matin et que nous vous avons vu hier, je n'ai pas grand-chose à vous dire. Je vais donc vous raconter une histoire qui remonte à l'an dernier. Un jour, les cochons de M. O'Riley, le fermier qui était notre voisin en Irlande, se sont échappés par un trou dans leur enclos. Quatre porcelets sont entrés dans le potager et ont commencé à manger nos petits pois. Maman nous a envoyées les chasser, Maria et moi, armées de bâtons. Nous les avons repoussés vers la mare aux canards, jusqu'à ce que leur mère, une truie qui faisait peur à tout le monde dans le comté, même à M. O'Riley et à son porcher, déboule pour protéger ses petits. Maria était au bord de la mare quand maman cane s'est mise à cancaner pour appeler ses canetons. Maria a poussé un cri qui ressemblait à celui d'un canard, en plus fort, et elle… Oh, mais je m'égare ! Mlle Grey nous recommande de ne pas importuner notre lecteur par des récits trop longs. Je vais donc en rester là de mon histoire.

Mlle Grey nous dit également que dans nos lettres nous devons parler de notre correspondant et non de nous-mêmes, je n'en sais toutefois pas assez sur vous pour cela. Vous êtes grand et mince, vous avez les cheveux longs, mais je ne vous apprends rien. Si vous répondez à cette lettre, vous pouvez faire comme les gentlemen et me parler de vous. Je me ferai un plaisir de vous lire, ce qui doit signifier que je ne suis pas un gentleman.

Bien à vous,

Fenella Osbourne

P.-S. : Pourquoi les lettres finissent-elles par « bien à vous » ? En quoi serais-je à vous et qu'est-ce que cela signifie ?

Jane éclata de rire.

— Vous êtes bien cruelle, jeune fille ! Votre pauvre frère sera terriblement frustré de ne pas connaître la fin de l'histoire.

— Quelle histoire ? demanda Maria.

— Hum, peu importe. Avez-vous fini, Laura ?

— C'est ma lettre la meilleure. Je vais la lire à voix haute.

La petite se leva et, le dos bien droit, se lança :

— *Cher Julian, j'espère que vous allez bien. Quand rentrez-vous à la maison ? J'ai une question qui vous concerne : me laisserez-vous avoir un petit chien ? Votre sœur qui vous aime, Laura Osbourne.*

Elle tendit le feuillet à Jane et demanda :

— Quand recevra-t-il nos lettres ?

Tout en s'assurant que l'écriture était régulière et l'orthographe correcte, Jane songea au plaisir que ressentirait Denford lorsqu'il lirait ces missives tellement à l'image de leurs rédactrices. Sans réfléchir, elle répondit qu'elle allait les poster, puis elle s'avisa qu'il n'avait pas laissé d'adresse. Puisqu'elle ne pouvait pas les expédier en Belgique, les courriers devraient attendre son retour. Elle les laisserait sur son bureau.

Avec sa propre lettre d'adieu.

Le printemps céda la place au début de l'été, marqué par la floraison des arbres et arbustes dans Hyde Park. Pendant leurs fréquentes promenades, Jane et les demoiselles Osbourne étaient toujours accompagnées par deux robustes domestiques que Denford avait engagés avant son départ. Bien qu'il ne lui ait rien dit, Jane avait deviné que ce n'étaient pas des valets ordinaires et elle en était rassurée.

Quant à elle, elle ne quittait pas ses élèves des yeux, résolue à ce qu'il ne leur arrive rien tant qu'elles seraient sous sa garde. Et à l'heure des leçons, elle se montrait inflexible afin de graver en elles des réflexes de parfaite éducation.

Parmi les innovations éducatives qu'elle avait instaurées figurait la prise des repas dans la petite salle à manger du rez-de-chaussée. Non seulement cet environnement était plus propice que la sinistre salle d'études à induire un comportement raffiné, mais il était plus pratique pour le personnel. M. Blackett avait enfin engagé un cuisinier compétent, si bien que l'ordinaire s'était considérablement amélioré.

— Vous croyez que nous recevrons une réponse de Julian aujourd'hui ?

Laura posait la même question chaque matin au petit déjeuner. Quand Jane avait réalisé que faire croire aux filles qu'elle allait poster leurs lettres avait été stupide, il était trop tard pour se rétracter. Une pile de missives écrites avec amour encombrait désormais son petit bureau dans la chambre de la duchesse.

— Cela doit faire un mois qu'il est parti, fit remarquer M. Bream.

Le professeur de dessin prenait le petit déjeuner chaque matin à Fortescue House, qu'il y eût ou non une leçon. Il était également présent pour le dîner la plupart du temps.

— Cinq semaines et deux jours, précisa Fenella.

Jane faillit rectifier. Cela faisait cinq semaines et *trois* jours. Denford lui manquait désespérément, d'autant plus qu'elle était toujours chez lui et qu'il pouvait rentrer à tout instant. À moins qu'elle n'apprenne son décès.

Elle aurait dû être partie depuis longtemps, à présent. Les semaines ayant passé sans qu'elle ait de nouvelles de M. Russell, elle avait relégué Charles Fortescue à l'arrière-plan de ses préoccupations pour se concentrer sur ses élèves. Les filles progressaient et avaient considérablement gagné en grâce et en assurance. Jane était fière d'elles, et d'elle-même. Et maintenant…

— C'est une lettre ? demanda Fenella avec curiosité, interrompant le fil de ses réflexions.

Le majordome venait d'entrer, un plateau d'argent à la main. Les filles semblaient prêtes à se jeter dessus, pourtant, Jane eut la satisfaction de constater que ses leçons de bonnes manières commençaient à porter leurs fruits. En effet, malgré leur impatience, les sœurs Osbourne demeurèrent sagement assises. Quant à Oliver Bream, il continua de manger avec une bienheureuse insouciance.

— Un courrier pour vous, mademoiselle, annonça le majordome en tendant le plateau à Jane.

S'efforçant d'empêcher sa main de trembler, elle s'empara du pli scellé de cire rouge.

— Mlle Grey ne reçoit jamais de courrier, fit remarquer Maria.

— C'est pour vous ? demanda Fenella d'une voix vibrante d'envie. Julian vous a écrit ?

— Chut, Fenella, la gronda gentiment Jane. Ce n'est pas un courrier de Sa Grâce. Avez-vous terminé votre petit déjeuner ? C'est l'heure de votre leçon de dessin.

Elle préférait être seule quand elle lirait la lettre de M. Russell. Seule avec ses émotions. Seule avec ses projets.

Le détective engagé par l'homme de loi avait enfin remonté la piste de Charles Fortescue jusqu'à un village du Lincolnshire, où l'homme avait une épouse. Celle-ci était la fille d'un gros fermier de la région – une affreuse mésalliance pour le cousin, même lointain, d'un duc et son héritier. Apparemment, il avait caché à sa famille cette épouse, à laquelle il semblait d'ailleurs être peu attaché vu la rareté des visites qu'il lui rendait. D'après M. Russell, il avait été contraint à ce mariage, la jeune femme étant enceinte de ses œuvres. L'enfant, un garçon, avait à présent une dizaine d'années.

Jane posa la lettre sur ses genoux. Jamais elle ne s'était avisée que, depuis tout ce temps, Charles Fortescue avait pu fonder une famille qui souffrirait de sa disparition. Les siens seraient les innocentes victimes de sa vengeance. À moins que la disparition d'un mari et d'un père indigne ne soit un soulagement…

Elle poursuivit sa lecture, passant rapidement sur l'interminable description des efforts déployés pour retrouver la famille de Charles Fortescue. Sans doute cela présageait-il d'une facture astronomique. Elle tourna la lettre d'un geste vif afin de découvrir à quelle adresse elle trouverait son ennemi… et ouvrit des yeux ronds.

Atteint d'une maladie grave, Charles Fortescue était revenu sur sa terre natale pour mourir. Elle n'avait plus besoin de le tuer. Il avait déjà rendu l'âme.

Les domestiques débarrassèrent la table du petit déjeuner, mais elle les entendit à peine. Le but de presque toute une vie venait de s'effondrer. En elle, la culpabilité luttait contre une petite voix qui lui chuchotait qu'elle était enfin libre. Bientôt, la petite voix haussa le ton.

Elle était libre ! Libre d'oublier le passé, de vivre, d'aimer !

Libre d'attendre le retour de Denford avec une joyeuse impatience…

La maison était la proie des flammes. Bientôt, le brasier aurait tout consumé, corps et biens. Impuissante, paralysée, comme entravée par d'invisibles chaînes, Jane observait la scène. Un homme se tenait devant elle. Lui aussi regardait l'incendie. Elle lui hurlait de l'éteindre, mais aucun son ne sortait de ses lèvres. La demeure s'embrasait dans un rugissement effrayant et l'homme se tournait enfin vers elle. Elle tentait de distinguer ses traits. En vain. Il avait déjà disparu et elle était seule au monde.

Parcourue de frissons glacés, elle se réveilla. Elle était allongée dans l'immense lit de la duchesse, accablée par une solitude sans fond.

Pendant des années, elle avait fait des cauchemars, surtout dans les premiers temps de sa relation avec Mathieu. Elle hurlait dans ses rêves, et son effroi était d'autant plus vif qu'elle devinait les images plus qu'elle ne les voyait réellement. Mathieu lui donnait une bourrade en lui rappelant qu'elle devait s'estimer heureuse d'être en vie, puis il lui ordonnait de se rendormir. Quand elle avait rencontré Henri, les cauchemars s'étaient faits plus rares. Des mois pouvaient passer sans qu'elle en fasse, sauf tout à la fin de leur vie commune.

Si les images n'étaient pas toujours aussi frappantes, l'homme devant la maison en flammes était toujours là. Elle avait fait ce cauchemar pour la première fois peu de temps après que Mathieu lui eut annoncé la décapitation de ses proches. La vision était revenue périodiquement, toujours la même, et chaque fois Jane était ravagée par la solitude et le chagrin. Elle avait fini par supposer que l'homme dans son rêve devait être M. Fortescue.

Elle avait eu un certain nombre de raisons de refuser la proposition d'Henri de s'installer dans le confort d'une existence bourgeoise, mais ce cauchemar récurrent avait affermi sa résolution. Il lui rappelait qu'elle ne connaîtrait pas la paix tant qu'elle n'aurait pas expié ce péché d'avoir survécu alors que sa famille était morte. Ses chers disparus la suppliaient de les venger.

Et maintenant, alors qu'elle s'était crue délivrée de cette macabre obligation, voilà que le cauchemar revenait la hanter.

La deuxième nuit, quand elle fit de nouveau l'affreux rêve, elle en déduisit qu'elle n'avait peut-être pas encore trouvé le véritable M. Fortescue, puisque les fantômes des Falleron demandaient encore réparation.

Et si Charles Fortescue était bien le coupable ? Si le cauchemar ne disparaissait jamais ? Si, jusqu'à la fin de ses jours, elle devait se réveiller chaque nuit en proie à une détresse si terrible qu'elle finirait par en perdre la raison ?

Elle n'en aurait pas la force. Elle voulait être heureuse, elle l'avait toujours voulu, et elle le voulait d'autant plus à présent qu'elle avait connu le bonheur entre les bras de Denford. Après toutes ces années, le souvenir de l'inconnu qu'elle avait croisé à Paris s'était peut-être brouillé. Peut-être n'était-ce pas le fameux M. Fortescue. Ou bien Julian était d'une maturité surprenante pour un jeune homme de vingt ans. Elle s'obligea à envisager l'hypothèse que toutes ses suppositions avaient été erronées, qu'elle s'était trompée en prenant le duc pour un homme d'honneur dissimulant sa bonté derrière des airs blasés.

Lord Denford n'était pas un saint, c'était certain. Il pouvait se montrer égoïste, bougon et sans pitié. Toutefois, elle le savait également capable de bienveillance et de générosité. Et par-dessus tout, elle aurait juré qu'il était honnête. Elle se refusait à croire que le Denford qu'elle connaissait aurait délibérément dupé et trahi le vieux marquis de Falleron.

Peut-être ce M. Fortescue était-il l'un de ses cousins encore plus éloignés que Charles ? Un individu capable de mener à la mort une famille entière par appât du gain ne devait pas hésiter à mentir sur sa parenté avec un pair du royaume. Elle devrait élargir le champ de ses recherches. Denford Castle, où étaient conservés les archives familiales et les arbres généalogiques, serait l'endroit idéal.

Elle demeura longtemps étendue dans l'obscurité, craignant de se rendormir, en proie à une nouvelle angoisse : que Denford ne revienne pas de Belgique et qu'elle ne puisse jamais se rendre dans le fief des Fortescue.

Être privée de sa vengeance ou vivre sans Denford, elle ignorait ce qui serait le pire.

Le troisième soir, elle vola une gorgée de whisky à nurse Bride et alla se coucher dans un état de bienheureuse stupeur, prête à retirer toutes les remarques désobligeantes qu'elle avait formulées à l'encontre de la vieille nourrice. Elle fit des rêves fort agréables et se réveilla dans la nuit, envahie par une douce sensation de bien-être. Blottie sous les couvertures, elle mit un bon moment à comprendre ce qui l'avait réveillée. Puis elle entendit des pas par la porte entrouverte, de l'autre côté du boudoir de la duchesse. Tendant l'oreille, elle distingua une voix qu'elle aurait reconnue entre mille.

Une bouffée de joie inonda son cœur, qui se mit à battre plus vite. Sans réfléchir, elle sauta du lit et, à tâtons, alla ouvrir le tiroir de son secrétaire pour y prendre la clef. Elle inséra maladroitement celle-ci dans la serrure et ouvrit la porte de séparation entre les deux chambres. Le duc était là.

L'espace d'un instant, elle demeura immobile, fascinée par le spectacle qu'il offrait, vêtu seulement d'un pantalon noir et d'une chemise blanche, le visage éclairé par une joie qu'elle ne lui avait jamais vue. Elle voulut parler mais sa gorge était nouée par une indicible émotion. Alors, sans un mot, elle fit passer sa chemise de nuit par-dessus sa tête et la laissa tomber sur le sol.

— Voilà ce que j'appelle un accueil inoubliable, déclara Denford. J'en ai souvent rêvé ces dernières semaines, pour autant, je n'osais pas espérer de telles retrouvailles.

Toujours incapable d'articuler un mot, Jane se rua dans ses bras. Il vacilla légèrement, puis l'attira vers le lit où il se laissa tomber à la renverse en l'entraînant dans son mouvement.

— Bonsoir, mademoiselle Grey, murmura-t-il. J'adore votre façon de me souhaiter la bienvenue.

Elle avait envie de le dévorer tout cru tant elle était soulagée qu'il soit sain et sauf. Elle ne parvenait pas à parler et peu lui importait, elle pouvait faire d'autres choses avec ses lèvres.

Après un long baiser torride, elle se redressa sur lui et le regarda sourire, de ce sourire qu'il lui réservait : sensuel, insouciant, brûlant de promesses.

— J'ai bien cru ne jamais vous revoir, murmura-t-elle, retrouvant enfin la parole.

— Je vous l'ai dit, j'ai le cuir solide. Me voilà de retour, fatigué mais entier.

S'appuyant sur ses épaules, elle se pencha pour enfouir le visage au creux de son cou et s'enivrer de son odeur. Un gémissement de douleur la fit se redresser aussitôt.

— Qu'y a-t-il ?

Elle tira brutalement sur les pans de sa chemise, révélant son torse nu. Quand elle repoussa sa manche, elle découvrit un pansement sur le haut de son bras.

— Oh mon Dieu, s'écria-t-elle. Vous êtes blessé !

— Une égratignure, rien de grave.

— Qui vous a fait cela ?

— Vous voilà bien protectrice, ma douce Jane. Vous comptez me venger ? Ce ne sera pas nécessaire.

Sans lui laisser le temps de répondre, il enchaîna :

— J'ai eu un petit contretemps à cause des autorités françaises, rien de plus. Et il se trouve que le gentleman à qui j'avais confié mon bien est également l'un des meneurs de la rébellion flamande contre les Français. On m'a soupçonné d'être de son parti, mais j'ai réussi à m'échapper.

Jane croisa les bras, l'air aussi sévère qu'il était possible lorsqu'on était nue, à califourchon sur un homme à la chemise déchirée.

— Une personne de votre rang ne devrait pas courir l'aventure et avoir maille à partir avec les autorités.

— Seriez-vous de nouveau en train de me sermonner quant à mes obligations ducales, mademoiselle la gouvernante ?

Non, sur les obligations des gens à qui elle tenait, faillit-elle répondre. Le cœur battant, elle détourna les yeux, elle avait toutefois eu le temps d'entrevoir ce sourire en coin qu'il esquissait parfois, et dont elle avait fini par comprendre qu'il dissimulait de tendres sentiments. Malheureusement, elle ne pouvait s'offrir le luxe de tomber amoureuse.

— J'ai une certaine estime pour vous, Votre Grâce, comme pour vos sœurs. Je n'aimerais voir aucun d'entre vous en péril. À ce propos, soyez assuré qu'il ne leur est rien arrivé en votre absence.

— Je sais. J'ai demandé des nouvelles à un valet avant de monter.

— Le personnel ne les a pas laissées sortir seules, et moi non plus.

— J'ai toute confiance en vous, Jane, la rassura-t-il.

Il avait tort ! Selon toutes probabilités, elle n'aurait pas dû être là. Toutefois, si elle devait s'interdire de l'aimer, elle pouvait profiter de sa présence. D'un geste sensuel, elle se cambra contre lui.

— Voilà un sourire bien prometteur, murmura-t-il.

Pour toute réponse, elle se frotta contre lui sans la moindre pudeur.

— Je suis flatté de vos attentions, dit-il, mais je crains d'être trop épuisé pour y répondre comme il se doit.

Jane se lécha les lèvres avec gourmandise.

— Je me charge de tout.

— Des promesses ? demanda-t-il… avant de laisser échapper un gémissement.

Elle venait de déposer une série de baisers sur son cou, son torse, son abdomen, pendant que ses doigts s'activaient sur les boutons de sa braguette.

Il laissa retomber sa tête en arrière dans un halètement étranglé quand elle le prit dans sa bouche. Que c'était merveilleux de l'avoir ainsi sous elle, d'exercer un tel pouvoir sur lui et de lui faire tout ce dont elle avait envie en ayant la certitude qu'il aimerait cela !

Avec douceur, il posa les mains sur sa tête pour la guider et lui imprimer le bon tempo. Il était à présent si excité qu'elle-même était gagnée par la fièvre qui le consumait. Intriguée, elle contracta ses muscles intimes au rythme de sa bouche. Pouvait-elle atteindre le plaisir de cette façon ?

Sans lui laisser le temps de mettre cette théorie à l'épreuve, il la repoussa et l'étendit sur lui.

— Mais je…

Il la fit taire d'un baiser.

— Je voulais…

— Comme vous l'aurez constaté, l'interrompit-il, je suis à présent en pleine possession de mes moyens et capable de répondre à vos attentes.

Tout en parlant, il la souleva, la tint au-dessus de son sexe rigide, puis l'empala d'un long mouvement fluide, lui arrachant un cri de surprise et de plaisir mêlés. Elle le chevaucha, entre soupirs et gémissements. Des notions aussi absurdes que *Nous étions faits l'un pour l'autre* et *Je voudrais que cela dure toujours* dansaient dans son esprit quand elle bascula dans l'extase. Lorsqu'elle s'effondra sur lui et qu'il la serra contre son torse solide, elle sut que, pour un temps du moins, les bras de Denford lui seraient un refuge.

Si elle demeura longtemps éveillée, lui avait roulé sur le ventre avant de sombrer dans un profond sommeil. Elle découvrit qu'il était un compagnon de lit envahissant. Par chance, il ne ronflait pas.

Elle était secrètement ravie de savoir cela sur lui et de sentir la caresse de ses cheveux dans son cou. Il y avait tant de détails qu'elle aurait aimé connaître. Aimait-il se réveiller au milieu de la nuit pour faire l'amour ? Était-il plutôt du matin ? Les deux ? Était-il de mauvaise humeur au réveil ou plein d'une énergie joyeuse ? Non, pas joyeuse. Ce n'était pas un adjectif qui convenait à Denford. S'il était dans de bonnes dispositions, elle l'imaginait plutôt esquisser un sourire et lâcher une remarque désabusée sur les contrariétés qui ne manqueraient pas de se présenter dans la journée, contrariétés qu'il réglerait avec efficacité, et peut-être un commentaire blasé. Elle rirait de lui, et quand elle le retrouverait ce soir à l'heure et à l'endroit habituels, il lui raconterait son voyage et admettrait à contrecœur qu'il n'avait pas été aussi périlleux qu'il l'avait prétendu.

Elle avait envie de tout savoir sur lui et de se livrer à toutes sortes d'activités audacieuses avec lui. Ils devaient passer l'été à Denford Castle. La campagne anglaise, les doux mois d'été, voilà dans quel cadre elle s'abandonnerait enfin à la joie. Les fantômes du passé ne lui refuseraient quand même pas cette parenthèse de bonheur ?

13

Après plus d'un mois d'absence, Julian se trouva du jour au lendemain face à quantité d'urgences à régler. La tâche était encore alourdie par la nouvelle du décès de son héritier, qu'il venait d'apprendre. Envoyer quelqu'un s'assurer que la veuve et l'orphelin de Charles Fortescue n'étaient pas sans ressources se trouvait tout en haut de sa liste. Si nécessaire, il les ferait venir à Denford Castle.

Malgré ses réticences, il commençait à accepter les responsabilités liées à son rang, y compris celle de pourvoir à sa succession. S'il ne doutait pas de ses capacités intellectuelles, il était néanmoins surpris par la somme de connaissances à acquérir pour diriger un duché. N'ayant pas de fils, il devrait sans tarder préparer celui de Charles à assumer la relève. Il trouvait toutefois ces tâches si fastidieuses que, pour s'en distraire, il accepta de recevoir une visiteuse qu'il aurait éconduite en temps normal.

Toujours à la dernière mode en dépit de son âge avancé et de son physique peu avenant, la comtesse d'Ashfield traversa la bibliothèque dans un chuintement soyeux avec la majesté d'un grand navire rentrant au port. Julian ne l'avait pas vue depuis un an ou deux et n'avait jamais apprécié sa compagnie.

Elle s'en prenait régulièrement à Caro Townsend, une vieille amie à lui désormais duchesse de Castleton, et Cynthia Windermere, qu'elle terrorisait littéralement, se plaignait souvent de cette vieille sorcière. Parente de la moitié de la bonne société, ce dragon des salons mondains avait toujours manifesté au roturier Julian Fortescue une indifférence méprisante. Il était curieux de savoir ce qu'elle voulait au duc de Denford.

— Lady Ashfield, la salua-t-il en feignant de ne pas voir la main gantée de soie violette qu'elle lui tendait.

Elle se rabattit sur une révérence un peu raide, puis se ressaisit et s'assit, le dos bien droit, dans un fauteuil devant la cheminée.

— Que me vaut l'insigne honneur de votre visite ? s'enquit-il, sur ses gardes.

— Je viens vous présenter mes condoléances pour la perte de ce pauvre Charles Fortescue.

— Merci. J'ignorais que vous le connaissiez. Il ne fréquentait pas les mêmes cercles que vous. Moi non plus, du reste.

Embarrasser lady Ashfield était apparemment un défi impossible.

— Je l'ai croisé à l'occasion, mais là n'est pas la question, rétorqua-t-elle sans s'émouvoir. Depuis qu'il était devenu l'héritier du duché de Denford, il était *quelqu'un*.

— Eh bien, pour l'instant, c'est moi le duc de Denford et, à ma connaissance, je suis en excellente santé et loin d'être gâteux.

— Soyez un peu sérieux, Denford. Je sais fort bien que vous n'avez pas encore un pied dans la tombe, et c'est justement pour cela que j'ai décidé de vous prendre sous mon aile. Pour le bien de la famille Fortescue.

— Pourquoi ce soudain intérêt pour les Fortescue ?

— Dieu du ciel, parce que nous sommes parents par une bonne demi-douzaine de liens familiaux, voilà pourquoi !

— Nous sommes cousins ? Première nouvelle ! Vous auriez pu me le dire plus tôt, je vous aurais envoyé une carte pour votre anniversaire.

— Cousins par *alliance*, précisa-t-elle avec une grimace dédaigneuse. En outre, les mariages entre des membres de ma famille et des rejetons Fortescue sont récents et concernent des gens de moindre importance. Toutefois, puisque vous êtes à présent lord Denford, il est de mon devoir de vous venir en aide.

— Il m'avait échappé qu'il était urgent que vous voliez à mon secours, madame. Je me suis fort bien passé de votre assistance pour parvenir en bonne santé à l'âge de trente ans et faire fortune.

— Vous n'avez pas besoin de moi ? articula-t-elle d'un air incrédule. Voyons, Denford, la saison bat son plein et je ne vous ai encore vu à aucune réception ! Je pourrais faciliter votre entrée dans les cercles les plus élevés, auxquels votre titre vous donne désormais accès.

— Merci, mes fréquentations actuelles me conviennent tout à fait. Je vais vous raccompagner.

Lady Ashfield demeura vissée sur son fauteuil.

— Ne soyez pas si obtus, Denford. Comment comptez-vous trouver une fiancée si vous ne fréquentez pas la bonne société ?

— Ai-je l'air d'en chercher une ?

— Je l'espère bien ! Il vous faut un héritier.

— Sauf erreur de ma part, j'en ai déjà un.

— J'ai été choquée, terriblement choquée d'apprendre que ce pauvre Charles avait épousé une fille de boucher. Son rejeton ne va tout de même pas souiller Denford Castle de sa présence grossière ?

Si jusqu'ici, Julian avait trouvé cet échange vaguement amusant, il commençait à se lasser.

— Je ne vois pas en quoi ce garçon – dont, soit dit en passant, le grand-père est fermier et non boucher, même si cela n'a pas grande importance – ferait un plus mauvais duc que moi.

Il savait qu'il n'aurait pas dû réagir à ses provocations, mais dix minutes en compagnie de cette vipère suffisaient à lui rappeler le mépris qu'on lui avait manifesté par le passé à cause de ses origines.

— Votre mère est certes irlandaise, je me suis cependant laissé dire qu'elle était de bonne souche. Et pensez à vos sœurs ! Si lors de leurs débuts dans le monde elles sont présentées par une personne influente, on oubliera les aspects les moins reluisants de leur naissance et elles vaudront bien les Fortescue.

— Je ne doute pas qu'elles en seraient très flattées, madame.

Il ne put retenir un sourire en imaginant les commentaires de Fenella au sujet de lady Ashfield. Un instant, il envisagea même de convoquer les filles pour qu'elles fassent la connaissance de cette vieille pie.

— Toutefois, poursuivit-il, leurs débuts dans le monde ne sont pas à l'ordre du jour. Leur mère préférera s'en charger elle-même. Sans compter que je n'ai pas le temps de courir les bals et les soirées. J'ai trop à faire.

— C'est précisément pour cela que vous avez besoin de mon aide. Je vous ai trouvé la fiancée idéale ; je peux arranger une rencontre sans vous imposer les inconvénients de la vie mondaine.

Non seulement il n'y avait pas de place dans sa vie pour une autre femme que Jane, mais cela risquait de durer un certain temps. Julian songea à la tête que ferait lady Ashfield s'il lui annonçait qu'il préférerait épouser une gouvernante, et même une gouvernante au passé douteux, plutôt que sa « fiancée idéale ».

Sa visiteuse importune poursuivit :

— Sa mère est l'une de mes cousines au second degré et je suis sa marraine. Henrietta est une charmante jeune fille, fort jolie et très raisonnable. Je sais apparier les gens, je ne vous imposerais pas une sotte. Cerise sur le gâteau, son père lui a inculqué de solides connaissances en peinture.

Julian avait à peine écouté ce flot de paroles, toutefois, ces derniers mots attirèrent son attention.

— Qui est cette perle rare ? s'enquit-il, curieux.

— La fille de Cazalet. Vous le connaissez, je présume ?

Récemment, Julian s'était demandé comment approcher, et attirer à Denford Castle, lord Cazalet, conseiller du roi George en matière de tableaux. Tout compte fait, lady Ashfield était peut-être sur le point de réaliser son vœu de se rendre utile.

— Puis-je vous offrir un verre de madère ou de xérès ? À moins que vous ne préfériez une tasse de thé ?

Pour la première fois depuis son arrivée, lady Ashfield sourit, ou, plus exactement, esquissa un rictus qui dévoilait sa denture de crocodile.

— Je savais que je vous rallierais à mes vues. Un xérès sera parfait, et ne soyez pas chiche. Nous allons trinquer à notre avenir et nous avons beaucoup de choses à évoquer.

Julian prit tout son temps pour préparer leurs verres et, chassant de ses pensées de redoutables images de lady Ashfield en état d'ébriété, modifia rapidement le plan d'action qu'il avait forgé depuis qu'il avait mis la collection Falleron en sécurité à Denford Castle.

— Je suis d'accord pour rencontrer la demoiselle, dit-il. Sans obligation de part et d'autre, naturellement.

— Naturellement.

— J'envisage de passer l'été à Denford Castle avec mes sœurs. Venez donc passer quelques jours avec les Cazalet pour une partie de campagne.

S'il avait veillé à ne pas trop s'engager, la possibilité d'une union fructueuse commençait à prendre forme. Si réticent fût-il à se plier aux vues de lady Ashfield, si Henrietta Cazalet était telle qu'elle la lui avait décrite, elle ferait une épouse parfaite.

Il devait penser à l'avenir de ses sœurs. Il n'aurait pas parié un penny sur un retour prochain du capitaine et de Mme Lowell, et Maria ne pourrait pas rester éternellement à l'étage des enfants. Certes, il se félicitait de l'actuelle situation, dans laquelle l'efficace et délicieuse Jane instruisait les filles le jour et partageait son lit la nuit, toutefois, cela ne pourrait pas durer. Pour lui, peut-être, mais pas pour Maria. Jane n'étant qu'une gouvernante, elle ne serait pas en mesure de présenter Maria à la cour. Même si elle était son épouse légitime, cela lui serait impossible. Malgré sa légendaire désinvolture, Julian le savait fort bien.

C'était dommage, songea-t-il. Le mariage était certes un mal nécessaire, cependant, s'il avait pu épouser Jane Grey… Cette seule idée éveillait en lui une vibrante nostalgie.

Même lieu, même heure, même cognac. Toutefois, ses entretiens du soir avec Jane avaient pris un tour nettement plus détendu qu'à l'époque où chacun était sagement assis sur son siège.

Étendu sur le divan, la tête sur les genoux de Jane, Julian l'écoutait lui lire les lettres que les filles lui avaient écrites en son absence.

— Et pour finir, il y en a encore une de Maria.

— Faut-il vraiment la lire ?

— Elle est la seule des trois à appliquer les consignes.

— C'est bien pour cela qu'elle ne m'intéresse pas.

Les consignes stipulaient probablement qu'un duc ne se prélassait pas sur un divan en compagnie de sa gouvernante. Et elles lui interdisaient assurément de s'inviter sous les jupes de ladite gouvernante. Julian tourna la tête et enfouit le visage entre les cuisses de sa Jane. Comment la convaincre de passer à des activités plus libertines ?

— Leurs missives reflètent tellement leurs caractères que c'en est touchant, dit la jeune femme tout en lui caressant la tête.

Il émit un ronronnement de plaisir anticipé, qui s'interrompit quand elle lui empoigna les cheveux pour remettre sa tête dans sa position originale. Il ne s'en plaignit pas. Il adorait que Jane le gronde.

— Et elles ont fourni des efforts louables pour vous faire plaisir, poursuivit-elle comme si de rien n'était.

— Pas Fenella.

— Surtout Fenella.

— En tout cas, c'est la plus amusante.

— Vous devez tout de même entendre la dernière lettre de Maria.

— Aurai-je une récompense pour ma patience ?

— Peut-être.

Julian avait beau feindre l'indifférence devant l'enthousiasme de Maria pour les tulipes récemment écloses dans Hyde Park, il était ému que ses sœurs se soient donné la peine de lui écrire chacune plusieurs lettres, parfois assez longues. Il aurait adoré les lire alors qu'il rôdait incognito dans la campagne flamande à la recherche de Jan, tout en s'efforçant d'échapper aux autorités françaises.

Ces semaines avaient été pénibles et bien solitaires. Quand il avait enfin retrouvé Jan, la situation était devenue nettement moins monotone… et considérablement plus périlleuse. Tandis qu'ils transportaient les tableaux jusqu'à la côte, Julian avait redouté l'irruption des Français, mais aussi des hommes de Radcliffe. En fin de compte, c'était une balle française qui l'avait atteint.

Il doutait que Radcliffe eût renoncé. Celui-ci devait conserver ses « casseroles sur le feu » en attendant que la collection Falleron arrive en Angleterre. Ignorant quelle serait sa prochaine tentative, Julian restait sur ses gardes et veillait jalousement sur ses sœurs.

— Vous devez leur écrire, déclara Jane. Ce ne serait pas poli de laisser sans réponse un courrier aussi abondant.

— Je déteste la correspondance.

— Nous faisons tous des choses qui ne nous plaisent pas.

— Encore un peu, bougonna-t-il, et vous allez m'ordonner de finir ma purée et de broder un abécédaire.

— Si vous leur aviez écrit pendant toutes ces années, elles n'auraient pas été des étrangères pour vous.

— Jane Grey, vous êtes un tyran domestique.

Il se déplaça pour refermer les bras autour de sa taille.

— Pourquoi ne rendiez-vous pas visite à votre famille plus souvent ? Puisque vous aviez le temps et les moyens de baguenauder à travers toute l'Europe, vous auriez pu faire le voyage jusqu'en Irlande.

— Je n'avais pas très envie de recevoir des coups de mon beau-père.

— Quand vous étiez enfant, je comprends, et ensuite ? Ce n'était tout de même pas un ogre ?

— Vos consignes stipulent peut-être qu'un gentleman aime parler de lui, mais ce n'est pas mon cas. Peut-être parce que je ne suis pas un gentleman. Parlons plutôt de quelque chose d'intéressant. Cette récompense que vous m'avez promise, par exemple.

Joignant le geste à la parole, il l'attira à lui pour lui voler un baiser. Si elle ne s'y opposa pas, elle ne l'embrassa que brièvement. À l'évidence, elle avait la tête ailleurs. Renonçant provisoirement à la séduire, il demanda :

— Qu'est-il arrivé à votre famille, Jane ?

— Ils sont morts. Je n'ai plus personne.

Puis, démontrant qu'elle n'était pas la seule à éviter certains sujets délicats, elle ajouta :

— Et c'est pour cette raison que vous devez répondre aux lettres de vos sœurs.

— Le sens de la famille ne me fait pas totalement défaut, la rassura-t-il. J'ai proposé à Blackett de convier quelques-uns de ses cousins au château cet été. J'aurai également des invités et j'espérais en profiter pour amorcer une réconciliation avec les Fortescue. Ai-je votre approbation ?

— Il ne m'appartient pas d'approuver ou non vos décisions. Ce seront sûrement des fréquentations bénéfiques pour vos sœurs. Vos invités sont des amis à vous, je présume ?

Julian envisagea de lui donner les raisons de cette réunion, puis y renonça. Il n'avait aucune intention sérieuse à l'endroit de Mlle Cazalet, mais l'expérience lui avait appris que parler d'une femme à une autre menait généralement à de pénibles disputes et se concluait par d'inutiles bouderies.

— Oui. J'espère que les Windermere seront rentrés de France à temps. Vous allez adorer Denford Castle ! Le château est superbe, et les jardins et les environs sont sillonnés de sentiers charmants. Une fois que nous nous serons débarrassés de nos invités, nous passerons un merveilleux été. Nous enverrons les filles prendre des leçons d'équitation et nous partirons pour de passionnantes explorations.

Il tenta de l'embrasser de nouveau, et cette fois, elle le repoussa.

— Allez-vous écrire à vos sœurs ? insista-t-elle.

Bon sang, elle pouvait se montrer plus déterminée qu'un chien de chasse !

— Je leur écrirai une lettre, promit-il.

— Une à chacune.

— Entendu. Je le ferai demain. Y a-t-il autre chose que je puisse faire pour vous ?

— Je vais y réfléchir.

— Vous réfléchirez aussi bien allongée.

Par chance, elle n'y vit pas d'objection. Enfin ! Jane était avec lui sur ce divan, détendue, disponible. Il se redressa pour admirer ce tableau. Il n'y manquait qu'un détail.

— Par le plus grand des hasards, demanda-t-il, possèderiez-vous des jupons à cerceaux ?

— Non, pourquoi ?

— J'ai toujours rêvé de retrousser les jupes d'une femme en robe à paniers.

Il s'agenouilla et souleva ses jupes lentement.

— Je me contenterai de ce que j'ai. C'est très excitant. C'est un peu comme quand on ouvre un carton à dessin en se demandant quels trésors on va découvrir.

— Je me demande si je dois être flattée par la comparaison.

— Absolument. Voyons, qu'avons-nous là ?

Des bas blancs remontaient au-dessus de ses genoux, retenus par des jarretières brodées de boutons de rose. Il lui caressa la jambe.

— Jusqu'ici, vos sous-vêtements sont à la hauteur de mes espoirs.

Il lui mordilla le pli du genou. Étouffant un rire, elle se cambra sous ses lèvres. Il remonta davantage ses jupes, révélant des cuisses fermes et des hanches rondes. Ce n'étaient pas les jambes les plus fines qu'il ait vues, mais elles étaient parfaitement galbées et, il le savait déjà, solides et musclées. Idéales pour soutenir la brave, l'indomptable Jane Grey à travers les épreuves de sa vie. Il s'attarda sur ses cuisses, les dévorant des yeux et de la bouche, fasciné par les ondulations sensuelles de ses hanches. Sa chaleur et son parfum étaient si enivrants qu'il avait déjà les reins en feu. Jamais une femme n'avait exercé un tel pouvoir sur lui !

Elle avait refermé les mains sur sa tête et laissait échapper de petits halètements tandis qu'il continuait de l'embrasser et de la caresser, sans jamais la toucher là où ils en avaient tant envie l'un et l'autre. Il souffla doucement sur les replis secrets de son intimité, lui arrachant un petit cri de surprise et d'impatience.

— Julian..., gémit-elle.

Qu'il aimait l'entendre prononcer son prénom !

— Oui ? répondit-il, désinvolte. Avez-vous trouvé ce que je pourrais faire pour vous ?

— Au nom du ciel, vous le savez très bien !

Il lui avait déjà fait l'amour plusieurs fois, chacune meilleure que la précédente. Et chaque fois, il avait eu envie de plus. À mesure qu'il découvrait comment son corps répondait à ses sollicitations, qu'il s'accoutumait aux doux cris et aux suppliques qui jaillissaient de ses lèvres, il avait commencé à réaliser qu'elle retenait quelque chose. Quelque chose qu'il ne parvenait pas à définir. Ce qui le lui disait, c'étaient ses caresses trop expertes, trop généreuses, trop orientées exclusivement sur son plaisir à lui. Comme si le sien ne comptait pas. N'importe qui d'autre à sa place l'aurait trouvé fou de s'en plaindre et, en vérité, il ne s'en plaignait pas. Il aurait toutefois préféré... plus que cela.

— Est-ce ceci que vous voulez ? Vous pouvez l'avoir à condition de demander gentiment.

Il glissa un doigt en elle. Il avait l'intention de lui donner du plaisir jusqu'à ce qu'elle perde la tête, jusqu'à ce qu'elle lui livre tous ses secrets, tous ses mystères, qu'elle oublie tout sauf les délices qu'il lui offrait, la joie qu'ils partageaient.

Pourtant, à peine avait-il commencé à la caresser qu'elle tressaillit, avant de le retenir d'un geste ferme.

— Non, dit-elle. Je vous veux en moi. Maintenant.

Julian n'était pas homme à refuser une telle proposition de la femme qu'il adorait. En vérité, il commençait à craindre de ne rien pouvoir lui refuser.

Si elle s'en apercevait, il était perdu.

14

— C'est encore plus majestueux que Dublin Castle ! s'exclama Maria.

Le premier aperçu de Denford Castle, depuis la voiture, était effectivement saisissant. Les demoiselles Osbourne se ruèrent vers la fenêtre, créant un tel chahut que Jane dut ramener le calme en les faisant s'asseoir près de la vitre à tour de rôle. Seul Oliver Bream, qui était déjà venu, demeura à sa place. Elle-même fut soudain gagnée par l'impatience.

— Nous aurons tout l'été pour explorer le château, dit-elle. Et si j'en juge à ses dimensions, il nous faudra bien cela.

— C'est le plus grand château du monde ? demanda Laura.

— Il ne peut pas être plus grand que Windsor Castle, ricana Fenella. Julian n'est pas un personnage aussi important que le roi.

— Moi, je crois que si, répondit sa sœur.

— On pourrait t'emprisonner dans la tour de Londres pour des propos aussi séditieux ! C'est de la haute trahison.

— Ce n'est pas vrai ! protesta Laura, qui ne semblait pas si sûre d'elle.

— Oh, que si ! Et on pourrait te couper la tête.

— Aïe ! Mademoiselle Grey, Fenella m'a pincée !

Jane ferma les yeux en s'exhortant à la patience. Après une journée entière confinée dans la voiture avec ses trois jeunes élèves, elle éprouvait la plus grande compassion pour toutes les héroïnes qui, par choix ou par obligation, avaient embrassé une carrière de gouvernante. Comment s'étonner que les femmes préfèrent le mariage, ou même une vie de maîtresse entretenue ? Au moins, les maris et les amants n'étaient pas à la maison pendant la journée, ni parfois même pendant la nuit. Jamais elle n'aurait imaginé regretter un jour d'avoir quitté Henri !

Bien sûr, elle ne regrettait pas réellement sa décision. Elle était juste contrariée et déçue que Denford ne soit pas du voyage. Il avait prévu de venir avec elles dans le Sussex, mais avait été retenu à Londres pour une affaire urgente au dernier moment. En lieu et place du duc, qui n'aurait pas supporté plus de cinq minutes les chamailleries des filles, Oliver Bream avait été désigné pour les escorter – « escorter » était un grand mot car il avait somnolé presque tout le temps. Il prétendait toujours être fou d'amour pour Jane, ce qui ne lui faisait pas pour autant perdre le sommeil.

Pour ajouter à l'inconfort du voyage, les bagages du peintre ne tenant pas à l'extérieur, il avait fallu loger dans l'habitacle un grand carton à dessin, plusieurs rouleaux de toile, un chevalet et un panier débordant de fournitures pour l'artiste. Si Jane ne voyait aucune objection à passer l'été en sa compagnie, elle n'appréciait guère de voyager dans ce capharnaüm.

— Change de place avec moi, Maria, lança Fenella. C'est mon tour.

— Non, je veux voir le pont-levis.

Indifférente aux chicaneries des filles, Jane songea à la nuit solitaire qui l'attendait. Elle était un peu affolée de constater que Denford lui manquait déjà alors qu'elle s'était réveillée dans ses bras ce matin.

Quand l'attelage passa sous l'entrée voûtée, le cœur de la jeune femme se serra. La vaste cour flanquée d'ailes gothiques crénelées et fermée à son extrémité par une haute tour circulaire indiquait que Denford Castle avait été à l'origine un château fort.

Jane ne s'était jamais sentie inférieure au duc de Denford sur le plan mondain – après tout, elle était une Falleron, même si sa famille avait perdu sa gloire passée –, toutefois, à côté de la puissance colossale qui se dégageait de Denford Castle, le charmant manoir de style Louis XIV du marquis de Falleron prenait soudain des airs de cabanon. Jamais, jusqu'à présent, elle n'avait réalisé à quel point un gouffre la séparait de Julian, quoi qu'elle ait été autrefois.

Il était duc, elle n'était plus personne. Son seul avenir était d'être sa maîtresse jusqu'à ce qu'il se lasse d'elle, et elle était trop fière pour se plier à un tel destin. Elle allait s'accorder un été avec lui, puis elle mettrait un terme à leur relation.

Chassant ces tristes réflexions, elle rappela aux filles qu'elles devraient se comporter en demoiselles bien élevées lorsqu'elles descendraient de voiture. Le simple fait d'accomplir son travail la rasséréna. Elle avait toujours su apprécier les bons moments, et le présent n'était pas si insupportable. Elle avait survécu à bien pire qu'à un séjour estival dans un magnifique château, même si leur arrivée était ternie par l'absence de son propriétaire.

Le petit groupe fut accueilli par le majordome de Denford Castle qui les guida le long d'antiques corridors aux murs en moellons ornés de tapisseries, d'armes anciennes et de cottes de mailles. Jane nota d'emblée la différence entre le personnel de Fortescue House et celui de Denford Castle. Si la propreté des lieux n'avait pas suffi à attester d'une nombreuse domesticité, la présence d'innombrables valets de pied en livrée la confirmait.

Le majordome les informa que la famille occupait cette partie du château depuis plus d'un siècle. Les quartiers des enfants se trouvaient à l'extrémité de cette aile, au même étage. Cette fois, on n'avait pas attribué à Jane les appartements privés de la duchesse. Si, dans la maisonnée de Londres, tenue de façon si désinvolte, personne n'avait semblé s'émouvoir qu'elle ait la meilleure chambre, le personnel de Denford Castle aurait été fort choqué, elle en était certaine. Elle s'installa dans une confortable pièce située à côté de la salle d'études, juste en face des chambres de ses élèves.

Trois jours plus tard, les filles, qui avaient découvert les écuries pleines de poneys et de chatons, étaient au septième ciel. Jane ne pouvait en dire autant. Elle n'avait toujours pas de nouvelles de Denford et commençait à redouter que ses invités londoniens n'arrivent avant lui. Tandis que ses élèves prenaient leur leçon d'équitation, elle se rapprocha de Francis Hillthorpe, un ancien régisseur qui s'occupait désormais de la salle des archives.

— Y a-t-il beaucoup de Fortescue qui ne sont pas parents du duc de Denford ? s'enquit elle sur le ton de la conversation. Même de lointains cousins ?

Le visage ridé de M. Hillthorpe s'éclaira.

— Certaines branches descendent de Richard le Fort, qui sauva la vie de Guillaume le Conquérant à la bataille de Hastings en le protégeant avec son bouclier. C'est de là que dérive le nom Fortescue, ou *fort écu* en ancien français. La ligne ducale s'est séparée de la famille originelle du Devon au XVIe siècle et a acquis Denford Castle à la suite d'un mariage avec une héritière des Lestrange. La construction du château en lui-même remonte aux débuts de la période normande.

Renonçant provisoirement à démêler l'écheveau de l'arbre généalogique des Fortescue, Jane écouta le vieil érudit lui conter l'histoire de Denford Castle. Elle la trouva si passionnante qu'elle accepta son offre d'en visiter la partie la plus ancienne, une tour circulaire appelée le Donjon de la Vierge.

— Quel est l'usage de cette partie du château ? demanda-t-elle alors qu'ils traversaient la cour.

Une intense activité régnait dans l'autre aile mais, jusqu'à présent, Jane ne s'était guère aventurée au-delà des quartiers réservés à la famille et des jardins privés.

— L'aile sud abrite les salles de réception, où des festivités seront organisées cet été. Et Sa Grâce a ordonné la rénovation de la grande galerie, qui s'étend sur presque toute la longueur du bâtiment, au premier étage. Elle n'a jamais été utilisée, ce qui est fort dommage car le plafond à caissons moulurés est de toute beauté.

— Pouvons-nous le voir ?

— Sa Grâce en a interdit l'accès à quiconque sauf aux ouvriers. Je crois savoir qu'une cérémonie d'inauguration avec ses invités est prévue.

— Je suppose qu'il va y accrocher sa collection ?

— C'est probable en effet. J'aimerais voir les portraits de famille rassemblés en un lieu unique, le duc est cependant resté très évasif quand je lui ai montré la collection du château.

M. Hillthorpe secoua tristement la tête.

— Il semble plus intéressé par la qualité artistique d'une œuvre que par sa valeur historique et patrimoniale.

Ils avaient atteint le pied de la petite colline escarpée depuis laquelle le donjon s'élançait au-dessus du château.

— Vous êtes sûr de pouvoir monter ? s'inquiéta Jane.

— Je serai un peu essoufflé, mais je ne voudrais pas manquer une occasion de faire admirer la tour à une dame aussi intéressée. Peu de gens partagent ma passion pour l'histoire des Fortescue.

— Pourquoi l'appelle-t-on le Donjon de la Vierge ?

— L'histoire gagne à être racontée depuis le sommet.

Entre les murs massifs, un escalier s'enroulait jusqu'à une plateforme cernée de créneaux percés de meurtrières. Au centre, sur un piédestal, se trouvait une statuette représentant une femme habillée comme au Moyen Âge. Un banc de pierre était installé en face d'une ouverture large de cinq ou six pieds.

Jane regarda par-dessus le parapet.

— Je n'imaginais pas que la pente jusqu'à la rivière était aussi vertigineuse, avoua-t-elle.

Elle recula prudemment, s'éloignant du parapet qui ne lui arrivait qu'à la taille.

— Personne n'est jamais tombé ?

— Je vous ai promis de vous expliquer l'origine du nom de la tour, lui rappela M. Hillthorpe. D'après la légende, sire Adam Lestrange, chevalier du roi Guillaume, s'éprit de la fille d'un chef saxon. Quand elle refusa de se donner à lui, le chevalier, qui était l'un des conquérants de son pays, l'enleva et la retint captive dans la plus haute pièce de la tour.

— Un vrai gentleman, commenta Jane.

— Autre temps, autres mœurs, répondit M. Hillthorpe. Jamais un Fortescue ne se serait comporté de façon aussi peu honorable.

— Je n'en doute pas, mentit Jane, s'interdisant d'exprimer ses doutes sur la vertu des Fortescue. Qu'est-il arrivé à cette jeune femme ?

— Plutôt que de se soumettre à l'ennemi, elle a préféré se jeter du haut de la tour.

Jane risqua de nouveau un regard par-dessus le parapet et frémit. Il était impossible de survivre à une telle chute. Plus loin, en contrebas, la rivière déroulait ses paisibles méandres à travers des prairies inondées de soleil où le bétail paissait tranquillement et les paysans fauchaient les foins. En total contraste avec ce décor bucolique, le château évoquait la guerre, mais aussi les pillages, les meurtres et les viols qui l'accompagnaient. Ces remparts devaient avoir vu bien d'autres fins tragiques que celle de la malheureuse jeune fille saxonne.

— Je crois que je n'aurais jamais le courage de me jeter dans le vide, déclara Jane. À sa place, j'aurais accepté la proposition du seigneur normand.

— Oh, il ne l'a pas demandée en mariage ! Il avait déjà une épouse en France. La jeune fille aurait été déshonorée si elle lui avait cédé.

— Et donc, elle n'avait d'autre choix que de mourir ?

— C'est lui qui a commis le péché le plus grave, naturellement. Je ne puis qu'admirer une femme qui choisit la mort plutôt que la disgrâce et... Vous êtes toute pâle ! Vous ne vous sentez pas bien, mademoiselle Grey ?

Jane s'adossa au rempart dont la pierre grise et verte était usée par des siècles d'intempéries.

— La tête me tourne. Je n'aime pas beaucoup les hauteurs.

Ce n'était pas le vertige qui lui donnait la nausée, mais ce pénible rappel que la plupart des gens la condamneraient d'avoir choisi de sacrifier sa vertu pour sauver sa vie.

Julian avait deux raisons de s'attarder à Londres. Si l'essentiel de la collection Falleron était à présent en sécurité dans l'aile sud de Denford Castle, un certain nombre de toiles devaient être retendues. L'artisan qui restaurait ses tableaux depuis des années avait également exprimé quelques inquiétudes quant à l'état de conservation d'un Claude Lorrain et souhaitait avoir l'avis de Sa Grâce sur le cadre du Raphaël, endommagé pendant le voyage. Julian, qui couvait le chef-d'œuvre d'une attention inquiète, avait préféré rester en ville pour surveiller l'avancement de sa restauration.

Tout aussi important était le rapport commandé à un détective au sujet de Jane Grey, s'il s'agissait bien du nom de la jeune femme, ce dont il doutait de plus en plus.

Il était resté à Londres pour s'entretenir avec le détective en question. Ce dernier lui avait fait un compte rendu détaillé de ses investigations. Tout en scellant les lettres qu'il avait fini par écrire à ses sœurs, lesquelles, à sa grande surprise, commençaient à lui manquer, il posa les yeux sur le rapport d'enquête.

Jane Grey ne semblait pas avoir existé avant son arrivée à Londres. Si, selon toutes probabilités, elle n'était pas née en Angleterre, elle ne venait pas non plus de l'exotique Sainte-Lucie.

Aucun diplomate anglais du nom de Johnson n'avait été en poste sur l'île, dont pratiquement toutes ses descriptions étaient inexactes. Si Julian n'en était guère surpris, il était déçu de n'avoir aucune information supplémentaire, ne serait-ce que son véritable nom ou son pays de naissance.

Il pariait sur la France. Si elle était une aristocrate ayant fui son pays – ce qui n'aurait rien d'étonnant vu ses manières et sa façon de s'exprimer –, pourquoi n'avait-elle pas rejoint les cercles d'émigrés français à Londres ? Et si elle était d'origine roturière, pourquoi était-elle venue à Londres en pleine guerre ? Un instant, il avait envisagé qu'elle soit une espionne, puis il avait écarté cette hypothèse. Il n'y avait rien à Fortescue House qui soit susceptible d'intéresser Napoléon Bonaparte.

S'il était à peu près sûr qu'elle ne mettait pas en danger l'avenir de l'Angleterre, Julian nourrissait quelques craintes s'agissant de son propre avenir. Effrayé à l'idée qu'elle disparaisse aussi mystérieusement de sa vie qu'elle y était apparue, il décida de rédiger une quatrième lettre. Certes, ses sœurs lui manquaient, mais ce n'était rien comparé à leur gouvernante.

— Nous avons reçu du courrier ! s'écria Laura.

— Julian nous a écrit une lettre à chacune ! ajouta Maria. La plus longue est pour moi.

— C'est merveilleux, répondit Jane, sincère.

En fin de compte, son insistance avait porté ses fruits.

— Alors, que dit-il ? ajouta-t-elle. Indique-t-il la date de son arrivée ?

— Je vais lire la mienne, annonça Maria. Regardez ! Elle est adressée à *Mademoiselle Osbourne* et scellée avec la couronne ducale des Denford. *Ma chère Maria, J'espère que tu apprécies le Sussex. J'ai décidé que tu avais l'âge de dîner avec mes invités à Denford Castle. Je m'en remets à ton excellente gouvernante pour t'instruire dans l'art de la conversation et te conseiller sur tes tenues. Si tu suis l'exemple de Mlle Grey, tu n'auras jamais à rougir de toi.*

La jeune fille pressa la missive sur son cœur.

— C'est tout ? dit Jane, déçue. Rien sur la date de son arrivée ?

— Je vais dîner avec les invités ! Vous m'aiderez à choisir mes toilettes, mademoiselle Grey ? Pouvons-nous commencer maintenant ?

— Écoutons d'abord ce que Sa Grâce écrit à vos sœurs.

Avec un peu de chance, il annonçait la date de son arrivée.

Fenella esquissa un sourire mystérieux.

— La mienne est la meilleure, dit-elle. Tenez, lisez vous-même.

Jane s'efforça de ne pas se laisser distraire par l'écriture nerveuse de Denford, plus facile à déchiffrer que son propriétaire.

Très chère Fenella,

Ne pars pas seule faire de l'équitation. Ce serait une catastrophe si tu tombais et blessais ton cheval.
Bien à toi,

Denford

— N'est-ce pas extraordinaire ? demanda Fenella, extatique.

Parfois, cette jeune personne était *réellement* une énigme, songea Jane.

— Comme le dit Shakespeare, déclara-t-elle, les plaisanteries les plus courtes sont les meilleures.

— Ma lettre est encore meilleure que meilleure, roucoula Laura. Il dit *Chère Laura, Obéis à tout ce que Mlle Grey t'ordonnera. Moi, je le fais toujours.*

— Monsieur votre frère est fort aimable mais je peux vous assurer qu'il n'en fait qu'à sa tête.

— C'est bien vrai ! renchérit Fenella. Julian est tellement amusant !

Si Denford avait joyeusement tordu le cou à toutes les règles de bienséance en matière de correspondance, ses sœurs étaient néanmoins ravies, et c'était là l'essentiel. Ces petits billets pleins d'une douceur presque poétique avaient fait naître un élan de tendresse chez Jane, et dissipé ses derniers doutes. Un homme capable d'une telle sensibilité et d'une telle bienveillance n'aurait pas envoyé une famille à l'échafaud.

— Il y en a aussi une pour vous, mademoiselle Grey, dit alors Maria.

Jane aurait préféré être seule pour la lire, mais les trois filles la couvaient d'un regard brillant d'impatience. S'interdisant d'embrasser le pli ou de le serrer contre son cœur, Jane le décacheta d'un geste aussi désinvolte que possible.

Très chère Jane,

Vous me manquez. Si j'avais su que mes affaires me retiendraient aussi longtemps à Londres, je ne vous aurais pas laissée partir. Les soirées dans la bibliothèque sont sinistres et même mon meilleur cognac a un goût de cendre. J'arriverai le six avec mes premiers invités. Si vous avez besoin de quoi que ce soit pour vous-même ou pour mes sœurs, demandez au majordome. Vous ai-je dit que vous me manquiez ? Ne vous enfuyez pas avant mon arrivée.

D.

— Allez-vous nous la lire ? demanda l'une des filles.

— Que dit-il ? insista une autre.

— Pas grand-chose. Vous savez que votre frère n'aime pas écrire de longues lettres.

Ne vous enfuyez pas avant mon arrivée. Pourquoi craignait-il qu'elle ne s'en aille ? Il avait raison, au demeurant, mais comment avait-il deviné son intention ? Car si le moment n'était pas encore venu, elle était toujours résolue à partir.

Quoi qu'il advienne, quoi qu'elle découvre, même si le meurtrier de sa famille apparaissait avec le mot *coupable* marqué au fer rouge sur le front, elle ne partirait pas avant d'avoir revu Denford.

15

Fenella se rua dans la salle d'études.

— La voiture de Julian traverse le pont-levis ! Pouvons-nous descendre pour l'accueillir ? S'il vous plaît, mademoiselle Grey ?

Attendre que le duc les fasse appeler aurait été plus convenable, mais ce duc-là, et il ne se privait pas de le rappeler, se moquait éperdument des convenances.

— Très bien, répondit Jane en lissant ses cheveux d'un geste machinal. Non, attendez. D'abord, nous allons nous assurer que vous êtes présentables.

Elle rajusta les rubans de Laura et demanda à Fenella de retendre ses bas – elle ne pouvait guère faire mieux. Maria était impeccable, comme toujours. Si Jane rappela aux deux cadettes de ne pas courir, elle dut quant à elle se retenir pour ne pas se ruer dans l'escalier.

— Julian ! cria Laura quand elles parvinrent au pied de l'escalier, qui était séparé du hall par un grand panneau de bois ajouré.

Jane rattrapa la petite. Elle venait de s'apercevoir que Denford n'était pas seul.

— N'oubliez pas vos bonnes manières, mesdemoiselles. Sa Grâce a des invités.

Jane n'eut pas à rougir des filles, qui firent des révérences dignes de leur rang quand elles furent présentées à la comtesse d'Ashfield, lord Cazalet et Mlle Cazalet.

— Et voici Mlle Grey, leur gouvernante, dit Denford en conclusion.

Lord Cazalet, un homme d'une cinquantaine d'années à l'allure irréprochable, hocha la tête avec cette indifférence polie que l'on réserve aux personnes de condition modeste. Sa fille, en revanche, lui adressa un sourire chaleureux et la regarda d'un œil brillant de curiosité. Du même âge que Jane environ, elle semblait aussi intelligente que séduisante. C'était le genre de femme que Jane aurait aimé avoir pour amie.

Lady Ashfield l'observa avec plus d'attention. Fuyant son œil acéré, Jane baissa la tête. Non seulement cette dame n'avait pas l'air commode, mais elle avait très probablement remarqué le regard brûlant que Denford avait dardé sur elle et le sourire dont elle n'avait pu s'empêcher de le gratifier. Depuis qu'il était entré dans le hall, le cœur de la jeune femme battait à tout rompre. Si seulement tous ces gens pouvaient disparaître !

Hélas, un autre attelage s'arrêta à cet instant devant le perron et trois nouveaux arrivants en descendirent. Jane ne les avait vus que de loin, au théâtre, elle reconnut pourtant immédiatement la dame en spencer orange très élégant et chapeau assorti, ainsi que son vieux mari.

Elle se demandait pourquoi Denford avait convié sir Richard Radcliffe, un homme qu'il avait décrit dans les termes les moins flatteurs, quand elle vit le troisième invité... et sursauta, soudain en proie à une peur panique.

Elle alla prestement se dissimuler derrière la cloison de bois ajourée et regarda son cousin, Louis de Falleron, que l'on présentait à Denford sous le nom du comte Louis de Beauville.

— J'espère que vous trouverez une petite place pour notre cher Louis dans votre modeste demeure, déclara lady Belinda en caressant le bras de Julian d'un geste si audacieux que Jane frémit d'indignation. Quand il a appris où nous nous rendions, il nous a suppliés de l'emmener. Il adore les châteaux !

Une passion qu'il avait dû se découvrir sur le tard, songea Jane. Autrefois, Louis était un courtisan qui n'aurait quitté Paris pour rien au monde. Le marquis de Falleron avait vainement tenté de susciter l'intérêt de son héritier pour ses terres, ses fermiers et Bel-Étang, son domaine en Normandie. De plus, Jane était perplexe. Pourquoi Louis se faisait-il passer pour le rejeton d'une vieille famille du Limousin sans lien aucun avec les Falleron ?

Cette étrange façon de se présenter ne fit que confirmer l'intuition de la jeune femme, à savoir ne pas l'approcher, du moins pour l'instant. Puisqu'il ne l'avait pas vue depuis neuf ans et la croyait morte, il était fort peu probable qu'il la reconnaisse. Elle doutait qu'il prenne la peine de regarder ceux qui lui étaient inférieurs. Elle ne risquerait rien tant qu'elle éviterait d'attirer son attention.

— Vos amis sont les bienvenus, répondit Denford. Mon majordome lui trouvera une chambre.

— Vous êtes fort aimable, *monsieur le duc*, déclara Louis.

— Je présume que vous voudrez être logé à côté de lord et lady Radcliffe. Je tiens à ce que mes hôtes se sentent comme chez eux. Et puisque les châteaux vous intéressent, monsieur de Beauville, je demanderai à M. Hillthorpe de vous faire visiter Denford Castle. Lady Belinda, vous devez absolument voir le Donjon de la Vierge. La vue depuis le sommet est splendide.

Interceptant le regard que Denford posait sur les escarpins de satin brodé de lady Radcliffe, Jane se retint de rire. Il avait pris la mesure de cette dame, et de Louis également. Elle aurait bien aimé voir ces deux fleurs de serre gravir le rude escalier de pierre !

— Nous irons tous ensemble, décréta lady Belinda.

Sans lâcher Denford, elle attira Louis de sa main libre, sous le regard bonasse de son mari.

— Vous n'avez-vous pas des chambres dans la tour ? s'écria-t-elle. Ce serait follement romantique !

Jane ravala un soupir agacé.

— Qui sont ces gens ?

Elle sursauta. Oliver Bream s'était matérialisé à ses côtés et observait la scène.

— J'espérais voir Cynthia, avoua-t-il, déçu.

Il fit quelques pas dans le hall, puis s'immobilisa.

— Juste ciel ! s'exclama-t-il, comme frappé par une révélation. Qui est cette sublime créature ?

Mlle Cazalet tourna vers lui un regard intrigué mais chaleureux. Si Oliver Bream était de nouveau tombé amoureux, il avait peut-être enfin choisi une femme capable de lui retourner ses sentiments, se dit Jane… avant de le voir s'élancer, passer devant Mlle Cazalet et s'arrêter devant lady Belinda.

— Si vous faisiez les présentations, Denford ? demanda-t-il.

Celui-ci se dégagea des griffes de lady Radcliffe.

— Avec plaisir.

Jane distingua une note d'amusement dans sa voix tandis qu'il procédait aux présentations.

— Il faut absolument que je vous peigne ! déclara Oliver à lady Belinda, sous le regard indifférent de lord Radcliffe et celui, narquois, de Louis. J'ai entrepris une série d'œuvres d'inspiration biblique. Vous serez ma Madone, ma Sainte Vierge.

— Voilà un sacré défi, murmura Denford.

— Une Vierge vêtue d'écarlate, poursuivit Oliver. Ce sera inédit dans l'histoire de l'art !

La dame tendit une main gantée d'orange à son nouvel admirateur.

— J'adore que l'on fasse mon portrait, monsieur Bream. J'ai posé pour Romney et Lawrence. Je suppose que même eux ont été de parfaits inconnus à une époque.

Oliver, qui ne parut pas s'offusquer des sous-entendus pleins de condescendance de cette réponse, reçut le soutien d'une alliée inattendue.

— M. Bream est très talentueux, déclara Mlle Cazalet. J'ai admiré son *Viol de Lucrèce* à l'Académie royale, l'année dernière.

— Vous êtes bien la seule, s'étonna Oliver en s'arrachant à la contemplation du décolleté de lady Radcliffe.

— Bream ? Voilà un nom qui ne me dit rien, déclara lord Cazalet. M'as-tu signalé ce tableau à l'époque, Henrietta ?

— Je l'ai vu lors d'une visite avec ma tante, papa. Il avait été relégué dans un coin alors qu'il aurait mérité une place de premier plan.

Cette remarque devait remonter le moral d'Oliver, qui soupçonnait le comité de sélection des œuvres de conspirer contre lui. Contrairement à sa fille, lord Cazalet ne semblait guère avoir de temps à perdre avec les peintres aux œuvres reléguées dans les coins. Il se tourna vers leur hôte.

— Je suis impatient de voir les tableaux dont vous m'avez parlé, Denford. Apparemment, vous ne les avez pas accrochés dans le hall ?

— Vous ne serez pas déçu. Ils sont destinés à une galerie en cours de rénovation, dont l'inauguration devrait séduire les connaisseurs les plus exigeants.

Il s'inclina devant lord Radcliffe, qui avait pincé les lèvres d'un air contrarié. L'hostilité entre les deux hommes était palpable. Louis, en revanche, exprima pour cet événement un intérêt d'autant plus surprenant qu'il avait terriblement déçu le père de Jane par son indifférence envers la collection Falleron.

La jeune femme s'écarta comme le petit groupe se dirigeait vers l'escalier, guidé par le majordome.

— Reculez, mesdemoiselles, ordonna-t-elle aux filles. Laissez passer les invités.

Ceux-ci ne parurent même pas la remarquer, contrairement à Denford, qui s'attarda pour lui parler.

— Jane, la salua-t-il de sa voix la plus caressante. Au diable tous ces gens ! Où puis-je vous retrouver ?

— Je serai dans la salle d'études avec vos sœurs, Votre Grâce. Je présume que vous souhaiterez un compte rendu de leurs progrès.

Elle avait un peu haussé la voix, au cas où une oreille indiscrète aurait surpris leur échange, et pour lui rappeler que les filles n'étaient qu'à quelques pas.

— J'aurais préféré le lieu et l'heure habituels.

— Vous avez des invités, lui rappela-t-elle.

— Comme si je ne le savais pas ! maugréa-t-il.

— C'est vous qui les avez conviés.

— Pour de bonnes raisons.

— Vous attirerez l'attention sur nous,chuchota-t-elle.

Il se tourna vers les filles.

— Filez ! ordonna-t-il. Allez où vous voulez. Je dois discuter avec Mlle Grey.

— Vous ne devriez pas faire attendre vos invités à cause de moi.

L'espace d'un instant, elle eut l'impression qu'ils étaient seuls au monde, qu'ils se trouvaient dans un cercle enchanté loin de ce hall. Lady Ashfield et Mlle Cazalet ne pouvaient pas les entendre, en revanche elles les observaient, si bien qu'ils ne pouvaient même pas se regarder dans les yeux.

— Dînez avec nous, insista Denford.

— Certainement pas. Vous avez convié Maria, ce qui est très bien, mais je dois rester à ma place avec les deux plus jeunes.

— Votre place n'est pas là, Jane...

Son murmure fit courir un frisson sur sa peau.

— ... elle est auprès de moi, poursuivit-il.

M. Blackett approchait et Denford devait s'occuper de ses invités. Et si Maria avait docilement suivi le petit groupe, qu'elle était pressée de rejoindre, ses cadettes étaient là, impatientes de retrouver leur frère. À elles aussi, il avait manqué.

— Je trouverai un moyen de vous voir plus tard, dit-il rapidement. Où vous a-t-on installée ?

— Nos chambres à la nursery sont tout à fait confortables, n'est-ce pas, mesdemoiselles ?

Elle devait absolument lui rappeler que les filles les entendaient.

— Vous viendrez dîner avec nous, Julian ? demanda Laura.

— Si seulement je le pouvais !

Lady Belinda Radcliffe était peut-être le grand amour d'Oliver Bream, elle n'en était pas moins un modèle décevant. Son carnet de croquis à la main, il l'avait amenée dans son endroit préféré : un petit jardin de broderie de buis qui embaumait les aromatiques et les fleurs d'été. Patiné par les ans et palissé de fruitiers en espalier, le mur de brique qui le ceignait formait un écrin parfait pour sa Vierge écarlate. Oliver était enthousiasmé par son idée révolutionnaire de faire du rouge la couleur de la pureté.

— Je suis fatiguée, monsieur Perch.

Qu'elle écorche son nom, soit, mais elle ne lui avait même pas accordé dix minutes de pose ! Tout juste avait-il eu le temps d'esquisser son front pur de madone.

— Reposez-vous un peu, proposa-t-il.

Étourdi par son sourire, il ne vit pas arriver Beauville, le Français qui n'avait de cesse de le séparer de lady Belinda.

— Louis ! s'écria celle-ci d'une voix aussi veloutée qu'un ocre vénitien. M. Pike est en train de faire mon portrait. C'est follement amusant !

— *Très chère Belinda*, quel homme saurait reproduire ce que les dieux ont créé ?

— Tous les grands artistes, rétorqua Oliver, prenant la défense de sa profession.

— Précisément, les *grands* artistes, répondit l'autre. Lady Belinda, voulez-vous m'accompagner jusqu'à la rivière ?

— Elle est en train de poser pour moi ! protesta Oliver.

— Cet homme ne vous a volé que trop de temps, insista Beauville. À mon tour.

— Je viens tout juste de commencer, gémit le peintre.

— Et moi, je m'ennuie. Donnez-moi votre bras, Louis très cher.

Dépité, Oliver les regarda quitter le jardin. Peut-être ferait-il mieux de se remettre au portrait de Dalila. Où était Jane ? Il l'avait à peine croisée depuis l'arrivée des invités, l'avant-veille.

Il aperçut soudain les sœurs Osbourne qui venaient dans sa direction. Hélas, leur gouvernante ne les accompagnait pas. Fenella et Laura s'élancèrent vers lui. Elles étaient suivies par Maria, qui marchait d'un pas digne, bras dessus bras dessous avec Mlle Cazalet – la jeune femme qui avait remarqué son chef-d'œuvre boudé par l'Académie royale. Cette demoiselle était dotée d'une exceptionnelle finesse de perception.

— Nous vous cherchions, monsieur Bream ! s'exclama Laura.

— Est-ce l'heure de notre leçon de dessin ?

À coup sûr, il avait encore oublié de remonter sa montre !

— Non, répondit Fenella, c'est demain. Mlle Cazalet voulait vous parler.

— Pourquoi ?

— C'est à elle qu'il faut poser la question. Nous devons partir, Mlle Grey a dit que nous serions privées d'équitation si nous étions en retard pour le cours de géographie.

— À tout à l'heure, mademoiselle Cazalet, dit Maria. Je suis pressée d'en savoir plus sur votre présentation à la cour.

Tandis que les filles prolongeaient leurs touchants adieux à une personne qu'elles reverraient dans quelques heures, l'attention d'Oliver fut attirée par une remarquable perspective à travers une arche de buis taillé. Il alla s'asseoir sur un banc de pierre, et entreprit d'en faire une esquisse.

— Hum, monsieur Bream ?

Il redressa la tête et plissa les yeux, aveuglé par le soleil. Mlle Cazalet se tenait devant lui, à contre-jour.

— Puis-je vous regarder travailler ? s'enquit-elle. Je ne ferai pas de bruit.

— Le bruit ne me dérange pas.

Il continua de dessiner pendant quelques minutes, avant de s'aviser que son sujet gagnerait en intérêt s'il y ajoutait une silhouette. Par chance, il avait un modèle sous la main.

— Accepteriez-vous de poser pour moi ? demanda-t-il.

— Avec plaisir. Où voulez-vous que je me tienne ?

Il l'installa à l'autre bout du banc dans une attitude très simple.

— Pourriez-vous retirer votre chapeau ?

— Bien sûr. Qui suis-je censée incarner ?

— Personne en particulier.

— Oh ! Alors c'est un portrait ?

Oliver marmonna :

— Je hais les portraits.

— C'est pourtant une excellente façon pour un artiste de se faire remarquer. Vous n'avez pas besoin d'en réaliser beaucoup, juste assez pour établir votre réputation.

Il esquissa sa silhouette, en tous points fidèle aux canons de l'harmonie.

— Vous semblez bien connaître le sujet.

— J'ai grandi parmi les peintres et les collectionneurs. Le monde de l'art me passionne.

Par chance, Mlle Cazalet possédait la capacité, si rare chez un modèle, de parler sans bouger ni déranger la composition.

— Vous faites la même chose que lord Denford ?

— Non. Lui achète et revend. Moi, j'aime aider les artistes à percer dans leur domaine. Je pourrais vous accompagner.

— De quelle façon ?

— La demande en tableaux est importante, chez les gens aisés comme dans des classes moins élevées. J'ai lu dans le *Morning Post* que les reproductions d'œuvres d'art de Bartolozzi avaient rapporté à la Grande-Bretagne un revenu de plus d'un million de livres sterling. Un artiste peut réussir brillamment de nos jours, il s'agit d'attirer l'attention du public, et c'est là que réside la difficulté, car vous êtes très nombreux. Vous devez cultiver vos relations avec les critiques d'art.

Oliver avait son opinion sur ces gens.

— Les critiques d'art et leurs boniments de camelots, marmonna-t-il. Ne m'en parlez pas ! Des écrivaillons qui incitent des crétins ignorants à adorer des barbouilleurs du dimanche.

— C'est un mal nécessaire. J'espère que vous ne serez pas fâché contre moi, mais j'ai pris la liberté d'informer un éditeur de ma connaissance que vous séjourniez à Denford Castle pour l'été afin de faire le portrait des sœurs du duc.

— Mais c'est faux ! s'indigna-t-il.

— Peu importe. Si les gens pensent que vous travaillez pour un duc, ils en déduiront que vous êtes talentueux.

— Voilà qui est parfaitement malhonnête.

— N'êtes-vous pas talentueux ?

— Si, voyons !

— Alors en quoi serait-ce malhonnête de faire savoir que vous avez du talent ?

Oliver ne parvenait pas à mettre le doigt sur le point où ce raisonnement péchait, quoi qu'il en soit, l'enthousiasme de Mlle Cazalet pour son travail était communicatif. Peut-être saurait-elle l'aider à vendre quelques tableaux, à la réflexion.

— Sur quoi travaillez-vous en ce moment ? reprit-elle.

— Je viens de commencer une étude de lady Belinda pour préparer une toile, répondit-il en lui montrant le croquis à peine ébauché. Elle sera ma Madone.

— Voilà qui m'intrigue au plus haut point. Qu'est-ce qui vous a fait penser à la Vierge Marie chez lady Belinda ?

— Sa beauté, avoua Oliver.

— Elle est incontestable, reconnut Mlle Cazalet. Cependant, cette dame m'évoque davantage une Judith ou une Dalila.

— J'ai déjà trouvé ma Dalila. Jane.

— Mlle Grey ? Je ne l'avais pas vue sous ce jour. Elle a l'air très sympathique.

— Ne vous y trompez pas, c'est une dangereuse tentatrice. Je l'ai vu immédiatement. Et une femme entourée de mystère.

— Vous êtes très observateur, monsieur Bream. Pardonnez mon indiscrétion, mais maintenant que je suis votre conseillère, j'ai besoin d'en savoir un peu plus sur vous. Êtes-vous épris de Mlle Grey ?

— Je l'étais. Avant de poser les yeux sur lady Belinda.

Mlle Cazalet arqua un sourcil intrigué.

— Lady Radcliffe ? Pourquoi elle ? Je vous trouve très mal assortis. Si vous voulez mon avis, elle ne fera qu'une bouchée de vous.

Oliver lui adressa un regard stupéfait. Ses amis ne se privaient pas de railler ses tocades, quoique jamais en termes aussi directs. « Oliver est encore tombé amoureux », disaient-ils. En revanche, personne ne lui avait jamais demandé pourquoi. Pourquoi il s'amourachait avec une si constante régularité. Pourquoi cela ne durait jamais.

— N'ayez crainte, répondit-il, j'adore être amoureux, surtout si la dame inspire mon art. Cela ne m'a jamais empêché de travailler, bien au contraire.

— Me voilà rassurée, déclara la jeune femme en lui adressant un sourire. Pourriez-vous me parler de vos projets ?

Ravi d'avoir trouvé un auditoire aussi réceptif, Oliver décrivit par le menu sa série de tableaux bibliques. Mlle Cazalet approuva son choix de thèmes, propre à séduire différentes catégories d'amateurs.

— Je ne suis cependant pas certaine que vous ayez sélectionné les meilleurs sujets, ajouta-t-elle. Samson et Dalila, cela ne va pas. Leur histoire est trop torride pour les nouveaux riches ou pour le public que j'ai en tête pour vous. Quant aux Madones, elles sont parfaites pour les maîtres anciens, mais un artiste moderne ne devrait pas prendre le risque d'être soupçonné de papisme. Que diriez-vous plutôt d'une solide valeur britannique ? Un saint Georges terrassant le dragon, par exemple ?

— Un dragon ? Pourquoi pas…, murmura Oliver, songeur. Et on ne manque pas d'armures, ici, à Denford Castle.

Toutefois, avant que la fièvre créatrice l'emporte et qu'il s'attaque au défi de représenter les reflets métalliques d'une cotte de mailles, Oliver avait encore une question.

— Pourquoi pensez-vous que je devrais peindre un saint Georges ?

— Mon père a l'oreille du roi, voyez-vous. Ce qu'il vous faut, c'est une commande royale.

Oliver regarda cette étonnante jeune femme qui le comprenait comme personne.

— Êtes-vous consciente que notre discussion m'a fait oublier mon dessin ?

— Nous ne pouvons accepter cela, monsieur Bream, rétorqua-t-elle. Remettez-vous vite au travail.

Les demoiselles Osbourne découvraient avec dépit que leur gouvernante n'avait pas diminué le niveau de ses exigences alors même que les invités commençaient à envahir le château. Il en arrivait chaque jour. Laura et Fenella se seraient volontiers installées à demeure derrière la cloison ajourée au pied du grand escalier, ou dans les jardins.

Au lieu de cela, Jane les faisait travailler dur dans la salle d'études pour ne pas croiser le chemin de Louis. Hélas, cela signifiait qu'elle ne croisait pas non plus celui de Denford, puisqu'ils n'avaient plus la liberté de passer d'une chambre à l'autre à la faveur de la nuit. Elle se répétait que c'était mieux ainsi... et finissait presque par s'en convaincre.

Toutefois, certains visiteurs se hasardaient parfois jusqu'à l'aile des enfants. Mlle Cazalet, qui avait sympathisé avec Maria à l'occasion des repas, était passée plusieurs fois. L'impression favorable qu'elle avait d'emblée faite à Jane s'était révélée juste.

Quant à Oliver Bream, il avait pris ses quartiers dans la salle d'études. Il était dans les meilleurs termes avec Mlle Cazalet, avec qui il avait entrepris une série de tableaux. Par miracle, elle avait réussi à le persuader que toutes ses œuvres n'avaient pas besoin d'être monumentales et que des petits tableaux se vendraient mieux.

Lord et lady Windermere, qui rentraient tout juste de Paris, avaient également rejoint la cohorte des invités. Leur petit garçon était installé à la nursery avec sa nourrice. Le couple se montrait plutôt chaleureux et amical avec Jane, toutefois, comme la plupart des gens de leur monde, ils avaient tendance à ignorer les domestiques, ou du moins à se comporter comme s'ils n'étaient pas là.

Jane n'avait jamais eu l'intention d'épier leurs conversations. Toutefois, un jour, ils entrèrent dans la salle d'études après avoir rendu visite à leur fils. Ils ne s'aperçurent pas qu'elle était assise dans un coin, occupée à lire la dernière rédaction de Maria tandis que les filles assistaient à leur cours d'équitation.

Lady Windermere prit place sur la banquette ménagée sous une fenêtre dans l'épaisseur du mur.

— J'ignorais que Denford Castle était aussi impressionnant ! s'exclama-t-elle. L'endroit est tellement ancien, tellement colossal, pourtant, Julian y semble parfaitement à sa place.

Son époux, un homme dont la caractéristique la plus marquante était son élégance discrète, déclara :

— J'avoue que je ne m'y attendais pas. Il n'a jamais fait grand cas de ce domaine.

— Peut-être parce qu'il craignait de s'attacher à une propriété dont il ne se sentait pas digne. À présent que ses relations avec les Fortescue se sont apaisées, il ressemble chaque jour davantage à un duc. Je ne serais pas surprise qu'un de ces matins, il ne daigne même plus nous adresser la parole.

Cette réflexion de lady Windermere fit sourire Jane. Elle aussi avait vu Denford prendre ses marques en tant que duc, en même temps qu'il apprenait à être un frère aimant et protecteur.

Lord Windermere s'assit à côté de son épouse. Manifestement, le couple semblait avoir décidé de s'attarder. Jane aurait dû émettre une petite toux discrète, pourtant elle ne put se résoudre à les interrompre. Pour rien au monde elle n'aurait gâché cette occasion d'en savoir plus sur l'homme qui emplissait ses pensées. Le seul fait d'entendre son nom était une joie.

— Julian ne vous snobera jamais, hélas ! marmonna lord Windermere.

Il rit doucement, avant d'ajouter :

— Ne protestez pas, je ne fais que plaisanter.

— Julian n'éprouve plus aucun sentiment pour moi. S'il continue de flirter, c'est uniquement pour vous contrarier.

— Et je refuse de le laisser me contrarier.

Windermere déposa un baiser sur la main de sa blonde épouse. Une bouffée d'envie transperça Jane. Non pas à l'idée que Denford flirte avec cette femme – elle n'en était pas surprise et connaissait assez les hommes pour ne pas s'en émouvoir outre mesure –, mais parce que ce bonheur conjugal sans nuages l'emplissait d'une amère nostalgie.

— Recevoir dans son château, poursuivit le comte, c'est ce que l'on attend d'un duc. En revanche, qu'il ait changé ou non, Julian s'est montré fidèle à lui-même en sélectionnant des invités aussi mal assortis. Quand je lui ai demandé ce que les Radcliffe faisaient ici, il s'est contenté de sourire en me disant de m'attendre à des développements intéressants.

— Je suis pressée de voir cela. Tant que je ne suis pas obligée de passer trop de temps avec lady Belinda !

Dieu merci, elle semble rechercher activement la compagnie de ce comte français. Pauvre Oliver !

Lady Windermere s'esclaffa.

— Avez-vous discuté avec sir Richard ? s'enquit-elle.

— Nous sommes dans les meilleurs termes, lui et moi. Ce qui signifie que je ne lui tourne jamais le dos de peur qu'il y plante un couteau.

— Et lady Ashfield, gémit la jeune femme. Quelle idée de l'inviter ! Elle est toujours aussi effrayante.

— Je présume que c'était la seule façon de faire venir Cazalet, et nous savons ce que Julian espère de lui.

— Si vous voulez mon avis, répliqua lady Windermere à mi-voix, lady Ashfield essaie de marier Julian et Henrietta Cazalet. Et elle pourrait bien parvenir à ses fins. Julian semble trouver cette jeune femme très à son goût.

— Vraiment ? Vous trouvez qu'il s'intéresse davantage à elle qu'à n'importe quelle autre jolie femme ?

— Et pourquoi pas ? Il faudra bien qu'il s'établisse, ne serait-ce que pour ses sœurs. Vous n'avez pas remarqué que Mlle Cazalet passait beaucoup de temps avec Mlle Osbourne ?

Jane frissonna. Tout à coup, elle voyait sous un angle différent l'arrivée de cette jeune femme dans leur petit cercle.

— Je ne peux m'empêcher de penser qu'elle cultive ses relations avec la famille, poursuivit lady Windermere. Et n'oubliez pas qu'ils partagent la même passion. Il aura du mal à trouver une fiancée convenable aussi versée dans les arts.

— Je n'y crois pas. Julian n'a pas changé au point de se contenter docilement d'une fiancée *convenable*. Il préférerait épouser sa cuisinière pour le seul plaisir de choquer sa famille, et la bonne société en général.

— Permettez-moi de ne pas partager cet avis, Damian. Ce n'est plus le même homme. Il s'est pris d'affection pour ses sœurs.

Lady Windermere avait raison. Denford tenait sincèrement aux trois jeunes filles, et cependant, pour la première fois, cette idée fut un coup de poignard dans le cœur de Jane. Dans sa naïveté, elle n'avait pas imaginé qu'il chercherait une fiancée. Du moins, pas avant que leur relation soit terminée. Le bon sens voulait qu'il se marie. En tant que femme issue de l'aristocratie, Jane le comprenait et l'approuvait. En tant que Jane Grey, elle en concevait une tristesse insondable.

Une bouffée de haine parfaitement irrationnelle à l'endroit de ses solides souliers en cuir l'envahit soudain. Elle était née pour porter des escarpins de soie brodés comme ceux de lady Belinda ! Elle détestait la femme qu'elle avait dû devenir. Elle la haïssait !

Plongeant sa plume dans l'encrier d'un geste rageur, elle corrigea une faute de français dans la copie de Maria avec une telle énergie qu'elle déchira le papier.

— Vous dites peut-être vrai sur les intentions de Julian, Cynthia, en revanche, vous faites erreur quant à ses motifs. Il a de solides raisons de courtiser Mlle Cazalet, et cela n'a rien à voir avec ses sœurs ni avec une quelconque sentimentalité. Cazalet serait ravi de mettre le grappin sur un duc pour sa fille ; en contrepartie d'un mariage, il pourrait user de son influence auprès du roi en faveur de Julian.

— Vous êtes un remarquable diplomate, mon amour, mais ce n'est pas un compliment. Je crains que vous n'ayez vu juste. Cela dit, l'affaire pourrait connaître une fin heureuse. Henrietta Cazalet est une charmante jeune femme et ils ont beaucoup en commun tous les deux. Je m'emploierai à encourager leur rapprochement.

— Connaissant Julian, le mieux serait de vous abstenir de toute intervention. Ou alors, de critiquer cette jeune femme devant lui. Il serait bien capable de demander sa main rien que pour vous contrarier.

Regarder Denford en courtiser une autre ? Ce serait plus que Jane n'en pourrait supporter ! Était-ce pour cela qu'elle l'avait à peine vu depuis son arrivée ? Il était peut-être très occupé, il n'empêche qu'il aurait pu se débrouiller pour la retrouver s'il en avait vraiment eu envie. Il était le duc, pour l'amour du ciel ! Il était le maître chez lui !

— Mademoiselle Grey, tout va bien ? s'exclama alors lady Windermere.

La rédaction de Maria avait glissé sur le sol, entraînée par la plume que Jane venait de lâcher sans même s'en rendre compte.

— J'espère que nous ne vous avons pas dérangée, reprit la comtesse.

Jane se leva d'un bond et ramassa la plume, qui avait projeté de l'encre sur la copie impeccable de Maria.

— Pas du tout, milady. J'ai un léger mal de tête, rien de plus. Je vais aller me reposer en attendant le retour de mes élèves.

Lady Windermere sourit.

— Ce sont de charmantes jeunes filles et elles font honneur à votre instruction. Lord Denford m'avait demandé de lui trouver une gouvernante. Il était très inquiet quant à son choix, mais il a su dénicher la perle rare.

Elle se tourna vers son époux.

— Y allons-nous, Damian ? Je ne voudrais pas manquer la visite de la propriété par Julian. J'ai l'intention de lui poser toutes sortes de questions pièges sur le jardin. Bonne journée, mademoiselle Grey. J'espère que vous vous remettrez bien vite.

Jane les salua d'une révérence, puis se retira dans sa chambre, qui se trouvait juste à côté. Elle ne résista toutefois pas à la tentation d'approcher l'oreille de la serrure.

— C'est tout Julian de recruter une aussi jolie gouvernante, commenta lord Windermere. Quand je pense qu'ils ont vécu sous le même toit à Londres pendant des semaines !

— Vous n'avez pas honte de faire de telles suppositions ? Je suis sûre que Mlle Grey est tout à fait respectable.

— Elle, je n'en doute pas. Julian, en revanche…

16

Julian n'avait pas imaginé que dans un château aussi grand qu'une petite bourgade, il aurait tant de mal à voler une heure, ou même cinq minutes en tête à tête, avec Jane. Au demeurant, cinq minutes ne lui auraient pas suffi.

Lorsqu'il avait tenté de s'introduire dans sa chambre à la faveur de la nuit, il avait été surpris en train de traverser la salle d'études sur la pointe des pieds par Laura, qui prétendit aller chercher un verre d'eau. Ses propres appartements n'étaient pas envisageables pour retrouver Jane. Lady Ashfield avait été installée dans la suite voisine, et il ne doutait pas qu'outre un œil de lynx, elle possédât l'audition d'une chouette. Et toutes les pièces de cette aile étaient occupées par les invités qu'il avait eu la sottise de convier à Denford Castle.

Il se serait contenté d'une brève discussion, d'un sourire en passant ou même de l'une de ces tendres réprimandes dont elle possédait le secret, mais il ne la croisait presque jamais. Lors des rares occasions où elle quittait la salle d'études, ils n'étaient jamais seuls. Et il continuait de redouter qu'un jour elle disparaisse comme rosée au soleil, sans le moindre indice pour la retrouver.

Deux jours plus tard, désespéré, il demanda qu'elle accompagne les deux cadettes pour une soirée musicale après le dîner. Il fallait vraiment qu'il soit désespéré pour se résoudre à subir la calamiteuse prestation du trio musical qui devait se produire ce soir-là !

Tandis que les invités se rassemblaient dans le salon rouge, ainsi nommé en raison de la couleur de ses tapis d'Orient et tentures de soie, Julian écoutait lord Cazalet d'une oreille distraite tout en guettant la porte. Jane occupait toutes ses pensées, le détournant du projet à l'origine de cette partie de campagne, à savoir obtenir de Cazalet qu'il persuade le roi d'acheter ses tableaux pour former le cœur de sa future collection nationale.

Ce soir, il avait prévu d'appâter Cazalet avec la toile d'un maître hollandais, une œuvre de bonne facture achetée quelques années plus tôt, qui n'appartenait cependant pas à la fameuse collection Falleron.

— Je dois reconnaître que je suis intrigué, dit Cazalet. Et assez impressionné.

— Vous n'avez encore rien vu.

— Si votre stratégie est d'aiguiser mon appétit, c'est bien joué, mais ce n'est pas ce que je voulais dire. Je suis impressionné par Denford Castle, et c'est vous qui m'intriguez. Vous vous êtes révélé un bien meilleur duc que je ne l'avais escompté au vu de votre parcours personnel.

— Merci du compliment.

— Henrietta aussi est agréablement surprise. Selon elle, vous avez un goût remarquable, et ma fille sait reconnaître la qualité. Après tout, je l'ai éduquée moi-même.

— La qualité d'un duc ?

Cazalet n'avait aucun sens de l'humour.

— La qualité d'un tableau, rectifia-t-il.

Julian aimait bien Henrietta Cazalet. Tout le monde aimait bien Henrietta Cazalet. Elle était jolie, bienveillante et intelligente, et elle avait les mêmes goûts que lui. Lady Ashfield lui avait trouvé la fiancée idéale... excepté un détail : elle n'était pas Jane Grey.

Il avait veillé à ne rien lui manifester d'autre qu'une sympathie sans ambiguïté. Il ne voulait ni se placer dans une position où il serait contraint de demander sa main ni prendre le risque de contrarier son père. Et comme il ne connaissait rien aux jeunes femmes de bonne naissance à la réputation irréprochable, il faisait preuve de la plus grande prudence.

— Mlle Cazalet possède elle aussi un goût remarquable, dit-il. Que pensez-vous de ce portrait du premier duc de Denford ?

L'autre ne se laissa pas distraire aussi facilement.

— Permettez-moi de jouer cartes sur table, Denford. Vous êtes le genre d'homme que je pourrais accueillir dans ma famille. Et si votre collection se révèle à la hauteur de vos affirmations, j'irais même jusqu'à vous recommander à Sa Majesté si les circonstances s'y prêtaient.

Il n'aurait pu se montrer plus clair.

L'arrivée de Mlle Cazalet évita à Julian une réponse qui l'aurait obligé à prendre un parti.

— Lord Denford, le salua-t-elle avec un sourire dont l'unique défaut était de ne pas être celui de Jane. Mlle Osbourne me dit que ses sœurs et elle ont répété un morceau pour ce soir. Elle me demande de jouer au piano pour remplacer leur gouvernante, qui est indisposée.

— Mlle Grey est malade ? s'alarma Julian.

Son possible futur beau-père lui jeta un regard surpris.

— Mes sœurs lui sont très attachées, s'empressa d'ajouter Julian d'un ton plus mesuré. Je ne crois pas qu'elles seront capables de jouer si elle est souffrante.

— D'après Mlle Osbourne, ce n'est qu'un mal de tête, et je serai ravie de la remplacer. Je ne connais pas la pièce de Mozart qu'elle devait jouer, mais nous en avons discuté et le *Scipione* de Haendel devrait faire l'affaire.

Julian avait entendu le morceau de Mozart à Fortescue House une bonne dizaine de fois. C'était le seul que Jane savait à peu près jouer. Toutefois, malgré ses très relatifs talents de musicienne, c'était elle qu'il avait envie d'entendre et non Mlle Cazalet. Si Jane ne venait pas, cette soirée n'avait aucun intérêt à ses yeux.

Mlle Cazalet s'assit au clavier et fit retentir une note d'avertissement. Aussitôt, l'assemblée fit silence et tous les regards se tournèrent vers la double porte à l'extrémité de la salle. Tandis que les premières notes de la marche de Haendel s'élevaient sous les doigts agiles de la pianiste, Maria et ses sœurs firent leur entrée. Elles étaient charmantes dans leur robe de soie blanche soulignée d'une ceinture pastel, toutefois, ce qui le surprit le plus, c'était leur démarche – si tant est qu'on puisse utiliser ce terme. Elles semblaient littéralement glisser sur le sol tant leurs mouvements étaient fluides.

Si la plupart des invités les observaient d'un regard approbateur, lord Cazalet était bouche bée. D'autres également semblaient très impressionnés – Windermere, Radcliffe, ainsi que Louis de Beauville.

Parvenues au centre de la salle, les filles s'immobilisèrent. Mlle Cazalet fit entendre les dernières notes de la marche, puis toutes trois plongèrent en une profonde révérence.

— Le pas glissé de Versailles, murmura Cazalet. Je ne pensais pas le revoir un jour.

— De quoi parlez-vous ? s'enquit Julian.

— C'est la façon dont marchaient les dames de la noblesse à la cour de Versailles. On prétend que c'est

Noverre, le grand maître de ballet, qui l'avait enseigné à Marie-Antoinette. Comment vos sœurs l'ont-elles appris ? J'ignorais que votre gouvernante était française.

— Mademoiselle Grey est anglaise, rectifia Julian, qui n'y croyait pas un instant.

En plus d'être française, elle était de naissance aristocratique, il en aurait parié son duché.

Ses sœurs reprirent leur progression du même pas glissé, mais Julian remarqua que Fenella tremblait un peu.

— Pouvons-nous nous arrêter ? chuchota-t-elle. J'ai mal aux genoux.

— Chut, dit Maria. Il ne faut pas parler de son corps devant les messieurs.

S'avisant que lord Cazalet les entendait, Fenella renonça à discuter. Julian savait toutefois qu'elle ne manquerait pas de lui dire le fond de sa pensée à la première occasion, et il était impatient de l'entendre.

— Où avez-vous appris à marcher avec autant de grâce ? s'enquit lord Cazalet. Vous m'avez ramené vingt ans en arrière !

Maria se tourna vers Julian.

— Mlle Grey nous prépare pour notre présentation à la cour. Elle dit que vous avez promis que je ferais ma révérence à la reine, Julian.

Oui, mais quelle reine ? Mlle Grey n'avait-elle pas confondu Marie-Antoinette et la reine Charlotte ?

— Voilà des semaines que nous nous entraînons, gémit Laura. C'est très difficile. Nous ne l'avons pas bien fait ?

— C'était parfait, la rassura Julian. Je suis désolé que votre gouvernante n'ait pas pu voir le fruit de ses leçons.

Laura le prit alors par la manche et, se hissant sur la pointe des pieds, lui murmura à l'oreille :

— Elle n'avait pas l'air très malade. Je crois plutôt qu'elle est trop timide à cause des invités.

Elle ne pouvait accepter cela.

Après avoir proféré de lâches excuses pour ne pas accompagner ses élèves dans la salle de réception, Jane était montée se coucher. Elle avait vainement tenté de se reposer jusqu'à ce qu'elle ait mal à la tête pour de bon. À son réveil, elle avait retrouvé sa fierté.

Reconnue ou non, elle était une Falleron, et elle ne laisserait pas son amant, fût-il duc, la traiter de la sorte. S'il voulait se marier, soit. C'était son droit, et même son devoir. En revanche, dans le monde dont elle était issue, cela ne se faisait pas de cacher une fiancée à sa maîtresse. Cette dernière devait même être l'une des premières à être informée de l'existence d'une promise afin qu'elle sache comment se comporter si, par hasard, elle rencontrait celle avec qui elle devrait partager son amant.

Elle n'attendait pas de Denford qu'il l'épouse, et elle avait détesté que lord Windermere suggère qu'il pourrait se marier avec sa cuisinière, même si ce n'était qu'une plaisanterie. Hélas, elle était Jane Grey depuis si longtemps qu'elle en était venue à faire siens les us et coutumes de la bourgeoisie dans laquelle elle évoluait depuis une dizaine d'années : elle ne partagerait pas son amant, duc ou non.

Elle rédigea quelques lignes assez sèches pour demander une audience privée. Elle allait lui annoncer que tout était terminé entre eux et ensuite…

Ensuite, elle ne savait pas.

Elle regarda son message et son indignation céda la place à une immense mélancolie. Au lieu de trouver M. Fortescue, elle avait noué une affaire de cœur avec le chef de cette famille. Et à présent qu'elle n'avait plus de projet de vengeance, et aucune perspective d'amour, sa vie menaçait de dériver vers des marécages d'incertitude, voire de sombrer dans des abysses de désolation.

Elle se redressa, plia le feuillet et partit à la recherche d'un valet de pied. Alors qu'elle remontait le couloir, un domestique s'approcha d'elle.

— Un message de Sa Grâce, mademoiselle, annonça-t-il.

Chère mademoiselle Grey,

Aucun invité de Denford Castle ne devrait manquer l'occasion de voir son joyau, le Donjon de la Vierge. J'ai arrangé une visite privée cet après-midi. Présentez-vous à la porte à 14 heures et l'on vous ouvrira. Ponctualité et tenue habillée seront appréciées.

Denford

Une tenue appropriée pour un rendez-vous galant – ce qu'espérait Denford – n'étant pas la même que celle qui convenait à une rupture – ce à quoi elle se préparait –, Jane porta son choix sur une simple robe de mousseline, tenue d'été parfaite pour une gouvernante.

Elle gravit la colline pour rejoindre la tour. Dans son dos, la chaleur du soleil offrait un contraste avec la pierre froide de la forteresse médiévale. Jane avait l'impression qu'elle ne serait plus jamais heureuse, ce qui était absurde. Cela faisait des années qu'elle n'avait pas été heureuse.

Non. Ce n'était pas tout à fait exact. Elle avait été heureuse d'être la gouvernante des demoiselles Osbourne. Et elle avait été heureuse dans les bras de Denford.

À peine eut-elle laissé retomber le heurtoir sur la porte de chêne massif que celle-ci s'ouvrit dans un grincement. Jane fut attirée à l'intérieur par une main énergique et le battant se referma derrière elle tandis qu'elle clignait des yeux pour s'accommoder à la pénombre.

— Jane, vous m'avez tellement manqué ! s'exclama Denford.

Il voulut l'embrasser, mais elle se déroba.

— Vous semblez pourtant avoir fort bien supporté de ne pas me voir ces trois derniers jours, répliqua-t-elle. Sans doute parce que vous aviez une compagnie plus intéressante.

— Certainement pas. Vous savez pourquoi je n'ai pas pu vous rejoindre la nuit. J'ai eu un mal fou à me débarrasser de mes invités cet après-midi et à trouver un prétexte pour ne pas être disponible. J'ai même demandé à M. Hillthorpe de leur montrer l'église, histoire de m'assurer qu'il ne viendrait pas nous déranger. Il est assez possessif s'agissant de cet endroit. Je tenais à vous faire découvrir le donjon moi-même.

— Trop tard. Il me l'a déjà fait visiter.

Denford lui prit les mains.

— Je l'aurais su si j'avais eu l'occasion d'échanger avec vous plus de trois mots depuis mon arrivée. Vous êtes fâchée contre moi. Pouvez-vous accepter mes excuses les plus plates, à genoux si nécessaire ?

Il semblait mi-amusé, mi-honteux. Jane ne répondit pas.

— Je vous en prie, insista-t-il. Saviez-vous qu'il y avait une chambre à coucher dans la tour ?

— Celle où cette malheureuse Saxonne était censée faire don de sa vertu à votre ancêtre ? ricana-t-elle.

— Vous êtes injuste.

— Je retire ce que j'ai dit. Pourquoi y a-t-il un lit ici ?

— Il paraît qu'en été, les jeunes hommes se disputaient le privilège de dormir dans la tour. Voulez-vous voir cette chambre ?

Il lui caressa les cheveux. Sa voix grave et douce éveilla en elle une sourde nostalgie. Se libérant, elle se dirigea vers l'escalier.

— Non, répondit-elle. Allons plutôt tout en haut. Nous devons parler et la vue est magnifique.

— Vous m'inquiétez. Ce n'est jamais de bon augure quand une femme veut discuter, surtout si elle tente de détourner mon attention d'elle par un beau panorama.

— Votre attention ? répéta-t-elle. Je pensais plutôt à la mienne.

— Je me réjouis d'apprendre que vous être encore sensible à mon charme. Je commençais à craindre de l'avoir perdu.

Hélas, ce n'était pas le cas ! Son charme était plus irrésistible que jamais et Jane devait s'en protéger, au moins le temps de dire ce qu'elle avait à dire.

Tandis qu'elle gravissait avec prudence les marches irrégulières, elle sentait la présence de son compagnon derrière elle. Le contact de la pierre froide et rugueuse sous sa main l'aidait à garder l'équilibre et à ne pas laisser le désir qui rugissait dans ses veines la submerger.

Arrivée au sommet, elle fut presque aveuglée par la lumière. Fermant les yeux, elle offrit son visage au soleil. Mieux valait cette saine chaleur que l'incendie qui courait sous sa peau. Loin au-dessus d'eux, une alouette chanta.

— Vous pouvez me punir pour vous avoir négligée, dit Denford. Je l'accepterai, bien que ce ne soit pas mérité. J'ai dû régler des affaires urgentes alors que j'aurais préféré être avec vous.

— Les « affaires urgentes » des messieurs sont toujours prioritaires, dit-elle sans dissimuler son amertume.

— Voudriez-vous que je néglige mon devoir ? Je ne reconnais plus la stricte Jane Grey.

— Je comprends que l'un de vos devoirs est de vous marier, Votre Grâce. Permettez-moi de vous féliciter. Mlle Cazalet est une charmante jeune femme. *Très gentille.*

Dans son trouble, elle avait dit ces derniers mots en français ; il ne parut pas s'en apercevoir.

— Vous auriez pu me faire part de vos projets. Je crois que j'avais le droit d'en être informée.

— C'est donc cela ?

Il éclata de rire.

— J'aurais dû me douter que dans un grand château comme dans un petit village, on ne pouvait garder un secret bien longtemps. Je suis navré que cette rumeur soit parvenue à vos oreilles, mais soyez rassurée, je ne suis pas fiancé à Mlle Cazalet, ni à qui que ce soit d'autre, du reste.

— Vous le serez bientôt, par conséquent je dois mettre un terme à nos entretiens privés. Si vous êtes promis à une autre, je ne peux plus être votre maîtresse.

Elle dut faire appel à toute sa volonté pour ne pas se jeter dans ses bras.

— Il serait préférable que je vous donne ma démission dans les plus brefs délais, poursuivit-elle. Je suis sûre que lady Windermere saura me trouver une remplaçante.

La prenant par les épaules, il l'attira à lui.

— Ne me quittez pas, Jane ! Que ferai-je sans vous ?

Jamais elle ne lui avait vu cette expression fiévreuse, jamais sa voix n'avait eu d'accents aussi désespérés.

— Qui m'enseignera à devenir un meilleur frère ?

Quand Denford plaisantait, il était charmant. Quand il se montrait sincère, il était désarmant.

— Vous vous en sortirez très bien, marmonna-t-elle.

— Non. Pas sans vous. Je n'y arriverai pas. Vous m'avez ensorcelé comme aucune femme n'y était jamais parvenue.

De sa part, de telles déclarations étaient invraisemblables. Denford le cynique, le séducteur, le libertin avait disparu. Il la serra contre lui avec une fougue presque douloureuse, pourtant Jane accueillit avec gratitude ce témoignage de la force de ses sentiments. Si seulement elle avait pu lui dire qu'elle était à lui, qu'il pouvait faire d'elle ce que bon lui semblait !

Il prit une profonde inspiration et desserra son étreinte.

— Je vous dois quelques explications, dit-il en l'entraînant vers le banc.

Ils s'assirent. Sous ses jupes de mousseline, la pierre était dure et fraîche.

— J'ai fait un pari risqué, reprit-il. Je vous ai déjà confié mon ambition de vendre au roi l'une de mes collections de tableaux. Cazalet détient la clef de cette négociation. J'ai besoin qu'il me recommande au souverain, et tant qu'il ne l'aura pas fait, je lui laisserai entrevoir la possibilité de devenir son gendre.

Exactement ce qu'avait soupçonné lord Windermere, songea Jane.

— Ce n'est pas très gentil pour Mlle Cazalet, fit-elle remarquer.

— Je ne suis pas quelqu'un de gentil. Vous m'avez forcé à l'être avec mes sœurs, mais même Jane Grey ne fera jamais de moi un saint.

Pour cela, encore eût-il fallu qu'elle soit elle-même une sainte, ce qui n'était assurément pas le cas ! Tous ses mensonges, tous ses péchés devaient conduire à un assassinat. Une vengeance justifiée, et néanmoins criminelle. Comparées aux siennes, les transgressions de Denford n'étaient que peccadilles.

— Je ne vous demande pas d'être un saint, juste un homme à peu près honorable. Et je crois que vous l'êtes. Que vous l'avez toujours été. Vous aimez vous donner des airs de mauvais garçon avec vos vêtements noirs, vos cheveux de pirate et votre sourire en coin, mais je ne suis pas dupe. Vous n'avez jamais été aussi noir que vous le prétendez. Sous votre impressionnante carapace, vous cachez une immense tendresse.

Il se réfugia dans une attitude désinvolte.

— Dans ce cas, je vous remercie de garder ce secret pour vous, ou ma réputation d'homme d'affaires impitoyable volera en éclats.

— Elle sera au contraire renforcée si vous brisez le cœur de Mlle Cazalet.

Ou le sien qui, en cet instant, courait le même danger.

— Mlle Cazalet se moque éperdument de moi. Je sais quand je plais à une femme, et ce n'est pas le cas. Si elle acceptait une proposition de ma part – ce qui n'est, je le répète, nullement dans mes intentions –, ce ne serait que pour faire plaisir à son père ou à lady Ashfield.

— Comment pourrait-elle vous repousser ? s'exclama Jane, stupéfaite.

— Vous avez du mal à croire qu'une femme puisse m'éconduire ? dit-il d'un air attendri. Vous êtes merveilleuse !

Sentant qu'elle était sur le point de lui révéler ses sentiments, Jane haussa les épaules.

— Vous êtes duc, lui rappela-t-elle. Quelle femme ne rêverait pas de devenir duchesse ?

Il se rapprocha d'elle sur le banc, sa cuisse contre la sienne. Puis il posa la main sur celles de Jane, nouées dans son giron. Il se pencha vers elle, et son souffle lui caressa l'oreille lorsqu'il murmura :

— Vous tenez à moi, Jane Grey. Vous avez des sentiments pour moi. Pouvez-vous le nier ?

Comment l'aurait-elle pu, au nom du ciel ? Bien sûr, elle tenait à lui. C'était même pire que cela. Elle était éprise de lui. Cette évidence, si longtemps refoulée aux confins de sa conscience, lui gonfla le cœur d'une joie immense... avant qu'il se serre de tristesse. Elle se leva vivement, traversa la plate-forme circulaire et, s'appuyant contre la muraille de pierre, enfouit son visage entre ses mains.

— Laissez-moi ! gémit-elle en l'entendant s'approcher.

— Pouvez-vous le nier ? répéta-t-il, ses lèvres tout contre son oreille, ses mains sur sa taille.

Hélas, non ! Elle tremblait littéralement d'amour pour lui. Elle en débordait, au point que son corps lui semblait trop petit pour le contenir.

— Niez-le, insista Denford. Dites-moi que vous ne m'aimez pas.

La gorge nouée par l'émotion, elle balbutia d'une voix à peine audible :

— Je... Je ne peux pas.

Alors il la prit d'autorité entre ses bras et la serra contre lui.

— Moi non plus, dit-il. Je tiens à vous. Profondément.

Puis il s'empara de ses lèvres, la gratifiant d'un baiser impatient, brûlant, qui lui fit tout oublier. Le monde, sa propre vie, passée ou future... plus rien n'existait que Denford et elle sous ce ciel immense. En un instant, ils furent emportés par la même fièvre charnelle.

Quand il referma les mains sur ses fesses pour la presser contre son érection, elle tenta, sans succès, d'ouvrir sa braguette. Puis elle sentit l'air tiède de l'été sur ses cuisses lorsqu'il remonta ses jupes. Enfin, ils parvinrent à se dévêtir suffisamment pour qu'il la plaque contre le mur, lui soulève une jambe et plonge en elle d'un souple coup de reins.

Elle laissa échapper un long cri, puis un autre, emportée par un plaisir comme elle n'en avait jamais connu. Il n'y avait rien de doux ni de tendre dans la jouissance qui les consumait à présent, et tandis que la passion la balayait, Jane comprit que jamais elle ne pourrait quitter cet homme.

Julian serra Jane contre lui. Épuisés, comblés, joyeux, ils avaient dévalé les quelques marches menant à l'unique pièce meublée du Donjon de la Vierge et étaient à présent étendus, nus, sur l'étroit lit de camp.

— Jamais je n'ai été aussi heureux, murmura-t-il. Après ces deux semaines de séparation, les retrouvailles sont magiques.

— Nous devrions peut-être pratiquer régulièrement une longue abstinence.

— Vous plaisantez ! protesta-t-il.

— Ne me dites pas que c'était la première fois que vous restiez chaste aussi longtemps ?

— Non, mademoiselle la curieuse. Je ne suis pas à ce point dépravé. Et vous ? Y a-t-il eu un autre homme après votre infâme soudard ?

— Oui. Un seul.

— J'espère qu'il valait mieux que le premier.

— C'est moi qui l'ai choisi, ce qui était déjà un net progrès.

Julian en ressentit une émotion tout à fait inédite, où se mêlaient le soulagement et la jalousie. S'il n'avait aucune envie que le passé de Jane ait été douloureux, il aurait bien voulu savoir si cet autre avait été un meilleur amant que lui. Il s'abstint toutefois de lui poser la question. Il n'avait pas envie de la pousser à mentir pour préserver son orgueil masculin, ni à s'entendre asséner une vérité déprimante. Cependant, le changement qu'il avait constaté dans la réponse de Jane à leur étreinte n'était pas une illusion, lui semblait-il.

— Il y avait quelque chose de différent entre nous aujourd'hui, dit-il. Vous vous êtes davantage abandonnée. Peut-être parce que j'ai fait de même…

Il détourna les yeux, craignant soudain de s'être trompé, et poursuivit sur le ton de la plaisanterie :

— C'était peut-être le grand air. Nous devrions faire cela dehors plus souvent ? Non, vous auriez trop froid en hiver.

— Julian ?

Elle posa la main sur sa joue pour l'obliger à la regarder.

— Vous avez raison, c'était différent. Je n'ai jamais ressenti cela avec Henri, et certainement pas avec Mathieu. Jamais je ne me suis donnée ainsi. Sans réfléchir, sans m'inquiéter.

Ainsi ses deux amants étaient français. Il n'en était pas surpris.

— L'acte d'amour devrait toujours s'accomplir sans autre pensée que le plaisir de chacun.

— Peut-être devrait-on se soucier d'avoir effectivement donné du plaisir à l'autre ?

Tout en parlant, il la caressait nonchalamment, savourant la douceur de sa peau, la fermeté de ses chairs.

— De manière générale, je ne sais pas, répondit-il, mais en ce qui nous concerne, n'ayez jamais la moindre inquiétude. Quoi que vous fassiez, ou ne fassiez pas, vous me comblez. Ne vous censurez jamais.

Au souvenir de leurs ébats, son désir se ranima. Il avait une furieuse envie d'étrangler ces prétendus amants qui l'avaient fait douter de sa capacité à donner du plaisir à un homme. S'il ne voulait rien savoir de plus à leur sujet, il aurait aimé qu'elle lui dise la vérité sur elle-même.

Elle s'offrit à ses caresses avec une volupté de chatte, ronronnant presque de plaisir, cependant, ce qu'il attendait d'elle en cet instant, c'était de l'intimité plutôt que de la passion.

— Où avez-vous passé votre enfance ? demanda-t-il.

Elle tressaillit.

— À Sainte-Lucie.

— Vous y avez vécu toute votre vie avant de venir en Angleterre.

— Oui, répondit-elle après une imperceptible hésitation.

Elle ne lui dirait pas la vérité et il était las de ses mensonges. Il voulait qu'elle lui fasse confiance. Si elle lui parlait à cœur ouvert, peut-être pourrait-il faire de même. On disait que les confessions étaient salutaires pour l'âme. Jane, qui le voyait comme un homme bon, l'aiderait peut-être à se pardonner ce qu'il avait fait par le passé. Il tenta d'imaginer ce qu'elle lui dirait au sujet des Falleron...

Il s'apprêtait à tout lui avouer, puis se ravisa. Pourquoi gâcher ce moment magique ? Il lui parlerait plus tard. Après l'inauguration de la grande galerie.

Au demeurant, ce n'était pas de ses conseils qu'il avait besoin mais de son absolution. Elle lui dirait ce qu'il savait déjà : qu'il n'avait aucun droit sur les œuvres du marquis. Il ne pouvait les restituer à sa famille, qui avait été décimée, et cependant rien ne justifiait qu'il en retire un profit. Si le roi décidait de fonder une collection d'art nationale, il ferait don de ces toiles. Vu sa fortune, ce ne serait pas un véritable sacrifice.

— Je suis en train d'organiser un événement exceptionnel pour demain soir, commença-t-il.

— Oui ?

De ses doigts agiles, elle fit naître des vagues de plaisir dans tout son corps.

— La grande galerie située dans l'aile sud est inutilisée depuis des dizaines d'années. D'après M. Hillthorpe, elle a été bâtie pour que les dames puissent se promener durant la mauvaise saison. J'ignore si, depuis cette époque, il a cessé de pleuvoir dans ce coin du Sussex ou si les dames Fortescue ont renoncé à l'exercice physique, quoi qu'il en soit, il m'a semblé que l'endroit était parfait pour exposer des œuvres. Toutes les fenêtres ouvrent sur le nord, ce qui est une orientation idéale pour des tableaux. Je l'ai fait restaurer et ma collection y a été accrochée. Demain, je la révélerai au monde.

— C'est merveilleux. J'espère que lord Cazalet sera impressionné et vous recommandera au roi.

— Viendrez-vous, Jane ? J'ai l'impression que vous fuyez mes invités.

— J'étais souffrante hier soir.

Julian n'en croyait pas un mot.

— Eh bien, maintenant que vous n'avez plus de raison de redouter de rencontrer Mlle Cazalet, s'il vous plaît, accompagnez les filles après le dîner. J'aimerais que vous voyiez ma collection et que vous partagiez cette soirée, qu'elle soit un triomphe ou un désastre.

Cette seconde hypothèse n'était pas à exclure si sir Richard Radcliffe décidait de semer la zizanie. Julian n'avait invité le vieux renard à Denford Castle que pour l'avoir à l'œil. Windermere et lui espéraient également qu'il serait amené à révéler le rôle qu'il avait joué dans la sombre histoire de la collection Falleron, qu'il s'agisse de la trahison en France ou de la tentative plus récente de lui voler les tableaux. La stratégie était risquée et pouvait attirer les soupçons sur Julian, mais celui-ci savait Radcliffe prêt à toutes les ignominies pour faire main basse sur ces toiles.

— Très bien, promit Jane. J'avoue que je suis curieuse de voir ces chefs-d'œuvre dont vous faites un tel mystère.

— Vous allez me porter chance, j'en suis sûr. Je vais étonner le monde ! Notre pays aura enfin les bases d'une galerie d'art digne d'une grande nation.

Cette décision allait résoudre tous ses problèmes. La collection était trop belle et l'offre trop généreuse pour que Cazalet se rétracte en apprenant que Julian n'avait pas l'intention de demander la main de sa fille. Roulant sur le côté, il captura les lèvres de Jane.

La femme qu'il aimait était dans ses bras. Soudain, dans un vertige, il comprit qu'elle était également la seule fiancée qu'il désirait. Car à sa grande surprise, il avait *envie* de se marier. La perspective d'une vie entière aux côtés de Jane lui emplissait le cœur et l'esprit d'une douce euphorie. Une vie de joie, d'amour et peut-être, enfin, de sérénité.

Demain soir, il se confesserait et la supplierait de lui raconter sa véritable histoire. Pour une raison qui lui échappait, il avait l'impression que s'il pouvait rendre Jane – ou quel que soit son nom français – heureuse, ce serait une petite compensation pour le mal qu'il avait fait à une autre famille française et ne pourrait jamais réparer.

17

Jane caressa d'un geste nostalgique la soie de sa robe du soir, avant de suivre du bout du doigt les délicates broderies de perles. Fermant les yeux, elle imagina l'éclat dans le regard bleu de Julian quand il la verrait vêtue comme une duchesse, ou une élégante maîtresse.

Pourtant, malgré son désir d'être belle pour lui, elle n'oubliait pas que Louis serait là également. Elle ne pouvait prendre le risque qu'il la reconnaisse. Mieux valait rester une modeste gouvernante aussi invisible qu'une petite souris, et observer les événements cachée dans un coin et habillée d'une discrète robe bleue.

À regret, elle replia la robe de soie rose et la rangea. Ici, à Denford Castle, elle ne disposait plus d'un somptueux vestiaire et devait se contenter d'une simple table de toilette et d'un meuble d'angle. Ses vêtements étaient rangés tout en bas, par-dessus le poignard qui semblait lui adresser de reproches muets et lui rappeler son échec.

Ce soir, Jane en voulait au destin qui lui avait permis d'échapper à la mort mais lui refusait le droit au bonheur. À la lisière de sa conscience, une petite voix lui murmurait qu'elle pouvait enfin renoncer à retrouver le fameux M. Fortescue, qui selon toute probabilité était mort, et se débarrasser de cette arme. Elle pouvait être heureuse. Elle pouvait descendre ce soir et savourer sans arrière-pensée la surprise que Denford réservait à ses invités.

L'atmosphère qui régnait au château lui rappelait son enfance. Lorsque son père achetait un nouveau tableau pour sa collection, il accueillait la famille et quelques invités dans la charmante galerie de l'hôtel Falleron. On servait du champagne pendant que tous se rassemblaient devant la dernière acquisition posée sur un chevalet et dissimulée sous un drap. Puis son père la dévoilait d'un geste auguste et tout le monde s'extasiait. On débattait ensuite âprement du meilleur emplacement pour l'accrocher, et enfin on lui portait un toast. Même les plus jeunes des enfants avaient le droit de tremper les lèvres dans le champagne.

Quand ils avaient quitté la maison, cela faisait plus d'un an que son père ne s'était pas offert un nouveau tableau. En ces temps troublés, les Français vendaient leurs toiles plus qu'ils n'en achetaient. La dernière en date était un paysage de Claude Lorrain qui avait pour prétexte une scène de la vie d'Énée ; temples, arbres, ciels bleus et mers plus bleues encore y abondaient. Les contempler emplissait Jeanne de bonheur. Son père et son grand-père avaient toujours choisi des œuvres agréables à regarder, qu'il s'agisse d'un jeune homme du Titien ou d'une voluptueuse Vénus de Véronèse.

Était-ce l'écho de ce passé ? Jane envisagea soudain l'impensable : tout avouer à Julian et lui demander son aide. Peut-être aurait-il la preuve que Charles Fortescue, qui par chance était déjà mort, était bien le coupable. Et sinon, personne n'était mieux placé que le duc de Denford pour retrouver la trace d'un membre de la famille Fortescue.

Julian était un homme honnête. Il ne protégerait pas un traître au seul motif qu'ils étaient parents. « Au contraire », songea-t-elle avec un rire désabusé. Il n'irait certes pas jusqu'à assassiner le coupable, mais le seul fait de se confier à lui serait un réconfort. Cela faisait tant d'années qu'elle portait seule la charge de venger sa famille. Elle ignorait si Julian la soutiendrait, l'entraverait, ou peut-être même la soulagerait de ce fardeau, quoi qu'il en soit, elle ne serait plus seule.

Dans le grand salon rouge, tout le monde attendait avec impatience la surprise promise. Les demoiselles Osbourne discutaient avec lady Windermere et Mlle Cazalet, ce qui permit à Jane de se fondre dans l'ombre afin d'éviter Louis. Au demeurant, personne ici ne s'intéressait à la gouvernante.

M. Bream rejoignit le petit groupe et échangea quelques mots avec Mlle Cazalet. Jane était sensible à la façon dont celle-ci s'adressait à lui, montrant un grand respect pour son travail. Elle s'étonnait qu'il ne soit pas tombé follement amoureux d'elle. Il semblait toujours très épris de lady Belinda, qui n'avait pas un regard pour lui.

Celle-ci, moulée dans une robe pourpre qui jurait avec les rideaux cramoisis du salon, mais ne dissimulait rien de ses attraits, gratifiait Louis de sourires enjôleurs. Ce dernier devait avoir d'autres préoccupations, car il surveillait l'entrée avec attention et échangeait de fréquents regards avec sir Richard Radcliffe – lequel semblait se moquer que le Français poursuive son épouse de ses assiduités. Jane n'avait pas oublié la réflexion de Denford au théâtre, présentant Radcliffe comme le *souteneur* de sa femme. Que diable manigançait ce trio infernal ?

Pour une raison qu'elle ignorait, lord Windermere surveillait également le couple Radcliffe. Quant à lady Ashfield, elle était entourée d'un petit groupe de courtisans parmi lesquels figurait lord Cazalet. Lui aussi semblait impatient. Jane espérait, dans l'intérêt de Julian, qu'il serait impressionné par les trésors en passe d'être dévoilés. Tout comme lui, elle brûlait d'admirer la collection que Julian avait rassemblée au fil des années.

Enfin, les doubles portes s'ouvrirent et le maître des lieux apparut, vêtu de velours et de satin, noir de la tête aux pieds tel un roi en deuil, sa canne à la main. Le silence tomba sur l'assemblée.

— Mesdames et messieurs..., commença-t-il.

Il parcourut la salle du regard, s'arrêta sur Jane, pourtant très à l'écart. Elle secoua la tête. Par chance, il n'insista pas et poursuivit :

— Si vous voulez bien me suivre, nous allons nous rendre dans la grande galerie, qui a été restaurée et accueille désormais une collection de tableaux exceptionnels.

Tout le monde se mit à parler en même temps tout en gagnant l'étage supérieur. Jane sortit du salon la dernière. Quand elle atteignit la galerie, le brouhaha avait cédé la place à des exclamations de stupeur. Magnifique ! Extraordinaire !

Oubliant un instant son statut de gouvernante, elle accepta la coupe de champagne que lui proposait un valet de pied. Elle voulait lever son verre au succès de Julian.

Plus étroite que Jane ne s'y attendait, la galerie s'étirait sous le magnifique plafond à caissons vanté par M. Hillthorpe. Elle était percée de fenêtres sur un côté et les toiles étaient accrochées sur le mur d'en face. Tout le monde se bousculait pour admirer les œuvres, de sorte qu'elle dut patienter un moment avant de pouvoir enfin s'approcher de la première. C'était une scène hivernale montrant un groupe en train de faire du patin à glace. Réalisée par un peintre hollandais, c'était une charmante composition, même si son auteur n'était pas un grand maître.

— Félicitations, Denford ! lança lord Cazalet, plus loin dans la galerie.

Julian lui répondit, mais elle ne distingua pas ses paroles.

Enfin, la foule s'écarta. Jane s'approcha du tableau suivant… et faillit s'évanouir devant l'œuvre qu'elle connaissait presque aussi bien que son propre visage : un Fragonard, une exquise petite peinture à l'huile représentant un orchestre dans un jardin.

Sa première pensée fut que la collection de son père avait été saisie par les autorités, dispersée et vendue au plus offrant, que certaines toiles étaient ainsi parvenues en Angleterre et que Denford en avait acheté une. Puis elle reconnut le jeune homme du Titien avec son col blanc à fronces, puis la Vénus, puis un François Boucher, et le Claude Lorrain.

Telle une somnambule, elle passa d'un tableau à l'autre. La plupart des toiles les plus remarquables provenaient de la collection Falleron. La gorge nouée par l'émotion, Jane s'approcha de trois dames qui s'extasiaient devant le fameux Raphaël. Combien d'heures avait-elle passées à admirer la sublime Madone au regard lointain et l'enfant potelé qu'elle tenait sur ses genoux ?

Ils étaient presque tous là, les joyaux de la collection de son père. Le voile qui avait si longtemps aveuglé Jane se déchira d'un coup.

— Jane ? Mademoiselle Grey ?

Denford lui effleura le bras alors qu'elle le croisait, mais elle ne s'arrêta pas. Par chance, quelqu'un s'adressa à lui, si bien qu'elle put poursuivre sa progression. Elle eut vite la confirmation de ce qu'elle avait déjà compris intuitivement.

Le marquis de Falleron avait sacrifié ce trésor pour sauver les siens. L'homme qui l'avait trahi, le fameux

M. Fortescue, responsable de la mort des siens, n'était autre que l'actuel duc de Denford. Julian. L'homme à qui elle avait donné son cœur. L'homme qu'elle s'était juré d'assassiner.

Sous le choc, Jane s'assit sur un banc tendu de velours entre deux fenêtres. L'un après l'autre, tous les indices qu'elle avait ignorés, et qui auraient dû lui révéler l'identité du mystérieux M. Fortescue, lui revenaient en mémoire. Trompée par le souvenir qu'elle avait gardé de l'homme croisé à Paris et persuadée que jamais un duc ne s'abaisserait à une trahison aussi ignoble, elle l'avait éliminé d'emblée de la liste des suspects possibles. Même quand elle avait découvert qu'il avait séjourné à Paris sous le patronyme de Fortescue, elle avait préféré se laisser aveugler par ses sentiments.

Dire qu'elle avait envisagé de renoncer à sa vengeance !

Dire qu'elle était tombée amoureuse de l'homme à abattre...

Elle avait trahi la mémoire de ses parents et de ses sœurs. Elle s'était montrée indigne de porter le nom de Falleron. Plus que jamais, elle regrettait de ne pas être montée sur l'échafaud avec eux.

Elle fut arrachée à ses sombres méditations par lord Cazalet, qui avait pris la parole.

— J'aimerais exprimer mes plus sincères félicitations et remerciements à Sa Grâce d'avoir rassemblé une si fabuleuse collection. C'est sans la moindre hésitation que je conseillerai à notre souverain d'en faire l'acquisition au nom de la nation. Moi qui puis me vanter d'avoir vu quantité de chefs-d'œuvre, j'affirme sans crainte de me tromper qu'aujourd'hui, dans notre pays, seule la collection de Sa Majesté pourrait rivaliser avec celle de lord Denford. Levons notre verre à l'un des plus grands connaisseurs en matière d'art ! À lord Denford !

— À lord Denford ! répétèrent les invités.

Jane serra les doigts, et brisa la coupe qu'elle avait toujours à la main. Le verre lui entailla la paume, mais le brouhaha couvrit son cri de douleur et le bruit des éclats qui tombaient sur le sol. Personne ne faisait attention à elle, pas même Julian, dont elle apercevait le visage triomphal derrière les rangs des invités. Il l'avait oubliée, et quoi d'étonnant à cela ? Les déclarations bienveillantes d'un homme au cœur si sec ne valaient même pas le souffle qu'il lui avait fallu pour les prononcer.

— J'ai hâte de découvrir comment vous avez mis la main sur un tel trésor, Denford, poursuivit Cazalet. Sa Majesté aime connaître l'histoire des œuvres qu'il achète.

Jane attendit, curieuse de savoir ce qu'il allait répondre.

— Je peux vous éclairer sur ce point, monsieur ! intervint un invité.

Dans son trouble, Jane avait oublié la présence de la seule personne encore vivante aussi familière de l'hôtel Falleron qu'elle-même.

Louis s'avança d'un pas pour faire face à Julian, tel un joli coquelet défiant un coq de combat.

— Les plus belles pièces de la collection de lord Denford ont été volées dans l'hôtel particulier du marquis de Falleron à Paris.

Un silence médusé tomba sur l'assistance tandis que Julian fixait sur lui un regard étincelant de mépris.

— Je ne ferai pas mystère de l'histoire de ces toiles. Je les ai achetées au marquis de Falleron en 1793.

— Pouvez-vous le prouver ?

— Que voulez-vous, Beauville ? Êtes-vous le chien de Radcliffe, pour aboyer de la sorte ? Mais peut-être sir Richard a-t-il des secrets à nous révéler sur la fin tragique du marquis et de sa famille ?

Stupéfaite, toute l'assemblée se tourna comme un seul homme vers Richard Radcliffe, qui rétorqua avec hauteur :

— J'ignore à quoi vous faites allusion, et peu m'importe l'opinion d'un obscur trafiquant d'œuvres d'art irlandais qui a hérité d'un duché à la suite d'une fort commode hécatombe familiale.

De l'autre côté de la salle monta une protestation indignée. Fenella. Jane avait oublié que les trois jeunes filles étaient présentes, et probablement atterrées de découvrir la perfidie du grand frère qu'elles adoraient. Et leur gouvernante, censée les protéger, s'apprêtait à aggraver la situation...

Julian s'avança vers sir Richard, la main crispée sur le pommeau de sa canne. Lord Windermere le retint.

— Vous allez retirer vos paroles, Radcliffe, ordonna ce dernier.

— Peut-être, répliqua l'autre avec un haussement d'épaules insolent. Écoutons donc ce que le légitime propriétaire de ces toiles a à dire. Permettez-moi de vous présenter le marquis de Falleron. Louis ?

Des murmures montèrent de la foule. Julian les fit taire d'un geste.

— Le marquis de Falleron est mort, répondit-il. Il n'avait que des filles. Je suis mieux placé que quiconque pour le savoir.

— Et vous êtes mieux placé que quiconque pour savoir qu'un titre peut voyager loin, ricana Radcliffe. Le père de Louis était cousin germain du précédent marquis, ce qui fait de Louis l'héritier des terres et propriétés des Falleron. La déplorable situation politique en France lui interdit de prendre possession de son héritage, mais puisque vous avez si diligemment ramené la collection en Angleterre, il peut au moins récupérer cette part de son bien.

Un sourire malveillant lui incurva les lèvres.

— Je suis certain qu'il saura vous exprimer sa gratitude.

Julian toisa Radcliffe.

— Je ne vous crois pas. Voilà des années que vous tentez de faire main basse sur la collection Falleron par les moyens les plus malhonnêtes. Cela n'est qu'une nouvelle tentative de votre part. Combien avez-vous payé l'amant de votre femme pour se faire passer pour Louis de Falleron ? Et si c'est bien lui, pourquoi s'est-il présenté ici sous un autre nom ?

— Si vous aviez su qui j'étais, *monsieur le duc*, répliqua Louis, jamais vous n'auriez montré cette collection que vous détenez de façon illégale. *Ma* collection.

— Prouvez-le.

D'un pas vacillant, Jane traversa le cercle des invités qui observaient la scène, muets de stupeur. Serrant sa main blessée contre elle, elle s'arrêta devant l'homme qui avait envoyé sa famille à l'échafaud.

Dans le regard de Denford, l'inquiétude remplaça la surprise, adoucissant l'éclat de ses yeux.

— Jane ! Il y a du sang sur votre robe... Êtes-vous blessée ?

Elle mit les mains derrière son dos. Plus jamais elle ne le laisserait la toucher.

— Je souhaite attester de l'identité de cet homme. C'est effectivement le marquis de Falleron.

— Comment le savez-vous ? Et qui êtes-*vous* ?

— Jeanne Louise Marie-Adorée de Falleron, répondit-elle en réprimant un sanglot. Je suis la fille aînée de feu le marquis de Falleron.

Tournant le dos à Denford, dont elle refusait de voir la réaction, elle regarda Louis. Les deux derniers des Falleron se firent face un long moment. Elle distingua sur le beau visage aristocratique de son cousin les rides qui témoignaient d'une vie dissipée, sa moue blasée, son expression maussade et satisfaite. Elle aurait préféré un meilleur allié, mais Louis et elle étaient parents. Elle devait lui faire confiance.

— C'est moi, Jeanne, insista-t-elle. Je suis vivante.

Le cœur battant, elle attendit qu'il s'approche et la serre contre lui. Après un silence qui lui parut durer une éternité, il déclara :

— Cette femme est folle. Je ne l'ai jamais vue de ma vie.

— Cela fait neuf ans, Louis. J'ai changé depuis mes quinze ans, quoique pas à ce point. Regardez-moi.

Il secoua la tête.

— Jeanne est morte. Elle a été décapitée avec sa sœur cadette. J'ignore quels sont les motifs de cette femme, mais elle ment. En aucun cas nous ne sommes cousins, elle et moi.

— C'est la vérité, dit alors Julian d'une voix enrouée. Jeanne et Marie-Thérèse sont mortes, ainsi que leurs parents. Je ne sais pas ce qu'il est advenu de la benjamine, Antoinette.

Il avait l'audace de prendre des accents navrés ! Outrée, Jane pivota pour lui faire face.

— Ce sont mes deux jeunes sœurs qui ont été décapitées. J'ai réussi à m'échapper.

Submergée par la colère et le chagrin, elle était incapable de prononcer les paroles qui devaient être dites, les révélations qui devaient mener M. Fortescue à sa chute.

Les demoiselles Osbourne choisirent cet instant pour se ruer vers elle.

— C'est vrai, mademoiselle Grey ? Vous êtes française ?

Elle regarda les jeunes visages qui lui étaient devenus si chers. Les larmes qu'elle ne parvenait plus à retenir lui brouillaient la vue. Et là, au beau milieu de la galerie, entourée de toutes ces œuvres qu'elle avait cru ne jamais revoir, elle pleura sans retenue.

— Permettez-moi de vous emmener dans un endroit plus calme, murmura lady Windermere, qui venait d'apparaître à ses côtés. Vous êtes sous le choc. Nous aurons tout le temps de parler de tout cela plus tard.

Elle avait raison. Jane avait besoin de répit, loin des forces en présence qui mettaient ses nerfs à rude épreuve. Loin de Julian, de Louis et même des filles Osbourne, elle y verrait un peu plus clair. Escortée par lady Windermere, elle quitta la galerie.

Une fois dans sa chambre, son alliée providentielle lui baigna le front avec de l'eau fraîche, lui banda la main, puis l'aida à se dévêtir. Une domestique apporta un lait chaud parfumé au rhum et aux épices.

Jane ne pouvait que louer la discrétion de la comtesse. Celle-ci devait brûler de curiosité, pourtant elle la traitait avec la patience que l'on réserve à un enfant malade. Peut-être la croyait-elle dérangée elle aussi, songea Jane en ravalant une bouffée de terreur. Louis, assurément, la prenait pour une folle. Dire qu'elle avait craint qu'il ne la reconnaisse !

— Cela va vous aider à dormir, mademoiselle Grey. Je vais demander à Sa Grâce d'attendre jusqu'à demain matin pour discuter avec vous et tirer cette histoire au clair.

Jane but une gorgée de lait chaud.

— Merci, madame. Vous devez vous demander…

— Pas maintenant. Il faut vous reposer.

Jane l'aurait juré, la boisson contenait du laudanum. Une fois lady Windermere partie, elle vida le verre par la fenêtre, se recoucha et attendit.

Au bout d'un long moment elle se leva et, s'étant approchée de la porte sur la pointe des pieds, l'ouvrit sans bruit. Elle s'attendait à trouver un valet posté là pour la surveiller, mais le couloir était vide. Soit on comptait sur le laudanum pour qu'elle dorme, soit on ne la croyait pas réellement dangereuse.

« On », c'est-à-dire Denford. Le maître des lieux.

Quand elle avait quitté la galerie en compagnie de lady Windermere, elle avait jeté un regard par-dessus son épaule. Sa vue avait beau être brouillée par les larmes, elle avait vu l'expression de stupeur horrifiée sur le visage de Denford. Quel que soit le dénouement de cette situation, c'était lui qui en déciderait.

Sauf si elle prenait les devants.

18

Julian était adossé à ses oreillers dans le grand lit à baldaquin drapé de tentures de velours où des générations de ducs de Denford avaient dormi avant lui. Jamais sa bonne fortune ne lui avait semblé aussi vaine et peu méritée.

Il était là depuis si longtemps que l'unique bougie n'allait pas tarder à s'éteindre. Bon sang, que faire ? Il ne pensait pas aux tableaux, aux folles spéculations de ses invités, à ses affaires avec lord Cazalet et le roi, ni même à Radcliffe et à Louis de Falleron. Tout ce qui lui importait, c'était Jane.

Alors qu'il s'abîmait dans ses tristes méditations, il crut la voir émerger de l'ombre, tel un fantôme, vêtue d'une simple chemise de nuit blanche. Il ne comprit qu'elle était bien réelle que lorsqu'elle s'immobilisa au pied du lit. Avec ses cheveux en désordre et ses yeux cernés et gonflés par les larmes, elle était plus belle que jamais. Et plus effrayante, inexplicablement.

— Jane ! murmura-t-il.

Il aurait voulu lui parler, mais son esprit embrumé ne trouvait pas les mots. Et que pouvait-il dire, en vérité ? Qu'il était désolé ? Aucune excuse ne ramènerait sa famille. Rien ne réparerait ces vies brisées, celles de ses parents, de ses sœurs, la sienne aussi.

Elle grimpa sur le lit, s'approcha de lui à genoux tandis qu'il la regardait, pétrifié. Un éclat d'acier brilla dans la pénombre juste avant que la jeune femme se jette sur lui. Puis, de la façon la plus inattendue, elle encadra son visage de ses mains et l'embrassa. Ce qu'il désirait le plus sans oser l'espérer lui était miraculeusement offert : elle voulait encore de lui.

C'était un ravissement et un supplice tout à la fois. Un avant-goût du paradis et un aperçu de l'enfer, songea-t-il quand sa langue se mêla à la sienne dans un ballet sensuel. Il s'abandonna aux sensations voluptueuses qu'elle éveillait en lui et, puisqu'il n'y avait manifestement aucune logique dans son comportement, il renonça à réfléchir et se laissa envahir par le désir que le seul poids de son corps sur lui suffisait à allumer. Son cœur était gonflé d'amour et de gratitude, et ses yeux soudain brûlants l'avertissaient que les larmes n'étaient pas loin.

Toutefois, à peine l'eut-il enveloppée de bras qu'elle tressaillit.

— Jane ? chuchota-t-il.

Il fit courir ses mains sur ses courbes tièdes. Elle se redressa vivement, puis s'écarta de lui en reculant sur le lit. Julian avait les joues humides, pourtant il n'avait pas pleuré. C'étaient les larmes de Jane.

Alors qu'il tendait la main vers elle pour la réconforter, elle sortit un objet des plis de la couverture.

Un poignard, réalisa-t-il.

— Non ! s'écria-t-elle. Je vous interdis de me toucher !

Il leva les mains en signe de reddition.

— Jane. Je devrais plutôt dire Jeanne, mais pour moi, vous serez toujours Jane.

— Vous me croyez ?

Ses doigts se crispèrent sur le manche du poignard qu'elle braquait vers le cœur de Julian.

— Bien sûr que je vous crois. Quand m'avez-vous menti ?

— Tout le temps. Tout ce que je vous ai dit était faux.

— Cela, il y a longtemps que je l'ai compris, mais peu importe. Vous n'avez jamais menti sur les questions essentielles.

Il esquissa un sourire triste.

— À part un détail.

Elle arqua un sourcil interrogateur.

— Je suis heureux que vous ne soyez pas arrivée à Fortescue House en m'annonçant que vous étiez venue mettre fin à mes jours. Si je meurs ce soir, je serai un homme meilleur de vous avoir connue.

— N'espérez pas m'attendrir par des paroles mielleuses.

— Je vous respecte trop pour faire cela. Je ne vous répondrai plus par des demi-vérités ou des paroles évasives. Tout ce que je vous demande, c'est de m'accorder le même privilège.

Elle renifla et s'essuya les yeux d'un revers de main.

— Que voulez-vous savoir ?

— Comment avez-vous survécu ?

Elle quitta le lit et resta à une distance prudente, son arme toujours brandie. Julian aurait pu lui assurer qu'elle n'avait rien à craindre de lui, mais elle ne l'aurait pas cru. Son regard, étincelant de colère et de chagrin, demeura rivé sur le visage de Julian tandis qu'elle lui racontait une absurde histoire de papiers d'identité échangés.

— Nous avons acheté des passeports pour votre père, votre mère et leurs trois filles aux membres du Comité de salut public, expliqua-t-il. Il n'a jamais été fait mention de votre gouvernante.

— Elle nous avait quittés un mois plus tôt. Par la suite, j'ai découvert que mon père l'avait fait passer de Normandie en Angleterre par l'intermédiaire d'un contrebandier – celui qui m'a amenée ici, du reste –, elle n'avait donc besoin ni de passeport ni de papiers d'identité.

Si l'affaire des papiers de la gouvernante avait fait partie du plan de Smith, alors Julian avait été encore plus ignorant qu'il ne l'avait cru.

— Et ensuite, que s'est-il passé ?

— Les gardes sont arrivés le lendemain matin alors que nous nous apprêtions à partir.

— J'avais déjà quitté Paris avec les tableaux.

— Je présume que vous n'aviez aucune raison de vous attarder puisque vous aviez ce que vous étiez venu chercher, répliqua-t-elle froidement.

— Non, en effet, reconnut-il.

Il avait honte de tenter ainsi de justifier l'injustifiable, pourtant, il ne put s'empêcher de demander :

— Le marquis a-t-il dit qui vous avait trahi ?

— Jusqu'à la dernière minute, il a répété que cela ne pouvait pas être vous. « M. Fortescue est un homme honnête », disait-il, mais quand on a frappé à la porte, il a compris.

— Il avait raison, répondit Julian d'une voix rauque. J'avais juré sur mon honneur que votre famille serait en sécurité. J'ai menti. Ce n'est pas moi qui ai dénoncé votre famille au Comité, mais c'est tout comme.

Elle ne parut pas l'entendre.

— L'escouade de gardes a envahi notre maison. Leur capitaine s'appelait Mathieu Picard. Il a demandé à voir nos papiers. « On m'a dit qu'il y avait trois filles, m'a-t-il déclaré. Et vous, qui êtes-vous ? » J'ai répondu ce que maman m'avait ordonné de répondre : « Je suis la gouvernante. »

Les larmes roulèrent de nouveau sur ses joues.

— Je les ai trahis. J'ai trahi ma famille.

— Vous avez obéi à vos parents, rectifia Julian.

C'était la vérité, mais que pesait-elle face à une si poignante confession ?

— On nous a emmenés à la Force[1]. Dans les rues, les gens nous traitaient de sales aristos. À notre arrivée à la prison, Mathieu m'a prise par la main et m'a murmuré : « Vous n'avez rien à vous reprocher. Vous êtes une femme du peuple. Vous pouvez venir avec moi. » Je n'ai même pas pu dire au revoir à ma famille.

Elle avait prononcé ces derniers mots d'une voix brisée, le corps secoué de sanglots. Julian était au supplice de ne pas pouvoir la prendre dans ses bras. Dans l'état où elle était, il n'aurait aucun mal à la désarmer, mais à quoi bon ? Il était la dernière personne au monde capable de la consoler.

Il la laissa donc pleurer en songeant à la cruelle ironie du destin. C'était la première femme dont il tombait amoureux et elle était résolue à le tuer. Cela dit, il savait depuis longtemps qu'un jour ou l'autre, il devrait payer pour ses péchés. Si Jane l'y autorisait, il réparerait sa faute de son mieux. Ou il la laisserait lui plonger son poignard dans le cœur.

La jeune femme qui hoquetait et reniflait sans la moindre élégance ressemblait moins que jamais à la Jane Grey pleine de grâce et d'assurance qu'il connaissait, et il s'en moquait éperdument. Il chérissait chaque minute passée auprès d'elle. Il aurait voulu en savoir tellement plus sur elle. Il aurait voulu avoir tellement plus d'occasions de lui faire l'amour…

S'il ne lui restait que dix minutes à vivre avec une femme éplorée venue accomplir une vengeance, qu'il en soit ainsi, il allait cependant essayer de la persuader de leur accorder un répit.

1. L'hôtel de la Force est une maison particulière où ont été détenus des prisonniers politiques à l'époque révolutionnaire. *(N.d.T.)*

— Pourquoi êtes-vous restée avec Mathieu Picard ? demanda-t-il quand elle parut avoir recouvré son calme.

Elle s'essuya le nez sur sa manche.

— Il savait qui j'étais. J'étais trop jeune pour être gouvernante, mais comme il me désirait, il a fait semblant d'y croire. Il a pris un risque terrible. Il aurait pu le payer de sa vie.

— Un homme doté d'un tant soit peu de décence vous aurait laissée partir.

— Pour aller où ? répliqua-t-elle avec amertume. J'avais quinze ans et j'étais fille de marquis. Seule, je n'aurais pas survécu. Vous savez comment j'ai compris qu'il avait deviné la vérité ? Au début, il s'est montré bon avec moi, il m'a trouvé une chambre et n'a rien exigé de moi. Ma logeuse m'a proposé de payer mon loyer en aidant à tenir la maison. Comme je ne savais faire ni le ménage, ni la cuisine, ni la lessive, elle a commencé à se méfier. Elle me croyait anglaise et savait que j'avais travaillé pour une famille aristocratique. Un jour elle m'a demandé de l'accompagner pour assister à une exécution. La situation à Paris était de plus en plus violente et dangereuse. Je craignais qu'elle ne me dénonce si je refusais. Mathieu est venu ce matin-là et lui a dit qu'il allait me trouver une place avec une bonne vue. Au lieu de cela, il m'a emmenée chez lui. Il m'a annoncé que mes parents étaient morts et que mes sœurs devaient être exécutées ce même jour, puis il a dit qu'il savait que je ne voulais pas voir cela. C'est ce soir-là qu'il a fait de moi sa maîtresse.

Julian ne put se résoudre à avouer que lui était là. Qu'il s'était obligé à assister à la cruelle mise à mort des deux plus jeunes victimes de son manque de jugement. Ç'avait été le jour le plus effroyable de sa vie et ces images l'avaient hanté des années durant.

Au lieu de réveiller son chagrin, ce récit parut fortifier Jane dans sa résolution.

— Considérez-moi comme une *catin* si cela vous chante. Je me suis servie de Mathieu, exactement comme je me suis servie d'Henri après son décès.

— Jamais je ne vous considérerai ainsi, dit-il doucement.

Elle le foudroya du regard.

— Pendant des années, j'ai économisé pour me rendre en Angleterre et retrouver M. Fortescue.

— Je comprends.

— Non, vous ne comprenez pas. Vous ne comprenez rien du tout ! Vous ne souhaitiez peut-être pas notre mort, mais vous avez pris ce que vous convoitiez sans vous préoccuper des conséquences.

Cette femme extraordinaire le connaissait presque trop bien. Alors qu'elle le dévisageait dans le faible halo de lumière que projetait la flamme vacillante de la bougie, il sut qu'elle lisait dans son âme déchue comme dans un livre ouvert.

— J'étais furieuse que vous ne soyez même pas conscient de la chance que vous aviez que vos sœurs soient bien vivantes, sans risque d'être envoyées à la guillotine. Maintenant, je comprends pourquoi. Vous m'avez toujours dit que vous étiez égoïste, et c'est la vérité.

Ses paroles étaient comme autant de coups de fouet, pourtant, il ne tenta pas de se justifier. Il demeura immobile sous son regard qui le parcourait de la tête aux pieds. Elle tenait son arme différemment à présent, de sorte qu'elle pourrait le poignarder de bas en haut avec plus de force. Le coup serait mortel.

Il ferma les yeux. Il ne la convaincrait pas de l'épargner en lui avouant combien il l'aimait ou en implorant son pardon, il le savait. De toute façon, il ne méritait aucune indulgence. Son plus grand regret était qu'elle devrait répondre de sa mort devant la justice et qu'il ne serait plus là pour la protéger contre les conséquences de son geste.

« Partez dès que vous aurez accompli votre vengeance, Jane. Partez loin, très loin d'ici ! » la suppliat-il en silence tout en offrant son torse dénudé à sa lame. Si sa mort lui apportait un peu de soulagement et d'apaisement, elle en vaudrait la peine.

Il sentit sa main dans ses cheveux – pour la dernière fois –, puis une vive douleur. Elle devait avoir tiré sur une mèche avec force.

Alors qu'il attendait qu'elle le frappe en plein cœur, il entendit un crissement étrange, et la douleur sur son crâne disparut. Il rouvrit les yeux. Elle tenait une longue mèche brune dans sa main tremblante. Elle la posa et en prit une autre. Sans un mot, Julian se tourna pour qu'elle accède plus facilement à l'arrière de sa tête. Le silence n'était troublé que par le crissement des mèches qu'elle tranchait les unes après les autres et qui s'amoncelaient sur le drap blanc, tel un nid d'ébène. Jane s'arrêta, la dernière mèche serrée dans son poing.

— Pourquoi ? demanda-t-il dans un souffle.

— J'aime trop vos sœurs pour les priver de leur frère.

Quand elle pressa sa mèche contre sa joue, le cœur de Julian s'emballa.

— Et je ne parviens pas à tuer l'homme que j'ai cru aimer. Je suis trop faible.

Il prit une profonde inspiration, puis :

— Soyez forte et vivez. Épousez-moi. Laissez-moi prendre soin de vous et expier mes péchés.

Elle laissa échapper un rire sans joie.

— Saviez-vous que j'aurais dû être duchesse ? À ma naissance, j'ai été promise au comte Étienne de Fleurigny, héritier d'un duché. Je suis peut-être encore sa fiancée…

— Soyez ma duchesse ! Je n'attendrai rien de vous, sinon de m'autoriser à réparer, même très modestement, le mal que j'ai fait.

C'était une bien piètre demande en mariage, et cependant jamais un homme n'avait offert son cœur et sa main avec une telle ferveur.

Jane inclina la tête de côté comme si elle réfléchissait à sa proposition.

— Je pourrais vous rendre très malheureux, mais ce serait presque trop facile pour être amusant.

Elle agita la mèche brune.

— Je suis votre Dalila, je trouverai le moyen de vous priver de votre force et de vous détruire, Samson. Je savourerai infiniment plus votre perte si je vous vois en souffrir.

Sachant désormais qui elle était, il ne s'étonna pas de la voir réaliser ce petit exploit : une révérence tout à la fois gracieuse et insolente, alors qu'elle n'était vêtue que d'une modeste chemise de nuit et qu'elle avait un poignard à la main.

— Bonne nuit, Votre Grâce. Nous nous reverrons.

La porte se referma sur elle à l'instant où la bougie s'éteignait en crépitant.

Dans l'obscurité, Julian sourit. Jane, ou Jeanne, venait de commettre une erreur stratégique en le laissant en vie. La passivité avec laquelle il s'était offert sur l'autel de la pénitence avait disparu et sa combativité se réveillait. Si Jane voulait tenter de le détruire, grand bien lui fasse, mais quelqu'un d'autre – qu'il s'agisse ou non de Radcliffe – portait une responsabilité plus lourde encore que lui-même.

C'était lui qui allait venger la jeune femme, il s'en faisait le serment solennel. C'était lui qui allait traquer et éliminer celui qui avait trahi les Falleron.

Après quoi, il la persuaderait qu'ils étaient faits l'un pour l'autre. Et il n'accepterait aucun refus de sa part.

19

Après une nuit d'insomnie, Jane remonta le couloir sur la pointe des pieds, passa devant les appartements de Denford et se rendit à l'extrémité de l'aile où étaient logés la plupart des invités.

Elle avait craint de trouver la chambre vide, son occupant ayant migré dans celle de lady Radcliffe, et fut donc soulagée de distinguer les contours d'un dormeur dans le lit. Seul. Un léger ronflement montait dans la pièce plongée dans la pénombre.

— Louis ? chuchota-t-elle.

Celui-ci s'étira. Jane entrouvrit un rideau, s'approcha du lit et secoua son cousin.

— Louis, réveillez-vous !

— Belinda ? demanda-t-il d'une voix ensommeillée.

Puis il roula sur lui-même et attrapa la main de Jane.

— Non ! s'écria-t-elle en le repoussant.

Il se redressa en se frottant les yeux.

— C'est moi, Jeanne, votre cousine, répondit-elle en français, dans l'espoir que cela réveillerait sa mémoire.

— Seigneur, la gouvernante folle ! gémit-il dans la même langue.

À présent tout à fait réveillé, il indiqua la porte.

— Dehors !

Levant les mains, elle recula de quelques pas.

— Je me doute que cela a dû être un choc pour vous, poursuivit-elle, mais regardez-moi. Et posez-moi toutes les questions que vous souhaitez.

Ayant apparemment compris qu'elle ne lui voulait pas de mal, il la considéra d'un œil morne. Tout comme sa mère, Jane n'avait pas une très haute opinion de lui, il n'empêche, il devrait se réjouir de retrouver une proche parente. Après tout, il était d'ascendance noble. Un Falleron. Pour ce qu'elle en savait, ils étaient les deux derniers représentants de leur famille.

— Si vous êtes Jeanne, expliquez-moi comment vous avez réussi à échapper à la guillotine.

Une lueur rusée vacillait au fond de son regard dur. Un regard qui ne s'était jamais adouci, même quand il faisait du charme à ses jeunes cousines.

Elle lui répéta ce qu'elle avait dit à Denford, y ajoutant des détails sur les Falleron afin d'être plus crédible. Personne d'autre qu'un membre de la famille n'aurait pu savoir que le bichon s'appelait Mou-Mou, ni où se trouvait son panier, ni décrire le secrétaire doté d'un tiroir secret dans le boudoir de la marquise de Falleron.

Louis accueillit ses paroles avec une exaspérante sérénité.

— Cette histoire de papiers d'identité échangés est ridicule. Pourquoi le marquis de Falleron se serait-il livré à de tels enfantillages ?

— Cette question m'a troublée pendant des années. La seule explication que j'aie trouvée, c'est qu'une autre personne aurait dû nous accompagner sous l'identité d'Antoinette.

— Qui ? Pourquoi mon oncle se serait-il donné tant de mal pour faire sortir de Paris une jeune fille étrangère ?

— Je l'ignore, avoua Jane en massant d'un geste las ses yeux gonflés. C'est effectivement une situation absurde, mais cela m'a sauvé la vie. En revanche, j'ai une certitude. C'est le duc de Denford qui nous a trahis.

Louis arqua un sourcil stupéfait.

— Je savais que vous étiez dérangée, marmonna-t-il.

— Attendez, écoutez-moi ! Denford n'était alors que M. Fortescue. Il devait nous aider à quitter la France. Mon père le croyait honorable. La veille du jour prévu pour notre départ, maman était très inquiète. J'ai entendu papa lui assurer que jamais M. Fortescue ne les abandonnerait. Au matin, quand les soldats sont venus nous arrêter, il a déclaré qu'il avait été trahi par l'homme en qui il avait le plus confiance.

Elle s'approcha de son cousin et lui prit la main.

— Vous devez m'aider, Louis. Denford doit payer pour ses crimes. Ensemble, nous pouvons le mener à sa perte. Je sais des choses sur lui ! Il veut vendre sa collection au roi d'Angleterre. Révélons sur la place publique que ses tableaux ont été volés et qu'il n'a aucun honneur ! Couvrons son nom d'opprobre ! En unissant nos forces, nous pouvons y arriver.

Elle eut l'impression que Louis commençait enfin à la prendre au sérieux. Il se frotta le menton pensivement tout en la dévisageant. Bientôt, elle n'en doutait pas, il ferait le lien entre son visage et celui de sa cousine.

— Donnez-moi ma robe de chambre, ordonna-t-il. Je ne suis pas totalement convaincu, sachez-le. J'ai quelques questions à vous poser.

— Je vous en prie.

Il écarta les rideaux, et la lumière du jour du jour entra à flots. Il regarda Jane avec attention, mais ne parut pas la reconnaître.

— Qu'avez-vous fait pendant tout ce temps ?

C'était la question qu'elle redoutait.

— Je suis restée à Paris sous le nom de Jane Grey.

— De quoi avez-vous vécu ?

Elle redressa le menton en se persuadant qu'elle n'avait pas à avoir honte de son passé.

— Le capitaine des gardes qui nous avaient arrêtés a pris soin de moi.

Un sourire mauvais étira les lèvres de Louis.

— Alors, pendant neuf ans, vous avez été la maîtresse d'un cochon de sans-culotte ?

— Trois ans. Il est mort pendant la campagne d'Italie.

— Et ensuite ?

— J'ai vécu avec un agent du Directoire, puis du Consulat.

— Bref, vous êtes une putain.

Le mot fut une telle gifle qu'elle posa la main sur sa joue en feu.

— J'ai fait ce qu'il fallait pour survivre.

— Une véritable Falleron aurait préféré mourir que de se vendre à un gueux jacobin ! Je présume que vous êtes également la catin de Denford ? Avouez-le, vous vous êtes querellée avec lui et maintenant, vous comptez sur moi pour vous aider à vous venger.

Jane réprima un mouvement agacé. Elle commençait à comprendre qu'elle avait commis une erreur en croyant Louis capable d'agir autrement que dans son propre intérêt. Cet égoïste se moquait éperdument de savoir si elle était ou non sa cousine.

— Réfléchissez, Louis. Je peux vous aider à poursuivre Denford devant les tribunaux pour qu'il vous restitue les tableaux. Je peux attester qu'il les a acquis frauduleusement.

— Quand bien même vous seriez bel et bien Jeanne de Falleron, je n'aurais pas besoin de vous. Radcliffe s'est déjà occupé des dispositions légales et il me donnera un bon prix pour la collection.

— Vous comptez la vendre ? Disperser notre patrimoine ? s'écria-t-elle, indignée.

— *Mon* patrimoine. Vous avez effectivement une vague ressemblance avec Jeanne, mais rien de plus. Je suppose que vous avez rencontré la véritable Mlle Grey, qu'elle vous a raconté l'histoire de notre famille et que vous avez emprunté son nom ?

— Pas du tout ! protesta la jeune femme. Je ne l'ai jamais revue. Je ne sais même pas si elle est en Angleterre. Elle est peut-être morte.

— Alors vous étiez domestique à l'hôtel Falleron et vous êtes venue en Angleterre pour y chercher fortune. Entre nous, peu m'importe. Je suis le dernier des Falleron. En vous faisant passer pour ma cousine, vous espérez tirer profit de mon chagrin.

Il frissonna, comme parcouru d'une vertueuse indignation, mais Jane n'était pas dupe.

Elle s'interdit de lui demander ce que *lui* avait fait pendant ces neuf années. Apparemment, il n'avait pas souffert de la faim. Peut-être avait-il tiré parti de son physique avantageux et de l'affection de dames fortunées telles que lady Belinda. Dire qu'il s'était offusqué de ce qu'elle avait dû faire pour survivre !

Elle jugea plus prudent de quitter la pièce avant de se faire arrêter pour avoir agressé un marquis français. On pouvait forger un plan pendant des années, songea-t-elle avec amertume, et s'apercevoir que tous nos efforts avaient été inutiles, parce que les choses ne se passaient jamais comme prévu.

Elle avait imaginé que lorsqu'elle découvrirait l'identité du mystérieux M. Fortescue, personne ne saurait qui elle était ni quelles étaient leurs relations. Avec un peu de chance, elle pourrait l'attaquer par surprise, le poignarder et s'enfuir sans que quiconque la soupçonne. Elle savait que ce plan comportait un risque important de se faire prendre et elle l'avait accepté.

Elle n'avait pas imaginé qu'elle ferait cette découverte en présence d'une vingtaine de personnes ni qu'elle leur révélerait son identité. Ni que le coupable serait un homme influent, un pair du royaume. Elle avait beau ne pas connaître les lois anglaises, elle savait que la meurtrière d'un duc n'aurait droit à aucune indulgence.

Elle n'avait pas imaginé, alors qu'elle rêvait du jour où elle pourrait enfin plonger sa lame dans le cœur perfide de M. Fortescue, qu'elle connaîtrait cet homme, intimement même.

Elle n'avait pas imaginé qu'elle serait éperdument amoureuse de lui.

Durant quelques semaines bénies, elle n'avait plus été seule au monde. À Fortescue House, elle avait trouvé un foyer. Même avec Henri, elle avait protégé son cœur, consciente que leur relation ne durerait pas. Si elle ne l'avait pas haï comme elle avait haï Mathieu, elle l'avait quitté sans l'ombre d'un regret.

À présent, elle avait perdu Julian. Et si la petite flammèche d'espoir de retrouver une famille auprès de Louis venait de faire long feu, son extinction la laissait hagarde et désolée. Exactement comme durant ces jours qui avaient suivi l'arrestation de sa famille, quand elle nettoyait maladroitement les escaliers de sa logeuse en attendant, tremblante d'effroi, des nouvelles de ses parents et de ses sœurs. Exactement comme dans ces cauchemars qui n'avaient jamais cessé de hanter ses nuits.

Dieu merci, sa poignante solitude reflua un peu lorsque ses élèves firent irruption. Les demoiselles Osbourne, qui venaient d'envahir sa petite chambre, emplissaient presque tout l'espace. Si elles aussi l'abandonnaient, songea Jane, ce serait encore pire que le rejet de Louis, parce qu'elle s'était attachée à elles.

Lissant ses jupes pour se donner une contenance, elle esquissa un sourire tremblant.

— Bonjour, mesdemoiselles, les salua-t-elle en français. Je vous retrouve dans un instant à la salle d'études. Avez-vous pris votre petit déjeuner ?

Les trois sœurs échangèrent des regards tendus.

— Vous êtes vraiment la fille d'un marquis français, mademoiselle Grey ? demanda Maria à brûle-pourpoint.

— Si elle l'était, elle ne serait pas Mlle Grey ! intervint Fenella.

— Vous pouvez continuer de m'appeler ainsi si vous préférez mais, oui, je suis Jeanne-Louise de Falleron. Bien sûr, je ne peux vous demander de me croire sur parole.

— Bien sûr que nous vous croyons ! s'exclama Maria. Nous estimons toutefois que nous avons le droit de savoir comment vous êtes devenue gouvernante.

— En effet. Asseyons-nous, voulez-vous ? C'est une longue histoire...

Maria et Laura s'installèrent à côté d'elle tandis que Fenella se laissait tomber sur le sol à ses pieds.

Jane, qui racontait de mieux en mieux son histoire, omit cette fois de mentionner M. Fortescue. Elle n'aurait pu rêver auditoire davantage acquis à sa cause. Quand elle parvint au moment où elle avait perdu tout espoir de revoir ses sœurs vivantes, les filles se serrèrent contre elle.

— Je vous en prie ! les supplia-t-elle. Vous allez me faire encore pleurer. J'ai versé bien des larmes pour Antoinette et Marie-Thérèse, mais cela ne les a pas ramenées. Il faut être courageuses.

— Je ne serais pas courageuse si quelqu'un tuait Laura et Fenella, déclara Maria.

Les trois filles se mirent à sangloter, de sorte que c'est Jane qui dut les consoler.

— Écoutez, mes chéries, il ne faut pas être tristes pour moi. Remerciez le Seigneur d'être vivantes, d'être ensemble toutes les trois et de mener une vie heureuse.

Maria se tamponna les joues avec son mouchoir.

— S'Il vous a sauvée, mademoiselle, c'est pour une bonne raison, même si nous ne la connaissons pas. Ne dit-on pas que Ses voies sont impénétrables ? Nous allons prier pour Le remercier de vous avoir protégée et mise sur notre chemin.

Jamais Jane n'avait considéré que le Seigneur l'avait protégée. Au contraire, elle avait eu l'impression qu'Il l'avait cruellement punie, ainsi que ses sœurs, qui étaient innocentes, aussi avait-elle tourné le dos à la religion dans laquelle elle avait été élevée. Si ses tourments étaient le fruit de la volonté divine, le Seigneur attendait-Il d'elle qu'elle venge sa famille ? N'appelait-Il pas plutôt le pardon ?

C'était peut-être pour cela qu'elle n'avait plus jamais voulu prier. Parce que toute idée de pardon lui était insupportable.

— Il faut bien que quelqu'un ait su que vous deviez vous enfuir et vous ait dénoncés, observa Fenella. Cette personne mérite la mort !

— Pourquoi quelqu'un voudrait-il tuer des petites filles ? demanda Laura.

— Je ne sais pas. Peut-être parce qu'une révolution est comme une guerre et que des événements terribles se produisent. Je ne suis pas la seule à avoir perdu toute ma famille.

La petite main de Laura se referma sur la sienne.

— Vous m'avez, moi. Je serai toujours là pour vous, mademoiselle Grey.

Jane serra la fillette contre son cœur en refoulant un sanglot.

— Et M. de Beauville ? reprit Fenella. C'est vraiment votre cousin ?

— Hélas, oui, même s'il nie toute parenté avec moi.

— Vous avez donc tellement changé ? s'étonna Maria. J'avais beau ne pas avoir vu Julian depuis longtemps, je n'avais pas oublié son visage.

— Je crois que Louis m'a reconnue, mais qu'il préfère feindre le contraire à cause de la vie que j'ai menée quand je suis devenue Jane Grey.

Elle avait répondu spontanément, sans songer aux questions qu'allait susciter sa réponse.

— Parce que vous êtes partie pour Sainte-Lucie ? s'enquit Laura.

La tentation de répondre par l'affirmative fut très forte.

— Non, répondit Jane. Parce que je suis restée à Paris et que j'ai dû vivre parmi des révolutionnaires.

— Cela a dû être horrible de frayer avec des gens aussi affreux ! s'écria Maria.

— Ils n'étaient pas tous affreux, cela dit, c'était difficile, en effet.

— Alors quand êtes-vous partie pour Sainte-Lucie ?

— Je suis désolée, Laura, je vous ai menti. Je ne suis pas allée à Sainte-Lucie.

La fillette la regarda, bouche bée.

— Vous n'avez jamais vu d'autruches ni de crocodiles ?

— Jamais.

Comme de bien entendu, ce fut Fenella qui posa les questions gênantes.

— Pourquoi avez-vous continué de prétendre que vous étiez Jane Grey après votre arrivée en Angleterre ? Vous étiez en sécurité ici.

— Mlle Grey était gouvernante et j'avais besoin de travailler.

— Quelle coïncidence que vous ayez trouvé un poste à Fortescue House ! Vous avez dû être très surprise de retrouver les tableaux de votre famille hier soir.

— Surprise ? Le mot est faible.

— Comment pouviez-vous ignorer que c'était Julian qui les avait achetés à votre père ?

Jane ferma les yeux comme si cela pouvait faire disparaître cette question si embarrassante.

— Laisse-la tranquille, Fenella, intervint Maria. Tu vois bien qu'elle est triste.

— Tout va bien, mentit Jane. J'ai juste mal à la tête. Je n'ai pas beaucoup dormi cette nuit.

— Alors il faut vous reposer, décréta Maria. Je vais m'occuper de mes sœurs.

La jeune fille prit une serviette sur la table de toilette, l'humidifia et en tamponna le front de Jane.

— Cela soulage maman quand elle a ses migraines, expliqua-t-elle. Cela vous fait du bien ?

— Beaucoup. Merci, Maria.

— Voulez-vous que j'aille vous chercher un petit chat aux écuries, mademoiselle ? proposa Laura.

— Peut-être une autre fois, répondit Jane, attendrie. Je vais essayer de dormir. Vous êtes tellement gentilles, toutes les trois.

De nouveau, les larmes menaçaient.

— C'est parce que nous vous aimons, répondit Fenella en tirant les rideaux. Nous ne voulons pas que vous nous quittiez.

Le valet de chambre de Julian avait retaillé ses cheveux, massacrés par le poignard de Jane, en une coupe à la Titus. Il était en train de balayer les mèches sur le plancher quand Windermere frappa à la porte.

— Que nous vaut ce changement de style radical ? s'enquit-il.

— Une impulsion, répondit Julian, évasif.

Ce n'était pas tout à fait faux. Quand Jane s'était glissée dans ses appartements, ce n'étaient probablement pas ses cheveux qu'elle avait eu l'intention de taillader.

En proie à une curiosité manifeste, Windermere attendit que Julian remercie son valet et le congédie.

— Cynthia m'envoie aux nouvelles puisqu'on ne t'a pas vu à la table du petit déjeuner. De même que Beauville, ou plutôt Falleron, et Mlle Grey.

— Je suppose qu'on ne parle que du coup de théâtre d'hier soir ? Assieds-toi donc le temps que je finisse de nouer ma cravate.

— Tu supposes bien. Même les dames qui n'ont pas dû se lever avant midi depuis des années étaient dans la salle du petit déjeuner dès le début du service. Quant à Cynthia, qui s'est bien gardée d'interroger ta gouvernante, elle est à présent la femme la plus impopulaire de tout le Sussex. J'espère que le laudanum a aidé Mlle Grey à dormir. Tu crois que c'est la fille de Falleron ?

— Sans le moindre doute.

— Je ne te demanderai pas pourquoi – pour l'instant. Si elle l'est vraiment, je présume que sa présence sous ton toit n'est pas une coïncidence.

— Certes. Elle s'est fait engager pour m'assassiner.

Julian ajusta avec soin les plis de sa cravate, noire, comme le reste de sa tenue. Avec ses cheveux courts, il se reconnaissait à peine. Il avait l'impression d'avoir perdu ses défenses, extérieures et intérieures.

Damian arqua un sourcil aristocratique.

— Un projet très répandu dans ton entourage depuis quelques années, si j'ose dire. J'imagine qu'elle a fait une tentative ratée ?

Julian se détourna du miroir devant lequel il était assis pour faire face à son ami. Puis, croisant les jambes dans une attitude qu'il espérait désinvolte, il répondit :

— Pour l'instant, je préférerais discuter de Louis de Falleron, ou plus exactement de ce que Radcliffe et lui peuvent bien mijoter. Ont-ils pris part à la trahison des

Falleron, de Smith et de moi-même ou leur alliance est-elle plus récente ?

Jusqu'à présent, toutes les tentatives de Windermere pour obtenir des informations sur l'affaire Falleron auprès de ses collègues des Affaires étrangères s'étaient heurtées à un mur de silence.

— Mon informateur sur les dossiers confidentiels des Affaires étrangères a toujours nié que Radcliffe ait été informé des faits à l'époque. Il m'a plutôt donné l'impression que la cause du fiasco de cette opération, quel qu'ait été son but, était à rechercher à Paris.

— Au diable ces serpents du gouvernement qui refusent de parler !

— Au vu des récents développements, il va peut-être me dire la vérité à présent. Cazalet est impliqué, et par conséquent Sa Majesté aussi. Certaines révélations pourraient entraîner un scandale que ses supérieurs voudront à tout prix étouffer.

— Je n'en serais pas surpris, déclara Julian.

Il s'abstint d'ajouter que Jane, sa merveilleuse Jane, était plus imprévisible qu'une fusée de feu d'artifice susceptible de filer dans n'importe quelle direction.

— Puis-je t'accompagner ? J'ai bien envie de les secouer jusqu'à ce qu'ils parlent, avoua Julian, que tous ces mensonges exaspéraient. Ou plutôt, j'ai une meilleure idée : allons trouver Radcliffe et arrachons-lui des aveux.

Windermere parut tenté, toutefois, le diplomate en lui secoua la tête.

— Ce n'est pas une bonne idée. Nous serons davantage en position de négocier quand nous disposerons de plus d'informations. Je peux être à Londres en quelques heures.

Damian se leva.

— Une question m'intrigue toutefois. Si ces tableaux ne t'appartiennent pas – et ta qualité de propriétaire semble, à tout le moins, discutable –, Louis de Falleron peut-il exiger leur restitution ?

— Ce qui est sûr, c'est qu'il va essayer. Le bonhomme ne me plaît pas, mais peut-être suis-je mal disposé à son égard à cause de ses fréquentations. Cela dit, je sais maintenant pourquoi Radcliffe n'a pas tenté de m'intercepter en Belgique. Il espère mettre le grappin sur la collection en manipulant son propriétaire légitime.

— À condition que Falleron le soit effectivement.

— Puisque je ne possède aucun document écrit du marquis de Falleron, ce sera sa parole contre la mienne. Bonté divine, encore des démêlés devant les tribunaux ! Moi qui croyais en avoir terminé avec les hommes de loi.

Julian ne laisserait pas Radcliffe poser ses sales pattes sur la collection Falleron sans se battre.

— Il se peut que j'aie besoin du témoignage de quelqu'un aux Affaires étrangères.

— Je ferai de mon mieux, dit Windermere. Cela dit, en diplomatie on préfère la discrétion, quel qu'en soit le prix.

— Maintenant que j'ai des relations haut placées, je pourrais demander que l'on exerce une pression sur tes collègues frappés de mutisme ?

Si Windermere parut intrigué, il ne posa pas de questions.

— Je ne parlerai pas, promit Julian en le raccompagnant. Uniquement pour ne pas retarder ton départ pour Londres.

À cet instant, la porte s'ouvrit à la volée et les filles entrèrent en courant, Fenella en tête.

— Maria dit qu'il faut attendre mais ce n'est pas possible ! Vous devez *absolument* aider Mlle Grey. Cet homme qui est son cousin l'a fait *pleurer* parce que…

Elle interrompit sa tirade et le regarda, bouche bée.

— Qu'est-il arrivé à vos cheveux ?

— Je ne te retiens pas, Windermere, marmonna Julian à son ami, qui avait visiblement très envie de connaître la réponse à la question de Fenella.

Contenant manifestement leur impatience, les filles regardèrent Damian traverser la pièce.

— Je vous écoute, dit Julian lorsqu'il fut sorti. Quel est le problème entre Mlle Grey et M. de Falleron ?

— Il a été cruel avec elle, répondit Fenella. Il a refusé de croire qu'elle était sa cousine parce qu'il n'approuvait pas qu'elle soit devenue amie avec des révolutionnaires. Elle n'avait pas le choix si elle voulait rester en vie !

« Intéressant », songea Julian. C'était probablement Radcliffe qui avait ordonné, ou au moins suggéré à Falleron d'accueillir avec scepticisme les affirmations de Jane. Julian ne croyait pas un instant que Falleron n'ait pas reconnu sa cousine, surtout s'ils avaient discuté en privé. Il craignait qu'elle n'hérite des tableaux à sa place, voilà tout.

Il voyait à présent la ressemblance physique entre Jane, ou plutôt Jeanne, et feu le marquis de Falleron, qu'il avait rencontré à plusieurs reprises. Il ne connaissait pas dans le détail les lois françaises sur l'héritage, mais le plan qu'il avait conçu devait empêcher Louis de Falleron de nuire, ainsi que Richard Radcliffe.

Laura tira sur sa manche.

— Pourquoi avez-vous coupé vos cheveux, Julian ? insista-t-elle.

— Pour faire plaisir à Mlle Grey, répondit-il simplement.

— Autrefois, vous l'appeliez Jane, fit remarquer Fenella d'un ton lourd de sous-entendus.

— C'est vrai, reconnut-il. Pourriez-vous m'aider toutes les trois ? J'ai formé un plan pour que le Français ne fasse plus jamais souffrir Jane.

Tandis qu'elles faisaient cercle autour de lui, Julian songea que ce qu'il s'apprêtait à faire allait détruire les liens de confiance qu'il avait patiemment tissés avec lord Cazalet, et par conséquent avec le roi.

Toute décision avait un prix, songea-t-il, philosophe. Et celle-ci en valait la peine si elle lui permettait d'apaiser la colère de Jane et d'ouvrir une porte sur l'espoir – le pardon pour Jane, la rédemption pour lui-même.

20

Jane devait quitter Denford, ou plutôt les deux Denford. Le château et le duc. Elle n'aurait ni le courage d'assassiner le second ni celui de rester dans le premier.

Sur un plan purement pratique, elle regrettait de ne pas avoir touché ses gages trimestriels. Elle était censée les recevoir très bientôt, mais elle ne voulait pas les demander de peur qu'on ne devine qu'elle s'apprêtait à partir. Elle allait emballer ses maigres possessions, dont le poignard à présent caché sous son matelas, et profiter du dîner pour s'éclipser. On n'était pas loin du solstice d'été. Il ferait encore assez jour pour qu'elle gagne Chichester. Elle passerait la nuit dans une auberge avant de prendre la première malle-poste à destination d'un port maritime.

Le plus dur fut d'écrire aux filles. Non, le plus dur était de savoir qu'elle ne reverrait plus leur frère. Elle s'interdisait toutefois d'y penser de crainte d'éclater en sanglots. Elle était lasse de pleurer. Et cet homme ne méritait pas son chagrin.

Mes chères petites, écrivit-elle. *C'est avec une grande tristesse que je vous quitte. Je suis désolée de vous avoir menti, mais je ne sais comment vous dire la vérité.*

Elle s'interrompit et raya la dernière phrase.

Je refuse de vous mentir plus longtemps...

— Mademoiselle Grey !

Si elle se fiait au vacarme, ce n'était pas une mais trois sœurs Osbourne qui tambourinaient à sa porte. Par chance, Jane n'avait pas encore commencé à faire ses bagages. Elle glissa prestement la lettre entamée sous un feuillet vierge et invita ses élèves à entrer.

— Mademoiselle Grey, nous venons pour..., commença Laura.

— Chut ! l'interrompit Maria. Tu as promis de bien te comporter si je te permettais de m'accompagner.

Puis elle se tourna vers Jane, qu'elle gratifia d'une révérence digne de la cour de Versailles. Jane s'avisa alors que les trois sœurs portaient leur plus jolie robe, celle qu'elles avaient étrennée au théâtre.

— Mademoiselle de Falleron, reprit la jeune fille, Sa Grâce le duc de Denford me charge de vous transmettre une invitation. Il serait très heureux que vous honoriez de votre présence la table du dîner ce soir.

Dieu qu'il était rusé ! Il savait très bien qu'elle aurait du mal à dire non aux filles. Elle rendit son salut à Maria.

— Je vous remercie, mademoiselle Osbourne. Veuillez remercier Sa Grâce et lui rappeler qu'une gouvernante ne dîne pas avec les invités. Cela ne se fait pas.

— Ah, mais vous n'êtes plus gouvernante ! lui rappela Fenella avec un sourire triomphal. Vous êtes Mlle de Falleron, la fille d'un marquis français.

— Nous sommes toutes invitées au dîner ce soir ! ajouta Laura. Même moi. Nous venons vous aider à vous habiller et à vous coiffer.

— Je n'ai aucune tenue convenable.

— Julian avait prévu votre réponse, répliqua Fenella. Il nous a confié ceci pour vous. Montre-lui, Laura.

La petite ouvrit la petite pochette de soie qu'elle tenait à la main. D'un geste théâtral, elle en sortit un double rang de perles délicatement irisées.

— Les perles des Denford, annonça-t-elle.

— Je ne peux pas accepter ! protesta Jane.

— C'est seulement pour la soirée, la rassura Maria.

Jane avait un doute. Julian tentait juste de s'attirer ses bonnes grâces. Comme si un bijou pouvait compenser tout ce qu'elle avait perdu par sa faute !

Tandis qu'elles discutaient, Fenella s'était approchée de la commode de Jane et l'avait ouverte.

— Oooh ! s'écria-t-elle avec ravissement. Qu'est-ce que c'est ?

Seigneur, elle avait découvert la robe de soie rose !

— Vous avez une robe de soirée ? Je n'ai jamais rien vu d'aussi beau !

— Je ne devrais pas..., murmura Jane, indécise.

La vérité, c'était qu'elle était très tentée de se montrer sous son vrai visage, au moins une fois, dans le monde auquel elle appartenait par la naissance.

— Pourquoi pas, mademoiselle ? insista Maria. Maintenant que tout le monde sait qui vous êtes, vous n'avez plus de raisons de ne pas être des nôtres.

Il était impossible de se justifier, et terriblement tentant d'accepter. Demain, elle s'en irait, quoi que dise Denford pour la retenir, ce soir, en revanche... Ce soir, elle serait Jeanne-Louise.

Une heure plus tard, la séance de coiffure ayant pris plus de temps que prévu en raison des désaccords et du manque d'expérience de ses caméristes improvisées, Jane était enfin prête.

Elle adorait cette robe de style Empire, qui flattait sa silhouette avec son corsage menu et sa jupe étroite. Et Dieu qu'elle aimait la caresse de la soie sur sa peau, et le bruissement de l'étoffe quand elle marchait !

— Vous êtes très belle, commenta Maria en glissant une mèche rebelle dans le ruban de satin blanc qui ceignait le front de Jane. Comme toujours. Les perles, à présent.

Jane ne tenta même pas de protester. Dans le reflet du petit miroir, elle ne put qu'admirer l'éclat de son teint, que soulignaient les perles. Même celles de sa mère n'étaient pas aussi belles. Elle ne conserverait pas celles-ci, naturellement, pourtant, une petite voix lui murmurait qu'elle en aurait bien l'usage. Pour payer sa traversée vers les Amériques, par exemple.

Laura lui prit la main.

— J'ai hâte de voir l'expression de Julian quand il posera les yeux sur vous, mademoiselle.

Jane refusa de s'attarder sur le sous-entendu contenu dans cette remarque.

— Je suis ravie que vous soyez avec moi, avoua-t-elle, parce que je suis un peu nerveuse. Ferons-nous notre entrée ensemble ?

— N'oubliez pas de sourire ! lui rappela Fenella. Comme vous nous l'avez dit autrefois, tout le monde apprécie un visage souriant. Une personne heureuse donne de la joie aux autres.

— Décidément, vous êtes redoutable, répondit Jane.

Elle appliqua néanmoins son conseil et constata que son cœur était un peu moins lourd. Elle était curieuse de voir la réaction de Louis. Bien entendu, elle n'aurait nul besoin de lui préciser que cette robe était un cadeau d'Henri.

Si elle s'était souvent demandé ce que Julian penserait en la voyant ainsi vêtue, peu lui importait désormais. Elle afficha un sourire mystérieux digne de Fenella. Désormais, l'opinion de Denford à son sujet lui était indifférente. Totalement indifférente.

Le dîner, qui respectait l'étiquette à la lettre, s'ouvrit par l'arrivée des convives dans la salle à manger en procession selon le rang de chacun. Jane était escortée par sir Richard Radcliffe.

L'homme que Denford avait qualifié de « l'une des pires crapules d'Angleterre » la traita avec une courtoisie onctueuse et un manque de curiosité stupéfiant. Tout comme lord Windermere, qui n'était pas là ce soir, il était diplomate. Après avoir patiemment enduré l'interminable description d'une visite à Versailles une vingtaine d'années auparavant, Jane lui répondit un peu sèchement qu'elle était trop jeune à l'époque pour être présentée aux souverains.

— Je suis désolé si j'ai ravivé des souvenirs douloureux, dit-il. Je serais navré que le monde de l'Ancien Régime sombre dans l'oubli. Jamais l'Angleterre n'a égalé la magnificence de la cour française. Mon plus grand espoir est que celle-ci soit un jour rendue à sa gloire.

Baissant la voix, il poursuivit :

— En toute confidentialité, mademoiselle, si je puis vous être utile en quoi que ce soit, il vous suffit de le demander. En tant que membre du gouvernement de Sa Majesté, je ne suis pas dépourvu d'influence.

Elle suivit la direction de son regard, qui s'était fixé sur Denford, au bout de la table.

— Sans vouloir être indiscret, enchaîna-t-il, il me semble que votre situation vis-à-vis de notre hôte et d'un bien provenant de votre famille est quelque peu… ambiguë.

Au fond, pourquoi devrait-elle croire les allégations de Denford sur cet homme aux manières si raffinées ? S'il avait invité les Radcliffe au château pour des raisons personnelles, elle ne voulait pas y être associée… sauf pour contrecarrer ses plans.

Denford était en train d'écouter lady Radcliffe, un sourire hypocrite aux lèvres, quand il surprit Jane et son voisin en train de l'observer. Il haussa un sourcil interrogateur, puis eut l'audace de décocher à Jane l'un de ses sourires désarmants qui lui faisaient battre le cœur il y a peu. Détournant la tête, elle répondit à Radcliffe :

— Je vous remercie, monsieur. Bien que vous ne puissiez rien pour moi, j'apprécie votre sollicitude.

Denford lui avait à peine adressé la parole quand, accompagnée des filles, elle avait fait son entrée. Il s'était contenté d'un hochement de tête et de quelques paroles convenues. Il était plus élégant que jamais dans sa veste de satin noir rebrodée d'argent et de vermillon avec gilet assorti. Et ses cheveux ! Quelqu'un avait habilement recoupé les mèches qu'elle avait sauvagement tailladées, si bien qu'il portait à présent la même coiffure courte que la plupart des messieurs, une mèche brune délicieusement provocante retombant sur son front. Si Jane se fiait aux murmures qu'elle avait surpris avant le dîner, la nouvelle coupe de lord Denford avait éclipsé les révélations sur l'identité de sa gouvernante. Les regrets l'envahirent au souvenir de la sublime crinière qu'elle avait massacrée.

Quand on eut débarrassé la table et qu'il ne resta plus que les verres, le maître des lieux se leva. Il n'avait pas eu besoin de prononcer une seule parole pour que les conversations cessent et que les regards se tournent vers lui.

— Hier, à la même heure, commença-t-il, j'ai dévoilé une collection de tableaux. Les plus belles pièces en ont été rassemblées par une famille française. Ce soir, j'aimerais vous raconter comment ces œuvres sont arrivées à Denford Castle.

Des murmures s'élevèrent tandis que les regards se tournaient vers Louis, puis vers Jane, avant de revenir sur la haute silhouette du duc. La jeune femme se sentit nerveuse soudain. Si Denford comptait démontrer que la collection lui revenait de droit, elle ne le laisserait pas faire.

— Mon récit commence en 1789, l'année où j'ai visité Paris avec un groupe d'amis. La Bastille était tombée, toutefois, pendant une brève accalmie, la vie mondaine continua. C'est ainsi que mes camarades et moi fûmes invités à une soirée à l'hôtel particulier du marquis et de la marquise de Falleron.

Jane s'en souvenait. Sa mère aurait préféré plus de discrétion, mais son père était persuadé que grâce aux concessions accordées par le roi, tout rentrerait dans l'ordre. En réalité, ç'avait été la dernière grande réception à la maison. Depuis une fenêtre à l'étage, Jane avait épié les invités qui entraient dans la cour. Que c'était étrange de se dire qu'elle avait probablement vu Julian ce soir-là !

— Mes hôtes m'accueillirent poliment, quoique sans me prêter une attention particulière. Le marquis était l'incarnation des valeurs de la noblesse et son épouse était une femme aussi belle qu'élégante, tout comme l'est aujourd'hui sa fille aînée.

Il regarda Jane, qui crut qu'elle allait pleurer de nouveau. Elle avait les nerfs tellement à vif qu'un rien lui faisait monter les larmes aux yeux. Serrant les poings, elle détourna la tête.

— Je m'appelais alors Julian Fortescue, j'étais un jeune homme de seize ans et si je parlais correctement le français, je ne le maîtrisais pas assez pour comprendre toutes les subtilités de l'esprit parisien. Je passai presque toute la soirée à admirer les merveilles de la collection Falleron, sans soupçonner un seul instant l'importance qu'elle prendrait dans ma vie par la suite.

Il marqua une pause, puis reprit :

— Quand je rentrai en Angleterre au printemps 1793, je n'avais pas le projet de retourner en France. Jusqu'au jour où je fus abordé par un dénommé John Smith, qui affirmait appartenir au ministère britannique des Affaires étrangères. Il m'offrait une chance inespérée de réaliser mon rêve de m'établir comme courtier en tableaux. J'avais commencé à rassembler quelques toiles trouvées ici ou là en Europe, et particulièrement en France, et à me créer une petite clientèle en Angleterre, toutefois, sans capital à investir, je ne pouvais acquérir les œuvres de qualité qui correspondaient à mes aspirations. Cet automne-là, je me rendis à Paris en toute discrétion, accompagné par Smith, pour organiser la fuite de la famille Falleron. Nous allâmes tous deux chez le marquis, ce fut toutefois moi qui gagnai sa confiance, non seulement grâce à notre amour partagé pour l'art, mais aussi en raison de ma lointaine parenté avec le duc de Denford.

Ce Smith devait être l'homme que Jane avait vu. Si elle avait su que son père avait reçu *deux* Anglais et non un seul, elle aurait probablement découvert la vérité plus tôt, avant de s'éprendre de Denford.

— Je vous épargnerai les détails du plan. Un membre influent du Comité de salut public délivra des passeports en échange de la moitié de la collection Falleron. Smith et moi devions convoyer les toiles jusque dans le nord de la France, où aurait lieu le partage des œuvres. Toutefois, comme je l'appris par la suite, la famille de Falleron ne parvint pas à s'échapper. Leurs sauf-conduits ayant été annulés, ils furent arrêtés pour trahison.

Le visage de Denford avait beau être inexpressif, Jane savait que ce récit lui était directement adressé. Le gouvernement anglais était impliqué. Ce n'était plus seulement l'histoire d'un jeune ambitieux résolu à profiter des revers de fortune de l'aristocratie française. L'affaire se révélait autrement plus complexe qu'elle ne l'avait imaginé. Pourtant, le récit de Denford ne tenait pas debout.

— Cette histoire de collection divisée en deux est invraisemblable, dit-elle à voix assez haute pour être entendue de tous. Comment cet agent et vous-même comptiez-vous estimer la valeur de chaque toile pour procéder au partage ? Aviez-vous l'intention de couper le Raphaël en deux pour ne pas faire de jaloux ?

— Vous avez raison, mademoiselle de Falleron. Cette partie du plan était effectivement absurde. Je ne l'ai pas remise en question parce que je convoitais si ardemment ces toiles que je me serais volontiers contenté de la moitié, et même passé du Raphaël. Je sais ce que c'est que d'être aveuglé par ses ambitions.

Ignorant les murmures, il poursuivit, s'adressant directement à Jane :

— Ce n'est pas moi qui ai trahi votre famille, ce qui ne m'exonère pas de mes responsabilités dans sa fin tragique.

Non seulement elle le croyait, mais sa détermination commençait à faiblir. Autrefois, elle l'avait écarté des coupables possibles en raison de son jeune âge, vingt ans tout au plus. À présent, elle était prête à lui pardonner ses fautes pour cette même raison.

S'il affichait une expression impassible, elle le connaissait trop bien pour ne pas détecter la supplique dans son regard bleu. Elle lui répondit par un froncement de sourcils tandis que son esprit inquiet passait en revue toutes les possibilités, incapable de trancher.

Sans personne à haïr, sans coupable à punir, sa vie ne serait plus qu'un désert. Des années durant, sa colère l'avait aidée à rester debout. Puis, pendant quelques bienheureuses semaines, l'amour lui avait presque donné envie d'oublier sa vengeance. Comment pourrait-elle vivre sans l'un ni l'autre ?

Elle avait écouté Denford avec tant d'attention qu'elle en avait oublié Louis.

— Et très commodément pour vous, conclut ce dernier, vous avez empoché la collection entière pendant que mes cousins périssaient sur l'échafaud.

— Croyez-moi, monsieur, j'aurais préféré qu'ils vivent et que je perde tout. Et, non, rien n'a été commode pour moi. Nous avons également été trahis et j'ai failli être tué dans une embuscade. Smith y a laissé la vie et si j'ai pu m'échapper en emportant la collection, c'est uniquement grâce au courage et à l'habileté de mon guide flamand.

Étrécissant les yeux, il enchaîna :

— Par la suite, sir Richard Radcliffe, qui en tant qu'agent des Affaires étrangères a peut-être été informé de l'opération menée par Smith, a montré une remarquable détermination à mettre la main sur la collection Falleron.

Ses paroles créèrent une vive émotion dans l'assemblée. Lady Radcliffe, qui était assise entre Julian et lord Cazalet, s'évanouit dans les bras de ce dernier. C'était probablement de la comédie, devina Jane, qui retint un sourire en voyant l'expression effarée de lord Cazalet. De fait, quelques instants plus tard, lady Belinda revint à elle. Son voisin lui servit un verre de vin et ôta sa broche, qui s'était détachée de son corsage pour se piquer dans son gilet.

— Merci, très cher lord Cazalet, dit-elle avec d'une voix sensuelle. J'aurais été particulièrement navrée de perdre ce bijou qui m'est très précieux.

Elle fixa le petit papillon près de son décolleté, décocha un sourire enjôleur à Louis avant d'adresser à Denford un regard lourd de reproches, comme si son récit n'avait eu pour but que de la contrarier et de lui faire perdre ses bijoux.

Sir Richard demeura imperturbable.

— Je n'ai jamais fait mystère de mon intérêt pour les toiles de maître, ni de ma capacité à les payer sans discuter le prix, déclara-t-il.

Il ponctua ses paroles d'un sourire suave en direction de Louis, qui soupira d'aise. Soudain, les bonnes dispositions de Jane envers sir Richard s'évanouirent. Sur ce point au moins, Denford avait raison. Ce personnage respirait la malhonnêteté.

Le duc reprit :

— Après ce désastre, je n'ai jamais réussi à découvrir qui nous avait trahis, Smith et moi, sans parler de la famille Falleron. Entre-temps, grâce aux hasards de la vie ont fait que j'ai hérité d'un titre qui fait de moi un homme influent. Et j'ai bien l'intention d'user de mon pouvoir en tant que duc de Denford pour faire éclater la vérité au grand jour.

Jane devait accorder à Radcliffe qu'il ne manquait pas de sang-froid. Ce dernier se contenta de hausser les épaules alors qu'il venait de s'attirer la curiosité avide de toute l'assemblée, un froncement de sourcils de lady Windermere, d'ordinaire bienveillante, et un regard glacial de Denford.

— Quoi qu'il en soit, continua celui-ci, j'espère avoir été très clair. J'avais juré sur mon honneur au marquis de Falleron que sa famille serait en sécurité, sans écouter mon intuition défavorable à ce plan. Si je ne suis pas l'unique coupable, je dois cependant assumer ma part de responsabilité.

C'était ce que Jane avait envie d'entendre, et le monde en serait bientôt informé car, à coup sûr, la nouvelle se répandrait comme une traînée de poudre. Toutefois, elle ne pouvait s'empêcher d'être déçue. Son plan de ruiner la réputation de Denford, qu'elle avait exposé à Louis, allait échouer à présent. Par ses confessions, Denford apparaissait davantage comme un héros que comme un traître. Cazalet ne semblait pas choqué, il hochait même la tête en signe d'assentiment. Jane n'en doutait plus à présent, le roi d'Angleterre serait bientôt le propriétaire de la collection Falleron.

Elle en aurait pleuré.

— Je croyais que tous les Falleron avaient péri, reprit Denford. Si je me réjouis de découvrir que Jeanne, leur fille aînée, a survécu dans des circonstances qu'elle choisira peut-être de révéler, je ne pourrai jamais payer la dette que j'ai envers elle pour avoir, par ma négligence, mené sa famille à sa perte.

Tout en parlant, il s'était approché de Jane. La prenant par le coude, il l'entraîna jusqu'à l'immense cheminée, s'immobilisa, puis s'empara de ses mains. Elle tressaillit et détourna les yeux, troublée par l'éclat de son regard.

— Je vous demande pardon, Jeanne, murmura-t-il.

Puis, à voix haute pour être entendu de toute l'assistance, il déclara :

— Le seul geste de réparation que je puisse effectuer aujourd'hui est de restituer à Mlle de Falleron la collection de son père. Elle lui appartient de droit et je la lui remets sans la moindre contrepartie pour qu'elle en use à sa guise. J'ai bien sûr certains espoirs, mais je ne ferai aucune demande.

Abasourdie, Jane porta la main à ses lèvres tout en s'efforçant de rassembler ses esprits. Elle n'eut pas le temps de répondre que Louis bondit sur ses pieds.

— Vous ne prétendez tout de même pas faire cadeau de mes tableaux à cette aventurière ? glapit-il.

Cette collection m'appartient ! Je suis l'héritier du marquis !

— Vous vous oubliez, monsieur, répliqua Denford d'un ton cinglant. Veuillez vous adresser avec respect à Mlle de Falleron.

— Cette femme n'est pas ma cousine ! J'ignore qui elle est, probablement une ancienne domestique de mon oncle, en revanche, je sais avec certitude que c'est une putain. Je présume qu'elle a « oublié » de vous parler de ces gueux de jacobins qui l'ont mise dans leur lit ? Jamais une Falleron n'aurait...

La main de Denford se referma sur son cou tel un étau. Julian secoua Louis et l'aurait probablement étranglé si Jane ne l'avait pas arrêté, assistée par deux messieurs. À contrecœur, Denford recula, tremblant de rage.

Si Jane ne savait toujours pas ce qu'elle espérait, ce n'était assurément pas l'arrestation de Denford pour meurtre sur la personne d'un marquis français.

— Votre Grâce, dit-elle sans réfléchir, accepteriez-vous de m'escorter jusqu'à la galerie ? J'aimerais voir mes tableaux.

Le pronom possessif s'était imposé de lui-même.

Le souffle court, Denford la regarda.

— Vous acceptez de quitter cette pièce avec moi ? Vous ne voulez pas que quelqu'un nous accompagne pour vous protéger ?

— Non. Il y a certaines choses dont nous devons discuter.

— Merci.

L'assistance parut comprendre qu'elle n'était pas invitée à les suivre, à l'exception de trois jeunes personnes qui les attendaient à la porte.

— Nous aussi, nous voulons voir les tableaux de Mlle de Falleron, déclara Fenella, qui s'était désignée comme porte-parole.

— Vous les avez déjà vus hier soir, rétorqua Julian.

— J'ai besoin de parler avec votre frère, ajouta Jane. Maria, je vous confie vos sœurs.

— Vous êtes toujours notre gouvernante ? demanda Fenella. Nous devons encore vous obéir ?

— C'est à *moi* que vous devez obéir, intervint Julian. Laissez-nous tranquilles ou je vous le ferai regretter.

Sur ces mots, il ferma la porte au nez d'une Fenella scandalisée.

21

Jane ne prononça pas une parole tandis qu'ils gravissaient l'escalier, pourtant Julian y vit un signe encourageant. Elle n'allait pas se jeter sur lui pour l'attaquer à mains nues – elle n'aurait pas pu dissimuler son poignard sous cette robe sublime. Drapée dans cette étoffe scintillante, parée des perles des Denford, elle était plus belle que jamais. Il brûlait d'envie de la prendre dans ses bras, pourtant il se l'interdit.

Il devait procéder avec la plus grande délicatesse.

— La collection est-elle vraiment à moi ? demanda-t elle, incrédule, sur le seuil de la galerie. Avez-vous le droit de la céder ? Je crains qu'elle ne soit la propriété de Louis, désormais.

Elle semblait encore sous le choc et cependant elle demeurait la Jane qu'il connaissait, pragmatique, directe et si pleine de charme.

Je l'ai achetée à votre père. Je l'ai payée avec de l'or et des passeports pour quitter Paris, et aujourd'hui, je suis libre de vous l'offrir. Tout ce que j'espère, c'est que vous ne vous sentirez pas obligée d'en faire don à votre charmant cousin, pour autant, je ne vous empêcherai pas d'en user comme bon vous semblera.

— Louis va vous attaquer en justice et il aura le soutien de sir Richard Radcliffe. Les avocats coûtent une fortune, n'est-ce pas ?

— Oui, mais je ne les crains pas. J'ai plus d'armes à ma disposition que Radcliffe ne l'imagine.

— Alors il tentera de me la racheter, insista Jane.

— Vous ferez ce que vous voudrez, je vous conseille toutefois de vous méfier de lui. Il a tenté de me voler les tableaux l'an dernier en prenant lady Windermere en otage. Il pourrait être impliqué dans l'affaire depuis le début. En vérité, il pourrait bien être le traître que je recherche.

Jane soupira. Ses yeux étaient ombrés de cernes et son teint, d'ordinaire resplendissant, était pâle. C'était une jeune femme remarquablement solide, toutefois, les récentes révélations sur son histoire l'avaient visiblement éprouvée. Julian aurait tout donné pour la réconforter. Absolument tout.

— Vous croyez que je connaîtrai un jour la vérité ?

— Il y a des gens aux Affaires étrangères qui en savent plus que nous. Windermere est rentré à Londres dans l'espoir de faire parler quelqu'un. Il n'a jamais réussi à franchir le mur de silence que Radcliffe a su dresser autour de lui, mais nous comptons sur votre réapparition pour changer la donne.

— J'ai l'intuition que le changement d'identité est la clef. Si seulement je savais pourquoi je suis devenue Jane Grey !

— Même si vous avez désormais repris votre véritable nom, pour moi vous serez toujours Jane.

— Pour moi aussi. Jeanne était quelqu'un d'autre.

Encouragé par son sourire – à peine ébauché, et cependant aussi lumineux qu'un rayon de soleil dans l'obscurité qui régnait depuis qu'elle avait appris sa perfidie –, il serra les poings et murmura, le cœur battant :

— Jane...

Il fit un pas vers elle, s'arrêta, la frôlant presque.

— Je n'imaginais pas oser vous demander cela un jour, aujourd'hui j'en prends le risque. Pourrez-vous me pardonner ?

— Je ne sais pas, dit-elle dans un souffle.

— C'est mieux qu'un non. Hier soir, je vous ai proposé de m'épouser. Les circonstances n'avaient rien d'idéales, mais j'ai bien l'intention de demander de nouveau votre main.

Elle accueillit ses paroles de ce mouvement de tête rebelle qui n'appartenait qu'à elle. Enfin, il la retrouvait !

— Pour récupérer la collection ?

— Je m'offusquerais si je ne savais pas que vous plaisantiez, répondit-il, soulagé. Je ne renouvellerai pas ma demande tout de suite. Souvenez-vous juste que si vous acceptez de me pardonner, je ferai de vous ma duchesse. Vous ne manquerez jamais de rien. Je vous ferai oublier toutes les privations que vous avez subies.

Il avait dit ces dernières paroles d'une voix rauque d'émotion.

— J'aimerais être heureuse et cependant je n'en ai pas le courage. De quel droit suis-je encore en vie ? Qu'ai-je fait pour le mériter ?

Il la comprenait. Il avait souvent ressenti la même détresse, en particulier quand il avait assisté à l'exécution de ses jeunes sœurs. Contrairement à elle, toutefois, il était bel et bien coupable. Ses remords étaient justifiés.

— Si je pensais que vous m'écouteriez, dit-il, je vous répondrais que vous n'avez été qu'une innocente victime. Un destin capricieux a décidé que vous seriez épargnée et vous n'en êtes pas plus coupable que de la mort de votre famille. Je doute, hélas, qu'aucun de mes arguments ne vienne à bout de votre culpabilité.

— En effet.

Elle lui effleura brièvement le dos de la main.

— Je n'aurai pas droit au bonheur tant que je n'aurai pas vengé ma famille.

— Permettez-moi de vous décharger de ce fardeau.

— Vous ne le pouvez pas.

— Peut-être, j'ai pourtant bon espoir que la vérité allégera votre croix. Regardez-moi, Jane.

Il posa la main sur son cœur.

— Nous allons trouver le responsable de la mort de vos parents et s'il est encore en vie, que ce soit Radcliffe ou un autre, je vous promets qu'il paiera pour son crime. Ensemble, nous l'y obligerons.

— Ensemble ?

— Vous n'êtes plus seule, Jane.

Il attendit, observant en silence le cortège d'émotions qui se succédaient sur le visage tant aimé. L'éclat de larmes vite chassées. Une moue butée qui se détendait. Un soupir suivi d'un sourire, peut-être pas un grand sourire radieux, mais un sourire tout de même.

— Je vous remercie, murmura-t-elle. À présent, je vais admirer ma collection et faire comme si j'étais heureuse.

— Puis-je vous accompagner ? s'enquit-il en lui offrant son coude.

Quand elle le prit, son cœur se gonfla de joie et de fierté.

— J'étais impatient de vous les montrer, avoua-t-il. Pas un instant je n'ai imaginé que ce serait vous qui me les montreriez.

— Vous m'avez offert un Fragonard, lui rappela-t-elle. Saviez-vous que mon père possédait un autre pastel représentant la même jeune femme ? Je présume qu'il n'est pas ici.

— La collection à vendre n'incluait ni dessins ni estampes. Et je ne me souviens pas que le marquis me l'ait montré.

— C'était l'un de ses préférés. Il le conservait dans ses appartements privés. Il affirmait qu'il lui faisait penser à moi. Ce pastel est probablement perdu à jamais et je suis d'autant plus heureuse d'avoir l'autre. Je vous en suis reconnaissante.

Bras dessus bras dessous, ils remontèrent la galerie tandis qu'elle lui racontait l'histoire de chaque toile.

— J'ai toujours estimé une œuvre d'art de façon très rigoureuse, en m'en tenant uniquement à sa qualité..., commença-t-il.

Elle venait de lui expliquer comment ses sœurs et elle avaient coutume d'allumer des bougies devant la Madone de Raphaël les jours de fêtes consacrées à la Vierge Marie.

— Je comprends mieux combien la sensibilité personnelle de celui ou celle qui contemple un tableau ajoute à la seule observation, commenta Julian.

— Je vais finir par vous rendre affreusement sentimental.

Inclinant la tête de côté, elle ajouta :

— Ou peut-être pas.

Ils s'étaient arrêtés devant une charmante scène représentant des musiciens dans un jardin, l'un des tableaux préférés de Julian.

— Encore un Fragonard, murmura-t-il.

— Nous adorions celui-ci parce qu'il nous rappelait les jardins de Bel-Étang, notre manoir en Normandie. Il n'existe peut-être même plus. Tant de grandes maisons ont été détruites pendant la Révolution. Je pense que mon père était bon avec ses gens, cela ne l'a pas pourtant sauvé, et sans doute pas le manoir non plus. Quand je suis passée par la Normandie avant d'embarquer pour l'Angleterre, je n'ai pas osé me renseigner.

Elle battit des paupières.

— Quelquefois, je ferme les yeux et j'imagine que le manoir est aussi joli qu'autrefois et qu'un jour, je le reverrai.

Si Julian ne pouvait lui rendre ce qu'elle avait perdu, il pouvait tenter de compenser.

— Vous croyez que l'on pourrait recréer le même jardin en Angleterre ? risqua-t-il.

S'enhardissant, il déposa un baiser sur sa main et attendit sa réponse.

— Je ne sais pas, répondit-elle.

Une bouffée de joie et de gratitude mêlées le submergea. Elle n'avait pas tenté de retirer sa main ; en soi, c'était une petite victoire. Peut-être allait-elle lui pardonner ? Et, le ciel lui vienne en aide, l'aimer de nouveau…

22

Julian voulait la vérité et il la voulait maintenant, afin de la déposer aux pieds de Jane et, avec elle, de faire tomber le traître. Il arpentait ses appartements, fuyant ses invités.

Il était las d'attendre Windermere. Hélas, ce dernier devait louvoyer dans les réseaux byzantins des Affaires étrangères. Qui savait quand il quitterait cet antre de la dissimulation en possession des faits ? Plus Julian y pensait, plus il doutait que cette expédition porte ses fruits.

En attendant, Radcliffe était à Denford Castle et s'il n'avait pas dénoncé lui-même les Falleron, Julian aurait mis sa main au feu que le vieux renard connaissait le traître. En attendant, il se promenait dans les jardins à la française, bouffi de suffisance et profitant sans vergogne des attraits de Denford Castle.

Le château de Julian. Son duché. Son foyer.

Il avait fallu deux ans à Julian Fortescue pour accepter ce titre tellement inattendu, inespéré et immérité. Désormais, il le revendiquait pleinement. Il était duc et il allait se comporter comme tel. Par respect envers lui-même, envers Damian et Cynthia, et par-dessus tout envers Jane. Le duc de Denford ne laisserait pas Radcliffe impuni pour ses crimes. Il sonna un domestique.

— Veuillez demander à sir Richard Radcliffe de me retrouver dans la bibliothèque, ordonna-t-il.

La collection d'ouvrages de la famille Denford était rassemblée dans une vaste salle de style jacobéen avec plafond à caissons, vaste cheminée et collection de portraits d'ancêtres à la mine sévère. Ces tableaux n'étaient pas du goût de Julian, toutefois, tandis qu'il attendait Radcliffe, il sentait le poids de l'histoire et la présence, voire l'approbation, de ses augustes prédécesseurs.

Radcliffe le rejoignit. Comme prévu, il parut totalement indifférent à l'austère majesté de la pièce.

— Je n'étais jamais entré ici, avoua-t-il en parcourant d'un regard calculateur les rayonnages de la bibliothèque. Je présume que vous possédez de superbes pièces, Denford. Si vous envisagez d'en vendre quelques…

— Certainement pas, l'interrompit sèchement Julian.

— Tant pis. Je me contenterai de la collection Falleron dès que Louis aura établi ses droits sur elle.

— N'y comptez pas. Et je ne vous ai pas convoqué pour discuter affaires.

Radcliffe s'était approché de l'âtre, qui disparaissait dans l'ombre du manteau de la cheminée aux sculptures chargées.

— Vous allez me dire tout ce que vous savez sur la fin tragique de la famille Falleron et sur le rôle que vous y avez joué, reprit Julian, se redressant de toute sa hauteur.

— Encore vos absurdes allusions à une prétendue implication de ma part dans cette histoire ?

— Pas si absurdes que cela. En tant que membre haut placé du ministère des Affaires étrangères, vous avez nécessairement eu vent de ce drame. Je suis las de ce petit jeu. Je veux la vérité.

— J'avoue que je suis intrigué, Denford. En admettant que je sache quelque chose, ce que je réfute, pourquoi vous le dirais-je ?

— Parce que je suis en position de vous compliquer la vie.

— Permettez-moi d'en douter.

Difficile d'être plus suffisant !

— Je pourrais murmurer quelques suggestions à l'oreille de mon nouvel ami le prince de Galles, qui a été ravi du Bosschaert que je lui ai offert récemment, reprit Julian. Au passage, je vous dois des remerciements pour cette excellente idée.

— Félicitations. Je ne pensais pas que vous auriez une telle audace.

— Vous allez vous apercevoir que non seulement mon audace n'a pas de limites, mais que je suis devenu un homme influent.

— Le prince de Galles n'est pas le roi, marmonna Radcliffe, qui semblait avoir perdu un peu de sa belle assurance.

— Peut-être, toutefois, depuis l'aggravation de l'état de santé du souverain, personne ne s'avise de contrarier son héritier. Y compris votre supérieur, le secrétaire des Affaires étrangères, qui me doit une faveur en contrepartie de mon soutien lors d'une élection partielle.

— C'est là toute votre influence ? ricana Radcliffe.

— Le reste est à venir. Cela dit, si cela ne suffit pas à vous convaincre, je n'hésiterai pas à vous arracher des aveux par la violence.

Devant cette menace, l'autre eut la bonne grâce d'abattre son jeu.

— Que voulez-vous savoir ? demanda-t-il dans un soupir. Je crains de ne pas avoir grand-chose à vous apprendre.

Julian regrettait presque qu'il ait capitulé si vite. Il se serait fait un plaisir de malmener le scélérat. Avec un peu de chance, il en aurait peut-être l'occasion, se consola-t-il.

— Étiez-vous informé du projet de John Smith d'aider les Falleron à fuir Paris à l'époque des faits ?

— Non, et c'est bien dommage car je m'y serais opposé. Ce plan était une aberration depuis le commencement.

Un point que Julian n'aurait certes pas contesté. Si Radcliffe était une redoutable vipère, il n'en était pas moins un habile politicien.

— J'en ai eu vent plus tard, reprit ce dernier, en étudiant un dossier où apparaissait le nom de Falleron.

— Vous connaissiez le marquis en tant que collectionneur ?

— Oui. Il m'avait battu de vitesse pour un ou deux tableaux dans les années 1780.

Cela faisait des décennies que Radcliffe achetait des œuvres importantes, y compris certaines qui intéressaient Julian.

— L'histoire était curieuse, enchaîna Radcliffe. Falleron n'avait pas de liens particuliers avec la famille régnante et n'était pas plus dangereux pour le nouveau régime que n'importe quel aristocrate. Dans les premiers temps de la Terreur, on pouvait encore se procurer des passeports. Rien ne s'opposait à ce que, en y mettant le prix et en frappant aux bonnes portes, il fasse sortir sa famille de France. Pourquoi toute cette histoire avec ses tableaux ? Leur valeur dépassait largement ce qui aurait suffi pour graisser la patte de quelques fonctionnaires. Pour quelle raison avait-il besoin de vous ou de John Smith ?

— J'espérais que vous alliez répondre à mes questions, pas en poser de nouvelles.

— Pour savoir de quoi il retournait, j'ai dû me procurer des dossiers confidentiels, ce qui n'a pas été chose aisée.

Malgré lui, Julian devait reconnaître qu'il y avait des accents de vérité dans les aveux de Radcliffe. Jamais il n'avait trouvé comment le baronnet aurait pu trahir les Falleron depuis son bureau à Westminster.

— Vous devrez garder le secret sur ceci, Denford.

— Je ne promets rien.

L'autre leva les mains en signe de reddition.

— Ma foi, je suppose qu'il y a prescription, à présent... John Smith faisait partie d'une initiative britannique pour sauver le Dauphin de la prison du Temple.

Julian ne put retenir un sifflement de surprise. Ainsi, il avait été, bien malgré lui, le jouet d'une conspiration plus redoutable qu'il n'en avait eu conscience ! Si la monarchie avait été restaurée, le Dauphin serait monté sur le trône de France après l'exécution de son père, le roi Louis XVI.

— Le garçon, alors âgé de huit ans, devait être déguisé en fille et évacué sous l'identité de la plus jeune des demoiselles Falleron, dont l'aînée devait se faire passer pour la gouvernante.

Enfin, les pièces du puzzle s'emboîtaient ! Les enjeux de toute l'affaire étaient colossaux. Quant à Julian, il avait été manipulé comme un gamin. Un gamin de vingt ans, désespérément naïf, aveuglé par l'ambition. Personne n'avait probablement imaginé qu'il s'échapperait en emportant le butin promis, la moitié des tableaux du marquis, et encore moins sa collection entière !

— Qui nous a dénoncés ?

Il fallait qu'il sache, pour lui-même et surtout pour Jane. Il s'était longtemps accusé de toute la responsabilité, or il n'avait été qu'un pion. Et aucun homme n'appréciait qu'on le manipule de la sorte.

— J'ai consacré beaucoup de temps et de réflexion à cette question, avoua Radcliffe. Le consensus parmi les personnes bien informées, c'est que John Smith a été trahi par le fonctionnaire que vous aviez acheté et que l'embuscade était prévue dès le départ afin de récupérer la totalité des tableaux. À ce propos, je vous félicite d'avoir eu la présence d'esprit d'emporter toute la collection. En revanche, c'est quelqu'un d'autre qui a dénoncé le complot destiné à sauver le Dauphin, envoyant ainsi les Falleron à l'échafaud. Nous n'avons jamais découvert son identité.

— Nombre de personnes étaient susceptibles de révéler cette opération, déclara Julian, pensif.

— Exact. La tentative était hautement périlleuse et avait toutes les chances d'échouer, mais nos espions nous avaient rapporté que l'enfant était soumis à d'odieux abus. Nous avons estimé que son sauvetage valait tous les risques.

Le froid détachement de Radcliffe acheva d'exaspérer Julian.

— Y compris celui de mener à l'échafaud un homme innocent et toute sa famille ?

Il songea aux deux petites filles qui avaient été exécutées, à Jane qui avait dû se prostituer à quinze ans pour survivre.

— Vous me dégoûtez, vos amis des Affaires étrangères et vous.

— Falleron était un loyal monarchiste. Il a dû estimer que le jeu en valait la chandelle.

— Il était terrifié pour ses enfants, rétorqua Julian, en proie à une rage froide. Il m'a supplié à plusieurs reprises de le rassurer par des promesses que, je le sais désormais, j'étais incapable de tenir. Bien au contraire, même !

— Je suis désolé, Denford, mais sachez que je n'ai rien à voir avec tout cela. Je n'ai rien à me reprocher.

Ce maudit hypocrite voulait s'assurer qu'il n'avait rien à craindre de lui.

— Je vous acquitte pour cette question-là, répondit Julian. À présent, si vous voulez bien m'excuser, j'ai des affaires à régler.

Radcliffe aurait des comptes à rendre pour ses autres péchés. Pour l'heure, Jane devait être mise au courant.

Jane était sortie se promener très tôt. Le silence n'était troublé que par le chant des oiseaux et la discrète présence des jardiniers. Tout cela, songea-t-elle, pouvait lui appartenir. Les sentiers ombragés, les parterres aux motifs complexes, les arbres vénérables... Elle fit halte sous un saule pleureur au bord de la rivière et observa les remparts du château, qui semblaient moins menaçants dans la lumière dorée du matin.

Julian lui avait promis un jardin semblable à celui de Bel-Étang si elle l'épousait. Le parc de Denford Castle était immense ; il y avait toute la place pour des massifs à la française, de larges allées et des statues classiques. Ils s'y promèneraient en se tenant par le bras et en discutant de tout et de rien, puis ils se réfugieraient dans la bibliothèque, dans la tour ou dans une chambre pour faire l'amour. Ici, elle pourrait mener une vie riche de sens et de plaisirs. Elle pourrait être heureuse.

À condition de pardonner à Julian.

Entre autres. En vérité, elle lui avait déjà accordé son pardon, ou du moins, elle avait accepté qu'il ait été dupé tout comme son père, bien que le prix à payer eût été infiniment moins lourd pour lui. Il s'était adressé bien plus de reproches qu'il n'en méritait, comme l'aurait fait n'importe quel jeune homme persuadé, avec la naïveté de la jeunesse, de sa suprême importance dans les affaires du monde.

La jeunesse ? Elle-même n'avait que vingt-quatre ans ! Elle avait sacrifié plus d'un tiers de son existence à réaliser une unique ambition. Pourrait-elle s'autoriser à être heureuse tant que l'assassin de ses parents serait vivant ?

Elle n'en avait aucune idée, et peu d'espoir de le savoir un jour. Le très onctueux sir Richard n'avait pas l'étoffe d'un informateur à la solde des jacobins.

De retour dans sa chambre, elle trouva une lettre sur son bureau. Son cœur battit un peu plus vite, puis se serra. Sur l'enveloppe adressée à *Mademoiselle Grey*, ce n'était pas l'écriture énergique de Julian mais l'élégante calligraphie enseignée par les meilleurs professeurs français. Rédigée dans la langue de Molière, la lettre l'invitait à discuter de certaines questions avec le marquis de Falleron et laissait entendre que celui-ci pourrait éventuellement envisager de la reconnaître comme sa cousine. Louis souhaitait la rencontrer en privé et lui proposait un rendez-vous au sommet du « pittoresque Donjon de la Vierge ».

Que voulait-il, au juste ? Certainement pas une visite guidée du monument historique !

Son premier réflexe fut de consulter Denford. Elle était seule depuis si longtemps pour affronter les problèmes et prendre des décisions qu'elle fut surprise de réagir ainsi. Elle hésita, pas seulement par fierté. Il y avait autre chose, un point qu'elle n'avait pas remarqué la veille, et qui pourtant était resté à la lisière de sa conscience. Une interrogation à propos de Louis.

Elle s'efforça de se détendre tandis qu'elle traversait la cour, puis gravissait la colline. Quand elle arriva à la porte de la tour, la mémoire lui était revenue, et quand elle parvint au sommet du donjon, elle avait compris ce qui se passait, même si elle en ignorait la raison.

— Bonjour, Jeanne, la salua son cousin en français, utilisant son vrai prénom.

Il était nonchalamment adossé au parapet, les bras croisés, très élégant dans son costume provenant visiblement de l'un des meilleurs tailleurs londoniens. Elle savait à présent comment il avait réussi à mener une vie si prospère durant toutes ces années. Il l'avait attirée au sommet d'une tour d'où une jeune femme se suicide, elle n'avait plus le moindre doute.

— Vous me croyez enfin ? s'exclama-t-elle, feignant la surprise. J'en suis si heureuse, Louis ! Nous devons être bons amis puisque nous sommes les derniers Falleron.

Par la faute de ce monstre d'égoïsme !

— Qu'est-ce qui vous a finalement incité à reconnaître la vérité ?

Si cette conversation avait été sincère, ils auraient dû tomber dans les bras l'un de l'autre. Tremblante de dégoût, elle se tint à distance prudente.

— Je vous ai reconnue d'emblée. Je savais que Jeanne avait survécu. Jamais je ne vous aurais crue assez astucieuse pour survivre aussi longtemps, cela dit, votre père répétait à qui voulait l'entendre que vous étiez la plus intelligente de ses filles.

Il ne faisait aucun effort pour se montrer aimable.

— Il a souvent regretté que je ne sois pas un garçon, avoua Jane. Cela aurait assuré l'avenir de notre famille.

— Vous montrez vos griffes, ma cousine.

Elle fit un pas, étudiant les environs, qui ne lui étaient plus totalement étrangers. Louis avait pris position du côté sud de la plate-forme à ciel ouvert, là où le parapet était le plus bas, à l'aplomb de la rivière. Les mains dissimulées dans ses amples jupes, elle s'approcha du côté opposé, vers le mur où Julian et elle avaient fait l'amour.

— Si nous nous passions des politesses d'usage et jouions cartes sur table ? proposa-t-elle.

— Je suis venu à Denford Castle pour récupérer mes tableaux et je n'apprécie pas du tout que le duc ait décidé de vous les restituer. C'est un prix bien élevé pour les services que vous lui rendez. Il doit être très épris de vous.

— À moins qu'il n'ait un sens élevé de l'équité.

— Je suis le marquis de Falleron et je veux l'héritage dont votre père m'a privé. Il a ruiné la famille. Ces tableaux sont tout ce qu'il reste de la fortune des Falleron et ils me reviennent de droit.

— Dans ce cas, envoyez vos avocats. Ou devrais-je dire ceux de sir Richard ?

Il aurait été plus avisé de se faire passer pour plus naïve qu'elle n'était, elle ne résista pourtant pas au plaisir de le défier.

— Je suppose qu'il préférera traiter directement avec moi, poursuivit-elle. Comme c'est triste de voir les voleurs se quereller.

Il tressaillit.

— Votre réapparition complique la situation, ma chère. Les propriétés me reviennent de droit, mais pas les tableaux, puisque les femmes peuvent hériter de certains biens. Même en l'absence d'un testament rédigé par votre père, je n'obtiendrai jamais gain de cause auprès d'un tribunal anglais. Quant à la justice en France, n'en parlons pas. Ces barbares ont aboli la primogéniture et donné aux filles les pleins droits d'héritage !

Il secoua la tête en soupirant.

— Tout cela me navre, ma cousine. Vous auriez pu couler des jours tranquilles sous le nom de Jane Grey, malheureusement, il a fallu que ce maudit Denford s'en mêle. Je présume qu'avec son influence, vous n'aurez aucun mal à faire reconnaître votre identité et vos droits.

— C'est cela qui vous a décidé à me reconnaître comme votre cousine ?

Elle fit quelques pas dans sa direction, puis s'arrêta, prudente. Il arborait l'expression pleine de morgue et de suffisance qu'il avait toujours réservée à ses cousines. Ce coq avait beau louer l'intelligence de Jane, il était persuadé de lui être infiniment supérieur.

— J'ai tenté de vous protéger en feignant de ne pas vous reconnaître, hélas, vous sembliez déterminée à jouer les trouble-fêtes.

Et soudain, il plongea vers elle, la prit par les épaules et la fit pivoter avant de la plaquer contre l'un des créneaux.

— J'ai rédigé un autre récit, ma chère cousine. Comme je l'affirme depuis le début, vous n'êtes qu'une petite intrigante qui tente de profiter de la tragédie qu'a subie ma famille. De surcroît, vous n'avez pas toute votre raison. Toutefois, submergée de remords, et inspirée par la triste histoire du Donjon de la Vierge, vous avez décidé de mettre fin à vos jours en vous jetant du haut de la tour.

S'appuyant contre elle de tout son poids, il referma la main sur son cou et le serra. Jane raffermit sa prise sur le poignard qu'elle dissimulait dans les plis de sa jupe en priant pour ne pas avoir surestimé sa capacité à se défendre.

— Vous qui me trouvez intelligente, Louis..., articula-t-elle avec peine, vous pensiez vraiment que je viendrais désarmée... dans un lieu désert... à un rendez-vous avec l'homme qui a trahi ma famille ?

Julian se rendait dans la salle d'études quand il croisa ses sœurs, visiblement en proie à une vive agitation.

— Julian ! s'écria Maria. Nous vous cherchions justement ! Nous sommes très inquiètes pour Mlle Grey. Lisez ceci.

Elle lui tendit une feuille de papier.

— On ne voulait pas être indiscrètes, ajouta Laura. On est allées la chercher dans sa chambre. J'ai regardé ses papiers parce qu'elle n'écrit *jamais* de lettres, et que celle-ci dépassait d'une pile de feuilles blanches.

— Et comme elle nous était adressée, précisa Fenella, nous l'avons lue.

Mes chères petites,

C'est avec une grande tristesse que je vous quitte. Je suis désolée de vous avoir menti mais je ~~ne sais comment vous dire la vérité~~ refuse de vous mentir plus longtemps, ainsi qu'à votre frère. Je ne suis pas Jeanne de Falleron, pas plus que je ne suis Jane Grey. J'ai tué la véritable Mlle Grey, pris son nom et volé son argent. Elle m'avait raconté l'histoire de la famille Falleron et je me suis fait passer pour la fille aînée. Aujourd'hui, je crains que Louis de Falleron ne dévoile la supercherie et je ne peux plus vivre avec ce poids sur la conscience. Je n'ai pas le courage d'affronter Sa Grâce pour tout lui avouer. Adieu, mes enfants.

— Ça n'a aucun sens ! s'exclama Julian. Est-ce seulement l'écriture de Jane ?

— On dirait, répondit Fenella. Elle nous a dit qu'elle écrivait à la manière française parce que c'était ainsi qu'on apprenait à Sainte-Lucie.

— Louis de Falleron aussi écrit à la manière française, gronda-t-il.

Il ferma les yeux et s'efforça de réfléchir calmement.

— Où peut-elle être ? Les filles, dispersez-vous et interrogez tout le monde afin de savoir si quelqu'un l'a vue. Dites que j'ordonne à tous les domestiques de se mettre à sa recherche sans attendre. Si vous apprenez quoi que ce soit, venez aussitôt me trouver. Je vais voir dans la chambre de Louis de Falleron.

— Vous croyez qu'il a pu écrire cette lettre ? risqua Fenella.

— J'en mettrais ma main au feu. Chaque parole est un mensonge. Et jamais Jane ne partirait sans m'en avoir averti. Il n'y a pas une once de lâcheté en elle. À présent, allez-y ! Il faut la retrouver.

La chambre du Français était vide. Julian parcourut de nouveau la lettre à la recherche d'un indice. Quand il relut les mots *je ne peux plus vivre avec ce poids sur la conscience*, son sang se glaça.

Et si cette phrase était à prendre au sens littéral ?

Il dévala le grand escalier. Le hall était plein de domestiques venus indiquer les endroits où Jane ne se trouvait *pas*. Puis un valet arriva en courant et informa Julian que l'un des jardiniers l'avait vue se diriger vers le Donjon de la Vierge.

Cette lettre était bel et bien censée être celle d'une femme prête à se suicider, comprit Julian.

23

Le cœur battant à tout rompre, Julian jaillit sur la plate-forme au sommet de la tour. Aveuglé par la lumière, il cilla avant de repérer deux silhouettes contre les créneaux. Il reconnut Louis de Falleron et Jane. Le premier tentait d'étrangler la seconde, qui se débattait en agitant frénétiquement un poignard.

Julian fit tourner le pommeau d'argent de sa canne et dégaina la longue lame d'acier qu'elle dissimulait.

Puis il se figea, indécis. Dans leur corps à corps désespéré, Jane et Louis avaient roulé sur le créneau. Un faux mouvement et ils basculaient par-dessus le rebord.

Julian s'approcha, le bruit de ses pas couvert par les halètements d'effort des deux cousins, trop absorbés par leur mortelle étreinte pour remarquer sa présence. Refusant de prendre le risque de blesser Jane, il posa son épée. Il s'apprêtait à la saisir par ses jupes pour l'empêcher de tomber quand Falleron parvint à la faire rouler sur le dos. Elle levait de nouveau son poignard lorsque, ôtant la main de sa gorge, Falleron lui plaqua le bras sur la pierre. Le poignard vola dans les airs et disparut derrière les remparts.

Julian plongea. D'un geste fluide, il agrippa Jane et la ramena vers l'intérieur de la plate-forme. Par miracle, ils tombèrent tous les trois sur le sol, bras et jambes entremêlés, sans cesser de donner des coups de pied et de poing.

Le Français parvint à se dégager et battit en retraite vers le mur, le souffle court, tandis que Julian s'agenouillait pour serrer Jane dans ses bras.

— Vous êtes vivante, murmura-t-il. Tout va bien. Vous ne m'avez pas quitté ! Vous êtes là, avec moi...

Il continua quelques instants de débiter de tendres absurdités, bien impuissantes à exprimer sa gratitude d'être arrivé à temps.

— Louis... C'est lui, le coupable, dit-elle d'une voix rauque.

— À présent, plus personne ne contestera que j'avais raison ! lança son cousin, qui avait retrouvé sa morgue. Cette femme est folle ! Elle m'a attiré ici sous le prétexte ridicule de me vendre mes propres tableaux. Je n'ai accepté de venir que par pitié pour cette pauvre créature, mais quand elle s'est jetée sur moi avec son poignard, j'ai bien été obligé de me défendre.

Jane émit un grondement de rage.

— C'est lui qui m'a attaquée ! Il a tenté de me tuer !

— Pourquoi aurais-je attenté à sa vie ? rétorqua l'autre.

Julian leva les yeux vers le Français.

— Pourquoi, en effet, Falleron ? Quels motifs auriez-vous d'éliminer votre cousine, l'unique survivante de la tragédie qui a frappé votre famille ?

— Ce n'est pas ma cousine.

Julian se redressa et aida Jane à se remettre debout.

— J'ai soif, gémit-elle.

Sans lui lâcher la taille, mais en gardant un œil sur Falleron, Julian la guida vers une encoignure où une gouttière collectait l'eau de pluie. Elle prit le peu de liquide qui s'y trouvait et le porta à ses lèvres.

Puis, se libérant du bras de Julian, elle se tourna vers son cousin, les poings serrés.

— C'est vous, le traître qui nous a dénoncés au Comité de salut public ! C'est par votre faute que toute ma famille a été exécutée !

Le Français ne perdit rien de son arrogance.

— Encore des affabulations ! ricana-t-il.

— J'ai la preuve de ce que j'affirme, répondit Jane d'une voix raffermie. Le matin de l'arrestation, mon père était bouleversé. Je l'ai entendu annoncer à maman que ses bijoux étaient perdus. Plus tard, quand les gardes sont arrivés, il a dit qu'il avait été trahi par l'homme en qui il avait le plus confiance. Persuadée que c'était M. Fortescue qui nous avait dénoncés, j'ai cru que c'était lui qui détenait les bijoux. Puis j'ai appris que c'était avec sa collection de tableaux que papa avait payé nos passeports et j'ai complètement oublié les bijoux de maman.

Elle marqua une pause le temps de reprendre son souffle.

— Hier soir, reprit-elle, lorsque lady Belinda a failli perdre sa broche en s'évanouissant, un détail a retenu mon attention. La broche en question est un papillon aux ailes de diamant.

— Un bijou très commun, marmonna Falleron.

— Peut-être, mais celui-ci ne l'est pas. Le corps du papillon est rayé de jais noir et de diamant jaune, comme celui d'une abeille. Maman le portait rarement parce qu'elle ne le trouvait pas très beau. Je suis sûre que si nous interrogeons lady Belinda, elle nous dira que c'est vous qui lui avez offert cette broche.

— Et alors ? Cela ne prouve rien. Qui peut démontrer que l'épouse de mon cousin possédait un tel bijou ? Je vous le répète, Denford, cette femme est une dangereuse mythomane.

Jane se tourna vers Julian.

— Selon vous, est-ce que l'on pourrait savoir si un émigré français tel que mon cousin aurait pu vendre une magnifique collection de bijoux, pièce après pièce, au fil des années ?

Il lui adressa un sourire. Il avait compris.

— J'imagine qu'un bon détective saura retrouver la trace de telles transactions s'il dispose d'un descriptif assez précis de chaque bijou. J'en connais un qui serait parfait pour cette mission.

— Qui vous dit que votre père ne m'a pas confié ces bijoux pour qu'ils soient en sécurité ? maugréa Louis à l'adresse de Jane.

— Je commence à vous trouver singulièrement incohérent, Falleron, répliqua Julian. Vous ne manquez pas d'audace d'accuser Mlle de Falleron d'être folle alors que vos propres déclarations sont toutes plus farfelues les unes que les autres.

— Mais *pourquoi* ? s'écria Jane. Pourquoi Louis nous a-t-il trahis ? Pourquoi suis-je devenue Mlle Grey ?

— Excellente question, répliqua l'intéressé. Pour une fois, la folle fait preuve d'un peu de bon sens. Toute cette histoire est invraisemblable !

— Votre cher cousin pourrait répondre à ces questions, Jane, toutefois, comme je doute qu'il le fasse, je vais m'en charger à sa place. On vous a transformée en Jane Grey pour que le Dauphin, qui aurait dû devenir Louis XVII, puisse quitter la France déguisé en fille, sous le nom de votre cadette, Antoinette. Je suppose que votre père s'était confié à Louis, ici présent, qui a estimé – à raison, je dois le lui accorder – que cette entreprise était hautement périlleuse. L'opération risquait de se conclure par l'arrestation de quiconque en avait été informé, y compris lui-même, et par l'exécution de la famille Falleron au grand complet.

Jane le regarda, bouche bée.

— Mais bien sûr..., articula-t-elle d'une voix blanche. Cela ressemble tellement à papa de vouloir sauver le Dauphin. Et cela ressemble tellement à Louis, ce pleutre, de s'y être opposé. Il a volé les bijoux et nous a trahis pour sauver sa misérable peau !

Julian acquiesça.

— Et ensuite, si votre supposition est correcte, il a réussi à quitter la France sans être inquiété en emportant une fortune en bijoux, conclut-elle.

— Au nom du ciel, quelle imagination délirante ! s'exclama Louis. De toute façon, vous ne pouvez rien prouver contre moi. Absolument rien.

Jane fronça les sourcils, partagée entre la frustration et l'exaspération.

— Nous le pouvons, n'est-ce pas, Julian ? Il ne peut pas s'en sortir aussi facilement ! Il a reconnu qu'il savait que j'avais pu me sauver. Il était informé de l'opération Jane Grey. S'il était innocent, il ignorerait tout cela.

— Bien sûr, nous pouvons le prouver, répondit Julian en lui prenant la main.

Hélas, il craignait de lui donner de faux espoirs. Sans la coopération des Affaires étrangères, sur laquelle il ne fallait pas compter, il serait difficile de confirmer leurs soupçons. Il ne doutait pas un instant des ignominies dont Jane accusait son cousin – il la croirait toujours, quel que fût son contradicteur –, mais les autres ? Quel crédit accorderaient-ils à ses allégations ? Son histoire était extraordinaire et Falleron pouvait se montrer fort convaincant dans ses dénégations. Ce serait sa parole contre celle de son cousin. Le pot de terre contre le pot de fer. S'ils ne parvenaient pas à traîner le Français devant la justice, que ferait Jane ? Si, ce qu'il redoutait, elle tuait son cousin, il serait incapable de la protéger contre les conséquences légales de son geste.

— Je suis duc, déclara-t-il froidement.

Jamais Julian n'avait revendiqué son titre aussi souvent que ce matin !

— J'ai du pouvoir et de l'influence. Je vais vous ruiner, Falleron. Je vais vous anéantir. Je vais vous écraser comme la vermine que vous êtes.

— Comment ? demanda Jane dans un souffle.

C'était bien elle, ça, à toujours le mettre au défi ! Falleron, en revanche, ne semblait pas douter de ses menaces. Imprudemment, Julian avait laissé son épée appuyée contre le mur. La lame étincela au soleil, attirant son regard, à l'instant où le Français s'en emparait.

— Je vous tuerai d'abord, Denford, vous et votre putain !

Il recula d'un pas, se préparant à plonger sur Julian, la lame dirigée vers son cœur.

— Non ! cria Jane.

Il avait suffi que Julian la quitte un instant des yeux pour qu'elle se rue sur son cousin, se jette sur lui et le plaque contre la partie basse d'un créneau.

— Je vous interdis de le tuer ! Vous avez déjà assassiné tous ceux que j'aimais, mais pas lui ! Pas lui !

Pris de court, le Français demeura suspendu en équilibre sur le rebord pendant quelques instants... jusqu'à ce que Jane, d'une vigoureuse bourrade, le pousse dans le vide.

Son cri d'effroi résonna dans le silence. Jane et Julian se regardèrent, muets de stupeur, figés dans l'éclatante lumière de juin. Loin au-dessus d'eux, une alouette lança son chant dans le ciel lumineux.

Enfin, Julian s'approcha de la jeune femme, qui s'était penchée par-dessus le bord du créneau. Sur la berge de la rivière, loin en contrebas, gisait le corps sans vie de son cousin. Julian s'empara de sa main tandis qu'elle murmurait d'un air hagard :

— Je l'ai fait. Je l'ai fait ! J'ai tué l'homme qui avait trahi ma famille.

Elle avait le regard perdu et la voix étranglée. Puis elle se mit à trembler de la tête aux pieds. Sans un mot, Julian l'enveloppa de ses bras. Malgré le drame auquel il venait d'assister, son cœur se gonflait de joie et d'espoir tandis qu'il songeait aux paroles qu'elle avait prononcées. Elle le comptait parmi les personnes qu'elle aimait.

— Pourtant, ce n'est pas pour cela que je l'ai tué, reprit-elle en s'écartant de lui. J'ai attendu toutes ces années le jour où je pourrais venger ma famille, mais c'est pour vous que je l'ai tué. Je n'aurais pas supporté qu'il vous arrache à moi, vous aussi.

— Personne n'a tué personne, déclara alors une voix derrière eux.

Comme un seul homme, Jane et Julian se retournèrent. Windermere se tenait dans l'encadrement de la porte de l'escalier de la tour.

— Damian ! s'exclama Julian. Depuis quand es-tu là ?

— À mon arrivée, j'ai trouvé le château en émoi. Tes sœurs m'ont raconté une histoire fort compliquée où il était question de Mlle de Falleron et de son cousin, je n'ai toutefois pas perdu de temps à en démêler les fils. J'ai pensé que tu pourrais avoir besoin de mon aide.

— Tu aurais pu nous être utile il y a quelques minutes. Finalement, nous avons réglé la question nous-mêmes.

— Tu fais allusion à ce malheureux accident ? J'ai assisté à toute la scène. Le marquis de Falleron a finalement réalisé quel mal il avait infligé à sa cousine. En entendant le terrible récit de l'arrestation de sa famille, accablé par les remords, il s'est jeté dans le vide. À ce propos, Denford, tes prédécesseurs ont été fort imprudents de laisser ce parapet aussi bas. J'espère que tu prendras les mesures nécessaires pour éviter d'autres tragédies.

— Certainement, Windermere. Imagine que des enfants viennent jouer ici !

Avec un peu de chance, songea-t-il, les enfants dont il parlait seraient les leurs, à Jane et à lui.

24

Tandis que Julian et lord Windermere allaient récupérer le corps de Louis, Jane regagna sa chambre, en proie à une immense lassitude. Elle avait enfin vengé sa famille et cependant elle ne ressentait qu'un vide désespérant.

Elle chassa Denford de ses pensées, refusant de se demander s'il serait à même de la consoler ou si elle devrait affronter une éternelle solitude. En vérité, elle n'aurait su dire laquelle de ces deux possibilités l'effrayait le plus. Incapable de penser à l'avenir, elle s'étendit sur son lit.

Il y avait tout de même trois personnes dans cette maison qui étaient bien résolues à ne pas la laisser seule. Plus tenaces qu'une meute de chiens de chasse, les demoiselles Osbourne firent de nouveau irruption dans sa chambre pour l'assaillir de questions. Afin d'échapper à leur curiosité, Jane décida de déjeuner avec les invités.

Elle avait craint que l'on ne parle que des tragiques mésaventures de la famille Falleron, mais l'arrivée des parents d'Oliver Bream apporta ce jour-là une diversion bienvenue. Puis l'annonce des fiançailles surprises d'Oliver avec Mlle Cazalet acheva de retenir l'attention générale.

Si lord Cazalet n'avait pas réussi à mettre le grappin sur un duc pour sa fille, il semblait prendre son parti de la situation de bonne grâce.

— Mon futur gendre est un artiste talentueux, ce que ma fille a compris avant tout le monde, déclara-t-il plus tard. Je ne peux faire de promesse formelle, je ne serais toutefois pas surpris qu'une commande royale le confirme un jour.

Le jeune couple se tenait non loin de là, Henrietta arborant une expression triomphale, Oliver n'ayant pas tout à fait l'air de croire à sa bonne fortune. Avait-il enfin trouvé la femme de sa vie ? se demanda Jane. Accaparée par ses propres soucis, elle n'avait pas remarqué qu'il avait transféré sa capricieuse affection de lady Belinda vers Mlle Cazalet. Toutefois, sa façon de couver celle-ci du regard était plutôt encourageante. Et Jane avait l'intuition que la jeune femme possédait assez de caractère pour éclipser d'éventuelles candidates à l'admiration volage d'Oliver.

Quand le père de celui-ci prit la parole, Jane découvrit que c'était un gentleman titré.

— Je n'aurais jamais imaginé que mon benjamin réussirait dans une carrière artistique, avoua sir Walter Bream. Cela me semblait une activité des plus déraisonnables pour un jeune homme de bonne famille. Quand nous avons vu dans le journal qu'il séjournait à Denford Castle pour peindre le portrait des sœurs de Sa Grâce, lady Bream et moi-même avons décidé de venir le voir. Nous sommes fiers de ce garçon.

Jane, qui se tenait parmi le groupe de dames qui entouraient les fiancés, leva soudain les yeux. La haute silhouette de Denford venait de s'encadrer sur le seuil. Son pouls s'emballa, de crainte et d'excitation mêlées. Il lui adressa alors un regard qui acheva de l'effrayer. Profitant de ce que lord Cazalet s'approchait de lui, Jane s'enfuit par la porte opposée.

Elle parvint à l'éviter pendant deux bonnes heures puis, comme il fallait s'y attendre, il fit son apparition dans le jardin de buis où elle s'était réfugiée.

— Pourquoi me fuyez-vous ? demanda-t-il.

Comment avouer que devant la promesse d'un bonheur enfin à sa portée, elle était prise de panique ?

— J'ai été occupée, répondit-elle. J'ai fait la connaissance de vos cousins pas-tout-à-fait-Fortescue. Ils sont très aimables.

— Je suis ravi de l'entendre car je doute que nous puissions leur interdire l'accès de Denford Castle à présent que je leur ai abaissé le pont-levis.

— De plus, ajouta-t-elle, ignorant le *nous*, j'ai discuté avec Mlle Cazalet. J'ai su dès le premier jour que c'était une jeune femme aussi charmante qu'intelligente. Elle aurait fait une excellente épouse pour vous si elle ne vous avait pas préféré Oliver Bream. J'ignorais qu'il était fils de baronnet. Saviez-vous que c'est un titre qui n'existe pas en France ?

Seigneur, voilà qu'elle parlait à tort et à travers !

— Chut, dit Julian en posant un doigt sur ses lèvres pour la faire taire. Puis-je m'asseoir avec vous, Jane ? Nous ne sommes pas obligés de parler, c'est juste que j'ai très envie d'être auprès de vous.

— Je préférerais faire quelques pas.

Elle se sentirait plus en sécurité s'ils marchaient.

Dans la lumière dorée de cette fin d'après-midi de juin, le chemin qui longeait la rivière était charmant, et l'air plus doux qu'une caresse. Jane ne portait pas de chapeau, mais elle avait emprunté une ombrelle à Mlle Cazalet. Peut-être la brise estivale qui passait dans ses cheveux avait-elle rafraîchi son esprit surchauffé, à moins que ce ne soit la sérénité de ce paysage pastoral qui l'avait apaisée, quoi qu'il en soit, l'angoisse qui l'oppressait depuis qu'ils avaient quitté le donjon desserrait enfin son étreinte.

Comme promis, Julian n'avait toujours pas prononcé un mot. Il se contentait de cheminer à ses côtés, les mains dans le dos. Sa haute silhouette si chère à son cœur était à présent rassurante. Il avait raison : elle l'avait fui. Et elle ne savait même plus pourquoi.

— J'ai encore du mal à croire qu'Oliver et Henrietta soient fiancés, dit-elle, reprenant la conversation là où elle l'avait abandonnée. Quand je pense que lord Cazalet a donné son accord !

— C'est une chance que lord et lady Bream soient arrivés ce matin. Je savais qu'Oliver était issu d'une bonne famille, mais rien de plus. Il ne parle jamais de lui. Uniquement de sa peinture.

— Et de ses idées sur l'art en général. Et de son estomac toujours vide.

— Mlle Cazalet fera quelqu'un de ce garçon.

— C'est bien son intention en tout cas.

Jane parla à Julian des projets d'Henrietta pour l'avenir d'Oliver. Il lui parla des Radcliffe, qui étaient partis sans même dire au revoir à leur hôte pendant que celui-ci recevait le coroner venu effectuer les constats d'usage après l'accident survenu à Louis de Falleron. L'officier de police judiciaire avait accepté les déclarations de lord Windermere sans émettre d'objection, si bien que l'enquête sur le décès ne serait qu'une formalité.

Jane avait l'impression d'être de nouveau dans la bibliothèque de Fortescue House, partageant avec Julian les nouvelles de la journée. Elle n'évoqua toutefois pas les demoiselles Osbourne, dont l'unique préoccupation était à présent de savoir quand elle allait épouser leur frère. Elle s'abstint également de la moindre allusion au fait que tout le monde au château semblait persuadé qu'ils allaient se marier, même si certains ne voyaient pas cette perspective d'un bon œil. Lady Ashfield, par exemple, s'était montrée à peine polie.

Le souvenir de leurs soirées à Londres faisait naître une sourde nostalgie en elle. Vues d'ici, elles lui apparaissaient comme une période insouciante, un agréable flirt qui n'interférait pas avec le but de sa vie. À présent, elle avait le cœur lourd et l'esprit confus.

Ils avaient presque atteint le bout du chemin quand la conversation prit un tour plus personnel.

— Vous êtes très en beauté aujourd'hui, Jane. Vous êtes toujours très belle, il n'empêche que c'est un plaisir de vous voir dans de jolies robes, comme celle que vous portiez hier, ou celle d'aujourd'hui. Vos tenues de gouvernante ne me manqueront pas.

Elle riposta à ces compliments par des paroles destinées à blesser.

— Henri aimait que sa maîtresse soit bien habillée. Cela flattait son orgueil masculin.

— J'aurais mauvaise grâce de m'offusquer qu'un autre homme vous ait offert de beaux vêtements, mais il est à présent de l'autre côté de la Manche et c'est moi qui suis auprès de vous. Si j'ai envie de vous acheter des robes, et toutes sortes de belles choses, ce n'est pas pour me donner de l'importance.

— Votre importance, Votre Grâce, n'a nul besoin d'être flattée.

— Une fois de plus, vous feignez de vous méprendre sur mes paroles. Quand je vous ai dit hier soir que j'aimerais vous couvrir de cadeaux, j'étais sincère, et ce n'est pas parce que j'ai une dette envers vous. Je suis votre obligé, et ce n'est cependant qu'une goutte d'eau dans l'océan d'amour que j'éprouve pour vous.

Il s'immobilisa et lui prit les mains.

— Je vous aime, Jane. Je n'ai jamais su ce qu'était l'amour, mais je reconnais cette joie qui gonfle mon cœur, et la terreur qui s'empare de moi à l'idée que vous me quittiez. Bon sang, qu'il est difficile de parler de cela !

Il s'en sortait pourtant bien si elle en jugeait par les émotions qui la submergeaient. Si, tout comme lui, elle était partagée entre la joie et la terreur, ce n'était pas la même terreur. Elle ignorait toujours si le plus effrayant serait de vivre avec lui ou de vivre sans lui.

— Voulez-vous m'épouser, Jane ? Voulez-vous rester auprès de moi pour toujours ? Voulez-vous être ma femme et mon amour ?

— Il ne serait pas convenable qu'un duc se marie avec une personne telle que moi.

— Ce n'est pas un duc qui vous demande en mariage, madame, c'est un homme. Votre sang est assurément plus bleu que le mien et si vous tenez à vous quereller, je vous rappellerai que vous êtes fille de marquis.

— Je n'en ai malheureusement pas eu la vie ! Ma mère trouverait très choquant qu'un homme de votre rang épouse une femme de mauvaise réputation.

— Bonté divine, vous êtes épouvantablement française. Je ne doute pas que votre mère ait été une femme admirable à tous points de vue, mais ne pourriez-vous pas oublier ses préceptes sur cette question en particulier ?

Il porta ses mains l'une après l'autre à ses lèvres pour y déposer un baiser.

— Je vous ai fait sourire, observa-t-il, triomphal.

Se libérant d'un geste sec, elle s'efforça, non sans mal, de se composer une expression sévère.

— Je suis très sérieuse. Nous ne devrions pas rire.

— Nous devrions *toujours* rire, rectifia-t-il. Personne ne sait mieux que vous combien la vie peut être douloureuse. Raison de plus pour savourer le bonheur quand il est là. Et maintenant, permettez-moi de dresser la liste de toutes les raisons pour lesquelles votre mère m'aurait trouvé indigne de vous. Je suis né irlandais et roturier. J'ai longtemps vécu du négoce. J'ai tenté de séduire l'épouse de mon meilleur ami. Quoi d'autre... Ah, oui ! Pendant des années, je n'ai pas écrit une seule lettre à mes sœurs. Je pourrais continuer longtemps ainsi, mais vous connaissez mes péchés et je n'ai pas le courage de confesser ceux qui auraient échappé à votre attention.

— J'ignorais que vous aviez tenté de séduire une femme mariée.

— Cela m'apprendra à trop parler. Je m'en tiendrai là ; vous pourrez toujours interroger lady Windermere.

Denford était redoutablement intelligent. Par sa fantaisie, il avait fait tomber toutes les digues derrière lesquelles elle se retranchait et elle était sur le point de sombrer dans un océan d'amour.

— Je vais vous poser une question, reprit-il, et je vous demande d'y répondre avec le plus grand sérieux.

— Je vous écoute.

— Si vous refusez de m'épouser, quelle est votre raison ? Est-ce parce que vous ne m'aimez pas ? Est-ce parce que vous ne me pardonnez pas ce qui s'est passé autrefois ?

Elle lui devait la vérité et cependant elle n'avait pas la force de la formuler en le regardant dans les yeux. Lui tournant le dos, elle prit une profonde inspiration.

— Je ne suis même pas sûre qu'il y ait vraiment quelque chose à vous pardonner, Julian. Je vous aime. Je vous ai aimé dès le premier jour ou presque et mes sentiments n'ont fait que s'approfondir ces dernières semaines.

— Mais ? Je sais qu'il y a un *mais*. Je l'entends dans votre voix.

— Mais le courage me manque. J'ai peur de ce que dira le monde. J'ai peur que sir Richard Radcliffe et lady Ashfield clament à qui veut l'entendre que je ne suis qu'une *catin*. J'ai peur de salir votre nom et celui de vos sœurs.

— Pensez-vous en être une ?

Jane s'était souvent posé la question et elle était sûre de la réponse.

— Non. Je n'ai pas honte d'avoir fait ce que j'ai fait pour survivre.

— Moi non plus, je ne le pense pas. J'ai des amis bien placés, je peux faire taire les rumeurs. Je ne vous promets pas qu'il n'y aura pas de murmures, toutefois, quiconque tentera de vous insulter aura affaire à moi.

Elle pivota sur ses talons.

— Que vous êtes naïf ! Vous ne voyez donc pas que c'est là ma plus grande crainte ? Que vous vous mettiez en tête de défier quelqu'un en duel et n'y surviviez pas ? Il vaut mieux n'avoir personne que pleurer la perte des êtres aimés !

— Jane, ayez foi en moi, murmura-t-il d'une voix vibrante de tendresse et de compassion. Si j'ai bien montré une chose ces dernières années, c'est qu'on ne m'élimine pas aisément.

— Je n'y arriverai pas !

Son souffle se fit plus rapide et un début de panique lui étreignit la poitrine. Reculant d'un pas, elle tendit les bras pour tenir Denford à distance.

— Où est ma courageuse Jane qui n'a peur de rien ? demanda-t-il doucement.

Elle avait perdu le courage qui l'avait aidée à rester debout depuis si longtemps et elle se méprisait pour sa faiblesse.

— Je ne veux plus être courageuse, gémit-elle. Je n'en peux plus !

Elle continua de reculer en retenant ses sanglots. Depuis deux jours elle ne faisait que pleurer et s'étonnait de ne pas être totalement desséchée.

— Laissez-moi ! s'écria-t-elle.

Lâchant son ombrelle, elle enfouit le visage entre ses mains et hoqueta jusqu'à ce que son souffle s'apaise.

Enfin, elle parvint à regarder Denford, qui attendait sans mot dire.

Sa haute silhouette se découpait, sombre et nette contre la palette de verts de l'été. Toutefois, son attitude n'était pas celle de l'aristocrate orgueilleux et sûr de lui qu'elle connaissait, mais celle d'un homme accablé de tristesse. Aveuglée par sa propre douleur, elle avait ignoré les sentiments de l'homme qu'elle aimait. Par peur de le perdre, elle avait reculé devant la promesse d'un avenir avec lui. Il lui offrait son amour et elle le faisait souffrir. À la lâcheté, elle ajoutait la cruauté.

Redressant le dos comme sa mère le lui avait appris, elle s'approcha de lui d'un pas majestueux, la tête bien droite, les yeux rivés sur son visage. Et soudain, enfin délivré des entraves du doute, son cœur se gonfla de joie.

— Milord, le salua-t-elle en plongeant en une profonde révérence.

Puis elle se blottit dans ses bras. Il l'étreignit en murmurant des paroles de gratitude et de tendresse.

Elle n'aurait su dire combien de temps ils seraient restés ainsi enlacés – l'éternité, ou du moins jusqu'à ce qu'il soit assez tard pour qu'ils puissent se réfugier dans un grand lit en toute discrétion – si les demoiselles Osbourne ne les avaient pas retrouvés.

— Julian ! s'écria Fenella.

— Mademoiselle Grey ! pépia Laura.

Rouge comme une pivoine, Maria détourna pudiquement les yeux tandis qu'ils mettaient une distance convenable entre eux.

— Vous allez vous marier ? demanda Fenella, toujours aussi directe.

— Je l'espère, répondit Denford.

Se tournant vers Jane, il demanda :

— Voulez-vous de moi, mon amour ?

— Vous n'avez pas le choix ! s'impatienta Fenella. Vous étiez en train de vous *embrasser*.

Ses sœurs hochèrent vigoureusement la tête.

— Ma foi, répondit Jane, je suppose qu'il le faut.

— Youpi ! s'écria Laura. Vous serez notre gouvernante pour toujours !

— Elle sera trop occupée à être mon épouse pour se charger de l'instruction de trois jeunes filles intenables, déclara Julian. J'embaucherai une nouvelle préceptrice plus sévère. Mlle Grey était bien trop indulgente.

— C'est bien vrai, renchérit celle-ci. Votre frère n'avait aucune idée des qualifications requises pour ce poste, sinon il ne m'aurait jamais engagée.

— Dès que j'ai posé les yeux sur vous, répliqua-t-il en l'attirant à lui, j'ai su que vous étiez celle que je cherchais.

Épilogue

Huit ans plus tard, 1810

De lady Ashfield à sa fille

Cette semaine en ville, on ne parle que de l'inauguration de la Galerie d'art Denford, bâtie par le duc et la duchesse pour abriter la collection de la malheureuse famille Falleron et la présenter au grand public. Personne ne veut manquer l'événement. Cette chère duchesse est la coqueluche de Londres. Je me suis laissé dire que les dames patronnesses de l'Almack étaient folles d'inquiétude qu'elle refuse leur proposition de rejoindre leur petit cercle. Si Jane Denford les dédaigne, d'autres pourraient bien l'imiter.

Je connais un couple, toutefois, qui ne sera probablement pas là. Figure-toi, ma chère, que lady Belinda Radcliffe a été surprise – dans une position que, par bonté d'âme, je qualifierais simplement de compromettante – avec lord Yarmouth dans un cabinet. Sir Richard Radcliffe semble tombé en disgrâce car il a été démis de ses fonctions pour des raisons qui ne sont pas tout à fait claires. Selon mes sources, qui sont généralement bien informées, Denford et Windermere auraient joué un rôle dans l'affaire.

Je t'ai souvent conseillé de ne jamais regarder personne, car on ne sait jamais comment la roue tournera. Que deux libertins tels que Julian Fortescue et Marcus Lightgow soient désormais duc de Denford et comte de Camber pourrait bien me faire croire aux vertus de la démocratie. Que Caro Townsend soit à présent la très respectable duchesse de Castleton pourrait bien me faire croire aux miracles. Et que je doive me montrer cordiale avec Cynthia Windermere, cette nièce de commerçant parvenu, au simple motif qu'elle est très amie avec Jane Denford, suffit à me faire grincer des dents.

Julian se tenait dans le vaste hall dallé de marbre dessiné par John Sloane pour exposer la collection de sculptures, sa duchesse à ses côtés. Ce jour-là, il accueillait tous les artistes et collectionneurs de Londres, ainsi que la crème de la bonne société, à la Galerie d'art Denford.

Peu de temps après leur mariage, Jane avait annoncé son intention d'offrir sa collection familiale à la nation anglaise, un geste qui avait aidé bien des gens à oublier l'ombre qui planait sur son nom. Toutefois, Julian n'en doutait pas, c'était pour sa beauté, son intelligence et son esprit qu'elle était admirée et si populaire – ces mêmes qualités qui, depuis huit ans, éveillaient chaque jour en lui la même gratitude et la même joie d'être auprès d'elle.

Il la regarda charmer Bridges et Cazalet, qui s'efforçaient de masquer leur déception de ne pas être les héros du jour. L'un des nombreux avantages d'avoir une épouse aussi universellement adorée était de pouvoir cultiver des airs sardoniques. Il s'était de nouveau laissé pousser les cheveux et continuait de s'habiller en noir afin d'intimider les naïfs. Seule Jane savait que son cœur était aussi tendre que la joue de leur fils. Peut-être ses sœurs s'en doutaient-elles également. Quant à leurs deux filles, elles faisaient de lui ce qu'elles voulaient.

— M. Sloane a consulté le duc à chaque étape, expliqua Jane en levant les yeux vers lui.

Elle était trop modeste. Elle aussi avait collaboré avec l'architecte.

— Nous avons voulu proposer une nouvelle façon d'exposer les œuvres d'art, poursuivit-elle. Il faudra absolument me donner votre avis sur les éclairages au plafond de la salle du Raphaël.

Le groupe qui s'approchait à présent pour les saluer était constitué de ses plus anciens et plus proches amis : les Windermere, Marcus et Anne Lightgow, désormais lord et lady Camber, ainsi que Caro, la pétulante duchesse de Castleton, accompagnée de son époux aux airs guindés qui la couvait d'un regard d'adoration.

Un peu plus loin, la femme d'Oliver Bream était entourée d'une demi-douzaine d'acheteurs fortunés, dont aucun n'aurait osé acquérir ne fût-ce qu'une estampe sans son approbation. Julian se félicitait de ne plus gagner sa vie comme marchand d'art. Bridges se plaignait régulièrement qu'Henrietta Bream monopolisait le marché. De temps en temps, elle daignait céder aux collectionneurs, à un prix astronomique, le dernier tableau de son mari. Celui-ci, désormais très élégant malgré sa tignasse toujours aussi désordonnée, contourna prudemment le petit groupe rassemblé autour de son épouse et s'approcha de ses amis.

— Caro ! Castleton ! s'exclama-t-il avant de gratifier la duchesse d'un baiser sur chaque joue.

Il ne salua pas les autres, qu'il avait rejoints dès le matin à Windermere House pour le petit déjeuner. Même s'il n'était plus un jeune artiste affamé depuis bien longtemps, il avait gardé l'habitude d'arriver à l'improviste à l'heure du repas.

Il jeta un coup d'œil méfiant autour de lui.

— Vous n'avez pas amené les enfants ?

Caro lui avait commandé un portrait de ses petits diables, et, manifestement, il ne s'était pas encore remis de l'épreuve.

— Ils sont à Hanover Square avec les autres, répondit-elle. J'ai pensé que vous pourriez vous y rendre tout à l'heure pour exécuter quelques croquis en vue d'un portrait de groupe : la prochaine génération de Townsend.

Oliver pâlit.

— Combien y en a-t-il ? Vous en avez au moins deux ou trois chacun !

— J'en ai cinq, répondit fièrement Anne Camber.

— N'oubliez pas les chiens. Nous avons tous des chiens.

— C'est une plaisanterie, n'est-ce pas, Caro ?

— Qui sait ?

Elle lui décocha un sourire malicieux. Au fil des ans, elle avait acquis une solide pratique dans l'art de le rendre fou.

— Mon beau-père me fait signe, déclara-il promptement avant de détaler dans un éclat de rire général.

— Ma chère Anne, aux dernières nouvelles, nous n'avions que trois enfants, lui rappela Marcus. M'en auriez-vous caché deux ?

— Non, mais c'était si drôle que je n'ai pas résisté !

Caro s'esclaffa.

— Lady Ashfield avait bien raison en prédisant que Marcus allait dépraver Anne. Voyez-la maintenant, elle a des enfants cachés. Pour ma part, je suis au contraire devenue désespérément vertueuse.

Elle se tourna vers Castleton, son ducal époux qui, derrière son expression sévère, dissimulait un redoutable sens de l'humour.

— Vous souvenez-vous seulement de la dernière fois que je me suis comportée de façon déraisonnable, Thomas ? demanda-t-elle avec un sourire espiègle.

Une lueur s'alluma dans le regard de son mari.

— Voyons… ce matin ? Quand vous avez suggéré une sortie aux jardins de Vauxhall Gardens pour boire trop de champagne ?

— Et c'est exactement ce que nous allons faire. C'est une soirée idéale pour se perdre sur les sentiers de la Promenade Sombre.

Jane, qui avait suivi cet échange d'un air amusé, prit la main de Julian.

— Au risque de paraître terriblement *bourgeoise*, Caro, je n'ai pas très envie que mon époux se perde avec qui que ce soit. À part avec moi, bien sûr.

Caro poussa un soupir de dépit.

— Moi non plus. Quelles sinistres duchesses nous sommes, vous et moi ! Je suppose que c'est le prix à payer pour le bonheur conjugal.

Note de l'auteure

En dépit de nombreux projets d'un musée d'art destiné au grand public en Angleterre, la National Gallery n'a vu le jour qu'en 1824 – par une amusante coïncidence, sur le site des Écuries Royales, qui sont citées dans ce roman. Les tentatives de Julian pour vendre sa collection sont inspirées de celles des marchands d'art Noël Desenfans et Francis Bourgeois, qui avaient essayé de vendre une collection complète, d'abord au roi de Pologne, puis à George III. Bourgeois finit par faire don de ses tableaux au Dulwich College et mandata l'architecte John Sloane pour construire une galerie moderne afin de l'abriter. La Dulwich Picture Gallery, ouverte en 1817, est le plus ancien musée d'art ouvert au grand public en Angleterre.

De nombreux romans ont mis en scène des tentatives pour sauver le Dauphin de France, en particulier *La Capture du Mouron rouge*, une suite du *Mouron rouge*, de la baronne Orczy. Le jeune prince est mort en prison en 1795.

Certains lecteurs auront peut-être reconnu l'histoire de la comtesse italienne que Jane raconte à Julian, adaptée de *La Marquise d'O.*, de Heinrich von Kleist. La nouvelle de ce dernier ayant été publiée en 1808, Jane ne pouvait pas l'avoir lue, mais j'ai choisi d'imaginer que le récit était un fait réel ayant par la suite inspiré une œuvre littéraire dans le Paris du début du XIXe siècle.

Pour leur aide et leurs conseils dans l'écriture de ce roman, je remercie Kathy Greer, Jill Tuennerman, Susan Hanewald, Leslie Carroll, Lauren Willig, Megan Mulry, Chelsey Emmelhainz et l'équipe d'Avon Books, Meredith Bernstein et les nombreux amis, parents, correspondants par e-mails ou par Twitter, grâce à qui j'ai gardé ma raison tandis que je terminais la rédaction de la série des *Quatre amis*.

Une Française à Londres conclut les aventures de Caro et de ses amis. Les précédents tomes sont *Le charme indiscret d'une lady* (Caro Townsend et Thomas, duc de Castleton), *À quoi rêve une riche héritière ?* (Anne Brotherton et Marcus Lightgow) et *Les égarements de lady Windermere* (Cynthia et Damian Windermere).

Alors que je m'apprête à quitter mes héros, j'aimerais remercier mes lecteurs, ceux qui m'ont accompagnée depuis le début de cette aventure comme ceux qui nous ont rejoints en route avec l'histoire de Jane et de Julian. Sans vous, je n'aurais pas de raisons d'écrire.

Bien à vous,
Miranda

AVENTURES & PASSIONS

3 mars

Mary Balogh

La saga des Westcott - Celui qui me respectera

Inédit

Lorsque Abigail Wescott découvre l'illégitimité de sa naissance, elle comprend que son avenir ne tiendra pas les promesses auxquelles elle rêvait. À cause de cette faute paternelle doit-elle renoncer à l'amour et être condamnée au célibat ? Quand elle rencontre Gil Bennington, d'origine modeste, qui s'est engagé dans l'armée et a gravi les échelons jusqu'à devenir lieutenant-colonel, elle est choquée par son cynisme à l'égard des femmes. Si, de prime abord, Abigail et Gil n'ont rien en commun, les circonstances les mèneront à comprendre que les premières impressions peuvent être trompeuses.

✦

Kate Bateman

Les célibataires de Bow Street - Les meilleurs ennemis

Inédit

Un voleur sévit dans les résidences chics de Mayfair. Celui que l'on surnomme L'Engoulevent ne s'intéresse qu'aux joyaux de la Couronne de France. Alexander Harland, comte de Melton, est secrètement mandaté par Bow Street pour enquêter et appréhender l'impudent cambrioleur. Sa piste le conduit rapidement à Mlle Emmy Danvers, une jeune fille de bonne famille qui n'est peut-être pas si respectable et si innocente que cela et qui lui inspire les pensées les plus inconvenantes.

Darlene Marshall

Tourmentes - Le forban au grand cœur

Inédit

Quand il ne sillonne pas les mers, le capitaine Robert St. Armand mène une joyeuse vie de célibataire. C'est dans une taverne de Saint-Martin que le débusque Lydia Burke, une jeune gouvernante accompagnée d'une gamine de huit ans qu'elle lui présente comme sa fille. Sa mère est morte, c'est donc à lui de s'en occuper désormais. Robert est paniqué. Il ne connaît rien aux enfants. Il ne pourra jamais s'en sortir seul. Qu'à cela ne tienne, il enlève la jeune fille à bord de son navire qui cingle bientôt vers l'Angleterre. La prude Lydia l'aidera de gré ou de force. Et, avec un peu de chance, il mettra à profit le temps de la traversée pour la séduire...

✦

Kinley MacGregor

Les MacAllister - Le champion du roi

Inédit

Afin de préserver des enjeux stratégiques, Henri Plantagenêt a la solution idéale : unir le comte de Blackmoor à Rowena de Vitry. Mais comment faire ? Le comte, surnommé Le faiseur de veuves, a guerroyé en Terre sainte et abhorre l'idée du mariage. Rowena est une poétesse qui déteste la violence. Jamais ces deux-là n'accepteront une alliance ! C'est compter sans le plan malicieux de la reine Aliénor qui entend les piéger pour mieux les réunir.

Heather McCollum

La jeune fille au loup

Inédit

1535. Au sortir d'une échauffourée avec les Anglais près de la frontière écossaise, Caden Macbain fait une rencontre inattendue dans la forêt : une femme accompagnée d'un énorme loup ! Guérisseuse, Meg Boswell est douée de pouvoirs extraordinaires. Vouée au bûcher par des fanatiques, elle fuit vers les Highlands pour se réfugier chez son oncle qui n'est autre que le voisin de Caden. Aussi, lorsqu'il, l'enlève pour servir ses intérêts, Caden ignore que cette étrange fille, dont la beauté ainsi que le courage l'impressionnent, va bouleverser le destin de son clan et assiéger son cœur.

✦

Loretta Chase

Le prince des débauchés

Bibliothèque idéale

« Un démon ! » C'est ainsi qu'on décrit le marquis de Dain. Enfant, il était chétif et laid. Son père, qui le détestait, voyait en lui l'œuvre du diable. Adolescent, il a fait les quatre cents coups avant de devenir celui qu'il est aujourd'hui : un libertin avide de sensations fortes. Et ce dépravé tenterait d'entraîner dans la débauche Bertie, le jeune frère de Jessica Trent ? Pas question ! Aussi résolue que son frère est faible, la jeune femme part en guerre contre le marquis et, à sa grande stupeur, est vite désarmée par son charme.

Patricia Rice

La garçonne en dentelle

Samantha rêve d'étrangler Stan Talbott ! Quelle malchance d'avoir parcouru les trois mille kilomètres qui séparent le Tennessee de la Californie pour tomber sur un tel rustre... Depuis l'arrivée de Samantha dans ce village, Stan ne cesse d'user de son pouvoir pour la chasser. Allant jusqu'à exiger qu'elle troque son habituel pantalon contre cette ridicule robe de taffetas et de dentelle. Comme si c'était la tenue la plus pratique pour une pionnière ! Pour avoir la paix, la jeune femme s'est pliée aux caprices de ce macho. Que veut-il de plus ?

13128

Composition
FACOMPO

Achevé d'imprimer en Italie
par GRAFICA VENETA
le 5 janvier 2021

Dépôt légal : février 2021
EAN 9782290222850
OTP L21EPSN002205N001

ÉDITIONS J'AI LU
87, quai Panhard-et-Levassor, 75013 Paris

Diffusion France et étranger : Flammarion